Paperback Edition
Deutsche Erstausgabe
Copyright 2017

CALEDONIA

Jenseits des Horizonts

BAND 2

Eileen Janket

Für Rocco,
dem ich beide Daumen drücke!

Für Infos und Aktuelles über die Autorin besuchen Sie bitte

www.eileen-janket.de
https://www.facebook.com/ejanket/

Lektorat: Karla Schmidt
Korrektorat: Janket IT&Design

Cover Design © by Eileen Janket
Copyright © 2017 by Eileen Janket

Alle Rechte, einschließlich das des vollständigen oder auszugsweisen Nachdrucks in jeglicher Form, sind vorbehalten.

ISBN-13:978-1974354016
ISBN-10:1974354016

Deutsche Erstausgabe
Copyright 2017

IMPRESSUM
JPubsBerlin
Eileen Janket
Presselstr.11
12167 Berlin

Kapitel 1

Das Gefühl zu ersticken, riss mich aus dem Schlaf. Im ersten Moment der Panik wollte ich losschreien, doch es war Rorys Hand, die sich fest auf meinen Mund presste. »Pssst. Keinen Laut! Wir sind umzingelt.«

Nickend gab ich ihm zu verstehen, dass ich den Ernst unserer Lage begriffen hatte.

»Luchse ...«, flüsterte er weiter, während er mich am Oberarm auf die Beine zog. »Etwa sieben oder acht ...«

Ich blinzelte in die Dunkelheit und sah gelb glühende Augenpaare, die uns aus allen Himmelsrichtungen anstarrten. Der Schrecken fuhr mir erneut durch die Glieder. Rory packte mich fest an der Taille und schob mich vor sich her bis zum Lagerfeuer, wo Brandon und Kit mit schussbereitem Bogen reglos dastanden. Rücken an Rücken stellten wir uns mit ihnen zu einem engen Kreis der Verteidigung auf.

»Normalerweise streifen Luchse als Einzelgänger durch die Wildnis«, sagte Brandon leise. »Jedenfalls hab ich noch nie von einer Gruppe gehört, die gemeinsam jagt, aber diese Biester hier tun es offensichtlich.«

Allerdings schienen die Tiere einen Angriff nicht zu wagen, wenn sie auch das eine oder andere furchteinflößende Fauchen von sich gaben. Warteten sie auf etwas?

Während wir minutenlang in höchster Anspannung verharrten, zogen sich die Luchse nach und nach in die Finsternis zurück, als hätten sie uns lediglich ausgespäht.

Wir atmeten auf.

Rory deutete zum nachtblauen Himmel. »Die Dämmerung bricht bald an. Besser wir packen zusammen und reiten weiter. Dann sind wir noch vor dem Mittag in *Horizon*.«

Da an Schlaf ohnehin nicht mehr zu denken war, brachte niemand einen Einwand vor.

»Keine Angst«, flüsterte Rory in mein Ohr. »Dir wird nichts geschehen, solange ich an deiner Seite bin.« Er half mir aufs Pferd und reichte mir eine Decke, die ich um meinen zitternden Oberkörper wickelte. Ich war immer noch sprachlos vor Aufregung, und weil Rorys Worte in meinem Kopf nachklangen.

Während wir durch die schwindende Dämmerung einem neuen Tag in *Caledonia* entgegenritten und ich Rory dicht an meinem Rücken spürte, wuchs meine innere Zerrissenheit mit jedem Atemzug; verstärkt von der nunmehr unumstößlichen Überzeugung, dass ich mich tausend Jahre in der Zukunft in einem anderen Leben befand. Ein fremdartiges, urwüchsiges Leben, das ich nicht einfach so weiterführen konnte, solange ich mein altes nicht wirklich abgeschlossen und eine Antwort auf die Frage aller Fragen bekommen hatte: Was war mit der Menschheit geschehen? Und warum war ausgerechnet *ich* durch die Zeit gereist?

Nach unserer letzten Rast, als im weiten Tal vor uns *Horizons* Palisadenzaun auftauchte, schlang Rory seinen Arm fester um mich. Seine Stimme klang zärtlich und zugleich bedrückt. »Schon bald werde ich dich zur Höhle bringen, wie ich es versprochen habe.« Als ich nichts erwiderte, fügte er hinzu: »Du musst dir keine Sorgen machen, Skye.«

Seine Worte stachen mir ins Herz. »Ich weiß«, sagte ich und drehte mich zu ihm um. Ich gab ihm einen Kuss auf seine vom kalten Wind der *Highlands* aufgerauten Lippen. »Ich vertraue dir, das weißt du!«

Wir kehrten durch das Osttor in die Siedlung zurück. Rory erlaubte Brandon und Kit, ihrer Wege zu gehen. »Aber haltet euch bereit«, wies er sie an. »Wir brechen bald erneut auf. Ihr könnt im Kriegerhaus bekanntgeben, dass ich heute Abend die Männer für die Patrouille zusammenstellen werde.«

Unsere beiden Begleiter nickten und schlugen eine andere Richtung ein, während Rory und ich an der Pferdekoppel vorbeitrabten. Die Vormittagssonne vertrieb den letzten Rest Dunst aus der Luft, doch wärmte sie unsere steifen Glieder nur mäßig. Der Siedlung jedoch verliehen die goldenen Strahlen ein freundliches Antlitz.

»Wir statten zuerst meiner Tante und meinem Onkel einen Besuch ab«, sagte Rory. »Bestimmt versorgen sie uns mit warmem Essen, und Coal kann sich im Stall erholen.« Er klopfte sachte auf den Hals des Pferdes. Der Rappe warf den Kopf hoch und schnaubte.

Eine Frage ließ mich nicht los. »Rory, wirst du Will und Shona -«

»Nein, ich werde ihnen nichts über deine Zeitreise erzählen«, unterbrach er mich. »Es ist besser so.« Er seufzte. »Sie würden niemals glauben, dass du … nun ja … aus der Vergangenheit zu uns gekommen bist. Selbst mir fällt es schwer. Ich weiß aber, dass es die Wahrheit sein muss, weil ich dir vertraue. Und Stück für Stück ergibt damit so manches auch einen Sinn.«

»Es gibt so viele Fragen zu klären«, sagte ich aufgewühlt.

»Das stimmt. Jedoch wünsche ich mir mehr als alles andere, dass *du* findest, wonach du suchst, Skye.«

»Du meinst, den Weg zurück durch die Zeit?«

»Ich meine dein Zuhause, das dir so fehlt.«

Darauf antwortete ich nichts. Mein Magen zog sich zusammen. Ich konnte den Begriff *Zuhause* nicht mehr wirklich fassen, oder mit einem Gefühl verbinden. Als wäre er ein Fremdwort. Beängstigend für jemanden wie mich, die man als Findelkind vor einer Klinik gefunden hatte und die in einer Pflegefamilie aufgewachsen war. Ein dicker Kloß verstopfte plötzlich meine Kehle.

Wir schwiegen den restlichen Weg bis zum Haus der MacRaes. Erst als wir im Stall vom Pferd stiegen und es festbanden, zwang ich mich, Rory anzusehen, ohne sofort den Blick beklommen zu senken. Ich schuldete ihm eine Erklärung.

»Ich will begreifen, was los ist«, sagte ich. »Dieses Zeitreise-Phänomen ist größer als du und ich und das Leben, Rory. Es hat etwas zu bedeuten, dass gerade *mir* all diese Dinge passieren. Und vor allem muss ich wissen, was ich zu entbehren imstande bin und was nicht.«

Er nickte kaum merklich. »Aye, das verstehe ich.«

»Wirklich?«

»Es bedeutet allerdings nicht, dass ich glücklich damit bin.«

Ich seufzte. »Bin ich auch nicht, glaub mir.«

Seine Stirn legte sich skeptisch in Falten.

»Ich bin durcheinander«, erklärte ich. »Ich muss herausfinden, was der Sinn meines Lebens ist, welche Aufgabe ich darin habe und wohin ich gehöre. Und mein Herz, Rory ... kann diese Entscheidung nicht alleine fällen.«

»Wenn aber doch ...«, wandte er ein, »wenn nur dein Herz entscheiden müsste, was würde es wollen?«

Ich starrte ihn hilflos an. Bevor ich etwas erwidern konnte, ließ Shonas durchdringende Stimme uns herumfahren.

»Rory! Skye! Ihr seid zurück. Kommt schnell ins Haus!«

Sie stand vor der offenen Haustür, die Hände auf die breiten Hüften gestemmt, die dunklen Haare zu einem Dutt hochgesteckt und sichtlich aufgeregt.

Wir folgten ihrer Aufforderung. Nach einer herzlichen Begrüßung verschwand Shona in die Küche, aus der kurze Zeit später Christy mit einem Kessel Suppe auftauchte. Ihre Wangen glühten und in ihrem Gesicht lag der Ausdruck erleichterter Freude.

»Zum Glück seid ihr zurück. Es kam mir so vor, als wärt ihr nicht drei Tage, sondern einen ganzen Monat weg gewesen«, rief sie viel zu schrill. »Wir hatten schon Angst. Die Wölfe heulten so laut die letzten Nächte …«

Wie gut es tat, sich mit Rory und seiner Familie nach der aufwühlenden Reise an den Esstisch zu setzen und sich aufzuwärmen.

Doch etwas spürbar Düsteres lag in der Luft. In Rorys Gesicht erkannte ich dieselbe Verunsicherung.

Shona kam mit einem Krug Ale in die Wohnstube zurück und goss unsere Becher voll. Die Sorgenfalten auf ihrer Stirn konnte sie diesmal nicht verbergen.

»Was ist los?« Rory legte den Löffel beiseite und griff nach Shonas Handgelenk. »Irgendetwas ist doch …?«

»Will wird auch gleich zum Essen erscheinen. Dann können wir in aller Ruhe über die Ereignisse reden«, erwiderte seine Tante. Das milde Lächeln um ihren Mund wirkte erzwungen.

»Was meinst du damit? Sag es mir jetzt«, drängte Rory besorgt.

Shona setzte sich zu uns und nahm einen Schluck Ale, bevor sie uns mit ernster Miene ansah. »Also gut. Im Süden wurden angeblich eindeutige Spuren von britischen Spähern entdeckt. Doch niemand hat fremde Reiter gesehen. Das ist alles, was ich weiß … Aber dein Onkel hat mehr Informationen.«

»Rory!« Die Haustür schwang auf und wie aufs Stichwort trat Will in die Wohnstube. Er hatte dunkle Ringe unter den Augen und sah ungewöhnlich abgearbeitet aus. »Gut, dass du zurück bist, mein Junge!« Er schloss die Tür hinter sich und legte seine Jacke auf einer kurzen Holzbank ab. »Und du natürlich auch, Skye.« Will stand steif in der Mitte des Raumes und sah ernst zu uns herüber. »Logan und die anderen Ratsmitglieder wollten schon nach euch schicken.«

»Hab die Neuigkeiten eben gehört.« Rory schob seinen Teller beiseite, als wäre ihm der Appetit vergangen. Seine Augen schienen sich verdunkelt zu haben. »Britische Späher, ja? Ist das sicher?«

Nachdem William sich die Hände in einer Tonschüssel gewaschen hatte, setzte er sich zu uns an den Tisch und berichtete. »Wir wissen nicht viel. Zwei Boten aus dem Süden, aus *Moonlight,* wenn ich mich nicht täusche, brachten uns gestern diese Nachricht. Heute früh machten sie sich auf den Weg, um auch den Norden zu informieren.«

»Schon morgen gehe ich auf Patrouille«, verkündete Rory fest entschlossen. »Wir werden sehen, was hinter dem Ganzen steckt. Sollte es sich tatsächlich um Spuren von *Brits* handeln, wird es nötig sein, alle kampffähigen Männer aufzufordern, sich uns anzuschließen. Logan muss den Befehl dazu erteilen.«

William nickte nachdenklich.

Schweigend wechselten Shona und ich Blicke. Trotz der angespannten Stimmung aß ich still meine Suppe mit einem Stück frischen Fladenbrot und verfolgte dabei konzentriert das Tischgespräch. Mir wurde erneut bewusst, wie sehr sich *Cals* vor britischen Spähern fürchteten und wie ernst sie die Nachricht der Boten aus dem Süden nahmen.

»Wo genau sollen sich die Spuren befinden?«, wollte Rory von William wissen.

»Im Südwesten. Zwischen den Mooren und dem *Dunklen Wald*. Du kennst diese Gegend sehr gut, richtig?«

»Aye ... Wir werden von Westen aus dorthin reiten, vorbei an der *Verbotenen Höhle* ...« Rory warf mir einen flüchtigen Blick zu. Bei der Vorstellung, dass ich vielleicht schon bald eine Zeitreise antreten würde, setzte mein Herz einen Schlag aus.

Dann berichtete Rory, was uns widerfahren war: »Letzte Nacht wurde unser Lager von Luchsen umzingelt. Noch nie sah ich so viele auf einem Haufen. Nach einer kleinen Ewigkeit zogen sie endlich ab, ohne uns angegriffen zu haben. Wir hatten Glück, dass -«

»Ich muss dir etwas erzählen, mein Junge«, fiel ihm William hastig ins Wort. Er kniff die Lippen zusammen und überlegte kurz, während Shona das Gesicht verzog, als wüsste sie bereits, welche Geschichte jetzt kommen würde.

»Damals vor acht Jahren ...«, begann ihr Gatte, »als das Massaker stattfand ... als die *Brits* dich, Sean und noch ein paar andere Kinder und Jugendliche verschleppten ... Nun ja ... schon Wochen vorher, hatten Wölfe und Luchse begonnen, sich auffällig zu verhalten. Sie trauten sich viel zu weit aus den Wäldern heraus und machten sich uns Menschen gegenüber bemerkbar. Niemand wusste, warum. Wenig später folgte völlig überraschend der Angriff auf *Horizon*. Du weißt über dieses schreckliche Kapitel unserer Geschichte besser Bescheid als die meisten in deinem

Alter. Aber während du in Feindeshänden warst, Rory, glaubten manche, dass die Waldtiere uns Menschen davor warnen wollten, ihr Territorium zu betreten. Ich habe schon lange nicht mehr an das damalige Gerede gedacht. In letzter Zeit jedoch häufen sich ähnliche Vorfälle.«

»Soll das heißen ...«, Rory lehnte sich zurück und verschränkte die Arme vor der Brust, »dass wir jetzt wieder gewarnt werden?«

»Das wäre doch möglich und ergäbe auch Sinn«, erwiderte William. »Die heulenden Wölfe. Luchse, die in kleinen Rudeln auftreten und sich an Nachtlager heranwagen ... und nun die verdächtigen Spuren ... Alles zusammengenommen könnte das bedeuten, dass *Brits* bereits durch den *Dunklen Wald* streifen und ihre Bewohner erzürnen.«

»Meine Männer und ich werden es bald herausfinden.«

»Ich hoffe, dass nichts von alledem stimmt«, rief Christy aufgebracht. »Was ist, wenn ... wenn wieder so ein schrecklicher Angriff stattfindet?« Ängstlich sah das Mädchen zwischen ihren Eltern hin und her.

Shona legte ihre Hand auf Christys Schulter. »Jetzt mach dir nicht so große Sorgen. Späher bedeuten noch lange keine Attacke. Habe ich recht, Rory?« Sie richtete den Blick auf ihren Neffen, der kaum merklich nickte.

»Das mag so sein«, sagte er, seine Miene konnte jedoch die Zweifel nicht verbergen.

»Du musst heute Abend den Rat aufsuchen und Logan in deine Pläne einweihen!« William begann, hastig seine Suppe zu löffeln. Wir warteten ab, doch er fügte nichts weiter hinzu.

Es setzte ein beklemmendes Schweigen ein.

Schließlich sagte Rory: »Natürlich trete ich vor den Rat, bevor ich losziehe, das tue ich immer. Ich werde Logan auch darüber informieren, dass Skye mit uns kommen wird.«

»Was?« Shona sah erschrocken auf. »Du willst Skye auf die Patrouille mitnehmen? Das meinst du nicht im Ernst, oder?«

»Wieso möchtest du das tun?«, fragte William ebenfalls irritiert und sah mich an. »Skye, du weißt, du kannst bei uns wohnen, wenn es darum geht, dass du während Rorys Abwesenheit nicht allein in eurem Haus bleiben willst.«

»Ja, natürlich darfst du bei uns wohnen«, bestätigte Christy energisch. »Wir könnten uns wieder mein Zimmer teilen.«

»Danke, ich weiß eure Gastfreundschaft sehr zu schätzen, aber ... ich möchte Rory unbedingt begleiten«, sagte ich entschieden.

William schüttelte verständnislos den Kopf. »Keine Frau ist je mit der Patrouille geritten, Rory, ich verstehe nicht, weshalb du sie solch einer Gefahr aussetzen willst. Und das, wo wir uns gerade fragen, ob wir nicht einer ernsthaften Bedrohung gegenüberstehen. Das kann ich nicht gutheißen. Rechne damit, dass auch Logan höchst verwundert reagieren wird.«

Rory wiegelte ab. »Aye, ich weiß. Trotzdem darf er mir nicht verbieten, meine eigene Frau mitzunehmen, wenn ich es so wünsche.«

»Das ist richtig. Angesichts der Tatsache, dass sie noch nicht markiert ist, kann ich dein Bedürfnis, sie in deiner Nähe zu haben, sogar ein wenig nachvollziehen. Und dennoch sage ich dir, es ist keine gute Idee!«

»Ich verstehe eure Bedenken. Aber Rory zu begleiten, ist auch *mein* Wunsch«, fuhr ich dazwischen.

»Du bist und bleibst außergewöhnlich, Skye«, entgegnete Shona kopfschüttelnd. »Nun ja, dann wollen wir hoffen, dass ihr beide unversehrt zurückkehrt.«

»Und dass die elenden *Brits* keinen Fuß in unser Land zu setzen wagen«, fügte Christy energisch hinzu.

Nachdem sich alle satt gegessen hatten und William in seine Werkstatt zurückgeeilt war, wurde es für Rory und mich Zeit, unsere eigenen vier Wände aufzusuchen. Es fühlte sich allerdings schrecklich an, dass ich seiner Familie kein Lebewohl sagen konnte, da ich ihnen die Wahrheit über mich und meine Zeitreise verschweigen musste. Wenigstens drückte ich Shona und Christy beim Abschied lang und innig und zeigte dadurch, wie sehr sie mir ans Herz gewachsen waren.

Rory schwieg den gesamten Heimritt über. Auch hielt er mich viel zu fest an seine Brust gedrückt, wogegen ich allerdings nichts einzuwenden hatte. Ich wusste, dass ihm eine Menge Gedanken durch den Kopf jagten. Dass er sich großen Aufgaben, die Mut und Vernunft verlangten, verpflichtet sah. Und dass er mich am liebsten bei sich behalten würde, statt mich in die *Verbotene Höhle* zurückzubringen.

Zuhause angekommen befeuerten wir zuerst ordentlich den Kamin und entzündeten die Feuerstelle in der Küche. Es dauerte, bis das Haus warm wurde, und wir redeten auch weiterhin nicht viel. Rory wirkte ruhelos und angespannt. An der Haustür zog er mich in eine enge Umarmung. »Wenn ich zurück bin, möchte ich jede Sekunde unseres letzten Abends mit dir verbringen.«

»Ich werde ungeduldig auf dich warten«, raunte ich ihm liebevoll ins Ohr.

»Dann gehe ich jetzt zu Logan und danach ins Kriegerhaus, um den Männern Bescheid zu geben, dass wir morgen bei Sonnenaufgang aufbrechen. Verriegle die Tür hinter mir.«

Er gab mir einen Kuss, bewaffnete sich mit Pfeil und Boden und seinem Schwert und verschwand nach draußen. Vom Fenster aus beobachtete ich, wie er auf Coal davonritt. Seine dunklen, inzwischen schulterlangen Haare glänzten im rot-goldenen Licht der untergehenden Sonne. Unvermittelt schossen mir Tränen in die Augen, und meine Brust wurde schwer. Ich legte eine Wollstola um meine fröstelnden Schultern und zog ein Tierfell vor den Kamin, um mich darauf zu setzen. Schwermütig lauschte ich dem Knistern und Knacken der Scheite und starrte in die tanzenden Flammen. Ich fühlte mich auf einmal furchtbar verloren. Als schwebte ich einsam im dunklen Weltraum, von einer großen Sehnsucht erfüllt, aber ohne die Chance, irgendwo anzudocken. Mein Puls begann zu rasen, und ich konnte keinen klaren Gedanken mehr fassen. Ein Zittern überzog meinen Körper und meine Luft wurde knapp. Ich presste eine Hand auf die Brust und atmete mehrmals tief durch, um die Fassung wieder zu erlangen. Mein Herz fand langsam in seinen normalen Rhythmus zurück, je öfter ich mir sagte, dass ich unbedingt einen kühlen Kopf behalten und mein Schicksal annehmen musste. Nach einer Weile schaffte ich es, mich zu erheben und in Rorys Schlafkammer zu stapfen, wo ich angekleidet unter die warmen Felle ins Bett kroch und erschöpft einschlief.

Als ich wieder erwachte, brach gerade die Abenddämmerung herein. Das fahle Licht, das durch die Fenster ins Zimmer fiel, spendete kaum Helligkeit. In der Küche fand ich Stumpenkerzen, die ich anzündete und mit in die Wohnstube nahm.

Wie spät mochte es sein? Vielleicht sieben oder acht Uhr? Ich spähte nach draußen in die gespenstische Stille. Der abendliche Himmel färbte sich rasch dunkler. Rorys Haus lag so abseits, dass die wenigen Nachbarhäuser in der Ferne farblich immer mehr mit ihrer Umgebung verschmolzen, je näher die Nacht rückte, und schließlich unsichtbar wurden.

Reglos stand ich da und starrte so lange in die Dunkelheit hinaus, bis ich Rorys Umrisse auf seinem Pferd endlich erblickte. Ein Stein fiel mir vom Herzen. Dabei hatte ich nicht einen Moment an seiner Rückkehr gezweifelt.

Hastig entriegelte ich die Haustür, indem ich den schweren Querbalken aus seiner Verankerung hob und in eine Ecke stellte. Ich hörte Coal wiehern. Dann das vertraute Klirren und Klappern von Rorys Waffen und das Quietschen seiner Stiefel. Und endlich stand er vor mir, unter dem Arm trug er einen kleinen, prallgefüllten Leinensack.

»Hat etwas länger gedauert, aber nun bin ich zurück«, sagte er lächelnd.

Ich nickte erleichtert. »Komm rein.«

Er zog die Haustür hinter sich zu, nahm mich in den Arm und küsste meine Stirn. »Geht es dir gut?«

»Ja, alles in Ordnung.«

»Wirklich?«

»Mmh.« Was hätte ich antworten sollen? *Könnte sein, dass ich einen Panikanfall durchgestanden hab?*

»Hab uns was zu essen mitgebracht.« Er übergab mir den Leinensack.

Durch den groben Stoff ertasteten meine Finger Brot und etwas, das vermutlich Wurst und Käse war.

»Was hast du mit Logan besprochen?«, fragte ich aufgeregt. Ich beobachtete, wie Rory Stück für Stück seine Montur ablegte: Waffen, Brustgurt, Lederjacke, Fellweste und schließlich noch den breiten Ledergürtel samt Taschen und Schwertscheide.

»Dass ich dich morgen mit auf die Patrouille nehmen werde.«

»Hatte er keine Einwände?«

»Er wollte es mir ausreden. Er denkt, dass du eine unnötige Belastung bist. Ich hab dagegen gehalten. Dann erinnerte er mich daran, dass in zehn Tagen Vollmond ist und du bis dahin markiert sein musst, ansonsten wird er unsere Ehe für ungültig erklären, und du wirst an -«

»Ich kann es mir schon denken«, fiel ich ihm ins Wort. »Merrill würde mich bekommen, nicht wahr?«

Rorys Mundwinkel zuckte. »So weit wird es ja ohnehin nicht kommen«, sagte er bedrückt.

Wir schwiegen endlose Sekunden lang, in denen jeder sich seinen Gedanken hingab.

»Lust auf ein bisschen Whisky?«, fragte er schließlich.

»Gerne.«

»Du kannst dir sicher vorstellen, dass ich eine Menge Fragen an dich habe ...« Er hielt kurz inne und seufzte leise. »Einen besseren Zeitpunkt als diesen Abend wird es nicht mehr geben, um sie dir zu stellen.«

Ich spürte wieder dieses schmerzvolle Ziehen in meiner Brust. »Das ist wahr.«

Rory ging zu dem kleinen Regal in der Zimmerecke, öffnete die Glastüren und holte zwei hölzerne Trinkbecher und die dickbäuchige Whiskyflasche hervor. Er drehte sich um, hob die Arme in die Höhe und sah mich erwartungsvoll an. »Hier oder im Bett?«

»Im Bett?«, stieß ich verwundert aus. Ich hatte geglaubt, dass wir uns an den Tisch setzen würden.

»Es gibt keinen besseren Ort, wenn die Nächte lang und kalt werden.«

»Da hast du recht«, sagte ich leicht verlegen. Ich erinnerte mich, dass ich in meiner ersten eigenen Wohnung fast alles im Bett erledigt hatte: Essen, Fernsehen, Telefonieren, Lesen, Musik hören. Mein Doppelbett erschien mir damals als der gemütlichste Ort der Welt, das Zentrum meines Seins, wenn auch das gelegentliche Gefühl von Einsamkeit die Idylle stets trübte. Aber das war vor meiner Studienzeit in Edinburgh gewesen. Und bevor ich zu Malcolm gezogen war. So gesehen hatte Malcolm eine Menge Wohlbehagen und Geborgenheit in mein Leben gebracht ...

»Nimm du bitte die Kerzen mit.« Rorys Aufforderung riss mich aus meinen Gedanken. Er wartete, dass ich vorauslief und uns den Weg ausleuchtete. Unwillkürlich begann mein Puls, schneller zu schlagen. Offensichtlich musste ich mich jedes Mal an Rorys starke Präsenz erst gewöhnen, selbst wenn ich nur kurz von ihm getrennt gewesen war.

Dies könnte nun also unsere letzte gemeinsame Nacht werden. Ein Teil von mir hoffte insgeheim, in *Caledonia* gestrandet zu sein. In diesem Fall hätte ich mit meinem Gewissen nicht mehr zu hadern brauchen, weil ich es vorzog, hier zu bleiben, statt in meine Zeit und zu Malcolm zurückzukehren. Mein Verstand jedoch würde, aufgrund der vielen offenen Fragen, keine Ruhe finden.

In Rorys Schlafkammer angekommen, stellte ich eine Kerze auf den Fenstersims und die anderen auf einen Stuhl. Ich drehte mich zu Rory um und beobachtete ihn beim Ausziehen. Ich konnte meinen Blick nicht von ihm abwenden. Als er nur noch im

Hemd dastand, warf er mir ein zaghaftes Lächeln zu, nahm die Whiskyflasche und die Becher und stieg ins Bett.

»Auf diesen Moment habe ich mich den ganzen Tag lang gefreut«, sagte er, während er unsere Drinks eingoss. »Meine müden Knochen ins Bett zu bringen, diesen guten Whisky mit dir zu genießen und ...« Er hielt plötzlich inne und sah stirnrunzelnd zu mir herüber. »Du stehst ja immer noch in der Ecke, Skye. Was ist los?«

Ich zuckte innerlich, dann seufzte ich lächelnd. »Ich bin wohl ziemlich ... ähm ... angetan von dir.«

»Warum das denn?«, wollte er wissen.

Ein paar Sekunden lang wartete ich, bis meine Gänsehaut verschwunden war. »Na, weil ... Also du bist ein extrem gutaussehender Mann, Rory«, erklärte ich mit errötenden Wangen. »In unserer Zeit würde man dich als *Hottie* bezeichnen.«

Er runzelte die Stirn. »Als was?«

»Als heißen Typen.«

»Und ich hielt mich für eiskalt und erbarmungslos«, entgegnete er mit einem schiefen Lächeln. »Aber ich freue mich darüber, dass ich dir gefalle, Schönste aus der Vergangenheit!«

Ich schmunzelte über seine letzten Worte, bemüht, meine Erregung zu überspielen. »Dann komm ich jetzt ins Bett, bevor ich hier zum Eiszapfen erstarre.«

»Mit Whisky und einem *Hottie*, wie du mich genannt hast, wird dir mit Sicherheit gleich warm werden«, sagte er grinsend.

Ich zog mich bis auf das dünne Unterkleid aus, legte meine Sachen auf einer kleinen Holzkiste ab und krabbelte zu Rory ins Bett. Wir lehnten mit dem

Rücken gegen zusammengelegte Felle, die sich weich und behaglich anfühlten.

Rory reichte mir einen Becher Whisky. »Slàinte!«

»Slàinte und Cheers!«, sagte ich mit einem innerlichen Seufzer und fügte hinzu: »Auf dich und mich, das Schicksal und all die vielen Rätsel des Universums, die wir niemals lösen werden.«

Rory hob fragend die Brauen. »Na gut. Was ist denn ein *Universum* schon wieder für ein Ding?«

Ich sah ihn lange an. Natürlich, bei dem Entwicklungsstand und dem isolierten Leben in *Caledonia* wusste er praktisch nichts über die naturwissenschaftliche Sicht auf die Welt. Und in den vermeintlichen Überlieferungen wurden das Weltall und all seine Wunder offenbar auch nicht erwähnt.

»Es ist größer als alles, was du kennst. Es ist unvorstellbar gigantisch, und wir sind ein winziger Teil, weitab irgendwo am Rand der Galaxie.«

»Ein Ort also?«, fragte er interessiert. »Dann liegt es hinter den Meeren?«

Ich nahm einen Schluck Whisky und schüttelte den Kopf. »Oh nein. Aber vielleicht sollten wir nicht gerade mit dem Universum anfangen.«

»Dann erzähl mir von den angeblichen Götterstädten«, schlug er vor.

»Was genau möchtest du wissen?«

»Wer sie gebaut hat zum Beispiel.«

»Menschen. Sie sind wie Ameisen. Sie bauen und bauen, lassen kaum ein freies Stück Land übrig. Sie errichten Türme, die bis in die Wolken ragen und in denen viele von ihnen wohnen und arbeiten.«

»Es stimmt also. Häuser, die in den Himmel wachsen.«

»Ja, nur Götter haben nichts damit zu tun. Menschen sind intelligent und geschickt und gleichzeitig unersättlich, wenn es darum geht, sich eine eigene Welt zu erschaffen. Und die *eisernen Vögel* bauen sie im Übrigen auch ohne göttliche Hilfe. Wir nennen sie *Flugzeuge*. Mit ihnen kann man in kurzer Zeit sehr weite Strecken zurücklegen. Man fliegt über den Wolken, im strahlenden Licht der Sonne, und es ist jedes Mal ein unbeschreibliches Gefühl, wenn man an einem völlig anderen Ort landet, den man zu Fuß nie erreichen könnte.«

Es machte mir Spaß, Rory diese Dinge zu erzählen und dabei in seine ungläubig geweiteten, blauen Augen zu blicken. Ich nahm ein paar Schlucke Whisky und fuhr fort: »Erinnerst du dich an die flachen, handgroßen Gegenstände im *Haus der Artefakte*?«

»Aye! Ich habe mich oft gefragt, wofür die wohl gut waren.«

»Sie sind in erster Linie für die Verständigung da«, sagte ich und versuchte mich an einer einfachen Erklärung: »Wir nennen sie *Smartphones* oder auch *Handys*. In der Zeit, aus der ich komme, hat fast jeder eins. Das Smartphone ermöglicht es dir, mit einer Person zu reden, selbst wenn sie sehr weit weg ist. Es kennt die genaue Uhrzeit, das richtige Datum und weiß, welches Wetter dich in den nächsten Tagen erwarten wird. Es würde Stunden dauern, aufzuzählen, was es noch so alles kann, denn es ist eigentlich ein kleiner Com... puter ... ähm ...«

Ich bemerkte, wie Rory mich ungläubig anstarrte.

»Oh, na klar. Ich müsste jetzt erläutern, was ein *Computer* ist.« Ich lachte kopfschüttelnd. »Die Sache ist aber die: Ich verstehe vieles selbst nicht. Ist das nicht komisch? Das Leben im Jahr 2016 ist komplex und kompliziert. Wir haben Maschinen erfunden, die uns den Alltag erleichtern sollten, doch gleichzeitig haben wir weniger Zeit füreinander und fühlen uns gehetzt.« Auf einmal kam ich in Fahrt und fuhr energisch fort: »Wir erlassen Gesetze, die das Recht eines jeden Menschen auf Würde versichern, und dennoch ist Diskriminierung wegen Hautfarbe, Geschlecht, Herkunft, Glauben oder was auch immer allgegenwärtig. Und dann setzen wir unsere rosa Brillen auf und suchen Ablenkung, die uns vergessen lässt, dass es im Leben nicht gerecht zugeht.« Plötzlich musste ich schlucken. »Dass wir all das Unglück, die Armut, die Kriege und die Zerstörung der Umwelt tatenlos mit ansehen.«

Ich trank meinen Becher leer und hielt ihn Rory mit einem auffordernden Blick hin, damit er nachfüllte. Dabei stieg mir der Alkohol bereits in den Kopf. »Gieß ein, hübscher Highlander, und ich verrate dir alles, was du wissen willst«, sagte ich übermütig.

Rory holte die Flasche hervor, die er neben dem Bett abgestellt hatte. »Trink nicht zu schnell, Skye, das Zeug kann tückisch sein«, warnte er.

»Schon gut, keine Bange, inzwischen vertrag ich einiges«, behauptete ich. »Aber nun raus mit der Sprache! Was interessiert dich wirklich?«

Er atmete tief durch. »Gut, dann erzähl mir was von unseren Völkern.«

Ich hob den Zeigefinger und nickte übertrieben gelehrsam wie ein Uni-Professor. »Gutes Thema! Es ist, wie ich leider feststellen musste, eine nicht enden wollende Rivalität.«

»Heißt das, in deiner Zeit herrschte bereits Feindschaft zwischen *Cals* und *Brits*?«

»Nicht offiziell und nicht andauernd, aber ... ja, als Historikerin kann ich dir bestätigen, dass es da eine lange, tragische Geschichte gibt, die Schotten und Engländer miteinander verbindet. Sie reicht viele Jahrhunderte zurück und basiert auf der Gier nach Macht und Herrschaft über ein Gebiet und dessen Volk. Ich hole mal ein wenig aus, um dir das Ausmaß klar zu machen ...« Doch vorher gönnte ich mir einen weiteren Schluck. Nachdem der Alkohol brennend durch meine Kehle geflossen war, strich ich mit dem Handrücken über die Lippen und setzte meine Erzählung fort: »Im Jahr 1707 gab es den sogenannten *Acts of Union*: Es bedeutete für Schottland das endgültige Aus als eigenständiges Königreich. Stell dir vor, plötzlich hieß es, Schottland sei mit seinem ärgsten Feind, den Engländern, vereint zum Königreich *Großbritannien*. Vielen Schotten passte diese Zusammenführung verständlicherweise nicht, denn schließlich bedeutete sie in gewisser Weise Unterwerfung. All jene erbitterten Schlachten für die Unabhängigkeit waren umsonst gewesen. Schottlands Elite hatte ihr eigenes Volk verraten.«

»Ist nicht leicht, mir das Ganze vorzustellen.« Rory runzelte verdrossen die Stirn. »Es klingt so verworren, so traurig und als ginge es um eine große Anzahl von Menschen.«

»Oh, das ist absolut richtig. Ich weiß ja nicht, was zwischen meiner und deiner Zeit passiert ist, aber glaube mir, es gab einst sehr viel mehr Einwohner auf diesen Inseln als jetzt. Ich hoffe, dass ich herausfinden werde, warum im Jahr 3016 in Schottland - ich meine, in *Caledonia* - nur noch eine Handvoll Siedler leben.«

»Vielleicht gab es einen großen Krieg?«

»Ja, kann sein. Zwischen Schotten und Engländern fanden jedenfalls eine Menge Schlachten statt. Und ich muss dir leider ein paar weitere Tatsachen verraten: Engländer waren den Schotten schon immer militärisch überlegen. Sie kämpften gegen sie, bis sie sich Schottland einverleiben konnten, so, wie sie es mit den Walisern getan haben.«

»So langsam gefällt mir diese Geschichte ganz und gar nicht.« Rory verzog missmutig das Gesicht und goss sich Whisky nach. »Als wären *Cals* ... oder meinetwegen nenn sie *Schotten* ... Feiglinge, die ihr Land nicht zu verteidigen wussten.«

»Oh nein«, wandte ich ein, »im Gegenteil. Sie gehörten und gehören zu den tapfersten und stolzesten Völkern, die es je gab. Es ist nur so, dass sie damals, im 18. Jahrhundert, gegen England keine Chance hatten. Sie haben es versucht. Es gab einige mutige Aufstände und sogar ein paar kleinere Siege, doch schlussendlich, im Jahr 1746 zerschlugen die Briten die letzten Rebellenaufstände und damit die Kultur der Highlands ... und seither gehört Schottland zu Großbritannien. Aber, was ich eigentlich sagen wollte ...« Ich überlegte hektisch, wie ich es formulieren sollte, dass auch im Jahr 3016 *Cals* möglicherweise einen übermächtigen Feind auf der anderen Seite des *Dunklen Waldes* zu erwarten hatten.

»Ja?«, hakte Rory neugierig nach, damit ich weiterredete.

Ich atmete tief ein. »Ihr wisst nicht viel über die *Brits*, stimmt's? Ich meine, soweit ich verstanden habe, seid ihr *Cals* noch nie in *Britannia* gewesen, richtig? Ihr habt keine Ahnung, wie es drüben aussieht und vor allem, wie gut die britischen Krieger ausgerüstet sind?«

»Aye, das ist leider wahr«, räumte Rory nach kurzem Zögern ein. »Die Schlacht vor acht Jahren endete mit der gegenseitigen Warnung davor, das Territorium des anderen jemals wieder zu betreten! Wir *Cals* haben uns daran gehalten. Wir vermuten aber, dass *Brits* Späher aussenden, die uns und unser Land ausspionieren.«

Ich sah ihn besorgt an. »Rory, wenn du all das, was ich dir in sehr knapper Zusammenfassung über Schotten und Engländer erzählt habe ... wenn du all das in Betracht ziehst, musst du zu dem Schluss kommen, dass *Brits* möglicherweise wieder die stärkere Macht sind. Auch wenn sie euch vor acht Jahren nicht überwältigen konnten, so sind sie doch bis *Horizon* vorgedrungen und haben es versucht.«

»Und es nicht geschafft!«, wandte er energisch ein. »Sie werden es auch in Zukunft nicht schaffen. Nicht, solange ich die Krieger-Patrouille anführe!«

»Es ist viel Zeit vergangen seit dem Massaker«, gab ich zu bedenken. »Möglicherweise haben sie aufgerüstet. Ihr müsst euch in Acht nehmen.«

»Das tun wir, keine Sorge.« Lächelnd strich er mir eine Strähne aus der Stirn. »Hast du etwa Angst um *mich*?«

Wir sahen uns eine Weile tief in die Augen. Sofort stieg mir Hitze in den Kopf. »Das habe ich, ja«, gab ich zu, während ich mit der Handinnenfläche über das flauschige Fell auf meinem Schoß streichelte. »Um dich und um all die anderen Menschen, die ich hier kennengelernt und liebgewonnen habe: Shona, Christy, William, Brandon und Kit und John Alba und sogar Brian, den Pferdeknecht und seinen Freund Peter Riley, dem ich so üblen Ärger beschert habe.«

Rorys Miene wurde ernst. »Skye, die Krieger-Patrouille wird es nicht zulassen, dass unsere Siedlungen jemals wieder angegriffen werden. Wenn du möchtest, verspreche ich es dir.«

»Schön, dass du mich zu beruhigen versuchst.« Ich lächelte seufzend.

»Ich wusste nicht, dass du dir überhaupt Sorgen um unsere Zukunft machst, wo du doch ... wo du uns schon morgen verlässt.«

»Wenn es denn klappt. Das ist ja nicht sicher«, sagte ich hastig. Der Gedanke war beängstigend und aufregend zugleich.

Rory nickte. »Aye, und was, wenn es nicht funktioniert, wenn du nicht mehr in der Zeit zurückkreisen kannst? Was dann?«

»Dann haben Sie mich wohl an der Backe, Mr. MacRae!«

»Was meinst du damit?«

»Ist so ein Spruch bei uns. Es bedeutet, dass du mich ertragen müsstest, bis -«

»Bis der letzte Atem meinen Körper verlässt?!« Unvermittelt beugte er sich vor und gab mir einen sanften Kuss auf die Lippen. Dann zog er sich langsam zurück, trank seinen Becher leer und stellte ihn auf dem Boden ab. Schnell tat ich es ihm nach, obwohl es keine gute Idee war, den Whisky so eilig hinunterzukippen. Meine Wangen glühten bereits, und mein Herz klopfte immer lauter. »Es gibt noch so viel mehr, was meine Zeit ausmacht«, sagte ich aufgeregt. Ich dachte an Elektrizität, Autos, Filme, Mikrowellen und dampfende Kaffeemaschinen. Wo sollte man da nur anfangen?

Wir rückten näher zusammen. Unsere nackten Beine berührten sich, was sich angenehm warm und kuschelig anfühlte.

»Es käme dir wie Zauberei und Magie vor. Es würde sich unglaublich und verrückt anhören, wenn ich all die Errungenschaften meiner Zeit aufzählen würde«, fuhr ich fort.

Rory legte seinen Arm um meine Schultern, zog mich an sich und umschlang meinen Oberkörper fest mit dem anderen Arm.

»Aye,«, raunte er in mein Ohr, »und trotzdem gibt es bestimmt in keinem Jahrhundert etwas, das mich annähernd so beeindruckt wie *du*!« Er küsste meine Wange.

Ich drehte meinen Kopf zu ihm und stieß beinah mit der Nase gegen seine. »Ich bin zu betrunken, um dir zu widersprechen«, sagte ich heiser. »Aber sag bitte nicht mehr solche Dinge. Sie bringen mich durcheinander, und das ist nicht gut.«

Er seufzte kaum hörbar. »Von mir aus brauchen wir nicht zu reden. Wir können einfach zusammenliegen und den Mund halten, bis wir einschlafen.«

Daraufhin rutschten wir tiefer unter die Felle und schmiegten uns aneinander. Ich hörte, wie eine der Kerzen zischend erlosch und das Zimmer augenblicklich dunkler wurde. Rorys herber Duft drang in meine Nase. Ich schloss die Augen, genoss die Geborgenheit und versuchte mir einzureden, dass ich ihn nicht begehrte. Dass ich keine weitere Intimität zwischen uns erlauben durfte, wie ich es in unserer Hochzeitsnacht getan hatte. Ich wusste, er selbst würde nicht versuchen, mich zu verführen, auch wenn ihm deutlich spürbar der Sinn danach stand. Rory war rücksichtsvoll und zurückhaltend. Ein Mann von Ehre. Dummerweise sorgte dieser Gedanke dafür, dass ich mich noch mehr zu ihm hingezogen fühlte. Das Bedürfnis, ihn zu küssen wurde unerträglich. *Nur ein Kuss ... nur ein Kuss!* Und anschließend würde ich versuchen einzuschlafen ...

Mit den Fingern strich ich zärtlich über seinen Unterarm, fuhr die Wölbungen seines Bizepses entlang und berührte schließlich seine wunderschönen Lippen. Er öffnete den Mund einen kleinen Spalt, und sein warmer Atem streifte meine Hand. Rory lag reglos und still da, mich fest in seinen Armen haltend und schien abzuwarten.

Mit einem Mal gab ich meinem unermesslichen Verlangen nach und küsste ihn hart. Ich presste mich an seinen starken Körper, sehnsüchtig und unmissverständlich. Rorys schneller werdende Atmung, das Spiel unserer Zungen zeigten mir, dass er mir mit aller Leidenschaft entgegenkam. Behutsam fasste er unter meine Kniekehle, zog mein Bein auf seine Hüften und schob langsam mein Unterkleid höher. Seine Berührungen lösten ein Prickeln auf meiner Haut aus, das meine trüben Gedanken fortjagte. Ich spürte Rorys Erektion gegen meinen Oberschenkel drücken und wollte ihn mehr als alles andere ...

Doch plötzlich umfasste er meine Handgelenke und verharrte abrupt. »Skye, du wirst mich zurücklassen ... mit Erinnerungen wie Narben. Sie werden mich ein Leben lang begleiten und nie aufhören zu schmerzen.«

Bestürzt sah ich in das Ozeanblau seiner Augen, die mich wehmütig betrachteten. »Hey, mach doch nicht solche Vorhersagen«, erwiderte ich mit einem bittersüßen Gefühl. »Lass uns nicht darüber nachdenken, was aus uns wird. Bitte! Lass uns ein Liebespaar sein bis zum letzten Augenblick.«

»Du kannst dich immer noch für mich entscheiden«, flüsterte er. »Kannst bei mir bleiben, und ich werde dich lieben und beschützen, bis -«

»Nein«, unterbrach ich ihn. »Schscht! Hör auf damit! Ich kann nicht bleiben, und du weißt es!« Ich presste meinen Mund auf seinen und verharrte in dieser Stellung, in der Hoffnung, dadurch seine Anspannung zu lösen.

»Liebe mich jetzt, Rory MacRae«, hauchte ich auf seine Lippen. »Bitte! Ich liege bereit in deinen Armen ...«

Nach kurzem Zögern packten mich seine großen Hände an den Schenkeln und zogen mich unter sich. »Aber vergiss mich nicht, Skye! Und auch nicht diese Nacht«, sagte er, während er langsam in mich eindrang, mich Zentimeter für Zentimeter ausfüllte. »Sie soll sich in dein Gedächtnis einbrennen und dort für immer unauslöschbar bleiben.« Seine kehlige Stimme brachte mich noch mehr in Stimmung. Er hielt inne, betrachtete mein Gesicht, und mir wurde klar, dass Rory unseren Liebesakt ausdehnen und mich mit aller Hingabe verwöhnen wollte. Also gab ich mich seinem Rhythmus hin, bewegte mich ihm entgegen, führte und ließ mich führen, bis zum Höhepunkt, der uns wie ein Strudel mitriss.

Anschließend sanken wir uns verschwitzt in die Arme und lauschten eine Zeitlang unseren galoppierenden Herzen.

Irgendwann, während draußen die Wölfe wieder furchterregend laut heulten, schliefen wir ein, ohne auch nur ein weiteres Wort über den kommenden Tag zu sprechen.

Kapitel 2

»Bleib noch liegen. Ich schüre erst mal das Feuer.«

Rory küsste mich auf die Stirn und verließ die Schlafkammer, während ich ihm müde blinzelnd hinterherschaute. Ich hatte nicht bemerkt, dass er wach geworden war und sich angekleidet hatte. Gähnend streckte ich die Glieder von mir und blickte zum Fenster. Die schmalen Holzklappen waren nicht vollständig verschlossen, draußen dämmerte es, der Tag brach an und erinnerte mich augenblicklich an die Tatsache, dass mein Schicksal heute erneut entscheiden musste, ob es mich auf eine Zeitreise schicken wollte. Ich konnte nur hoffen, dass das als Höhle getarnte Portal eine stabile Verbindung zwischen 2016 und 3016 herstellte und nicht etwa nach irgendeinem Zufallsprinzip funktionierte. Ich wünschte mir schließlich nicht unbedingt, weitere tausend Jahre in die Zukunft katapultiert zu werden. Oder ewig weit in die Vergangenheit und im Maul eines Dinosauriers zu landen. Das Schlimmste, was passieren konnte, sollte einfach nur sein, dass rein gar nichts geschah und ich für immer in *Caledonia* blieb, ohne etwas dafür zu können.

Mit einem Ruck setzte ich mich auf, atmete durch und beobachtete die Staubpartikel, die in den schmalen Lichtstreifen vor dem Hintergrund der grauen Steinwände tanzten. Über Dinge zu grübeln, die passieren *könnten*, half ohnehin nichts.

Als Rory mich in die Küche rief, zog ich in Windeseile meine Jeans an, darüber die dicken Wollröcke, mit denen ich mich dem Kleidungsstil der

Cals anpasste, und schließlich noch meine Trekkingschuhe.

Wir stärkten uns mit Brot, Käse, Wurst und einem Früchtetee, der sauer und süß zugleich schmeckte. Vielleicht unser letztes gemeinsames Frühstück ... Und trotzdem redeten wir kaum. Stattdessen sahen wir uns wissend in die Augen, und hin und wieder küssten wir uns, als wäre es unser einziges Kommunikationsmittel. So seltsam dieses Verhalten auch war, es tröstete mich ein wenig und linderte meinen Schmerz.

Nachdem Rory sich satt gegessen hatte, erhob er sich vom Tisch und sah mich ernst an. »Ich befahl den Männern, sich bei Sonnenaufgang am Osttor zu versammeln. Wir sollten also los. Ich warte draußen auf dich.«

»Bin schon bereit«, antwortete ich und fügte leise hinzu: »Muss ja nichts weiter packen.«

Stumm nickend ging er aus der Küche. Am Scheppern von Metall und dem Quietschen von Leder erkannte ich, dass er seine Waffen und Gürtel anlegte und in die Wohnstube lief. Anschließend entriegelte er die Haustür, und kurz darauf wurde es totenstill.

Ich schluckte den letzten Bissen hinunter und trank noch meinen restlichen Tee. In einer kleinen Tonschüssel wusch ich mir mit frischem Wasser die Hände und spülte meinen Mund aus. Dann ging ich in die Schlafkammer, die mir Rory in unserer ersten Nacht zugewiesen hatte, und band dort meine Haare zu einem seitlichen Zopf zusammen. Aus der Kleiderkiste zog ich einen mit Tierfell gefütterten braunen Wollumhang heraus und warf ihn mir über die Schultern, sodass mein Rücken bis zur Hüfte bedeckt wurde. Der Kragen ließ sich zubinden, was gut war, denn auf diese Weise würde ich auch am Hals nicht frieren. Ich musste einen

Moment innehalten und an Shona denken. Rorys liebe Tante hatte mich mit so viel passender, warmer Kleidung ausgestattet, ohne je etwas dafür zu verlangen. Leider konnte ich nur mitnehmen, was ich am Körper trug.

Als ich über die Türschwelle ins Freie trat, verengte sich meine Kehle. Wahrscheinlich würde ich Rorys Haus nie mehr wieder betreten. Ich schluckte und ermahnte mich, meine Gefühle unter Kontrolle zu behalten. Etwas, das ich seit frühester Jugend eigentlich gut beherrschte und für eine Charakterstärke hielt. Der eisige Wind blies mir schneidend ins Gesicht und ein Blick gen Himmel ließ erkennen, dass uns ein kalter, bewölkter Tag bevorstand. In der Ferne verdichtete sich der Morgennebel zu einer weißgrauen Mauer, hinter der die Nachbarhäuser verborgen blieben.

Ich zuckte zusammen, als Coals Wiehern die morgendliche Stille durchbrach. Rory führte das imposante schwarze Pferd am Zügel. Als er mich auf den Stufen sah, rief er zu mir herüber. »Bist du bereit, Skye? Ich hoffe, du hast dich warm angezogen.«

»Ich schätze schon«, antwortete ich lachend.

In geringer Entfernung blieben Rory und Coal stehen und warteten auf mich. »Dann komm und steig auf!«

Doch ich konnte mich nicht rühren.

Meine Beine gehorchten mir nicht.

Wie gebannt starrte ich zu Rory, der in seiner vollen Kriegerausrüstung neben seinem edlen Rappen ein atemberaubend schönes Bild abgab. *Wie ein altes Ölgemälde.* Über dem dunklen Leinenhemd trug er wieder die weiße Fellweste. Nur zu gut erinnerte ich mich daran, dass ich ihn genau in dieser Aufmachung das erste Mal gesehen hatte. Im Gras hatte ich gelegen, zu Tode geängstigt und über mir Merrill, der mich vergewaltigen wollte, als Rory wie ein Racheengel erschienen war. Er hatte seinen Gefolgsmann mit einem Tritt vertrieben und mich anschließend mit eisblauen Augen skeptisch gemustert.

»Skye?« Seine raue Stimme riss mich aus meinen Träumereien. »Alles in Ordnung mit dir?«

Der Bann war gebrochen.

»Ja, natürlich.« Ich eilte die Stufen hinab, lief zu ihm hin und ließ mir aufs Pferd helfen. Als ich fest im Sattel saß, stieg Rory ebenfalls auf. Sofort lehnte ich mich gegen seine Brust und lauschte mit klopfendem Herzen den Anweisungen, die er Coal gab. Hin und wieder überkam mich das komische Gefühl, etwas Wichtiges vergessen zu haben, aber ich kam einfach nicht darauf, was es sein könnte.

Wir ritten an der Pferdekoppel vorbei, auf das Osttor zu, und erkannten bereits aus der Entfernung, dass sich dort eine Menge Reiter versammelt hatten. Weitaus mehr, als ich erwartet hatte.

Ich drehte mich zu Rory um. »Wissen sie Bescheid, dass ich mit euch komme?«

»Aye, das tun sie. Nur nicht, weshalb.« Nach kurzem Zögern fügte er leise hinzu: »Ich werde dich bei der *Verbotenen Höhle* absetzen. Wir werden warten, und wenn du ... wenn du nicht mehr herauskommst, denken alle, dass die Legende stimmt und die Höhle dich verschluckt hat. Aber *ich* ... werde hoffen, dass du nach Hause gereist bist, wie du es unbedingt wolltest.«

»Und du wirst dein Leben so weiterführen, wie du es dir immer ausgemalt hast, bevor wir uns begegnet sind«, sagte ich gepresst, den Blick starr geradeaus gerichtet. Ich atmete tief durch und bemühte mich, zuversichtlich zu klingen, während ich mir Roys nahe

Zukunft, in der es mich nicht gab, vorzustellen versuchte. »Du wirst deinen Bruder finden, und vielleicht schaffst du es sogar, Frieden zwischen *Cals* und *Brits* zu stiften. Eure Völker könnten Handel miteinander treiben und gemeinsam die technologische Entwicklung voranbringen und -«

»Mir reicht es, wenn wir uns nicht gegenseitig die Köpfe spalten«, erwiderte Rory hart. »Um Freunde zu werden, ist es entweder zu spät ... oder zu früh. Aber in einem hast du recht: Ich *muss* wissen, was mit Sean passiert ist. Und vielleicht ... vielleicht hören dann meine Albträume auf.« Er atmete laut aus.

Die restlichen Meter bis zur Gruppe schwiegen wir. Mindestens die Hälfte der versammelten Krieger kannte ich vom Sehen, und immerhin zwei von ihnen, Brandon und Kit, mochte ich seit unserem gemeinsamen Ausflug nach *Seagull* besonders gerne.

»Merrill, Glen, ihr beiden reitet voraus«, befahl Rory. »Die Proviantträger halten sich möglichst in der Mitte.«

Wenige Sekunden nach Rorys Ansprache verstummte das allgemeine Gemurmel, und unser Trupp setzte sich in Bewegung, verließ *Horizon* durch das Osttor, das von den einfachen Einwohnern offenbar viel seltener bis gar nicht genutzt wurde.

Diesmal ritten wir Richtung Süden, die Siedlung immer weiter hinter uns lassend. Vor einer kurzen Hügelkette, die wie die Rückenzacken eines Drachen aussah, machten wir einen Schwenk und schlugen den Weg nach Westen ein. Laut Rory würden wir in wenigen Stunden den *Lochindorb* erreichen, wo wir uns und den Pferden eine Verschnaufpause gönnen konnten.

Während wir die steinigen Wege entlang trabten, von Reitern mit den Proviantaschen flankiert und über uns der von Gewitterwolken verhangene Himmel, erschien mir Rory maßlos alarmiert. Sein linker Arm, der sich vom ersten Moment an um meine Mitte geschlungen hatte, fühlte sich wie ein festgezurrter Sicherheitsgurt an. Einem Adler gleich behielt er die Umgebung im Auge. Hin und wieder gab er seinen Männern Anweisungen, wie sie sich formieren und worauf sie besonders achten sollten. Zum Beispiel auf Waldabschnitte, die wir passierten, oder größere Hügel und Felsen, die dem Feind als Hinterhalt dienen könnten. Stündlich schickte er ein neues Zweierteam an die Spitze der Patrouille, um sicherzugehen, dass mit höchster Konzentration aufgepasst wurde.

Seine Angespanntheit durchdrang mich bis ins Mark, doch bevor ich ihn darauf ansprechen konnte, verriet er mir, dass er mich ohne Zwischenfälle und unversehrt zur Höhle geleiten wollte. »Das ist das Einzige, was ich für dich noch tun kann«, sagte er.

Ich vermutete, dass ihm die Sorge, *Brits* könnten uns angreifen, im Nacken saß. Niemand vermochte die vermeintliche Gefahr wirklich einzuschätzen. Es trieb mir beinah die Tränen in die Augen, wie bemüht Rory war, mir die Heimreise zu ermöglichen, obwohl er mich eigentlich bei sich behalten wollte. Ich glaubte ihm inzwischen, dass die Liebe, die er mir in unseren gemeinsamen Stunden der Zärtlichkeit gestanden hatte, keine vorübergehende Leidenschaft, keine Schwärmerei war, und das zerriss mich innerlich noch mehr. Aber ich durfte mich von Gefühlen wie Angst oder ... *Liebe* nicht aufhalten lassen. Ich hatte eine Menge Rätsel zu lösen und musste herausfinden, warum ich in ein paranormales Phänomen verwickelt worden war, das ich als Wissenschaftlerin nie für möglich gehalten hätte. Gab es einen bestimmten Grund, dass ausgerechnet *ich* auf diese ungeheuerliche Weise durch die Zeit geschickt worden war? Vielleicht hatte ich eine Aufgabe zu erfüllen? Auch wenn ich absolut keine Idee hatte, worin diese bestehen könnte, beschlich mich dieser Gedanke immer wieder. Natürlich rechnete ich damit, dass ich womöglich vergeblich nach einem übergeordneten Sinn meiner Zeitreise suchte. Nichtsdestotrotz musste ich ihn suchen! Und schließlich war da noch Malcolm, dem ich eine Erklärung schuldete, warum ich kurz nach unserer Verlobung verschwunden war.

Wie geplant legten wir an der Spitze des *Lochindorb* eine etwa zweistündige Rast ein. Zwar freute sich mein geschundenes Hinterteil darüber, doch ich empfand es als deprimierend, diesen großen See wiederzusehen. Vermutlich lag es daran, dass wir jetzt nicht mehr allzu weit von der Höhle entfernt sein konnten. Der Himmel drohte seit Stunden mit einem Wolkenbruch, was die Männer allerdings nicht tangierte. Man rieb die Pferde trocken und ließ sie in Ruhe grasen. Am Lagerfeuer wurden aufgespießte Fleischstücke gebraten. Ihr herrlicher Duft zog in dicken Rauchschwaden über unser Lager. Augenblicklich lief mir das Wasser im Mund zusammen. Rory hatte für uns beide einen abseits gelegenen Platz am Seeufer ausgesucht, wo ich nun ungeduldig darauf wartete, dass er sich mit etwas zu Essen zu mir gesellte.

Gerade als ich mich in die vielen faszinierenden Grautöne des Wolkenhimmels vertiefte, der den langgezogenen See vor uns wie eine glänzende Marmorplatte erscheinen ließ, tauchte Rory neben mir auf.

»Lass es dir schmecken. Es ist unsere einzige Rast, bevor wir die Höhle erreichen.« Er reichte mir eine von zwei Holztellern mit gebratenem Fleisch und mehreren Fladenbroten und ließ sich ins Gras nieder.

»Danke! Was ist das?« Ich spießte mit einem Holzstab ein Fleischstück auf, pustete und biss vorsichtig davon ab.

»Hirschfleisch.«

Tatsächlich schmeckte das Essen so gut, dass ich mich ermahnen musste, nicht zu schlingen. »Es ist köstlich«, nuschelte ich beim Kauen.

Rory stellte seinen Teller ab und sprang auf. »Warte kurz ...« Mit großen Schritten lief er zum Lagerfeuer, wo eine kleinere Gruppe seiner Krieger feixend beieinandersaß. Wenig später kehrte er mit einem Trinkhorn zurück, zog den Verschluss heraus und hielt es mir hin. »Etwas Whisky tut gut, wenn die Kälte versucht, einem in den Nacken zu kriechen.«

Ich nickte zustimmend. »Na, dann gib her«, sagte ich forsch und nahm ein paar Schlucke. Kaum dass mir das Getränk in den Magen hinunterfloss, schüttelte ich mich und drückte ihm das Trinkhorn gegen die Brust. »Feuerwasser! Arrrgh ... Im wahrsten Sinne des Wortes!«

»Feuerwasser?« Rory lachte. Zum ersten Mal an diesem Tag. »Du bist wirklich einfallsreich, Skye!«

»Ist nicht meine Wortschöpfung«, klärte ich ihn auf. »Kenne sie aus alten Western.« Ich schlug mir mit dem Handballen gegen die Stirn. »Ah nein, du weißt natürlich nicht, wovon ich rede.« Seufzend steckte ich mir ein Fleischstückchen in den Mund und schob etwas Fladenbrot hinterher.

»Besser so«, murmelte er und blickte nachdenklich auf den See. Immer noch stand er steif neben mir. »In ein paar Stunden könntest du in deine Welt verschwunden sein, und ich kann dir niemals folgen.«

Aufgewühlt sah ich zu ihm hoch. »Würdest du denn, wenn es möglich wäre?« Etwas Neugieriges in mir schien den Mund nicht halten zu können.

Rory setzte sich endlich neben mich und atmete lange tief durch, als beschwerte eine Last seine Brust. »Aye«, sagte er zu meiner Überraschung. Dann sah er mich eindringlich an. »Aber ich habe hier auch eine Aufgabe zu erledigen, wie du weißt.«

»Nach deinem Bruder zu suchen?!«

»Es ist meine Pflicht.«

»Ich weiß.«

Mit einem kleinen Schmunzeln fuhr er fort: »Ich erzählte dir ja, dass ich und ein Freund einst die Legende herauszufordern versuchten.«

Ich nickte. »Ja, ich erinnere mich.«

»Natürlich haben wir keine Sekunde daran geglaubt, dass mit uns in der Höhle etwas geschehen könnte und wir aus ihr nicht mehr herauskommen. Und genau so war es auch. Weißt du, was ich denke?« Rory hielt kurz inne. »Wahrscheinlich besitzen nur wenige Menschen die Fähigkeit, durch die Zeit zu reisen. Du bist wohl einer von ihnen und damit etwas Besonderes.«

»Du meinst ... es ist eine Art Gabe?«, fragte ich, verblüfft von dieser Vorstellung. Warum war ich selbst nicht darauf gekommen?

»Aye!«

»Aber wieso ich? Weshalb sollte ausgerechnet *ich* eine besondere Gabe besitzen?«

»Keine Ahnung, Skye. Du fliegst auch in eisernen Vögeln durch die Luft, wenn ich dich richtig verstanden habe.«

»Vielleicht finde ich es noch heraus«, murmelte ich mehr zu mir selbst.

»Bestimmt ... Ich meine, ich hoffe, dass deine Fragen beantwortet werden, denn sie scheinen dir ja äußerst wichtig zu sein.«

Hatte ich gerade einen leicht vorwurfsvollen Unterton in seiner Stimme herausgehört? »*Du* bist mir auch wichtig, Rory«, sagte ich. Eine Untertreibung. Ich legte eine Hand auf seine Schulter, spürte das dichte Fell seiner Weste unter den Fingern und wartete, aber Rory sah mich nicht an. Schließlich nahm ich meine Hand wieder weg und versuchte, tapfer auszusehen.

Wir aßen auf und tranken vom Seewasser. Mit der Handkante musste man vorsichtig die obere Wasserschicht verdrängen und anschließend beide Hände möglichst schnell eintauchen, um das saubere Wasser hervorzuholen.

Rory griff nach meinem Ellbogen. »Wir reiten gleich weiter. Hast du noch ein körperliches Bedürfnis, das befriedigt werden muss?«

Ich nickte dankbar. »Man sieht es mir hoffentlich nicht an?«

»Hab bloß geraten«, sagte er schulterzuckend.

Er führte mich zu einem nahegelegenen Busch und stellte sich als menschlicher Sichtschutz mit dem Rücken zu mir auf. »Na, dann mal los!«

Leicht nervös sah ich mich nach den anderen Männern um. Zu meiner Freude standen sie bei den Pferden und bereiteten sich auf den Weiterritt vor. Also hockte ich mich hin und hoffte, dass mich kein Insekt in den Po beißen würde, während ich mich erleichterte.

Als Rory und ich wieder auf Coals Rücken saßen, fühlte ich mich erholt, gesättigt und beinah zufrieden. Aber sobald wir losritten, begann mein Herz gegen meinen Brustkorb zu poltern. Als wollte es mich warnen. Mit jeder Meile durch die wunderschöne, raue Landschaft, entlang am *Lochindorb*, wurde ich unruhiger. Ein tiefes Unbehagen meldete sich zurück. Mit aller Kraft konzentrierte ich mich auf das Land vor uns, um meinen nervösen Zustand besser zu ertragen. In der Ferne erkannte ich einige Bergformationen wieder, außerdem größere Waldabschnitte und die einzigartigen Moore, die wir an jenem Tag, als mein Abenteuer begonnen hatte, auf dem Weg nach *Horizon* passiert hatten.

Wir ritten durch eine Talenge, die von zwei parallelen Hügelketten gesäumt wurde, als Rory mit tiefer Stimme in mein Ohr flüsterte: »Der Himmel verdunkelt sich immer mehr. Seit der Rast ist es windstill geworden.«

Daraufhin hob ich den Blick und betrachtete die schwarzen Wolken, die vom Westen her aufzogen. Gerade als ich eine Bemerkung über ein drohendes Gewitter machen wollte, riss Merrill den Arm in die Höhe und deutete der Patrouille, umgehend stehen zu bleiben.

»Was ist los?«, rief Rory nach vorn. Merrill hielt immer noch den Arm hochgestreckt und zeigte damit an, dass Vorsicht geboten war. Reglos starrte er in eine Richtung, als sähe er in der Ferne, wo die Wälder dichter und höher wurden, etwas, das ihn beunruhigte. Die Krieger schlossen einer nach dem andern zu ihm auf und drängten sich um ihn herum. Sie wollten erfahren, warum es nicht weiterging. Als Rory und ich an der Spitze des Trupps angelangten, wichen alle zur Seite, um uns Platz zu machen.

Rory brachte Coal zwischen Merrill und Glen zum Halten. »Was siehst du?«, fragte er Merrill und richtete den Blick ebenfalls in die vor uns liegende Weite.

Merrill kratzte sich am bärtigen Kinn und zog die Stirn kraus. »Ich hätte schwören können, dass ich etwas aufblitzen sah ...«

Eine Weile starrten alle Krieger stumm in dieselbe Richtung, und ich ebenfalls, konnte jedoch beim besten Willen auf diese extreme Entfernung nichts erkennen.

»Ich kann nichts sehen«, sagte Rory, was einige der Männer mit einem »*Aye! Ich auch nicht*« bestätigten.

»Merrill hat wohl geträumt!«, warf Kit lachend ein, doch Glens strenger Blick ließ ihn sofort verstummen.

»Einen kurzen Moment sah ich etwas. Zwischen den Bäumen. Bin mir sicher ...«, erklärte Merrill. »Es leuchtete hell auf und verschwand wieder.«

»Vielleicht hast du einen Blitz gesehen«, mutmaßte einer.

»Aye, könnte doch sein«, stimmte ihm ein anderer zu. »Der Himmel am Horizont ist beinah schwarz.«

Merrill runzelte die Stirn. »Was machen wir? Weiterreiten? Abwarten und die Gegend beobachten?« Er wandte sich an Rory. »Glen und ich könnten auch bis zum Waldrand vorreiten und nachsehen«, schlug er vor.

Plötzlich herrschte Stille.

Die Patrouille wartete gespannt auf Rorys Antwort.

»Wir reiten gemeinsam weiter«, entschied er nach kurzem Zögern. »Jeder hält Augen und Ohren offen!«

Nach dieser Ansage setzte sich der Trupp erneut in Bewegung, und zu meiner Überraschung übernahm Rory mit Merrill an seiner linken und Glen an seiner rechten Seite die Vorhut. Somit hatte ich einen freien Blick auf das weitläufige Land vor uns und auch auf die im Süden aufragenden Nadelwälder, deren Entfernung ich auf etwa zehn bis fünfzehn Meilen schätzte.

Wir hatten fast das Ende des Sees erreicht. Bis zur *Verbotenen Höhle* durfte es wirklich nicht mehr lange dauern. Plötzlich schoss mein Puls in die Höhe. Ich drehte den Kopf zu Rory. »Wir sind bald da, stimmt's?« Meine Stimme klang dünn und hysterisch.

Er richtete kurz den Blick auf mich, dann deutete er mit dem Kinn. »Wenn du dich anstrengst, kannst du die Höhle von hier aus schon sehen.«

Ich kniff die Augen zusammen und schaute in die Ferne. Doch ich konnte nicht erkennen, welche von den Erhebungen, die von unserem Standpunkt aus wie winzige Maulwurfshügel aussahen, die *Verbotene Höhle* sein sollte.

»Ich weiß, dass sie sich ein Stück vor dem Wald befindet. Aber ich sehe sie nicht«, murmelte ich.

»Wirst du schon bald«, erwiderte Rory tonlos.

»Wenn ich also ... wenn ich dann weg bin«, ich stockte und stellte mir vor, wie die Patrouille ohne mich weiterzog, »wohin werdet ihr dann reiten?«

»In den Süden«, antwortete er unverzüglich. »Wir werden entlang des *Dunklen Waldes* patrouillieren und nach Spuren suchen. Sollten wir auf *Brits* treffen, werden wir sie an unser Abkommen, das Territorium des anderen nicht zu betreten, erinnern müssen. Und zwar mit allen Mitteln. Doch zuerst werden wir versuchen, mit ihnen zu reden. Ich werde Antworten verlangen, und schließlich entscheiden, was als Nächstes passiert.«

»Das klingt irgendwie besorgniserregend«, wandte ich ein. »Ich hoffe sehr, dass ihr keinem einzigen *Brit* begegnet, Rory, das ist mein Ernst.«

»Du solltest dir keine Gedanken wegen uns machen«, erwiderte er für meinen Geschmack überraschend kühl. »Stell dir einfach vor, dass es uns nicht gibt. Nicht mehr. Oder eben ... *noch* nicht.«

Ich spürte wieder diese furchtbaren Stiche in der Brust und schüttelte energisch den Kopf. »Das werde ich niemals können.«

Rory erwiderte nichts auf meine Bemerkung. Stattdessen ritten wir unaufhaltsam weiter.

Seit Merrills Alarm schien die Patrouille viel stiller und disziplinierter unterwegs zu sein. Ihre Anspannung verstärkte meine innere Unruhe und das unangenehme Klopfen in meiner Brust. Selbst wenn gerade nichts darauf hindeute, so war es in *Caledonia* theoretisch immer möglich, dass in den Wäldern nicht nur wilde Tiere, sondern auch bewaffnete Feinde lauerten – und damit der Tod. So war diese raue, archaische Welt im Jahre 3016 nun mal. Jeder halbwegs vernünftige Mensch würde sich in eine friedlichere Epoche wünschen, in der man in Schottland ohne die Angst leben konnte, aus dem Hinterhalt massakriert zu werden. Wenn ich also tatsächlich die Gabe besaß, in der Zeit zu reisen, so musste ich doch dankbar dafür sein. Nicht mehr lang, und ich wäre weg von aller Gefahr, weg vom primitiven Leben in einfachen Siedlungen, die von einem Haufen undurchsichtiger Männer regiert wurden. Und hoffentlich zurück in meine eigene Welt, in der man nicht auf Kerzenlicht angewiesen war, um die Nacht zu erleuchten, und in der ... in der ... Meine Gedanken gerieten ins Stocken. Es musste doch noch mehr entscheidende Vorteile des einundzwanzigsten Jahrhunderts geben. Oder ging es letzten Endes nicht einfach nur darum, Menschen zu finden, denen man vertraute und die man liebte? Und mit diesen besonderen Individuen an seiner Seite alt zu werden und schließlich in Frieden zu sterben?

»Skye! Richte deinen Blick nach Südwesten. Siehst du die Baumgruppe hinter dem Moor?« Rory deutete mit dem ausgestreckten Zeigefinger in eine Richtung.

Aufgeregt spähte ich in die Ferne, sah aber nur einen kleinen bunten Klecks.

»Und jetzt schau ein wenig zur Seite, dann siehst du einen dunklen Halbkreis.«

Ich brauchte eine Weile, bis ich ihn entdeckte. »Ich glaube, ich sehe ihn. Und?«

»Das ist sie. Die Höhle. Noch eine Stunde in diesem Tempo, und wir sind da.«

Ich nuschelte ein »Mmh« und ließ den winzigen Halbkreis nicht mehr aus den Augen. Meine Kehle schwoll zu. Meine Hände, die den Sattelknauf viel zu fest umklammert hielten, fühlten sich auf einmal wie Eisklumpen an. Ich steckte die Ecken meines Umhangs zwischen meine Fäuste, damit meine Finger sich aufwärmen konnten. Und dann schloss ich die Lider. Hinter der Dunkelheit tauchten aus dem Archiv meiner Erinnerungen Bilder von Rory auf: sein Gesicht über mir, als er mich vor dem Wolfsangriff gerettet hatte. Der Moment, als er nach den Brautkämpfen vor mir gekniet und auf die Anerkennung seines Sieges gehofft hatte. Dann die bewegenden Minuten unserer Hochzeitszeremonie, in denen er mit sanfter, aber fester Stimme seinen Schwur aufgesagt und mich dabei so eindringlich angesehen hatte, dass ich ihm jedes seiner Worte glaubte. Ich dachte an die Wärme seines Körpers, an die Fürsorge, mit der er mich getröstet hatte, nachdem ich im *Haus der Artefakte* meine Zeitreise als Realität akzeptieren musste ... Die Bilder reihten sich in immer schnellerer Abfolge aneinander, vermischten sich irgendwann mit älteren Erinnerungen aus meinem Leben, bevor es mich durch Zeit und Raum nach *Caledonia* verschlagen hatte. Schwermut drückte mich tiefer in den Sattel. Ich sank gegen Rorys Brust und spürte, wie sein Arm mich augenblicklich fester hielt.

»Geht's dir gut?«

»Ja, bestens«, log ich, die Augen immer noch stur verschlossen, als könnte sich dadurch der Weg bis zur Höhle wenigstens ein klein wenig verlängern.

Er dämpfte die Stimme und sprach in mein Ohr. »Wenn du dann drüben bist, Skye ... in deiner magischen Welt ... tausend Jahre in der Vergangenheit ... wirst du von uns erzählen? Von dir und mir?«

Die Frage traf mich mitten ins Herz. Ich schluckte schwer.

»Wird man dir überhaupt glauben?«, fuhr er fort.

»Ich weiß es nicht«, sagte ich. »Zeitreisen gelten bei uns als physikalisch unmöglich.«

»Nun ja, und wenn ... Ich dachte, am besten nimmst du dieses seltsame Whisky-Gefäß mit auf deine Rückreise.«

»Du hast den Flachmann mitgenommen?« Überrascht riss ich die Augen auf und drehte mich zu ihm um. »Ich wusste doch, ich hab etwas vergessen. In der Aufregung hab ich nicht daran gedacht, ihn einzustecken.«

Rory klopfte mit der Faust auf seine Brusttasche. »Ist hier drin, das stinkende Ding. Eingewickelt in ein Ledertuch. Ich übergebe ihn dir, wenn wir da sind.«

Aufgewühlt wandte ich mich wieder nach vorn, und jetzt sah ich sie deutlich vor uns: die *Verbotene Höhle!* Hinter ihr ragte der dichte Wald empor, in dem mich beinah ein riesiger Luchs angefallen hatte. Zum Glück war Rory in letzter Sekunde erschienen und hatte das Tier vertrieben.

Er beugte sich zu mir vor, sodass sein Kopf neben meinem auftauchte. »Sag, müsste es diesen *Flachmann* in deiner Zeit dann nicht zweimal geben? Ich verstehe nicht, wie das gehen soll.«

»Ich weiß auch nicht«, gab ich ratlos zurück. »Theoretisch ja, aber praktisch ... keine Ahnung ... Das sind diese merkwürdigen Zeitreise-Paradoxa.«

»Ich fürchte, ich weiß nicht, was du meinst. Wie auch immer, wir sind gleich da.«

Er wandte sich an Merrill, der inzwischen einige Meter vor uns ritt. »Wir machen eine kurze Rast. Skye wird sich die Höhle ansehen.«

Merrill sah über die Schulter zu uns und verzog die Miene zu einem verständnislosen Ausdruck, dennoch hob er ohne Widerworte den Arm in die Höhe und brüllte: »Wir legen eine Pause ein, Männer!« Dann stieg er vom Pferd und zog ein Trinkhorn aus einer seiner Satteltaschen.

»Hey, lass mich auch!« Glen gesellte sich zu seinem Freund und verpasste ihm einen kumpelhaften Hieb auf den Rücken.

»Es steht euch frei, zu tun, worauf ihr Lust habt«, rief Rory allen zu. Anschließend sprang er von Coal ab, streichelte ihn kurz am Hals und hob mich herunter. Er hielt mich so lange an den Schultern fest, bis sich meine Beine an den Untergrund gewöhnt hatten und ich nicht mehr wankte.

Ich starrte Rory stumm ins Gesicht. In meinem Kopf herrschte ein entsetzliches Chaos. Meine Gehirnmasse schien verklumpt zu sein, denn ich konnte keinen einzigen klaren Gedanken mehr fassen. War es nun wirklich an der Zeit, sich für immer zu verabschieden?

»Ich bringe dich hin«, flüsterte Rory, und ich nickte wortlos, obwohl ich eigentlich den Kopf schütteln wollte. Aber statt sofort loszulaufen, starrten wir uns weiterhin an. Ungläubig, sehnsüchtig und vielleicht auch hoffnungsvoll, als wartete jeder auf eine wundersame Wendung unseres Schicksals.

Im nächsten Augenblick ließ uns Glens Schrei herumfahren. Ein Pfeil hatte seinen Oberarm durchdrungen. Der blonde Krieger sackte schmerzerfüllt zusammen. Plötzlich schrien alle durcheinander. Rory stellte sich sofort wie ein Schutzschild vor mir auf und suchte hektisch nach der Richtung, aus der der Angriff gekommen war. Merrill zog mit finsterster Miene seinen Bogen hervor und spannte ihn, wusste aber nicht, wo zum Teufel sich der Feind verstecken könnte. Nervös drehte er sich im Kreis, bereit jeden Moment seinen Pfeil abzuschießen.

»Merrill, ich bringe Skye -» Rory brach seinen Satz mit einem Aufschrei ab. Ein zweiter Pfeil hatte seinen Oberschenkel getroffen. Als ich das sah, begann ich, am ganzen Körper zu zittern. Mein Herz raste in wildem Tempo und überschlug sich mehrmals.

Merrill eilte zu Rory, der vor mir zusammengebrochen war. »Verdammte Götter, was ist hier los?«, fluchte er und fasste Rory unter den Arm, um ihn zu stützen.

Doch Rory brüllte Merrill an: »Bring Skye in die Höhle. Sofort!«, und entzog sich dem Griff seines Gefolgsmannes. »Beeil dich. Los!«

Ich ließ mich neben ihm auf den Boden fallen. »Nein! Ich kann jetzt nicht gehen«, rief ich aufgelöst, fixierte entsetzt den langen Pfeil, der knapp über Rorys

Knie im Fleisch steckte, und wollte am liebsten schreien. Aber Merrill zog mich mit seiner ungeheuren Kraft blitzschnell auf die Füße, warf sich meinen Arm um den Nacken und schleifte mich zu der Höhle, die keine zehn Meter entfernt lag. Nicht einen einzigen Schritt machte ich eigenständig. Merrill beeilte sich, den Kopf geduckt haltend, da immer mehr Pfeile zischend über uns hinwegflogen und die Schreie und das Gebrüll der Patrouille nicht aufhörten. Ich versuchte mich gegen den ungewollten Transport zu wehren, doch die Attacke aus dem Nichts und Rorys Verletzung hatten mich so erschreckt, dass meine Glieder wie taub und nutzlos herabhingen. Ich wusste, dass die Höhle für mich die Rettung sein konnte. Aber ich wollte nicht gerettet werden. Nicht jetzt, wo Rory und seine Männer in eine üble Falle geraten waren.

Als Merrill mich unmittelbar vor dem Höhleneingang aus seiner Umklammerung ließ und ich zu Boden sackte, wollte ich sofort zu Rory zurück. Doch der langhaarige Krieger packte mich erneut an den Armen und stopfte mich grob in die Höhle hinein.

»Finstere Götter! Was für ein Tag!«, brüllte er mich aus voller Kehle an, als ich mich verzweifelt zu ihm umdrehte und wieder herauszukrabbeln versuchte. »Bleib da drin, Weib! Und lass dich bloß nicht draußen blicken, wenn dir dein Leben lieb ist!« Merrill trat sachte gegen meine Brust, drängte mich tiefer in das Innere der Höhle und verpasste mir schlussendlich einen kräftigen Tritt, sodass ich mit dem Rücken auf den harten Boden aufschlug.

Nun war ich umgeben von Dunkelheit und dem fauligen Gestank, der mir noch allzu vertraut war. Wie durch Watte hörte ich die Kampfschreie und verspürte die schrecklichste Angst meines Lebens. Ich keuchte atemlos. Obwohl ich wusste, dass ich gerade hyperventilierte, konnte ich nicht damit aufhören. Alles in meinem Kopf drehte sich. Meine Finger versuchten, sich in den staubigen Boden zu krallen, fanden jedoch keinen Halt. Ich lag da, nach Luft japsend und von einem üblen Schwindel erfasst, bis mich die Ohnmacht gnadenlos in ihre Finsternis zog.

Kapitel 3

War es der stechende Schmerz zwischen meinen Schulterblättern oder allein mein Lebenswille, der mich aus der tiefen Bewusstlosigkeit herausholte? Vielleicht beides zusammen? Ich schlug die Augen auf und stellte fest, dass ich mich immer noch in der Höhle befand. Nah zum Eingang, der mir jetzt eindeutig breiter erschien – so wie an jenem Tag, als ich sie mit Malcolm das erste Mal besucht hatte.

War es passiert?

Hatte ich wieder eine Zeitreise gemacht?

Hatte ich Rory tatsächlich verlassen? Ihn und seine Männer mitten in einem Angriff ihrem Schicksal überlassen? War ich zurück in der Vergangenheit?

Mir war zum Heulen zumute. Der Trennungsschmerz raubte mir die Luft, aber ich musste mich zusammenreißen. Musste schnell ins Freie und nachsehen, was mich da draußen erwartete. Denn irgendetwas war spürbar anders. Sollte mich diese gespenstische Stille vor etwas warnen? Vorsichtig setzte ich mich auf, massierte meinen schmerzenden Nacken und versuchte ruhiger zu atmen. Ganz langsam erhob ich mich vom Boden auf meine bleischweren Beine und ging geduckt auf den Ausgang zu. Die Angst ließ mein Herz wild poltern.

Als ich ins Freie trat und mich aufrichtete, erkannte ich die *Highlands* sofort wieder. Schon auf den ersten Blick erschien mir die Natur zahmer, weitaus weniger üppig als in *Caledonia*. Was mich besonders erstaunte: Der Winter klopfte bereits an die Tür, und ein eisiger Wind schnitt mir ins Gesicht. Ein untrügliches Zeichen, dass ich in einer anderen Zeit gelandet war. Trotzdem sah ich mich nach jenem dichten Wald aus Rorys Zeit um, drehte mich dabei in alle Himmelsrichtungen und fand ihn dennoch nicht. Stattdessen entdeckte ich den Hügel, auf dem ich mit Malcolm gestanden und das erste Mal zur Höhle hinübergeblickt hatte.

Es geschah hauptsächlich aus Verzweiflung, als ich plötzlich losschrie: »Ro-oory?«, und nach kurzem Innehalten versuchte ich es mit »Maaal-colm?«.

Ich erhielt keine Antwort. Weder von dem einen noch dem anderen Mann. Doch mit jeder Sekunde verstärkte sich das Gefühl in mir, dass ich diesmal den Weg zu der asphaltierten Straße, auf der mich Malcolm in diese Gegend gebracht hatte, finden würde. Also raffte ich meine Röcke und eilte zu dem Hügel, der höchstens zwanzig Meter entfernt lag. Da mich die schweren Leinenröcke beim Klettern des steilen Hangs behinderten, zog ich sie kurzerhand aus und ließ sie ins Gras fallen. Mein Outfit bestand nun aus einer seltsamen Kombination aus Jeans, einem altertümlichen Leinenhemd und einem mit echtem Fell gefütterten Umhang sowie dunkelblauen Trekkingschuhen, für die ich, wie so oft schon, höchst dankbar war.

Nach einer kurzen, aber anstrengenden Klettertour stand ich atemlos auf der Kuppe des Hügels. Ich klopfte meine Kleidung sauber, während ich staunend in die Ferne blickte, wo der silbrig schimmernde *Lochindorb* langgestreckt und mit seiner üblichen Schönheit die Landschaft verzierte. Doch der urwüchsige, wilde Anblick der *Highlands*, den ich aus *Caledonia* kannte, war eindeutig verschwunden. Benommen drehte ich mich um und entdeckte in der entgegengesetzten Richtung das kleine Kiefernwäldchen, an dem Malcolm und ich entlanggelaufen waren. Also rutschte und stolperte ich den Hügel an seiner abgeflachten Südseite hinunter und kämpfte mich durch Büsche und Sträucher. Ihre wenigen Blätter waren braun und trocken; der Herbst lag eindeutig in seinen finalen Zügen. Keuchend lief ich am Wäldchen vorbei, bis ich den schmalen Pfad erreichte, wo ich eine kurze Verschnaufpause einlegte.

Mein Puls ging viel zu schnell, jedoch weniger wegen der physischen Anstrengung als vielmehr aus der absurden Sorge heraus, ich könnte der letzte Mensch auf Erden sein. Ich schüttelte mich entsetzt. *Nein, jetzt nicht die Nerven verlieren!* Mehrere Male holte ich tief Luft und stieß sie laut aus. *Bleib ruhig, Skye!* Dann richtete ich mich auf und lief weiter. Einen Schritt nach dem anderen, am gurgelnden Bach entlang, fand ich tatsächlich zu der asphaltierten Straße, die ich sofort wiedererkannte. Und da! Da drüben war der kleine Hügel, an dessen Fuß Malcolm damals den Sportwagen geparkt hatte. Doch von meinem Verlobten oder seinem Auto fehlte jegliche Spur.

Wenig später stand ich mitten auf der Landstraße, hilflos in beide Fahrtrichtungen schauend, und hoffte inständig, irgendwo in dieser Einsamkeit auf einen Menschen zu treffen. Tiefe Verzweiflung ließ mich auf die Knie sacken. Was mit leisem Wimmern begann, entwickelte sich binnen Sekunden zu einem unkontrollierten Schluchzen, das mich völlig überwältigte. Ich schlug die Hände vors Gesicht und weinte ... bis ich ein dezentes und dann immer lauter werdendes Motorengeräusch vernahm.

Augenblicklich sah ich auf. Ungefähr hundert Meter von mir entfernt kam ein olivgrüner Lastwagen zum Halten. Wie gebannt starrte ich zu dem Fahrzeug hinüber.

Was zur Hölle?

Gehörte der Wagen etwa zum britischen Militär?

Es sah zumindest so aus. Aber warum stoppte er mitten auf der Fahrbahn?

Ich erhob mich, den Blick starr auf den Militärlaster gerichtet und wartete mit einem unguten Bauchgefühl ab, was als Nächstes passieren würde. Plötzlich flogen auf beiden Seiten die Türen auf und vier Personen in knallgelben Ganzkörperschutzanzügen sprangen heraus. Sie sahen aus wie Spezialkräfte vom Seuchenschutz oder etwas in der Art, allerdings mit dem fragwürdigen Detail, dass sie Maschinengewehre über der Schulter trugen.

Es bescherte mir eine Gänsehaut, wie wir uns viel zu lange gegenseitig anstarrten, statt friedlich aufeinander zuzugehen. Eigentlich hätte ich erleichtert darüber sein müssen, dass ich offensichtlich doch nicht allein auf dem Planeten war. Dass man mich gefunden hatte.

Wäre da nicht mein Instinkt gewesen, der Alarm schlug! Irgendetwas passte hier nicht zusammen. Wie bei einem Puzzle, das man falsch zusammengesetzt hatte, ergab das Gesamtbild keinen Sinn. Plötzlich überfiel mich die Angst, ich könnte auf der Stelle erschossen werden, bevor ich überhaupt eine Chance bekam, mich vorzustellen. Diese bewaffneten Männer, die mich aus der Entfernung durch die Visiere ihrer Schutzhauben beobachteten, wirkten nicht wie Retter, sondern vielmehr wie Jäger. Kurzentschlossen schlug ich mich in die Büsche zurück und eilte, so schnell ich nur konnte, auf das Nadelwäldchen zu. Während meiner panischen Flucht hörte ich wieder das Motorengeräusch und wusste, dass der seltsame Trupp mich verfolgte.

Schon wenige Sekunden später kam ihr Wagen quietschend zum Halten, Türen knallten, und nun liefen sie mir offenbar zu Fuß hinterher. Ab und an brüllte einer dumpf: »Da vorne ist sie ...«, und ein anderer rief: »Beeilt euch! Wir müssen sie erwischen.«

Nur nicht umdrehen. In Todesangst rannte ich weiter.

Garantiert flutete die Höchstdosis Adrenalin meinen Körper, denn auf einmal verflüchtigten sich Erschöpfung und Schmerzen. Krampfhaft versuchte mein Gehirn einen brauchbaren Plan zu improvisieren, wie ich meinen Verfolgern entkommen konnte. Sollte ich zurück zur Höhle? Nein, niemals würde ich es bis dorthin schaffen, bevor mich diese bewaffneten Typen in den Schutzanzügen einfingen. Ich musste im Waldstück ein Versteck finden und dort verharren. Wie ein Kaninchen auf der Flucht. Verzweifelt rannte ich in das Wäldchen hinein, stellte aber erschrocken fest, dass es darin weitaus lichter war, als erhofft. Dennoch suchte ich hektisch nach einem geeigneten Unterschlupf. Hinter einem dicken Baumstumpf, der etwa einen Meter aus dem Boden herausragte, bot sich die einzige Möglichkeit. Nach ein paar kläglichen Sprüngen durchs Unterholz erreichte ich mein anvisiertes Ziel und ging schnell in Deckung. Hatten meine Verfolger gesehen, wohin ich gerannt war? Mein Herz schlug wild, meine Atmung war ein viel zu lautes Schnaufen, sodass ich mir die Hand vor den Mund halten musste. Ich kauerte auf dem Waldboden, machte mich so klein wie möglich, steckte den Kopf zwischen die Knie und kniff die Augen fest zusammen. Dann hoffte ich auf ein Wunder.

Doch ihre Stimmen drangen wieder zu mir durch. Wie es schien, rannten sie nicht, sondern näherten sich eher besonnen an, als wären sie sich ihrer Sache sicher –

oder besonders vorsichtig. Sie sprachen in knappen Sätzen und so gedämpft, dass ich nichts verstand. Irgendwann hörte ich nur noch lautes Rascheln und das Knacken von Totholz, bis es plötzlich unheilvoll still wurde.

Als ich langsam den Kopf hob und widerwillig die Augen öffnete, sah ich alle vier Typen dicht vor mir stehen. Drei von ihren Gewehren zielten auf mich, offensichtlich bereit, zu schießen, sobald ich ihrer Meinung nach etwas Falsches tat. Die Truppe musterte mich, bis einer mit seiner Waffe fuchtelnd auf mich deutete.

»Name?«, knurrte er aus seinem Visier heraus.

Ich nahm allen Mut zusammen und wagte eine Gegenfrage. »Und wer seid ihr?«

»Irgendwelche Verletzungen?«, fragte der Mann stur weiter. Es klang so, als wäre es ratsam, keine zu haben.

Mein innerliches Zittern verstärkte sich. Warum behandelten sie mich wie eine Person, von der Gefahr ausging?

»Ist noch wer außer Ihnen da draußen?« Der Mann deutete mit dem Kopf hinter sich.

»Was? Ich verstehe nicht, was Sie von mir wollen«, stieß ich aus und fügte hastig hinzu: »Warum tragen Sie diese Sachen?« Ich erhob mich langsam vom Boden und hielt sicherheitshalber meine Hände auf Brusthöhe und die Finger senkrecht gespreizt. »Ich bin unbewaffnet. Und unverletzt. Weshalb fragen Sie mich das?«

Die Männer wechselten kurze Blicke, und dann ging alles ziemlich schnell: Der Typ, der als Einziger seine Waffe nicht auf mich gerichtet hatte, packte mich fest am Oberarm und zog mich mit sich zu dem parkenden Militärlaster, während die übrigen drei uns stumm folgten. Ich musste mich auf die Hinterbank setzen, eingekesselt zwischen zwei Kerlen, die mir mit ihrem befremdlichen Aussehen und Getue eine Heidenangst einjagten.

Wir fuhren los.

»Seid ihr vom Militär?«, fragte ich beklommen. »Oder von irgendeiner Seuchenschutzbehörde?«

Das sture Schweigen ließ mich noch mehr frösteln, dennoch gab ich nicht nach. »Ich verstehe. Sie dürfen wahrscheinlich nichts preisgeben. Kann ich denn wenigstens erfahren, welches Datum wir haben?«

»Welches Datum?«, wiederholte der Mann rechts von mir überrascht.

»Ja, ich, ähm ... will nur sichergehen. Bin etwas durcheinander, seit ich mich verlaufen habe.«

»Sie haben uns Ihren Namen noch nicht genannt!«, warf mir der Mann vor.

Ich überlegte. Warum sollte ich meine Identität verraten, wenn mir ebenfalls Antworten vorenthalten wurden? Andererseits half es meiner Gesamtlage möglicherweise mehr, freundlich zu kooperieren. »Ich heiße Skye Leonard«, sagte ich also. »Darf ich nun das heutige Datum erfahren? Bitte! ... Und vielleicht noch, für wen Sie arbeiten?«

»Wir gehören zur Sicherheitspatrouille des *District Aberdeen*«, kam es prompt vom Fahrer, der mir, seiner Kopfbewegung nach zu urteilen, einen kurzen Blick durch den Rückspiegel zuwarf. »Sie befinden sich außerhalb der Sicherheitszone! Seit Monaten haben wir hier draußen niemanden mehr gefunden. Zumindest keinen, der gelebt hat. Sie verstehen, dass wir Sie mitnehmen müssen?«

Ich schluckte schwer. Bevor ich eine weitere Frage stellen konnte, sagte der Mann links neben mir: »Heute ist Halloween, Lady. Leider ist unsere Verkleidung kein Spaß, und es wird auch keine Party geben. Aber das haben Sie sicher schon vermutet.«

»Halt die Klappe, Connor!«, blaffte der Fahrer ihn an, stöhnte laut auf und sprach dann ruhig weiter. »Es ist der 31.Oktober. Ich hoffe, in Ihrem Kalender ebenso.«

»Und welches Jahr?«, hakte ich unverzüglich nach. Ich wusste aus Erfahrung, dass diese absurd anmutende Frage für reichliche Skepsis sorgen würde. Beim Warten auf die Antwort vergaß ich, vor Aufregung zu atmen.

»Immerhin hat sie ihren Humor behalten. Gibt heutzutage nicht mehr viele Überlebende, die es drauf haben«, erwiderte der Fahrer sarkastisch. »Aber, hm …«, er machte eine Pause und fügte ernst hinzu: »Ihre Unkenntnis könnte auch ein Hinweis darauf sein, dass sie erkrankt ist.«

Ich verstand seine merkwürdige Bemerkung nicht. »Ich bin nicht krank«, widersprach ich aufgebracht. »Nennen Sie mir doch einfach das verdammte Jahr, in dem wir uns befinden.«

»Hey, schön ruhig bleiben, ja!«, herrschte mich der Fahrer an. »2018! Wir haben 2018. Zufrieden? Genau 22 Monate sind vergangen, seit Ausbruch der Scheiße.«

Ich sackte in meinem Sitz zusammen und versuchte die Information rational zu verarbeiten. Sprach er etwa von einer Art Seuche?

Plötzlich musste ich loslachen, es klang hysterisch und armselig. Oh mein Gott! Ich war doch hoffentlich nicht in der Zombie-Apokalypse gelandet? Was für ein irrsinniger Gedanke! Ich holte tief Luft und ignorierte die Gänsehaut, die in Wellen über meinen Rücken zog. Aber wenn Zeitreisen möglich waren, wieso nicht auch Hirn fressende Untote? Und dann sah ich aus dem

Fenster und hielt Ausschau nach ziellos umherwandernden Kreaturen, wie man es aus mehr oder weniger guten Horrorfilmen kannte. Schließlich schüttelte ich den Kopf, um mich von dem Unsinn abzubringen.

»Was meinen Sie mit ... *seit Ausbruch der Scheiße*?«

Während die anderen verhalten lachten, antwortete der Fahrer: »Entweder Sie verarschen uns oder etwas stimmt mit Ihnen nicht. Na ja, unsere Aufgabe ist es, Sie den Autoritäten zu übergeben. Mehr nicht. Denen können Sie dann erzählen, was Sie wollen.«

Ich erwiderte nichts. Ein weiterer Gedanke ging mir durch den Kopf: Wenn ich im Jahr 2018 gelandet war, fragte ich mich, ob die Punkte auf der Zeitschiene, die das Portal miteinander verband, beliebig variierten? Insgeheim hatte ich ja gehofft, dass es stets tausend Jahre vor- beziehungsweise zurückging, aber offenbar war dem nicht so. Seit ich in der Höhle das erste Mal durch die Zeit gefallen war und mein gewohntes Leben unbeabsichtigt verlassen hatte, waren für Schottland und damit auch für Malcolm über zwei Jahre vergangen. Und zwischenzeitlich war hier offensichtlich irgendeine Katastrophe ausgebrochen ...

Auf unserer Fahrt nach *Aberdeen* sah ich allerdings weder Untote noch Lebende. Einfach nichts Auffälliges weit und breit.

Das änderte sich jedoch schlagartig, als wir uns der Stadt näherten. Es ging mit dem abscheulichen Gestank los, der uns ohne Vorwarnung entgegenschlug. Die Männer konnten ihn in ihren Schutzanzügen wohl einigermaßen ertragen, aber ich musste mir Mund und Nase zuhalten.

Schließlich fuhren wir nach *Aberdeen* hinein. Als ich den verfallenen Zustand der öffentlichen Plätze und

Gebäude sah, fehlten mir die Worte: Die verwahrlosten Häuser und menschenleeren Straßen zeugten von einem Desaster, das die Einwohner entweder vertrieben hatte oder ...

»Was ist hier passiert?«, rief ich entsetzt aus. »Wo sind denn alle hin?«

Entlang der Straßenränder standen haufenweise Autos, deren Lackfarbe durch die dicke Schmutzschicht nicht zu erkennen war. Nicht eine einzige Verkehrsampel tat mehr ihren Dienst.

In schnellem Tempo beförderte uns der Fahrer durch die einsamen Straßen, auf denen uns weder Menschen noch andere Fahrzeuge begegneten. In jedem Stadtteil bot sich dasselbe Bild der Verwüstung: zerbrochene Fensterscheiben, offenstehende Ladentüren, von Bränden verunstaltete Häuserwände, zerschmolzene Müllcontainer. War ich etwa mitten in der Katastrophe gelandet, die jener Zukunft den Weg ebnen würde, in der Schottland *Caledonia* hieß und die wenigen Siedler nicht mal Strom oder Schusswaffen kannten?

... Ich mochte nicht mehr aus dem Fenster sehen, nicht darüber nachdenken, was wohl mit Malcolm und seiner Familie geschehen war.

»Wo fahren wir denn jetzt hin?«, nuschelte ich aufgewühlt hinter meiner Hand.

»Ins Hauptquartier«, brummte der Mann auf dem Beifahrersitz, der als Einziger bisher noch kein Wort gesagt hatte.

Diese Typen wirkten wie Söldner, die als Endzeit-Sicherheitspatrouille angeheuert worden waren.

»Sind alle Überlebenden dort?«, bohrte ich weiter und erschauderte.

»Miss Leonard, sparen Sie sich Ihre Fragen für die klugen Köpfe auf, die nach einer Lösung für den Bockmist suchen. Die werden über Ihr Auftauchen ziemlich sicher sehr erstaunt sein«, gab der Fahrer ungehalten zurück. »Denen dürfen Sie auch erklären, woher Sie kommen, und wie Sie es geschafft haben, da draußen am Leben zu bleiben.«

»Aber was ist denn *da draußen*, das so gefährlich sein soll?«, bohrte ich nach und blickte in den Rückspiegel. Vielleicht gab mir der Fahrer, der mir ein bisschen wie der Anführer dieser Truppe vorkam, eine vernünftige Antwort.

»Oh Mann, haben Sie echt keine Ahnung?«, sagte stattdessen Connor, der links von mir saß. »Die Menschen sterben wie die Fliegen«, erzählte er. Er hielt inne, als ob er wartete, dass jemand ihm den Mund verbot. Aber niemand schien ihn unterbrechen zu wollen. »Weltweit! Sobald diese verfluchte Krankheit ausbricht, verblödet man innerhalb weniger Stunden, verliert die Fähigkeit zu sprechen und schließlich sämtliche Körperkontrolle. Ein Organ nach dem anderen versagt, und dann war's das. Aus die Maus! Der totale Shutdown. Wie ein gehacktes Computersystem, das sich nicht mehr hochfahren lässt.«

Ich begann den Kopf zu schütteln und starrte ungläubig vor mich hin. Würde also eine Pandemie die Menschheit fast komplett auslöschen? Eine höchst ansteckende, die sich rasch verbreitete? Auf welchem Weg denn? Durch die Luft?

Mir wurde augenblicklich schlecht. So viele Fragen fielen mich an, doch ich traute mich nicht mehr, sie zu stellen.

Die blanke Panik kroch mir in die Glieder. Als ich vor wenigen Stunden aus der Höhle in das Jahr 2018 getreten war ... war ich da etwa auch infiziert worden? Würde ich bald sterben wie die meisten Menschen?

»Wir sind da!« Die Stimme des Fahrers ließ mich zusammenzucken. Ich blickte aus dem Seitenfenster. Wir bogen nach rechts in eine breite Straße, die zur Einfahrt auf das Gelände eines riesigen Gebäudes mit vielen Glasfenstern führte.

»Aberdeen Royal Infirmary! Manche nennen die Hütte nur noch *Final Hope!*«, erklärte Connor und lächelte mich durch sein Visier an.

Wir hielten direkt vor dem Haupteingang. Die Männer sprangen aus dem Wagen und warteten auf mich, diesmal netterweise, ohne ihre Waffen auf mich zu richten. Beim Aussteigen kam mir mein Körper zentnerschwer und kraftlos vor. Meine Hände zitterten. Oh Gott, das waren doch hoffentlich nicht erste Krankheitssymptome?

Connor deutete mit dem Kopf zur Eingangstür. »Kommen Sie! Und möglichst nicht reden. Kriegen Sie das hin?«

Ich nickte schwach. Im Moment fühlte ich mich ohnehin nicht imstande, vernünftig zu kommunizieren, ohne in Verzweiflung auszubrechen.

Während Connor und ich den anderen drei Männern in das Gebäude folgten, spürte ich die tiefe Sehnsucht nach Rory wie ein endloses Brennen in der Brust. Was war ihm passiert? Meinem stolzen Krieger. Hatten er und seine Gefolgsleute den heimtückischen Angriff auf die Patrouille überlebt? Waren es *Brits*, die sie überfallen hatten? Hätte ich nicht darauf bestanden, zu dieser verdammten Höhle gebracht zu werden, wäre er nicht in den Hinterhalt geraten. Und ich wäre jetzt nicht hier, sondern bei ihm.

Wir blieben am Ende eines langen Gangs stehen. *Isolation* stand in Großbuchstaben über einer schweren, eisernen Tür. Zwei der Männer drehten mit vereinten Kräften die Schlossverriegelung, die wie das Steuerrad auf einem Schiff aussah. Einer deutete mir, ihm in die enge Durchgangskammer zu folgen, in der eine automatische Beleuchtung anging. Direkt vor uns befand sich eine weitere Tür, die nach der Eingabe eines Zahlencodes mit einem kurzen Fiepen aufsprang.

»Gehen Sie da rein! Es wird sich bald jemand um Sie kümmern.« Das war ein klarer Befehl, dem ich widerstandslos Folge leistete. Diese Typen taten nur ihren Job, ich durfte mich über sie nicht ärgern.

Kaum hatte ich den Raum betreten, schnappte hinter mir die Tür ins Schloss und eine kurze, melodiöse Abfolge von Pieptönen ließ mich wissen, dass sie nun elektronisch verriegelt war.

Ich setzte mich auf die einzige vorhandene Stahlbank und zog meinen Umhang fester um meine Schultern. Dann erst bemerkte ich das schwarze Spiegelfenster, das in die gesamte obere Hälfte der Wand mir gegenüber integriert war. Beobachtete man mich von der anderen Seite? Vermutlich. Auf keinen Fall durfte ich mich jetzt in meine Ängste hineinsteigern! Ich musste einen selbstbewussten und beherrschten Eindruck machen, damit man mich ernst nahm. Trotz dieses Vorsatzes berührte ich mit der Handinnenfläche meine Stirn. Zum Glück kein Fieber!

Plötzlich vernahm ich ein metallisches Rauschen, als wäre eine Sprechanlage eingeschaltet worden. Es knackte ein paar Mal, und dann erklang eine männliche Stimme: »Tut uns sehr leid, dass wir Sie vorsichtshalber isolieren mussten.«

Ich starrte zum Spiegelfenster, sah dort aber lediglich meine eigene Reflexion. »Wer spricht da?«

»Ich bin Dr. Alexander Hedlund. Wir sind ein kleines internationales Team von Wissenschaftlern, die gemeinsam nach der Ursache für die globale Pandemie forschen. Natürlich suchen wir in erster Linie nach einer Lösung, um diese Katastrophe aufzuhalten, aber ... tja, wir wissen immer noch recht wenig. Um ehrlich zu sein, stochern wir im Nebel.«

»Dr. Hedlund«, rief ich aufgewühlt. »Mein Name ist Skye Leonard. Ich ... mein Gott, ich weiß nicht, wie ich ...« Das fehlte mir noch, dass ich mitten im Satz zu schluchzen anfing. *Reiß dich zusammen!* Ich atmete tief durch und versuchte es erneut. »Ich bin nicht krank! Jedenfalls fühle ich mich nicht so. Bitte lassen Sie mich von Angesicht zu Angesicht mit Ihnen sprechen.«

Nach einem Moment der Stille begann sich das Spiegelfenster langsam zu einer durchsichtigen Scheibe zu verwandeln, hinter der eine Gruppe von Personen sichtbar wurde: eine Frau asiatischer Herkunft, ein schlaksiger, junger Kerl mit Brille und Dreitagebart, der wie ein Student aussah, und zwei ältere, untersetzte Männer, von denen einer einen Pullover im Tartan-Muster und der andere einen weißen Kittel trug. Allesamt beobachteten sie mich höchst kritisch. Ich lag mit der Annahme, Dr. Hedlund sei der Typ im Kittel, falsch. Als sein grauhaariger Kollege im karierten Pullover zu sprechen begann, erkannte ich die Stimme wieder.

»Das möchten wir auch, Miss Leonard. Die Anrede ist doch hoffentlich korrekt, oder nicht?«

Ich zögerte, bevor ich nickte. »Ja, ist sie.«

»Schön. Also, wie gesagt, ich und meine Kollegen, die da wären: Dr. Diana Lee aus den USA, Dr. Paul

Simone aus Frankreich und Dr. Thomas Vaillant aus Deutschland sind sehr gespannt, was Sie uns mitzuteilen haben und ... also, Sie können sich denken, dass uns einige Fragen auf den Nägeln brennen. Die wichtigste gleich vorweg: Haben Sie Kenntnis von anderen Überlebenden außerhalb des *District Aberdeen*?«

»Das habe ich Ihrer Sicherheitspatrouille bereits erklärt: Ich bin allein unterwegs«, sagte ich ungeduldig. »Ich habe wirklich niemanden gesehen, weder tot noch lebendig. Kann ich ... kann ich bitte etwas zu trinken bekommen?«

»Wir müssen erst ein paar Tests mit Ihnen durchführen, bevor wir uns um Ihre Bedürfnisse kümmern können«, entgegnete Hedlund mit verlegener Miene. »Nehmen Sie uns diese Vorsichtsmaßnahmen bitte nicht übel, aber es geht nicht anders.«

Enttäuscht wandte ich mich ab und starrte zu Boden. War ich von diesen Wissenschaftlern zu einer Labormaus degradiert worden? Konnte ich ihnen überhaupt vertrauen?

»Was sind das für Tests?«

Dr. Hedlund wechselte flüchtige Blicke mit seinem Team und räusperte sich anschließend. »Nichts Schlimmes, Miss Leonard ... Ähm, wir werden eine Blutanalyse durchführen sowie einen Gen-Test.«

»Ich nehme an, meine Einverständniserklärung wird nicht gebraucht.«

Hedlund überging meine sarkastische Bemerkung einfach. »Ich schicke Ihnen sogleich zwei Mitarbeiter vom Labor. Bitte haben Sie noch ein wenig Geduld, bis wir sichergehen können, dass Sie nicht bereits erkrankt sind ... was ich nicht glaube, wenn ich Sie so sehe, aber, wie gesagt, wir -«

»Ja, schon gut«, unterbrach ich ihn. »Sie wollen sich vergewissern. Ich hab verstanden.«

Die Unterhaltung schien zunächst beendet. Bleierne Erschöpfung machte sich in meinen Knochen breit. Mein Nacken fühlte sich steinhart an. Pochender Schmerz kroch allmählich meinen Hinterkopf hoch. Meine Psyche und mein Körper brauchten dringend eine Erholungspause.

»Wir verdunkeln die Scheibe wieder. Bitte nehmen Sie es nicht persönlich«, plärrte Hedlunds Stimme durch die unsichtbaren Lautsprecher. Ich machte mir nicht mal die Mühe, aufzusehen, sondern lehnte mich mit dem Rücken gegen die Wand, streckte die Beine von mir und wartete mit geschlossenen Augen auf die Laborheinis.

Tatsächlich erschienen sie, noch bevor ich richtig über dieses Wissenschaftler-Team und ihr vermeintliches Hauptquartier nachdenken konnte.

Das melodiöse Piepen erklang, und die Tür sprang auf. Zwei Personen in weißer Schutzkleidung schoben einen rollenden Metalltisch mit allerlei medizinischem Gerät herein.

»Schönen guten Tag, wir sind Stan und Ollie ... haha, das ist kein Scherz!« Einer der beiden ließ ein dumpfes Kichern hören. Hinter seiner Schutzhaube mit breitem Visier blickte mich ein dunkelhäutiger, pausbäckiger Mann mit freundlichen Gesichtszügen an. Der andere Typ ähnelte der jungen Version von Prinz Charles.

Ich lächelte bemüht. Dies war nicht der richtige Zeitpunkt für Witze. »Können wir das Ganze bitte schnell hinter uns bringen? Wie auch immer Sie beide heißen?«

»Stan MacFadden und Oliver Rice, Miss! Stan und Ollie, wie gesagt.« Der Dunkelhäutige rollte den Tisch neben mich, nahm eine Einwegspritze in seine mit Latexhandschuhen geschützten Hände und zog die Kappe ab.

Sein Kollege deutete auf meinen unter dem Umhang halb herausschauenden Arm. »Darf ich?«

»Moment, ich mache das.« Ich schob den Ärmel meiner Bluse hoch und streckte meinen Arm aus, sodass die Venen in meiner Armbeuge sichtbar wurden.

»Dann binde ich jetzt Ihren Oberarm ab«, kündigte Ollie an.

Ich nickte unwillig. »Tun Sie, was Sie nicht lassen können.«

Nach kurzem Innehalten wählte Ollie eine Stelle auf meinem Arm aus, die er mit einem Desinfektionstupfer reinigte.

»Bereit?« Stan stand mit der Spritze vor mir und wartete offensichtlich auf mein *Go*.

»Mein Gott, ja! Legen Sie los«, stieß ich aus und bereute augenblicklich meinen unhöflichen Tonfall.

Ich ließ Stans Hände nicht aus den Augen. Ein kleiner Piks, und die Nadel durchbohrte meine Vene. In Sekundenschnelle füllte sich die Spritze mit Blut. Dunkelrot und gesund sah es aus, bildete ich mir ein. Mein Herz machte jedoch einen nervösen Hüpfer, während ich die Blutentnahme konzentriert beobachtete. Hoffentlich entdeckten die Herren und Damen Wissenschaftler nichts in meinem Blutbild, das ihnen missfiel und mir Schwierigkeiten bereitete.

»Uuund fertig! Das Schlimmste haben Sie schon überstanden, Miss Leonard.«

»Wirklich?« Ich konnte es mir kaum vorstellen und schnaubte aufgebracht.

Stan zog die Nadel vorsichtig aus meinem Arm und presste einen Tupfer auf die Einstichstelle. »Bitte drücken Sie noch ein Weilchen drauf!«

Ich nickte und lehnte mich zurück. Stan legte die Blutprobe in eine kleine Metallbox und verschloss diese, während Ollie den Verpackungsmüll flink in eine grellgrüne Tüte beförderte. Sie waren wohl deshalb zu zweit gekommen, um ihre Aufgabe möglichst schnell erledigen und wieder verschwinden zu können.

»Dr. Hedlund wird Sie darüber informieren, wie es für Sie weitergeht«, erklärte Stan hastig.

Damit verließen die beiden den Raum.

Ich kniff die Augen fest zu, um den aufsteigenden Tränen keine Chance zu geben. Ich wollte hier nicht mehr sein, eingesperrt wie eine Aussätzige. In einer kalten, sterbenden Welt.

War das jetzt etwa meine Realität?

»Miss Leonard? ... Miss Leonard!«

Als Dr. Hedlunds Stimme in mein Bewusstsein drang, schreckte ich hoch und realisierte, dass ich eingeschlafen war.

Ich sah zum Spiegelfenster, das langsam durchsichtig wurde. Dahinter kamen Hedlund und sein deutscher Kollege Dr. Vaillant zum Vorschein. Ihren Mienen nach zu urteilen, schienen sie aufgeregt zu sein.

»Miss Leonard, wir haben einen ersten interessanten Befund.«

Schwerfällig setzte ich mich auf und sah zu dem Wissenschaftler im karierten Pullover hinüber. Ich war ziemlich gespannt, was man mir auftischen würde.

»Ihre Leukozyten-Werte sind völlig normal. Auch alle anderen Parameter der Immunabwehr. Sie zeigen keinerlei Auffälligkeiten oder -«

»Ich sagte doch, dass ich gesund bin!«, fiel ich ihm ins Wort, extrem erleichtert, dass man keine Erkrankung festgestellt hatte.

»Allerdings ...« Hedlund und Vailliant blickten sich einen Moment lang an, als würden sie telepathisch kommunizieren. »Konnten wir auch bei Ihnen das Virus nachweisen, das bei Ausbruch zu einem schnellen Tod seines Wirtes führen kann. Wir nennen es IKV, Instant-Killer-Virus. Ein zugegeben etwas plakativer Name, aber angesichts der verheerenden Weltlage ... ist ein wenig Galgenhumor sicher verständlich.«

Erschrocken und fassungslos hakte ich nach. »Sie haben ein tödliches Virus in meinem Körper gefunden?«

»Das ist richtig, ja. Sie stehen damit nicht allein da. Wir haben es alle.«

»Was ... ich verstehe nicht. Sie sagten, meine Immunabwehr zeigt keine Auffälligkeiten.«

»So ist es, und dies ist in der Tat das Besondere an Ihnen.«

»Verzeihen Sie mir, aber ich kann Ihnen nicht folgen.« Diese Infos kamen einem Todesurteil gleich. Oder doch nicht?

»Wir wollen Sie erst einmal gut versorgt wissen, Miss Leonard. Dann reden wir weiter. Es gibt noch viel zu klären. Dr. Lee wird Sie in Kürze persönlich abholen. Wir haben wirklich keine Zeit zu verlieren.«

Kapitel 4

Es hieß, die Quarantäne-Maßnahmen seien aufgehoben. Dr. Lee, eine kleine, kurzhaarige Asiatin mit amerikanischem Akzent, holte mich aus dem Isolierraum und teilte mir unterwegs freundlich mit, dass das Forscher-Team eine Gesundheitsgefährdung durch Kontakt mit mir ausschloss.

»In der Befundbesprechung waren sich alle einig, dass bei Ihnen weder das IKV noch irgendein anderes Virus ausgebrochen ist und dass Ihr Zustand als stabil bezeichnet werden kann«, erklärte sie. Das war wohl der Grund, warum sie auf Schutzkleidung verzichtet hatte.

»Was meinte Dr. Hedlund damit, dass meine Immunabwehr eine Besonderheit aufweist?«, wollte ich wissen.

»Diesen Punkt werden wir später mit Ihnen besprechen«, antwortete Dr. Lee. »Zuerst sollten Sie etwas essen und trinken. Sie können auch duschen und sich umziehen, wenn Sie möchten.« Wir blieben vor einer Tür stehen. »Betrachten Sie dieses Zimmer als Ihren vorläufigen Erholungsraum, Miss Leonard. Wir haben für Sie Snacks, Tee und Wasser kommen lassen, und unsere Assistenten Stan und Ollie konnten saubere Kleidung für Sie organisieren. Es bleibt natürlich Ihnen überlassen, was Sie davon in Anspruch nehmen wollen.«

Ein wenig überrumpelt von dem plötzlichen Komfort, den man mir gönnte, nickte ich der Frau zu. »Danke, das ist sehr freundlich.«

»Nicht doch! Im Namen des Teams heiße ich Sie herzlich willkommen und hoffe, Sie haben uns unsere anfängliche Skepsis nicht übelgenommen.« Dr. Lee griff nach dem Knauf und schob die Tür weit auf. »Bitte sehr. In etwa zwei Stunden holen wir Sie ab.«

Ich fand mich allein in einem Zimmer wieder, das früher einmal ein Krankenzimmer gewesen sein musste. Über dem mit schneeweißer Wäsche bezogenen Bett hing ein Triangel-Haltegriff, der an einer galgenförmigen Metallstange baumelte. Ein Schrank, ein verstaubter Flachbild-Fernseher, ein kleiner Esstisch mit zwei Stühlen und ein paar eingerahmte Landschaftsbilder an der Wand konnten den sterilen Eindruck des Zimmers nur minimal lindern. Ich folgte meinem ersten Impuls und trank die Wasserflasche leer, die auf dem Tisch neben einer Kanne Tee und einem Teller mit mehreren in Frischhaltefolie verpackten Sandwiches stand.

Anschließend betrat ich neugierig das weiß gefliese Badezimmer. Mit der geräumigen Duschkabine entsprach es den allgemeinen Standards in Kliniken und hatte eigentlich nichts Besonderes an sich. Dennoch starrte ich wie gebannt auf den runden Duschkopf. Ich fragte mich, ob tatsächlich wohltuendes, warmes Wasser in feinen, kräftigen Strahlen auf mich niederprasseln würde, wenn ich mich darunter stellte. Die Vorstellung erschien mir fast wie eine Erfindung meiner Fantasie.

Ich ließ meinen Umhang zu Boden gleiten und entledigte mich meiner übrigen Kleidung, bis ich splitternackt dastand. Ob die Duschkabine hielt, was sie versprach, würde ich gleich herausfinden.

Als ich unter der heißen Dusche stand, die Augen geschlossen, drehten sich meine Gedanken einzig und allein um Rory. Dass er mir sehr fehlte, überraschte mich nicht, denn damit hatte ich schon gerechnet, nicht jedoch mit der überwältigenden Intensität, mit der die

Sehnsucht nach ihm mich hier und jetzt heimsuchte. Jede Faser meines Körpers vermisste ihn schmerzvoll: seine blauen Augen, seinen Geruch, die Wärme seiner Hände, die Sanftheit seiner tiefen Stimme. Ich erinnerte mich an die Güte seines Herzens, mich in keiner Sekunde den Gefahren einer fremden, urwüchsigen Umwelt zu überlassen, mich zu beschützen, auch wenn es ihm Unannehmlichkeiten einbrachte.

Ich sehnte mich nach Rory MacRae, wie ich mich noch nie in meinem Leben nach jemandem gesehnt hatte. In diesen Minuten, während ich den Luxus einer modernen Dusche genoss, verfluchte ich die Entscheidung, *Caledonia* zu verlassen. Ich hatte einen wunderbaren Menschen verloren. Und für was? Ich war mitten im verzweifelten Überlebenskampf einer hochtechnisierten Welt gegen einen winzigen Organismus gelandet, und auch ich trug angeblich dieses tödliche Virus in mir.

Doch woher sollte ich wissen, ob man mir die Wahrheit erzählte? Vielleicht wollte man mir nur Angst einjagen. Als hätte ich nicht schon genug davon. Einzig *Aberdeens* Zustand der vollkommenen Verwahrlosung ließ sich nicht leugnen. Die Bilder der verwaisten Stadt tauchten vor meinem geistigen Auge auf. Der Gestank nach Verwesung, der in so üblen Schwaden durch die Straßen zog, dass ich ihn immer noch in der Nase hatte. Doch keine Leichen weit und breit ...

Ich stieg aus der Dusche, wickelte ein Handtuch um meinen Oberkörper und ging zum Schrank. Darin fand ich eine dunkelblaue Jeans, einen weißen Pullover sowie Unterwäsche und Socken. Die Sachen wirkten neu und hochwertig und passten erstaunlicherweise wie angegossen. Stan und Ollie hatten ein gutes Auge für meine Körpermaße bewiesen.

Nachdem ich ein Handtuch um meine nassen Haare gewickelt hatte, probierte ich von dem Tee. Er schmeckte himmlisch, eine leicht gesüßte Ceylon-Sorte mit Vanille-Aroma. Ich nahm den Teller mit den Snacks und setzte mich aufs Bett, machte die Beine lang und packte ein Käsesandwich nach dem anderen aus. Gleichgültig was für Schrecken um einen herum passierten, irgendwann musste man einfach etwas essen, trinken und durchatmen.

Während ich aufaß, versuchte ich Ordnung in das Chaos meiner Gedanken zu bringen. Unser Uni-Professor Mr. Sturgess hatte einmal gesagt, Historiker zu sein, bedeutet, aus den vielen Details, die man sammelt, ein Gesamtbild zu erstellen. Hierfür war es notwendig, alles Wissen in relevante Kategorien zu sortieren, wie in Dateiordner, um einen guten Überblick zu schaffen. Für mich hieß das, herauszufinden, ob und wie ich mein Schicksal selbst in die Hand nehmen konnte, um möglichst schnell in Erfahrung zu bringen, was mit den Boyds geschehen war. Wenn ich Glück hatte und Malcolm noch lebte, dann wollte ich, dass er von meiner Zeitreise erfuhr. Er sollte wissen, dass ich ihn nicht einfach so verlassen hatte, dass die Höhle, die er mir gezeigt hatte, ein Portal war. Und dass ich eine ferne Zukunft erlebt hatte, die angesichts der hier herrschenden Pandemie, absolut Sinn ergab. Vielleicht würden Malcolm und ich einen Weg finden, unser beider Leben zu retten?

Gerade als ich meine Haare zu einem einfachen Pferdeschwanz zusammenband, klopfte es an der Tür.

»Miss Leonard? Ich bin es, Dr. Lee!«

Ich öffnete sofort.

»Sie sehen gut aus. Sehr gut sogar!« Die kleine Frau musterte mich aufmerksam und lächelte. »Gesund und munter!«

Etwas befremdet hob ich die Brauen. »Danke, aber ich würde mich besser fühlen, wenn ich endlich mit Ihrem Team reden könnte.«

»Deswegen bin ich doch gekommen«, Dr. Lee faltete die Hände vor der Brust zusammen, »um Sie abzuholen. Wir können sofort zum Konferenzraum gehen. Dr. Hedlund und alle anderen warten schon auf Sie. Meine Kollegen und ich freuen uns auf eine ausgiebige Unterhaltung mit Ihnen und sind sehr gespannt.«

Ich nickte verhalten, zog schnell meine Schuhe an und folgte Dr. Lee. Wir liefen über elend lange Korridore, gingen durch Glastüren, überquerten geräumige, aber leere Wartehallen und gelangten nach einer halben Ewigkeit in ein kühles Treppenhaus im sogenannten *rechten Flügel*. Von hier aus stiegen wir mehrere Stockwerke hinauf. Erst jetzt, als meine Beinmuskeln brannten und ich nach Luft japste, wurde mir die beachtliche Größe und Komplexität des Gebäudes bewusst.

»Wir sparen Strom, so gut es geht. Deswegen benutzen wir die Fahrstühle nur im Notfall«, erklärte Dr. Lee, der man die körperliche Anstrengung kaum ansah. »Außerdem hält es fit, die Treppe zu nehmen.«

Endlich angekommen, betraten wir die oberste Etage des Gebäudeabschnitts durch eine Glastür. Die farbenfrohe Einrichtung ließ dieses Stockwerk deutlich freundlicher aussehen als jene, die ich bisher zu sehen bekommen hatte. Zu meiner großen Überraschung begegnete mir hier eine beachtliche Anzahl von

Personen, die teils hektisch umherliefen und teils in Ecken herumsaßen und sich leise unterhielten.

»Wer sind diese Leute?«, fragte ich verwundert.

Dr. Lee lächelte. »Einige von ihnen gehören zum ehemaligen Personal. Der Rest sind Überlebende, die hier Zuflucht in der Gemeinschaft gefunden haben.«

»Aha. Und wie viele Menschen sind es insgesamt?«

»Sie meinen im *District Aberdeen?* Nun ja, wir wissen von circa fünfhundert Personen, denn die befinden sich alle in diesem Gebäudekomplex.«

»Das ehemals ein Krankenhaus war«, fügte ich hinzu.

»Richtig! Der größte Klinik-Komplex Europas. Mittlerweile nennen wir ihn auch *Final Hope.*«

Ich nickte. »Den Namen kenne ich bereits.«

»Die Hoffnung stirbt zuletzt, sagt man doch. Trotzdem werden wir täglich weniger und können nichts dagegen tun. Wir benötigen bei unserer Forschung dringend einen Durchbruch, bevor es alle Wissenschaftler erwischt hat. Selbstverständlich halten wir Kontakt mit den anderen *Districts*, wo ebenfalls nach einer Lösung gesucht wird. Nur leider ...« Dr. Lee blieb vor einer hölzernen Flügeltür stehen und sah mit düsterem Blick zu mir hoch. »Wir sind hauptsächlich mit der Beseitigung von Leichenresten beschäftigt, Miss Leonard. Das ist die traurige Wahrheit. Unserer Forschungsarbeit fehlt schlicht das Wissen um die Wirkungsweise des Erregers. Aber vielleicht ...«, ihr Gesichtsausdruck erhellte sich hoffnungsvoll, »können Sie uns helfen?«

Wie sollte das möglich sein? Verständnislos zog ich die Stirn kraus.

Doch Dr. Lee nickte zuversichtlich. »Bitte folgen Sie mir!« Sie stieß die Flügeltüren auf, und gemeinsam betraten wir einen kleinen Saal. Die Abendsonne, die durch eine breite Fensterfront hereinschien, tauchte ihn in ein angenehmes orangefarbenes Licht. Ein ovaler Tisch stand im Zentrum, um den herum der Rest des Teams saß.

Als er mich sah, erhob sich Dr. Hedlund von seinem Platz und kam auf mich zugewatschelt. Er war nur wenig größer als ich. Höflich streckte er die Hand zum Gruß aus. Also nahm ich sie und lächelte freundlich.

»Schön, dass es Ihnen jetzt besser geht, Miss Leonard!«

»Danke! Die Dusche und das Essen haben mir gut getan.« Ich spürte die bohrenden Blicke der anderen auf mir, während ich etwas steif dastand und meine Floskeln aufsagte.

»Tut uns leid, dass wir Ihnen nicht mehr bieten können, aber wir sind ... nun ja ... früher hätte man gesagt: Der Betrieb leidet unter Personalmangel ... Kommen Sie! Setzen Sie sich zu uns an den Tisch.«

Als wir alle saßen, herrschte Unsicherheit, wer das Gespräch eröffnen sollte. Schließlich nahm Dr. Hedlund das Zepter in die Hand. »Wir wollen gleich zum Punkt kommen, Miss Leonard. Lassen Sie uns erklären, was wir bisher wissen. Am besten fange ich an und gebe Ihnen einen kleinen Überblick, mit wem Sie es hier zu tun haben ... Ich selbst habe fast dreißig Jahre als Facharzt im interdisziplinären Forschungszentrum für Infektiologie in Stockholm gearbeitet. Ich kann mit Bescheidenheit behaupten, dass ich Experte auf dem Gebiet der Viren und ähnlicher Bastarde bin, genauso wie meine geschätzte Kollegin Dr. Lee aus Los Angeles, die sich zum Ausbruch der Pandemie in Europa aufhielt. Zu unserem Glück hat sie rechtzeitig nach

Schottland gefunden, um mit uns gemeinsam nach einer Lösung des weltweiten Problems zu suchen.«

Ich lächelte anerkennend zu der Asiatin hinüber und wandte mich schnell wieder Dr. Hedlund zu, damit er fortfahren konnte.

»Dr. Vaillant zu meiner Rechten gehört zu den Koryphäen auf dem Gebiet der Humangenetik. Und Dr. Simone ...«, Hedlund deutete mit einer knappen Geste auf den jungen Mann mit dem Dreitagebart, »hat jahrelang in Paris an der Entwicklung von Medikamenten gegen das HI-Virus mitgeforscht. Es ist wirklich ein großes Glück im Unglück, dass wir hier vereint sind und gemeinsam tüfteln können, solange, äh ...« Dr. Hedlund stockte und rückte stirnrunzelnd seine Brille zurecht, bevor er weitersprach. »Bitte seien Sie nicht erschrocken, wenn ich es offen ausspreche: Wir haben keine Ahnung, wie lange wir alle noch am Leben sein werden. Doch glücklicherweise ist unser Zustand zurzeit stabil.«

Ich musste tief Luft holen. »Sie meinen, dass wir *alle* dieses komische Virus in uns tragen, es aber nicht aktiv ist? Oder wie muss ich mir das Ganze vorstellen?« Unbehaglich verschränkte ich die Arme vor der Brust. Was für eine schreckliche Unterhaltung wir im Grunde genommen führten.

»Das IKV ist keineswegs *komisch*, Miss Leonard!«, sagte Hedlund seufzend. »Sie werden sicher bemerkt haben, dass *Aberdeen* nicht mehr das ist, was es mal war, oder?«

Ich musste zustimmen.

»Und nun raten Sie mal, wie es in anderen Städten weltweit aussieht!« Dr. Hedlund warf einen bedauernden Blick in die angespannte Runde am Tisch. »Ich sage es frei heraus: Es herrscht überall das gleiche

Grauen. Sie können davon ausgehen, dass etwa neunundneunzig Prozent der Erdbevölkerung in den letzten zwei Jahren gestorben ist. Die ein bis zwei Prozent der Überlebenden fragen sich, ob sie um ihre Toten trauern, durchdrehen oder ihre verbliebenen Tage einigermaßen friedvoll verbringen sollen. Dieses Virus wird über kurz oder lang leider ziemlich aktiv, Miss Leonard.«

»Das ist ja furchtbar«, sagte ich erstickt, obwohl ich mir vorgenommen hatte, erst einmal nur zuzuhören. Wenn Hedlunds Statistik stimmte, gab es nur noch etwa fünfundsiebzig Millionen Menschen auf unserer großen Erde.

»So ist es. Ich weiß ja nicht, wo Sie die letzten zweiundzwanzig Monate waren, dass Sie so schlecht informiert sind. Verraten Sie uns, wo Sie sich versteckt haben?« Dr. Hedlund sah mich aus kleinen neugierigen Augen an, während die anderen auf ihren Plätzen herumrutschten.

Bevor mein Gehirn sich eine plausible Geschichte ausdenken konnte, plapperte ich schon drauflos: »Ich befand mich auf einem ... Selbstfindungs-Trip. Es ... es ging mir darum ... ähm ... jeglichen Kontakt zur Zivilisation zu vermeiden und alle überflüssigen Bedürfnisse abzulegen. Eine Zeitlang asketisch zu leben und -«

»Entschuldigung, wenn ich Sie unterbreche«, redete der Deutsche dazwischen. »Aber wollen Sie uns im Ernst erzählen, dass Sie seit fast zwei Jahren allein durch die *Highlands* wandern und sich vor anderen Menschen verstecken?«

Ich schluckte unmerklich. »Na ja, das ... das ist so in etwa richtig.«

»Mal abgesehen davon, dass es erklären würde, warum Sie keine Kenntnisse über die Weltlage haben, stellt sich die Frage, wie Sie überleben konnten!«

Hedlund hob beschwichtigend die Hände in die Höhe. »Nun ja, unser Gast hatte wohl Glück, Thomas, und bestimmt auch viel Geschick, nicht wahr?«

»Und wo ist Ihre Ausrüstung?«, insistierte Vaillant weiter. »Sie müssten doch Outdoor-Equipment besitzen, wenn Sie -«

»Thomas! Wir wollen Miss Leonard nicht in Erklärungsnot bringen, wo es uns letzten Endes um Wichtigeres geht als um die Frage, wo und weshalb sie unterwegs war.« Jetzt schien Dr. Hedlund wirklich ungehalten.

Dr. Vaillant lehnte sich missmutig stöhnend zurück. »In Ordnung. Ich dachte nur, wir sollten ebenfalls wissen, mit wem wir es zu tun haben.« Er warf mir einen Ich-hab-dich-im-Auge-Blick zu, dem ich energisch standhielt.

»Meine Ausrüstung liegt in einem Versteck, in einer kleinen Höhle«, behauptete ich und spürte, dass ich diese Notlüge jetzt und vielleicht auch später gut gebrauchen konnte. Hemmungslos führte ich sie weiter aus. »Ich hörte Motorengeräusche und sah nach. Als ich auf Ihre Sicherheitspatrouille stieß, fragte ich mich, warum sie Schutzanzüge *und* Waffen trugen und bekam Angst. Nur deshalb bin ich geflüchtet. Und jetzt sitze ich hier.«

»Wir sind sehr froh und aufgeregt, dass Sie das tun, Miss Leonard, wirklich, auch wenn wir natürlich wissen, dass wir Ihnen keine Wahl ließen. Dafür entschuldigen wir uns in aller Form. Aber durch Sie kommen wir möglicherweise in unserer Forschung ein gutes Stück voran.« Für diese Bemerkung erhielt Dr. Hedlund zustimmendes Gemurmel von seinen Kollegen.

»Wieso glauben Sie das?« Ich sah die Runde herausfordernd an. Offensichtlich wollte man etwas Bestimmtes von mir.

»Nun gut. Wie Sie bereits wissen, sind wir leider Gottes alle ... einschließlich Ihnen, Miss Leonard ... mit dem IK-Virus infiziert. Ich kann Ihnen vergewissern, dass wir jeden Einzelnen, der seinen Fuß in diesen Gebäudekomplex setzen durfte, getestet haben. Es ist ein einfaches Test-Verfahren, das weltweit angewendet wird, mit immer demselben Ergebnis: IKV positiv mit hohem Antikörper-Titer. Uns ist kein einziges Individuum mit einem negativen Befund bekannt.«

»Aber warum sterben die meisten Infizierten und einige nicht?«, fragte ich verwirrt.

»Richtig! Wie nehmen an, dass die Einleitung des Sterbeprozesses mit der Titerhöhe zusammenhängt. Mit anderen Worten: Solange die Anzahl der Antikörper eine bestimmte Schwelle nicht übersteigt, passiert rein gar nichts. Wird diese Grenze jedoch überschritten, verlieren wir den betroffenen Menschen in Windeseile.« Hedlund atmete tief durch. »Schauen Sie, unser Immunsystem versucht sich mit allen Mitteln zu wehren. Das funktioniert wie ein Damm, aber seine Anstrengungen reichen über kurz oder lang nicht aus, und es muss kapitulieren. Das sind die traurigen Fakten, die wir inzwischen als gesichert ansehen, Miss Leonard. Zusammengefasst heißt das: Wir wissen nicht, was zu der plötzlichen Explosion der Antikörper und zum kurz darauffolgenden Tod führt.«

Beklemmung machte sich in mir breit. Man erzählte mir gerade, dass über unseren Köpfen ein Damoklesschwert schwebte, bereit, uns ins Jenseits zu befördern, sobald ihm ein Titerwert hoch genug erschien.

»Sie sagen, dass auch *ich* dieses Virus in mir trage«, hakte ich grübelnd nach. »Ich verstehe nur nicht, was dann das Besondere an mir sein soll?«

»Wir haben eine ungewöhnliche Entdeckung gemacht«, platzte es aus Dr. Lee heraus. Ihre dunklen Augen weiteten sich aufgeregt. »Irrtum ausgeschlossen! Wir haben Ihre Blutprobe nicht nur einmal getestet, sondern mehrfach und haben dafür alles an Diagnostik eingesetzt, was uns zur Verfügung steht ... Sie sind ohne Zweifel IKV positiv!« Dr. Lee schnappte kurz nach Luft und nickte Dr. Vaillant zu, der hinter seiner zerfurchten Stirn unaufhörlich zu grübeln schien. Erst jetzt registrierte ich den roten Ordner, den er gegen seine Brust gedrückt hielt.

»Wie Dr. Lee schon sagte ...«, begann er kühl. »Wir können ein falsch-positives Ergebnis auch bei Ihnen sicher ausschließen.« Vaillant legte den Ordner auf dem Tisch ab und korrigierte seine Sitzhaltung. »So gesehen sind Sie also eine von vielen. Bemerkenswert ist allerdings, dass bei Ihnen die Antikörper komplett fehlen. Ihr Blutbild zeigt keinerlei Hinweise auf eine Infektion.«

»Und was bedeutet das nun genau?«, fragte ich nervös.

Dr. Hedlund meldete sich zu Wort: »Ihr Körper sieht das Virus nicht als Feind an. Das ist zumindest eine logische Schlussfolgerung.«

Und erfreulich zu hören, dachte ich, konnte aber dennoch nicht erleichtert aufatmen.

»Das reicht natürlich für eine vernünftige Arbeitshypothese nicht aus«, fuhr Dr. Vaillant fort.

»Also habe ich eine erste Gen-Analyse durchgeführt und fand eine erstaunliche Anomalie im HLA-System.«

Ich schüttelte den Kopf. »Können Sie das Ganze bitte in einfachen Worten vermitteln? Sodass ich verstehe, was Sie mir sagen wollen?«

»Sicher. Ich versuche es. Also, unsere bisherigen Ergebnisse lassen vermuten, dass Sie eine natürliche Resistenz gegen dieses Virus besitzen. Es könnte beispielsweise an einer Mutation liegen oder einem Gendefekt oder erworben sein, wobei Letzteres unwahrscheinlich ist. Um herauszufinden, was genau Sie gesund erhält, müssten wir Gewebeproben entnehmen und weitere Gentests durchführen.«

Bei der Vorstellung, medizinische Eingriffe über mich ergehen lassen zu müssen, wurde mir ziemlich unbehaglich.

»Es geht um das Überleben der Menschheit. Bitte helfen Sie uns, Miss!« Die sanft ausgesprochene Bitte kam von Dr. Simone, der bisher stumm geblieben war.

Plötzlich herrschte vollkommene Stille am Tisch, als hätte jeder der Anwesenden aufgehört zu atmen. Hoffnungsvolle Blicke lagen zentnerschwer auf mir. Die große Bedeutung, die diese Wissenschaftler meiner Mithilfe beimaßen, raubte mir den Atem.

Schließlich beugte sich Hedlund vor und sah mich eindringlich an.

»Wir stehen unter einem enormen Zeitdruck. Mit Ihrer Hilfe und etwas Glück könnte es uns gelingen, einen Impfstoff, ein Heilmittel, zu entwickeln, bevor es zu spät ist. Machen Sie sich das bitte mal bewusst, Miss Leonard. Wir dürfen diese Chance nicht verpassen.«

Ich saß reglos auf meinem Stuhl, während sich meine Nackenhaare aufrichteten. »Ich fühle mich gerade etwas überfordert«, sagte ich leise. Verwirrende

Gedanken brachten mein Herz zum Rasen: Wenn ich mit meiner Immunität gegen das Virus der Schlüssel zu einem Impfstoff sein würde und damit Retterin von fünfundsiebzig Millionen Menschen, also genug, um einen völligen zivilisatorischen Rückschritt zu verhindern ... so wäre ich auch der Grund, weshalb *Caledonia* niemals existieren könnte. Rory wäre nur noch ein Mythos in den Tiefen meiner Erinnerungen, im sehnsüchtigen Pochen meines Herzens ...

Ich fuhr zu Dr. Hedlund herum. »Wissen Sie, ich hatte nicht vor, hier zu bleiben«, sagte ich panisch. »Oder bin ich etwa eine Gefangene und weiß es noch nicht?«

Hedlund wehrte mit wedelnder Hand ab. »Natürlich nicht! Bitte, was denken Sie von uns?« Dann senkte er den Blick und seufzte. »Aber angesichts der dramatischen Weltlage, in der wir uns befinden, wären wir letztendlich gezwungen, Sie -«

»Sehr schön!«, unterbrach ich den grauhaarigen Forscher und hob die Hand. Mein innerer Widerstand schien sich verselbstständigt zu haben. »Denn ich möchte nach meinem Verlobten und seiner Familie suchen«, erklärte ich. »Ich muss wissen, ob sie noch leben. Auf keinen Fall kann ich hier auf unbestimmte Zeit bleiben. Das verstehen Sie doch sicher?«

»Natürlich tun wir das«, entgegnete Hedlund eilig. »Ihr Wunsch ist nachvollziehbar.«

»Was genau versuchen Sie mir dann zu sagen?«, fragte ich nervös. »Bin ich also doch Ihre Gefangene? Wollen Sie meine Kooperation erzwingen, wenn ich mich weigere, Ihnen zu helfen?«

Auf einmal sah man mich an, als wäre ich ein Massenmörder. Ethisch und moralisch verkrüppelt.

Egozentrischer, menschlicher Abschaum, dem das Schicksal anderer nichts bedeutete.

Dr. Vaillants anklagende Reibeisen-Stimme zwang mich, ihn anzusehen. »Dort draußen werden Sie keine Freude haben«, sagte er mit einem bedrohlichen Unterton. »Einsamkeit und der Gestank des Todes ziehen sich durch ganz Großbritannien. Im Rest der Welt sieht es nicht besser aus. Hier und da vagabundieren vereinzelt Anarchisten durch tote Stadtviertel, nur um in irgendeiner Ecke elendig zu verenden. Würdelos und allein.«

Ich warf dem Deutschen einen düsteren Blick zu und schüttelte den Kopf.

Dr. Lee standen indes die Tränen in den Augen, während Dr. Hedlund einen Dackelblick aufsetzte. »Wir können hier und in den anderen *Districts* die Namenslisten durchgehen, um zu sehen, ob Ihre Angehörigen darunter sind«, sagte er bemüht freundlich. »Das ist es doch, was Sie wollen, oder nicht? Falls sie leben, befinden sie sich bestimmt in einem unserer Stützpunkte in Sicherheit. Bis wir herausgefunden haben, wie es Ihrer Familie geht, sind wir mit allen Tests und Untersuchungen bestimmt schon durch. Was sagen Sie dazu?«

Es lag inzwischen so viel Spannung in der Luft wie kurz vor einem Wolkenbruch. Der Druck, der auf mir lastete, war enorm. Zumal ich die subtile Androhung von Zwang nicht überhört hatte.

Nach einer Weile begann ich niedergeschlagen zu nicken. Egal, wie sehr ich mich nach Rory sehnte, ich hatte nicht das Recht fünfundsiebzig Millionen Menschen aufgrund einer vagen Zukunftsvision die Hoffnung zu nehmen. Und wer weiß, vielleicht war es vorherbestimmt, dass ich mich jetzt an diesem Ort in

Zeit und Raum fand. Ich hatte schließlich unbedingt herausfinden wollen, was größer war als Rorys und meine Liebe. Was es bedeutete, dass ausgerechnet ich durch die Zeit reisen konnte. Nun hatte ich meine Antwort.

»In Ordnung«, hörte ich mich sagen. »Dann bitte ich darum, dass Sie sowohl mit Ihren Tests als auch mit der Suche nach meinen Angehörigen umgehend beginnen.«

Kapitel 5

»Meine Titer-Werte steigen«, verriet mir Dr. Lee nüchtern, nachdem der Rest ihres Teams den Saal verlassen hatte, und nur noch wir beide beisammensaßen. »Ich weiß es seit gestern. Ich habe einen Schnelltest durchgeführt.« Sie holte ein handtellergroßes Notizbuch aus ihrer Bauchtasche hervor und zog einen kurzen Kugelschreiber aus dem Einband.

»Das tut mir leid zu hören«, erwiderte ich beklommen.

Die Asiatin lächelte schwach. »Ich versuche, es zu verdrängen. Uns rennt die Zeit davon. Es gibt viel Arbeit zu tun. Deshalb bin ich sehr froh, dass Sie uns helfen wollen.«

»Es wäre unmenschlich, wenn ich es nicht täte, oder?«, murmelte ich schwermütig.

»Sie klingen unsicher«, bemerkte Dr. Lee. »Alles in Ordnung?«

Ich zuckte mit den Schultern. Der Zwiespalt in mir setzte meinem Gewissen zu. Aber war er nicht mehr als gerechtfertigt? Meine Entscheidung, den Wissenschaftlern zu helfen, hieß nichts anderes, als Rorys Leben zugunsten der Menschheit aufs Spiel zu setzen und damit meine persönlichen Interessen zu hintergehen.

Dr. Lee nickte freundlich. »Also gut. Bevor ich einige Eckdaten zu Ihrer Person abfrage, nennen Sie mir bitte die Namen Ihrer Angehörigen. Ich gebe sie so schnell es geht weiter, damit wir sehen können, ob sie irgendwo registriert sind.«

Meine *Angehörigen* ... wie sich das anhörte. Als redeten wir über echte Familienmitglieder. Wenn ich an Malcolm, seine Eltern und Geschwister dachte, fühlte ich Sympathie, jedoch keine familiäre Verbundenheit.

»Malcolm Boyd. Er ist Historiker. Er wohnt ... wohnte ... in *Edinburgh*. Seine Eltern besitzen ein Anwesen am Rand von *Aberdeen*. Auch seine Geschwister lebten zuletzt hier ... Ich meine, bevor ich auf meinen Trip ging.«

»Malcolm Boyd ...«, murmelte Dr. Lee, während sie den Namen notierte. »Wie heißen seine Eltern und Geschwister?«

»Seine Schwestern heißen Fay und Zoe Boyd«, sagte ich und tippte mir an die Stirn. »An die Vornamen seiner Eltern erinnere ich mich eigenartigerweise nicht.«

Die Asiatin warf mir einen skeptischen Blick zu. »Haben Sie Probleme mit Ihrem Gedächtnis?«

»Nein, warum?«

»Ach, nur so ... Gibt es noch mehr Namen, nach denen wir suchen sollen?«

»Nein, das sind alle.«

»Sie pflegen nicht viele Kontakte, wie es scheint?«

»Nicht viele, richtig.«

»Gut, dann würde ich gerne noch die üblichen Daten abfragen ... Geburtstag?«

»In meinem Ausweis steht 05.08.1991.«

»Wieso klingt das so, als wäre dieses Datum nicht korrekt?«

»Es ist willkürlich festgesetzt worden. Man hat mich vor der *St. Vincent Church* in *London* gefunden und ins *Royal London Hospital* gebracht, wo man mein Alter auf einen Monat schätzte. Dort blieb ich einige Zeit. Als mein Gesundheitszustand den Ärzten stabil genug erschien, wurde ich vom Jugendamt in eine Pflegefamilie vermittelt.«

»Sie sind ein Findelkind?«

»Ja.«

»Wussten Sie, dass man eine Kinderkrankenschwester des *Royal London Hospitals* für den Indexpatienten hält? Die Patientin, die das ganze Übel losgetreten hat? Die erste Infizierte …«

»Nein, wusste ich natürlich nicht«, antwortete ich überrascht.

»So ist es aber. Man glaubt, dass das IKV von *London* aus in die Welt getragen wurde, jedenfalls ereigneten sich die ersten mysteriösen Todesfälle dort und nahmen wie ein Buschfeuer ihren Lauf.«

»Existiert in *London* auch ein Stützpunkt, wie Dr. Hedlund es nannte?«

»Korrekt. So ist es in den meisten Großstädten weltweit. In *London* leben inzwischen so wenig Menschen, dass sie ausreichend Platz in der besagten Klinik haben, in der man Sie als Baby aufgepäppelt hat. Traurig, nicht wahr?«

»Es ist nicht zu glauben. Ich fasse es nicht.«

»Nun gut. Machen wir weiter. Also, Sie haben in *London* bei einer Pflegefamilie gelebt. Wie lauten ihre Namen? Sollen wir nicht nach ihnen suchen?«

»Sie heißen Sue und Henry Miller. Aber ich habe seit meinem siebzehnten Lebensjahr keinen Kontakt. Wir haben uns nie wirklich nahe gestanden.«

Dr. Lee notierte auch diese Namen.

»Wie ging es danach weiter?«

»Ich zog nach *Edinburgh*, um dort Geschichte zu studieren und lernte Malcolm kennen.«

»Ist die Liste somit vollständig?«, fragte sie.

Ich nickte.

»Gut, dann zeige ich Ihnen jetzt Ihr neues Quartier. Anschließend leite ich meine Notizen an Dr. Hedlund weiter.«

Wir erhoben uns.

Inzwischen neigte sich der Tag seinem Ende zu, aber statt die Räume und vor allem die langen Korridore mit Licht zu fluten, begnügte man sich mit einer schwachen Notbeleuchtung.

»Wie ich schon sagte: Wir sparen Strom«, erklärte Dr. Lee auf dem Weg zu meinem Zimmer. »Ist nicht so, dass wir nicht genug davon hätten, obwohl alle Reaktoren weltweit abgeschaltet wurden. Was fehlt, sind Menschen, die sich um die Anlagen kümmern, verstehen Sie? Fachleute, die die Computer bedienen und die Maschinen warten. Systeme brechen schnell in sich zusammen, wenn sie niemand am Laufen hält.«

»Regiert da draußen in der Welt wirklich das Chaos, wie Dr. Vaillant es beschrieben hat? Ein Endzeitszenario des Grauens?«

Dr. Lee stöhnte. »Ah ja, manchmal übertreibt unser deutscher Kollege ein wenig, weil er wütend ist. Er hat Frau und alle drei Kinder verloren. Seine Schilderungen hören sich gerne mal so an, als gleiche unsere Apokalypse denen, die man in Fernsehserien mit den Heerscharen von Untoten bewundern konnte. Das ist natürlich nicht der Fall. Es irren keine Zombies oder sonstige gruselige Wesen durch die Landschaft.«

Wir liefen durch einen gelb gestrichenen Gang, dessen Wände künstlerisch ansprechende Graffitis zierten. Meist handelte es sich um berühmte Sehenswürdigkeiten von Metropolen: der Eiffelturm, die Freiheitsstatue, Big Ben, der Kölner Dom und so weiter.

»Wie würden Sie denn die Situation beschreiben?«, fragte ich.

»Ich? Tja, wenn Sie so wollen, könnte es sich um das Ende eines Zeitalters handeln, in dem die Menschheit fälschlicherweise geglaubt hat, die Krönung der Schöpfung zu sein.«

»Sie denken, dass niemand überleben wird?«

»Wenn wir das IKV nicht aufhalten, dann muss Ihre Frage leider mit *Ja* beantwortet werden. Alles wird untergehen: Kultur, Technologie, Weltordnung.«

»Und die Zukunft in tausend Jahren würde dann -« Mein Herz stolperte bei diesem Satz so stark, dass ich ihn nicht zu Ende führen konnte.

»Na, da kann man nur spekulieren«, sagte Dr. Lee stirnrunzelnd. »Wie gesagt, sehr wahrscheinlich würde es die Gattung Mensch gar nicht mehr geben. Denn um ihr Überleben zu sichern, braucht es mindestens ein paar hundert bis tausend Individuen; wir Wissenschaftler sind uns bezüglich dieser Variablen nicht ganz einig. Aber angenommen, es überlebt eine kleine Population irgendwo in einer verborgenen Nische, inmitten einer zerstörten Welt. Dann wäre das vergleichbar mit den Anfängen der Menschheit, der guten alten Steinzeit: primitiv, archaisch, brutal. Ein Leben in ständiger Angst und wahrscheinlich von dummem Aberglauben zersetzt. Für uns Frauen wäre es sicher die reinste Hölle! In so einer Welt wollen Sie nicht existieren, glauben Sie mir.«

Es müsste nicht ganz so schlimm werden, wollte ich beinah sagen, aber natürlich hielt ich mich zurück und äußerte nichts dergleichen.

»Hey, Connor, schon Dienstschluss?«, rief Dr. Lee plötzlich einem jungen Mann in Jeans und T-Shirt entgegen, der schlendernd auf uns zukam.

Sofort erkannte ich den Typen als einen von der Sicherheitspatrouille, die mich hierher gebracht hatte.

»Aye! Für heute reicht es, Doc.« Lächelnd blieb er vor uns stehen. Als er mich sah, hob er erstaunt die Brauen. »Skye, richtig? Schön, dass man Sie so schnell aus dem Iso-Raum rausgelassen hat.«

»Ich bin ein wahrer Glückspilz!«, antwortete ich spitz, musste aber dann doch lächeln.

Dr. Lee verfolgte schmunzelnd unseren kurzen Austausch. Schließlich schwang sie einen Arm hoch und deutete an, weitergehen zu wollen. »Kommen Sie, Miss Leonard, nur noch wenige Schritte. Tür Nummer sechs ist es.«

»Dann sind wir ja fast Nachbarn«, rief Connor uns hinterher. »Klopfen Sie ruhig an meine Tür, wenn Sie was brauchen. Ich bin in der Drei.«

Dr. Lee schüttelte den Kopf, während sie mein neues Zimmer aufschloss. »Hören Sie nicht auf diesen Windhund. Er reißt die Klappe gerne auf. Aber wir leben in Zeiten, in denen wir niemanden entbehren können. Nicht mal solche Hitzköpfe. Jeder wird gebraucht.«

Mit einem kräftigen Stoß öffnete sie die Zimmertür, schaltete das Deckenlicht ein und überreichte mir die Schlüssel. »Ruhen Sie sich aus. Sie haben hier wenigstens ein ganz normales Bett und alles, was man sonst so braucht: vollen Kühlschrank, Kochnische und ein kleines Badezimmer.« Sie deutete mit dem Kinn auf den Flachbildfernseher und seufzte. »Der da ist leider nur noch Deko. Kein Fernsehsender der Welt ist mehr aktiv. Wir besitzen allerdings eine Bücherei, falls Sie was lesen wollen.«

»Vielen Dank«, sagte ich und wartete, bis Dr. Lee gegangen war. Ich schloss die Tür ab und stellte mich ans Fenster. Draußen herrschte ungewöhnliche Dunkelheit. Die Straßenlaternen waren nicht in Betrieb. Kein Kommen und Gehen auf dem Klinikgelände. Absurde, morbide Stille.

Erschöpft setzte ich mich aufs Bett und hoffte, dass man bald herausfand, was mit Malcolm und seiner Familie geschehen war.

Ich wollte, dass Malcolm lebte.

Die Begegnung mit ihm würde schwierig werden, da ich aus seiner Sicht beinah zwei Jahre spurlos verschwunden gewesen war. Ich musste dennoch darauf vertrauen, dass er mir helfen würde, zur Höhle zurück zu gelangen. Ich fürchtete nämlich, dass mich das Experten-Team in *Final Hope*, wie diese Klinik nun genannt wurde, festhalten wollte. Auch wenn es behauptete, dass ich keine Gefangene sei, solange ich kooperierte.

Nach den medizinischen Eingriffen, die ich zum Glück problemlos überstanden hatte, vergingen zwei Tage, ohne dass sich das Forscherteam bei mir meldete. Mein unterer Rücken war wegen einer Liquor-Punktion mit einem breiten Pflaster beklebt. Die Einstichstelle, wo man eine Hohlnadel zwischen zwei Wirbel eingeführt hatte, um Nervenwasser abzusaugen, juckte ein wenig, tat aber nicht weh. Durch einen Zugang in der linken Armbeuge hatte man mir reichlich Blut abgenommen, um Stammzellen zu gewinnen und DNA-Material zu sichern. Erfreulicherweise wurde die Braunüle hinterher herausgezogen. Der größte Eingriff, den ich als einzigen unter Vollnarkose über mich hatte ergehen lassen müssen, diente zur Knochenmarkentnahme aus dem Beckenkamm und war zum Glück viel harmloser gewesen, als es insgesamt geklungen hatte. Die

Wundstelle schmerzte kaum, und Stan und Ollie schauten alle paar Stunden nach mir, um zu kontrollieren, dass es keine Komplikationen gab. Zur Sicherheit hatte man mir für die ersten Tage Bettruhe verordnet und mir gleichzeitig versichert, man werde sich zu gegebener Zeit bei mir melden. Ungeduldig wartete ich also auf Neuigkeiten.

Am Morgen des dritten Tages suchte mich Dr. Lee endlich auf. »Die Arbeit an der Entwicklung eines Heilmittels läuft«, erzählte sie gutgelaunt. Mir fielen die violetten Ringe unter ihren Augen auf, die ich ihrem Schlafdefizit zuschrieb.

»Und gibt es Informationen zu meinen Angehörigen?«, fragte ich sie.

Dr. Lee zögerte mit der Antwort. Schließlich schüttelte sie bedauernd den Kopf. »Sie sind weder im *District Aberdeen* noch *Edinburgh* registriert, Skye. Wir warten allerdings noch auf eine Rückmeldung aus *London*. Sie dürfen also weiter hoffen.«

Am vierten Tag hielt ich es in meinem Zimmer nicht mehr aus. Albträume setzten mir zu, sobald ich einschlief. Jedes Mal handelten sie von einer finsteren Höhle, in der ich auf der Suche nach Rory umherirrte, doch statt ihn zu finden, wurde ich erdrückt von Kälte, die mir den Atem gefrieren ließ.

Auf meine hartnäckige Bitte hin führte mich Dr. Lee persönlich in die Klinik-Bücherei, die ein Stockwerk höher lag. Ich staunte nicht schlecht, als wir den mit rotem Teppichboden ausgelegten Gemeinschaftsraum betraten. Mehrere gut bestückte Regale, die fast bis zur Decke reichten, dominierten eine Seite und sorgten für den typischen Geruch, den

Bücher ausströmten, die schon durch viel Hände gegangen waren.

In der anderen Hälfte des Raumes luden Sitzecken dazu ein, im Licht kleiner Stehlampen in die ausgewählte Lektüre einzutauchen und für einige Zeit alle Not zu vergessen. Also hielt ich mich ab jetzt hauptsächlich in der Bücherei auf.

Ich bemühte mich, mit den wenigen Personen, die ich hier traf, ins Gespräch zu kommen, erfuhr von ihnen allerdings nichts, was ich nicht bereits wusste. Ich bekam den Eindruck, dass sich niemand über *die Situation,* wie sie die Pandemie nannten, unterhalten wollte. Jeder Smalltalk blieb ein oberflächlicher Austausch und endete meist damit, dass mein Gegenüber sich entschuldigte und davonschlich. Schließlich gab ich es auf.

Als ich am fünften Tag in einer der Sitzecken kauerte und gedankenverloren in einem Bildband über das Weltall blätterte, tauchten zwei Beine in Jeans vor mir auf. Neugierig blickte ich zu der Person hoch, die mir im Licht stand.

»Connor?«

Er lächelte schief zu mir herunter. »Darf ich mich zu Ihnen setzen?«

»Nur wenn Sie nicht vorhaben, mich wieder in den Isolierraum zu sperren.«

»Das war nicht meine Idee«, verteidigte er sich. »Im Übrigen durfte auch ich bereits ein paar kostbare Stunden meiner Lebenszeit darin verbringen.« Er ließ sich in den Sessel neben mir plumpsen und verschränkte die Arme vor der Brust. »Ich weiß, wie das ist, wenn man denkt, man ist unter Freaks gelandet. Angeblich wissen die von der Nerd-Abteilung nicht, ob längerer Kontakt zu erkrankten Personen uns schneller um die Ecke bringt oder ungefährlich ist. Die haben keine Ahnung. Darum die Vorsichtsmaßnahmen und Vorschriften. Ich war mir allerdings sicher, dass Sie noch kerngesund sind. Wie ein roter Bio-Apfel.« Er zwinkerte frech. »Trotz des leicht durchgeknallten Eindrucks, den Sie auf mich und die Jungs gemacht haben.«

»Na, vielen Dank!«, entgegnete ich gespielt empört.

Connor seufzte. »Oh Mann, das sollte ein Kompliment sein. Bin wohl etwas aus der Übung.«

»Machen Sie sich nichts draus«, beruhigte ich ihn. »Und? Wie ist Ihre heutige Patrouille gelaufen? Haben Sie wieder jemanden aufsammeln können?«

»Ich muss Sie enttäuschen, Skye. Wir entdecken so gut wie niemanden mehr da draußen. Sie zu finden, war eine kleine Sensation. Stundenlang waren Sie *das* Thema.«

»Ich?«

»Klar, verstehen Sie es nicht falsch. War halt aufregender, als darüber zu palavern, wie wir diesen *Final-Hope*-Betonklotz am Laufen halten sollen, wenn uns die Reserven ausgehen ... oder die Leute wegsterben.«

»Kann ich Sie etwas fragen?«

»Aye!« Er grinste. »Was immer Sie wollen.«

»Was geschieht mit den Toten? Ich meine, wo bringt man sie hin? Das ist ja eine astronomische Zahl ...«

»Kommt drauf an. Wenn man schnell genug ist, kann man ihre Reste noch beerdigen, mit kleiner Trauerfeier und so. Aber ist man zu spät dran, was häufig der Fall ist, haben sie sich schon zersetzt und im wahrsten Sinne des Wortes selber aus dem Staub gemacht. Verwesung in Turbo-Geschwindigkeit sozusagen. Muss irgendwie an diesem Scheißvirus liegen. Leider bleibt einem der Gestank ewig erhalten. Willkommen in der stinkenden, neuen und unendlich einsamen Welt!«

»Haben Sie denn keine Angst zu sterben?«, fragte ich vorsichtig.

Connor lachte. »Ich? Mein Angst-Chip ist wohl defekt, keine Ahnung. Ich schätze mal, es liegt daran, dass ich im Hier und Jetzt lebe. Seit ich mit siebzehn aus dem Heim weggelaufen bin, schlage ich mich allein durch, hatte immer einen Job, der mich über Wasser hielt ... Schon blöd, dass plötzlich das große Sterben losging. Die Leute werden entweder depressiv und ängstlich oder so ein furchtloser Bastard wie ich.«

Ich sah ihn amüsiert an. »Sie gefallen sich wohl in der Rolle?«

»Gut möglich. Was lesen Sie da? Zeigen Sie her.«

»Ist nur ein Bildband über das Universum.«

»Aha. Vielleicht ist es Zeit für einen neuen Urknall? Wär doch nicht schlecht. Hey, Gott, oder wer auch immer uns diesen Bockmist eingebrockt hat ... drück mal auf die Reset-Taste, Alter!«

Ich klappte das Buch zu und steckte es zwischen Sessellehne und Hüfte. »Es wäre schade um die Menschheit, wenn sie komplett ausgelöscht werden würde.«

»Ne, im Ernst?«

»Ja!«

»Auf manche Arschlöcher kann man doch gut und gerne verzichten, aber ... wenn ich Sie ansehe, gebe ich Ihnen recht. Ich finde, alle hübschen Frauen sollten überleben ... und natürlich so coole Typen wie ich.«

Ich musste losprusten, und Connor grinste zufrieden. In seinen grünen Augen funkelte der Charme jugendlicher Unbeschwertheit.

»Wie alt bist du?«, fragte ich geradeheraus.

Überrascht zog er die Brauen hoch. »Fast zwanzig, wieso?«

»Danke, dass du nach fünf Minuten Plauderei nicht gleich abgehauen bist.«

Er nickte nachdenklich. »Ah, du meinst die *Mundtoten*? Ich hab dazu 'ne Erklärung. Willst du sie hören?«

»Klar.«

»Ich glaub, die Leute haben Schiss davor, über die ‚Situation' zu reden, weil ihnen weisgemacht wird, das Thema könnte ihr Immunsystem schwächen und sie noch schneller ins Gras beißen lassen. Also tun sie lieber so, als hätten wir nur eine vorübergehende Krise und halten den Mund.«

»Na, das klingt ja sehr plausibel.«

Connor nickte grinsend. »Wie wär's? Wollen wir auf mein Zimmer gehen? Ich hab Musik, und ich könnte dir erzählen, was wir so alles zu sehen bekommen, wenn wir auf Patrouille sind.«

Das kam dann doch zu schnell. »Oh, nein, aber danke für die Einladung«, wehrte ich sofort ab. »Vielleicht ein andermal.«

»Kein Problem. Bin ja nur ein paar Türen von dir entfernt, wie du weißt.«

Ich schmunzelte kopfschüttelnd.

Plötzlich kamen Geräusche von der Eingangstür, was uns reflexartig aufsehen ließ.

Dr. Lee trat herein, erblickte mich und blieb stehen. »Skye?«, rief sie quer durch den Raum. »Jemand würde Sie gerne sprechen.«

Sofort setzte ich mich aufrecht und starrte die Asiatin angespannt an.

»Wollen Sie nicht herkommen?«, fragte sie verwundert. Als ich immer noch keine Anstalten machte, mich zu erheben, drehte sie sich um und deutete einer Person auf dem Korridor hereinzukommen.

»Was geht da ab?«, nuschelte Connor in seinem Sessel und klang genervt. Ich antwortete ihm nicht und versuchte, ruhig zu bleiben. Als jedoch ein Mann mit schlanker Figur und aristokratischen Gesichtszügen auf der Türschwelle erschien, blieb mir fast das Herz stehen.

Malcolm!

Er war es ohne Zweifel. Die dunkelbraunen Haare fielen ihm inzwischen bis über die Ohren und in den Nacken. Anstelle von Sakko und Designer-Jeans trug er khakifarbene Cargo-Hosen, schwarze Schnürboots, eine dunkle, abgewetzte Lederjacke mit vielen Reißverschlüssen und einen blaugrün karierten Schal.

Ich atmete tief ein, gab mir innerlich einen Stoß und erhob mich von meinem Platz. Mit butterweichen Knien lief ich auf ihn zu, mein Blick wie in Trance mit seinem verhakt. Doch ich war unfähig, seinen Gesichtsausdruck zu interpretieren.

»Na, dann lasse ich Sie beide mal alleine, damit Sie in Ruhe reden können«, sagte Dr. Lee, aber keiner beachtete sie. Schnell verschwand sie aus unserem Sichtfeld, als ich einen Schritt vor Malcolm stehenblieb.

Ich versuchte zu lächeln. »Ich bin so froh, dass du lebst«, brachte ich mühsam heraus. Verwirrende Gefühle der Erleichterung, Freude und Scham überrollten mich wie eine Schneelawine.

»Hallo Skye!« Seltsam, wie vertraut und gleichzeitig fremd seine Stimme klang. »Schön dich wiederzusehen«, sagte er sanft. »Ich hatte nicht mehr damit gerechnet.«

»Mir kommt es auch wie ein Wunder vor«, erwiderte ich zitternd. »Lass uns in mein Zimmer gehen.«

Kapitel 6

»Ich könnte uns Tee kochen ...?« Beklommen stand ich in der kleinen Kochnische und blickte zu Malcolm hinüber. Er saß in einem der beiden Sessel, noch mit Jacke und Schal, und beobachtete mich stumm. »Wie in alten Zeiten«, fügte ich nervös hinzu, bereute aber augenblicklich, das gesagt zu haben.

Malcolm zuckte mit der Schulter. »Wenn du möchtest. Ich schätze, etwas Stärkeres hast du nicht da?«

»Leider, nein. Ich könnte meinen Nachbarn fragen ...?«

Kopfschüttelnd winkte er ab. »Später vielleicht. Lass uns erst einmal reden, ja?«

Ich nickte unsicher. »Natürlich. Tut mir leid, ich ... ich bin gerade ziemlich durch den Wind.«

»Ich etwa nicht?« Mit zusammengezogenen Brauen sah er mich eine Weile an. Ich wusste, gleich würde er versuchen, mich zur Rechenschaft zu ziehen. »Wo warst du, Skye?«, fing er dann auch schon an. »Gib mir bitte eine ehrliche Antwort. Damals in der Höhle ... was ist da passiert? Bist du ... es ist irrsinnig, das zu fragen ... Bist du – Hokuspokus – durch Raum und Zeit verschwunden?« Er lachte auf und schüttelte ungläubig den Kopf. Dann rieb er sich mit der Hand über beide Augen und fixierte mich erneut. »Skye ... hat Grandpa Finlay doch nicht gesponnen? Können manche Menschen in dieser verfluchten Höhle verloren gehen?« Anscheinend fassungslos fuhr er fort: »Wie zum Teufel konntest du verschwinden, ohne eine einzige Spur zu hinterlassen? Wohin bist du abgehauen, hm?« Schließlich seufzte er und fügte mit gebrochener

Stimme hinzu: »Warum hast du mir niemals ein Lebenszeichen geschickt? Wenigstens das.«

Der niedergeschlagene Ausdruck in Malcolms Gesicht tat mir in der Seele weh. Hilflos starrte ich ihn an. Dann kam ich aus der Kochnische heraus und setzte mich zu ihm.

»Ich wollte dich nicht verlassen«, beteuerte ich und sah ihm in die bernsteinfarbenen Augen, die mich müde und gerötet musterten. »Es ist einfach passiert.« Ich zögerte einen Moment, bevor ich es aussprach. »Die Höhle ... ist ein Portal, Malcolm. Ja, es ist wirklich wahr! Ich bin darin durch die Zeit gereist.«

»Diese Unterhaltung ist zu verrückt«, stieß er aus und fuhr sich hektisch durch die Haare. »Sowas ist nicht möglich!«

»Nein, hör mir bitte zu!«, flehte ich ihn an. »Ich bin tausend Jahre in der Zukunft gelandet. Im Jahr 3016!«

Malcolm verschränkte die Arme vor der Brust und zog einen Mundwinkel zu einem künstlichen Schmunzeln hoch. »Nun gut, nehmen wir an, ich glaube dir. Zufrieden? Fassen wir also zusammen: Du hast eine nette kleine Zeitreise gemacht und bist nach zwei Jahren zurückgekehrt, mitten in die Apokalypse?«

So wie er es zusammenfasste, hörte sich meine Geschichte tatsächlich hanebüchen an, und wahrscheinlich hätte ich ebenfalls an ihr gezweifelt, aber eine glaubwürdiger klingende Version konnte ich leider nicht bieten.

»Ich kann die Zeitreise nicht steuern«, erklärte ich weiter. »Das Portal ... die Höhle hat ihre eigenen Regeln ... Ich verstehe das Muster, nach dem man vor- und zurückreist, auch nicht.«

Malcolm stöhnte laut.

Wir schwiegen einige Momente, die mir so endlos lang vorkamen, dass ich sie kaum ertrug. Schließlich richtete Malcolm sich auf und zog zu meiner Freude Jacke und Schal aus, die er ordentlich über die Sessellehne hängte. Ein dunkles Flanellhemd, das locker in seiner Hose steckte, kam zum Vorschein.

»Ich muss eigentlich über etwas anderes mit dir reden«, sagte er auf einmal in einer ruhigen Tonlage und sah mich ernst an.

Ich fragte mich verwundert, welches Thema im Moment wichtiger sein konnte, als mein Verschwinden und was es mit uns gemacht hatte. Es gab noch so viel zu klären ... zumindest von meiner Seite aus.

»Dr. Hedlund hat mich in *London* aufspüren lassen«, begann Malcolm wieder. »Er hat es veranlasst, dass ich auf schnellstem Weg nach *Aberdeen* gebracht werde. Ich durfte sein Forschungsteam kennenlernen und hab Einsicht in seine Arbeit bekommen. Die sind seit deinem Auftauchen an einer These dran, sagen sie. Sie haben mir deine Befunde gezeigt, und mich über dich ausgefragt.«

»Ihr habt über meine Testergebnisse gesprochen?« Langsam begann ich zu ahnen, worauf das Ganze hinauslief.

»Sie glauben, sie könnten mit deiner DNA einen Weg finden, das Virus unschädlich zu machen. Ich weiß nicht, ob sie einen Impfstoff meinen, eine Art Gentherapie oder einfach nur die Entwicklung von Medikamenten, die die Aktivierung des IKV verhindern sollen. Auf jeden Fall halten sie dich für die einzige Person, die eine Resistenz besitzt. Irgendetwas in deinem Immunsystem weicht auf unerklärliche Weise von allen anderen ab.«

»Haben sie dir verraten, wie weit sie mit ihrer Arbeit bereits gekommen sind?«, fragte ich ängstlich. Mein emotionales Dilemma verschwieg ich natürlich. Dies war nicht der richtige Augenblick, um Malcolm von *Caledonia* zu erzählen.

»Sie sagten nur, dass sie ohne Unterbrechung an einem Impfstoff arbeiten und sich kaum Schlaf gönnen. Sie sind voller Hoffnung. Du hast eine Menge Hoffnung in uns allen aufleben lassen, Skye. Ist dir das bewusst?«

»Und du hast keine Ahnung, wie viel Überwindung mich das gekostet hat«, gab ich aufgewühlt zurück. Mir war auf einmal zum Weinen.

Malcolm sah mich eine Weile nachdenklich an. Um seine Augen legte sich ein trauriger Zug. »Ich hab Mum und meine Schwestern verloren«, sagte er und holte tief Luft. »Mein Pa ist in einem Dauerschock gefangen. Er will nicht mehr weiterleben. Ich schon. Und das restliche Prozent der Weltbevölkerung, das es noch nicht erwischt hat, will nicht aufgeben, solange ihr Verstand funktioniert.«

Ich schlug die Hände vors Gesicht. Ich hatte mit schlechten Nachrichten bezüglich der Boyds gerechnet, doch sie bestätigt zu bekommen, löste echte Trauer in mir aus. »Es tut mir schrecklich leid um deine Familie. Deine Mutter und deine Schwestern waren so liebe Menschen.«

»Ist dir aufgefallen, dass das Virus statistisch gesehen mehr Frauen killt als Männer?«

Ich wischte mir die Feuchtigkeit aus den Augen und sah ihn verwundert an.

»Deswegen bist du erst recht etwas Besonderes, sagt Dr. Hedlund. Er wollte von mir Details über deine Vergangenheit wissen. Die Tatsache, dass du ein

Findelkind warst, bezeichnet sein Team als X-Faktor. Ich wurde angewiesen, das Archiv des *Royal London Hospitals* und des Jugendamts, das für dich zuständig war, nach Unterlagen zu deinem Fall durchzukämmen und alles an Informationen zusammenzutragen. Sie halten mich für die ideale Person für eine externe fachliche Kooperation, da ich dein Verlobter bin ... *war* ... und mich als Historiker mit Recherchen auskenne.«

»Hedlund und sein Team scheinen sich in ihrer Verzweiflung völlig auf mich eingeschossen zu haben«, wandte ich ein. »Vielleicht verrennen sich da ja auch in etwas. War es denn keine Enttäuschung, als du ihnen mitteilen musstest, dass sie bereits alles über mich wissen? Du hast in diesen Archiven – falls du überhaupt Aufzeichnungen finden konntest – doch nichts entdeckt, was ich ihnen nicht schon gesagt habe, oder?«

Malcolm zögerte verdächtig lange. In seinem Gesicht lag ein Ausdruck von Skepsis und Verunsicherung. Schließlich holte er tief Luft, als müsse er sich überwinden. »Ich bin mir nicht sicher.«

»Was meinst du damit?« Ich sah ihn irritiert an.

»Deine Pflegeeltern sind kurz nach deinem Verschwinden gestorben, Skye. Wusstest du das?«

Ich schüttelte den Kopf. Diese Nachricht erschütterte mich kaum. Ich hatte nie eine enge Bindung zu Sue und Henry aufbauen können, da sie in mir immer nur einen Job gesehen hatten, statt elterliche Gefühle zu entwickeln. Die Zuwendung, die ich besonders während meiner Kindheit gebraucht hatte, hatte ich von Erzieherinnen, einer herzensguten pakistanischen Nachbarsfamilie und engagierten Lehrerinnen bekommen, die mir aufgrund meiner tragischen Umstände als Findelkind sehr wohlgesonnen waren. Seit ich ausgezogen war, existierten Sue und

Henry für mich folglich nicht mehr. Zumindest nicht bewusst.

»Wie sollte ich es wissen? Ich sagte doch, dass ich in eine andere Zeit -«

»Schon gut«, schnitt mir Malcolm ungeduldig das Wort ab. »Die Sache ist die: Eine Kinderkrankenschwester, deine Pflegeeltern, dann weiteres Personal und Studenten des *Royal London Hospital* ... Mitarbeiter des Jugendamts ... sie alle gehören zu den ersten Todesfällen.«

»Was willst du mir damit sagen?«, fragte ich angespannt. »Hast du etwa auch eine These entwickelt? Oder warum hab ich gerade so ein komisches Gefühl?«

»Mein Kopf ist ein Dampfkessel, Skye.« Unruhig tippten Malcolms Finger gegeneinander. »Ich versuche, Puzzleteile zusammenzusetzen, verstehst du? Diese Pandemie ging in *London* los ... Die Kinderkrankenschwester gilt als Indexpatientin.«

»Ja, ich weiß das von Dr. Lee.«

»Tja, es handelt sich interessanterweise um jene Schwester, die dich während deines Aufenthalts auf der Intensivstation für Säuglinge betreut hat.«

»Das hast du herausbekommen?«

»Es war leicht.«

»Die Zufälle im Leben sind manchmal merkwürdig«, nuschelte ich verstört.

Eine lange Schweigepause entstand, als bräuchten wir sie dringend, um unsere Gefühle unter Kontrolle zu bringen und sachlich zu bleiben.

Schließlich begann Malcolm in einem ruhigeren Tonfall zu erzählen: »Da du aus der Höhle nicht mehr herausgekommen bist, hab ich natürlich nachgesehen. Hab in jedem Winkel nach einem geheimen Ausgang gesucht. Nichts! Ich dachte an einen schlechten Scherz und wartete ab. Dann rief ich die Polizei. Die kamen mit Spürhunden und konnten dich ebenfalls nicht finden. Die Suchaktion wurde auf ganz Großbritannien und Irland ausgedehnt. Kurzzeitig kam ich unter Verdacht, mit deinem Verschwinden etwas zu tun zu haben. Da man aber keine Hinweise fand, die auf ein Verbrechen schließen ließen, erhob niemand Anklage.«

»Tut mir furchtbar leid, dass du all das durchmachen musstest«, erwiderte ich ehrlich betroffen.

Er lachte bitter. »Es tut dir leid, klar, aber wie sieht es mit deinen Gefühlen für mich aus? Ich bin mir nicht sicher ...«

Das kam unerwartet. Schuldbewusst sah ich ihn an, öffnete den Mund und schloss ihn wieder.

»Sag jetzt nichts«, fuhr er mitgenommen fort. »Ich will erstmal nur eins wissen: Ist diese verdammte Höhle wirklich ein Portal?«

Ich nickte hastig. »Das ist sie.«

»Aber nicht für jeden, richtig?«

»Das scheint so zu sein. Ich weiß nicht, warum.« Ich sah ihn hoffnungsvoll an. »Glaubst du mir denn jetzt?«

»Ich komme mir wie ein Ketzer vor«, murmelte er kopfschüttelnd. »Aber wenn du dieselbe Frau bist, in die ich mich damals auf der Uni verliebt habe, wenn dein Kern noch gleichgeblieben ist ... ja, dann glaube ich dir.«

»Danke, das bedeutet mir wirklich viel.« Ich lächelte ein wenig.

»Dann war Grandma also wie du?« Malcolm sprach langsam weiter: »Sie besaß ebenfalls die Gabe durch die Zeit zu reisen, und Grandpa hat es geahnt, dass seine Frau nicht mit einem Liebhaber durchgebrannt ist, wie alle dachten, sondern in der Höhle verschwand.«

»Ja, ich bin mir mittlerweile sicher, dass deine Großmutter auch durch die Zeit fiel, Malcolm«, sagte ich und ließ ihn nicht aus den Augen.

Nachdenklich runzelte er die Stirn. »Wenn wir mal davon ausgehen, dass diese Gabe vererbt wird, hast du sie womöglich von deiner Mutter oder deinem Vater.«

»Leider gibt es von beiden nicht die geringste Spur«, wandte ich ein, obwohl ich genau spürte, dass Malcolm auf etwas Bestimmtes hinauswollte. Ein unangenehmes Kribbeln rieselte über meinen Rücken.

»Seltsam, oder?«, fragte er mit Nachdruck.

Wir starrten uns an. Ging derselbe ungeheuerliche Gedanke durch unsere Köpfe?

Ich zog die Beine in den Sessel hoch und umklammerte meinen Oberkörper. »Nein, nein ... das, was du da andeutest ... nein, das kann nicht sein!«

Malcolm streckte plötzlich den Arm aus und berührte meine Schulter, damit ich ihn ansah. »Skye ... überleg mal. Alles würde einen Sinn ergeben.«

Entsetzt rückte ich ein Stück von ihm weg, sodass Malcolm seine Hand zurückziehen musste. »Ich hab mich immer als Kind unserer Zeit gefühlt«, sagte ich atemlos. »Ich bin in den Neunzigern aufgewachsen, bin in *London* zur Schule gegangen, hab mit dir studiert. Es ist schon schwer genug, nichts über meine biologischen Eltern zu wissen, aber dass sie ... oder einer von ihnen … ein Zeitreisender gewesen sein soll ...«

»Sie sprechen von ungewöhnlichen Abweichungen in deinem Genom, Skye.« Wieder fixierte er mich eindringlich. »Du bist doch auch Wissenschaftlerin. Mit Hypothesen und Theorien, die auf nachvollziehbaren Annahmen und vor allem ausreichend Indizien basieren, kennst du dich aus. Ich weiß das, denn ich habe stundenlange Diskussionen mit dir geführt, die mich davon überzeugt haben, mich … in das richtige Mädchen zu verlieben.« Malcolm senkte seufzend den Blick.

»Was willst du von mir?«, fragte ich irritiert. Auf einmal fühlte ich mich in die Enge getrieben.

»Ich will, dass du uns beistehst. Du trägst eine Verantwortung.«

»Könntest du dich bitte klarer ausdrücken?«, gab ich ungehalten zurück.

»Schließe dich dem Team an, so wie ich. Bleib bei uns … Bei mir ...« Sein Ton wurde drängender. »Wir beide waren mal ein gutes Duo, Skye.«

»Das zwischen dir und mir ist lange her«, sagte ich frei heraus. Es brachte nichts, um den heißen Brei herum zu reden.

Malcolm kaute auf der Unterlippe. Dann zog er die Brauen hoch. »Ich hab eine spontane These für dich. Willst du sie hören?«

Nein! Ich wollte eben nicht, dass er es aussprach, aber in seinem Blick lag bereits eine felsenfeste Entschlossenheit.

»Das IKV kam mit einem unschuldigen Findelkind in unsere Welt. Das Kleine ist resistent und muss nichts fürchten, doch seine Existenz ist der Grund, dass sich das Virus ausbreiten kann. Die lange Inkubationszeit von über fünfundzwanzig Jahren reicht dem aggressiven Erreger aus, um still und heimlich die gesamte Erdbevölkerung zu infizieren. Nennen wir es Phase 1. Dann wird das Virus wie auf Knopfdruck plötzlich aktiv und zeigt, was es so drauf hat. Phase 2 beginnt. Wie ein aus dem Eis erwachtes Monster killt es nach und nach so ziemlich jeden, der keine Resistenz besitzt ... Es gibt kein Entkommen. Für niemanden!«

Mein Magen krampfte zusammen. »*Das* ... ist deine These?«, fragte ich erschüttert.

»Aye! Du könntest die Ursache allen Übels sein, Skye. Sieh der Tatsache ins Gesicht.«

»Und wenn es so wäre, könnte ich nichts dafür. Warum also sollte ich mich zu irgendetwas verpflichtet fühlen?«

»Skye! Eigentlich will ich von dir hören, dass du mich nicht noch mal verlässt, und mit mir zusammen der Apokalypse die Stirn bietest. Wenn du und ich in diesen schweren Zeiten zusammenhalten, könnten wir es schaffen.«

»Es ist nicht mal sicher, ob ein Heilmittel gefunden wird.«

»Das stimmt, aber seit du wieder aufgetaucht bist, bin ich Optimist.« Ein zaghaftes Lächeln huschte über sein Gesicht.

»Malcolm ... ich ...«

Er legte den Kopf schief und sah mich nachdenklich an. »Ist es nicht absolut erstaunlich, wie zivilisiert wir uns unter den herrschenden Bedingungen noch verhalten? Niemand kämpft um Ressourcen oder Macht, sondern um das Wohl des anderen. Wenn die Erdbevölkerung in so kurzer Zeit so drastisch dezimiert wird, ist jeder, der am Leben bleibt, von unschätzbarem Wert. Und diese Welt, Skye ... kann nur von Liebe gerettet werden.«

»Eher einem Impfstoff«, stieß ich beklommen aus, ohne ihn anzusehen. Diese Diskussion musste ein Ende nehmen. Also versuchte ich, Malcolm mit einer Notlüge zu beschwichtigen. »Du kannst Hedlund von mir aus Bescheid geben, dass ich auch weiterhin bereit bin, mitzuarbeiten.« Ich erhob mich von meinem Platz und wankte zum Kühlschrank. Mein Körper fühlte sich taub an. Meine Muskeln schrien nach mehr Sauerstoff.

Malcolm saß reglos da, als grübelte er über meine Worte. Doch dann atmete er zufrieden aus.

»Danke!«, sagte er freundlich lächelnd. »Wir müssen fest daran glauben, dass alles gut wird. Stell dir vor, du würdest in die Geschichte eingehen als die Retterin unserer Welt. Wir alle hätten eine Zukunft!«

Ich wandte den Blick von Malcolm ab und riss die Kühlschranktür auf. Mein Puls raste, während ich blind auf Sandwiches und Smoothies starrte. Wie um Himmels willen sollte ich jetzt vorgehen, wo ich mir doch nichts sehnlicher wünschte, als so schnell wie möglich zu Rory zurückzukehren? Ich hatte außerdem alles getan, was ich tun konnte.

Kalter Schweiß benetzte mein Gesicht. Mein Atem ging stockend. Ich knallte den Kühlschrank wieder zu und fuhr zu Malcolm herum. »Es ist spät, ich muss ein paar Stunden schlafen. Morgen früh können wir weiterreden.«

»In Ordnung«, antwortete er. Dann erhob er sich und warf seine Jacke über die Schulter. »Ruh dich aus.« Doch statt zu gehen, stand er da und sah mich erwartungsvoll an.

»Bye, Malcolm!«, forderte ich ihn unmissverständlich zum Verschwinden auf.

»Dann bis Morgen, Skye«, sagte er schließlich. »Ich bin sehr froh, dass du zurückgekommen bist.«

Als ich darauf nichts erwiderte, zögerte er nicht länger und verließ mein Zimmer. Sofort schloss ich die Tür hinter ihm ab und lehnte mit dem Rücken dagegen.

Dann begann ich, zu weinen.

Kapitel 7

Ich konnte kein Auge zumachen. Die Angst, wahnsinnig zu werden, lag mir auf der Brust wie ein Zementklotz und presste meine Lungen zusammen. Würden Hedlund und sein Team ein Heilmittel finden? Und wenn ja, würde es *Caledonia* – und Rory – den Weg ebnen? Oder würden sie gerade deshalb *nicht* existieren können?

Stundenlang starrte ich an die Decke und dachte darüber nach, wie und vor allem wann ich mich auf den Weg zur Höhle machen sollte. Unsere Unterhaltung hatte mich überzeugt, dass Malcolm mich nicht gehen lassen wollte. Auf seine Hilfe konnte ich folglich nicht bauen. Trotz des drohenden Weltuntergangs hoffte er anscheinend auf einen Neubeginn für unsere Beziehung. Offensichtlich war er, Apokalypse hin oder her, im Herzen immer noch ein Romantiker geblieben.

Ich verließ das Bett, stellte mich ans Fenster und sah in die Dunkelheit hinaus. Der Mond klebte am schwarzen Himmel inmitten hell leuchtender Sterne. Ein wunderschöner Anblick, der mich für einige Momente beruhigte, bis die düsteren Bilder von *Aberdeens* verwaisten Straßen vor meinem geistigen Auge auftauchten. Die Erinnerung an den beißenden Gestank des Todes rief ein Ekelgefühl in mir hervor. Wenn die Suche nach einem Impfstoff scheitern sollte, würde es nicht mehr allzu lange dauern, bis die Erde komplett menschenleer wäre. Und ohne Pflege und Wartung wäre schon Jahrhunderte später von den Errungenschaften der Menschheitsgeschichte nichts übrig. Alles wäre in sich zusammengefallen, von der

Kraft der Natur zermalmt. Asche zu Asche. Staub zu Staub.

Schwermütig atmete ich ein und aus. Am Horizont färbte die beginnende Dämmerung den Nachthimmel in ein tiefes Blau der Hoffnung. Ein neuer Tag befreite sich aus der Dunkelheit, leise und unaufhaltsam.

Statt mich zurück ins Bett zu legen, stellte ich mich unter die Dusche und ließ mich von lauwarmem Wasser berieseln. Es gelang mir, die Lautstärke meiner Gedanken auf ein erträgliches Maß herunter zu regeln. Ich sprach mir Mut zu, so wie ich es oft in meinem Leben getan hatte, um Widerstände zu meistern. Auch wenn ich kaum jemandem hundertprozentiges Vertrauen schenken konnte, so doch mir selbst. Und Rory ... der irgendwann in einer fernen Zukunft Fleisch und Blut werden musste.

Und dann fällte ich einen endgültigen Entschluss.

Malcom mochte sich wünschen, dass ich blieb, und vielleicht war er sogar bereit, um mich zu kämpfen. Aber letztlich waren das seine persönlichen Gründe und hatten nichts mit der Hoffnung zu tun, die ich mit meiner IKV-Resistenz der Menschheit bot. Das Forscherteam hatte längst alles von mir bekommen, was es brauchen würde. Mehr konnte ich ihm nicht geben. Wenn die Entwicklung eines Heilmittels gelingen sollte, würde es gelingen, ob ich nun hier blieb oder nicht.

Für mich stand jedoch fest, ich musste fort aus dieser Welt, fort von Malcolm und – hoffentlich – zurück zu Rory.

Angezogen und die Haare zu einem hohen Pferdeschwanz zusammengebunden stellte ich mich erneut ans Fenster. Gerade färbte die aufgehende Sonne die Ränder der von Osten aufziehenden Wolken glutrot. Mein Herz raste bei dem betrüblichen

Gedanken, auf Hilfe angewiesen zu sein, um mein Vorhaben umzusetzen. Wäre dieser Connor bereit, sie mir zu gewähren? Wenn nicht, fehlte mir ein Plan B, und ich würde improvisieren müssen.

Als plötzlich das dumpfe Stampfen von Schritten und tiefe Männerstimmen vom Korridor her in mein Zimmer drangen, drehte ich mich reflexartig herum. Keine Minute später hörte ich, wie Malcolm meinen Namen rief.

»Skye, mach bitte auf!«

Also ging ich zur Tür und öffnete sie einen Spalt. Malcolm stand mit Hedlund und Vaillant im Schlepptau vor mir. Wie ein Strafkommando, das es verdammt eilig hatte, mich abzuführen. Im gedämpften Licht der Notbeleuchtung erschienen ihre Gesichter düster, ihre Augen jedoch wach und unheimlich.

»Komm jetzt bitte mit uns mit«, drängte Malcolm, als könnte es ihm nicht schnell genug gehen. Ich sah ihn an und fragte mich, ob wir wirklich zusammen eine Island-Kreuzfahrt gemacht und uns währenddessen verlobt hatten. Immer öfter fühlte sich manches vergangene Erlebnis surreal an, als wäre es lediglich meinen Träumen und Fantasien entsprungen.

»So früh am Morgen habe ich niemanden erwartet.« In meinem Tonfall ließ ich deutlich erkennen, dass dieser überfallartige Besuch mir missfiel.

Malcolm nickte mit einem entschuldigenden Lächeln. »Tut uns leid, aber du weißt, wir haben keine Zeit zu verlieren.«

Hedlunds hochroter Kopf lugte hinter Malcolm hervor und grinste mich maskenhaft an. »Die Unbequemlichkeiten bitten wir zu verzeihen, Miss Leonard. Wir freuen uns sehr, dass Sie uns nun voll und ganz zur Verfügung stehen wollen.« Der grauhaarige

Mann räusperte sich und fuhr im Diplomaten-Tonfall fort: »Würden Sie uns in den Konferenzsaal folgen? Wir würden Sie gerne bei unserer Teambesprechung dabei haben.«

Wortlos wandte ich mich von Hedlund ab und warf einen Blick auf Vaillant, der in seinem weißen Kittel stockstreif dastand und mich kritisch anstarrte. Ob Malcolm ihn und den Rest des Forscherteams davon überzeugt hatte, dass *ich* die Ursache für die Pandemie sei? Er brauchte hierfür ja nicht mal meine Zeitreise-Gabe zu erwähnen.

Da ich nicht beabsichtigte, mich abführen zu lassen, schüttelte ich den Kopf. »Ich muss mich erst noch zurechtmachen«, gab ich vor.

Malcolm verzog das Gesicht. »Und wie lange brauchst du dafür?«

Mein Mund wurde staubtrocken, als ich überlegte, wie viel Zeit ich wohl benötigte, um unbemerkt aus der Klinik zu fliehen. Ich befand mich in einer der obersten Etagen in einem Teilkomplex, der mich mit seinen ewig langen Korridoren an ein Labyrinth erinnerte.

»Hm, eine Stunde etwa«, antwortete ich. Das müsste hoffentlich reichen, um mit Connors Hilfe Reißaus zu nehmen.

Die drei nickten sich gegenseitig zu, dann legte sich Malcolms eindringlicher Blick erneut auf mich. »In Ordnung«, sagte er lächelnd. »Es ist jetzt fast fünf Uhr. Um genau sechs holen wir dich ab.«

Ohne darauf einzugehen, schloss ich die Tür und lauschte angespannt, was sie taten. Als ich hörte, dass sie schnellen Schrittes abzogen, atmete ich erleichtert auf. Zum Glück herrschte wieder Ruhe auf der Etage. In Windeseile zog ich meine Schuhe an, kontrollierte im Spiegel mein Aussehen und nahm einen Smoothie aus dem Kühlschrank. Hastig trank ich die kleine Plastikflasche leer, um mich mit Kalorien und Flüssigkeit zu versorgen. Anschließend öffnete ich leise die Tür und steckte vorsichtig den Kopf hinaus. Die in die Decke eingebaute Notbeleuchtung in Form winziger Quadrate spendete gerade genug fahles Licht, um den fensterlosen Korridor bis in seine Enden auszuleuchten.

Niemand weit und breit zu sehen ...

Tür Nummer 3, hatte er gesagt. Binnen Sekunden stand ich davor und hoffte inständig, Connor möge mir öffnen. Wenn ich seine Körpersprache während unserer Unterhaltung in der Bücherei richtig interpretiert hatte, so würde er sich über mein Erscheinen freuen, trotz der unangemessenen Uhrzeit.

Zaghaft klopfte ich an seine Tür und versuchte paradoxerweise flüsternd seinen Namen zu rufen. Mein Puls stolperte vor Aufregung. Nach zwei oder drei Minuten, in denen nichts geschah, zog sich mein Magen zusammen, schlang sich die Angst zu Scheitern wie ein Strick um meinen Hals. Ich hörte auf, an Connors Tür zu klopfen. Wie es schien, musste ich den weiten Weg zur Höhle im Alleingang antreten – angetrieben von der Hoffnung, es möge jene Zukunft geben, zu der ich zurück wollte. Doch wie sollte ich es ohne ein Fahrzeug und mit meiner schlechten Orientierung schaffen, während die Welt um mich herum im Sterben lag?

Krampfhaft dachte ich nach, welchen Weg Dr. Lee und ich vom Treppenhaus bis zu meinem Zimmer genommen hatten. Vielleicht würde es mir einfallen, wenn ich einfach losliefe. Tief Luft holend machte ich die ersten Schritte, als ein leises Knarzen hinter mir mich in der Bewegung erstarren ließ.

»Skye?«, flüsterte jemand.

Ich drehte mich um und setzte sofort ein Lächeln auf. »Oh, hey, Connor, hab ich dich geweckt?«

»Aye! Kannst du nicht pennen?« Er machte einen Schritt auf den Korridor und starrte mich entgeistert an, während ich die Tatsache, dass er in Boxershorts und freiem Oberkörper dastand, dezent ignorierte.

»Ähm, ja, ich dachte, vielleicht bist du auch wach, und wir könnten reden?«

»Also jetzt bin ich es.« Connor rubbelte sich durch den blonden Haarschopf. »Kannst gerne reinkommen.«

»Danke.« Leicht beklommen betrat ich sein Zimmer und stellte fest, dass es, abgesehen vom Wäsche-Chaos, meinem eins zu eins glich. Die Möbel standen in exakt derselben Anordnung. Auch hier gab es eine Kochnische und ein kleines Badezimmer.

»Darf ich?« Ich deutete auf einen der beiden Sessel.

»Klar. Oh, warte kurz ...« Hastig griff er nach der Jeans, die über der Sessellehne hing, und schlüpfte hinein. Dann zog er aus dem Kleiderschrank ein schwarzes T-Shirt hervor, das er sich blitzschnell überstreifte.

»Möchtest du etwas trinken? Tee vielleicht? Ich hab auch löslichen Kaffee ...«

»Connor, ich brauche deine Hilfe.« Es brach ohne Umschweife aus mir heraus. Ich musste schließlich zusehen, dass ich keine Zeit verlor.

Er ließ sich mir gegenüber in den Sessel plumpsen. »Was gibt's denn so Dringendes?«

»Ich komme zu dir, weil ich das Gefühl habe, ich kann dir vertrauen«, sagte ich und sah ihm tief in die Augen.

Connor fuhr sich mit der Hand durch die halblangen Haare, während er erfreut nickte. »Kannst du! Hundertprozentig sogar!«

»Danke, ich weiß! Es ist so ...«, begann ich mit meiner Notlüge, »an dem Tag, als ihr mich aufgegabelt habt, hatte ich meinen Rucksack in einer Höhle versteckt. Ich muss unbedingt wieder dorthin und ihn holen.«

»Und wie soll ich dir da helfen?«

»Ich hatte gehofft, dass du mich hinfährst. Ich kann sonst niemanden fragen. Hedlund und sein Team möchten, dass ich hier bleibe und an einer Teamsitzung teilnehme.«

»Wenn das Forscherteam das angeordnet hat, würde ich lieber tun, was sie sagen«, wehrte Connor ab. »Die haben sicher ihre Gründe. Sie verlangen nichts, was nicht dem Wohl der Gemeinschaft dient.«

»Da hast du bestimmt recht. Aber versteh mich doch. Ich kann die wenigen persönlichen Sachen, die mir geblieben sind, einfach nicht in einer Höhle verrotten lassen.«

»Du musst erstmal Hedlund fragen«, beharrte er. »Wenn er seine Zustimmung gibt, fahr ich dich.«

»Die würde ich nicht bekommen. Die haben zu viel Angst um meine Sicherheit«, wandte ich kopfschüttelnd ein. »Du hast vielleicht davon gehört, dass mir DNA-Material entnommen wurde?«

»Davon weiß ich nichts. Wie auch immer, es tut mir echt leid, ich kann dir nicht helfen.« Sichtlich unbehaglich schob er die Hände unter die Achseln und seufzte. »Ich hab kein gutes Gefühl dabei, jemanden gegen den Willen des Forscherteams rauszuschmuggeln. Ich bin froh, dass ich in *Final Hope* gelandet bin und möcht nicht rausfliegen. Wir sind hier eine Art große Familie oder so, nenn es von mir aus *Clan*. Wir werden einigermaßen gut versorgt. Ich setze das nicht aufs Spiel, nachdem ich weiß, dass sich da draußen die brutale Einsamkeit durchs Land frisst. Vor allem nicht wegen eines Rucksacks mit 'nem bisschen Kram drin.«

»Connor, mir ist bewusst, dass ich viel von dir verlange, wo du mich noch nicht mal richtig kennst. Aber das könnte sich doch ändern ...« Ich mühte mich ab, sanft und verführerisch zu klingen. »Wie wäre es, wenn wir das Ganze zusätzlich als einen kleinen Ausflug betrachten? Nur du und ich und genug Zeit, um uns besser kennenzulernen?«

Connor legte den Kopf schief. »Wir brauchen keinen Trip in die *Highlands* zu machen, um uns kennenzulernen, Skye. Das kriegen wir hier drin auch gut hin!« Ein selbstgefälliges Lächeln breitete sich über seinem jugendlichen Gesicht mit den markanten Wangenknochen aus.

Meine Schultern sackten herab. Ich nahm einen tiefen Atemzug. »Ich würd halt nur gern meinen Rucksack holen«, murmelte ich und schniefte künstlich. »Dann gehe ich eben ohne dich. Aber bitte tu mir wenigstens den Gefallen und erzähle niemandem davon. Es bleibt unser Geheimnis, ja? Ich werde versuchen, so schnell es geht hierher zurückzukommen, ich verspreche es.«

»Skye, ich rate dir, hier zu bleiben.« Connor sah mich eindringlich an, als wäre er auf einmal echt besorgt.

Doch ich stand auf und ging zur Tür, wo ich mich noch mal zu ihm umdrehte. »Verzeih die blöde Störung. Am besten du legst dich wieder ins Bett und vergisst, dass ich dachte, du könntest mir helfen.«

Absichtlich langsam öffnete ich die Tür einen Spalt und spähte nach draußen. Da weit und breit nur Stille herrschte, trat ich auf den Korridor. Als ich die

Zimmertür hinter mir zuziehen wollte, hinderte mich ein Widerstand daran.

»Warte!«, sagte Connor leise und drängte sich auf die Türschwelle. »In Ordnung, ich helfe dir. Wir holen dein Zeug und fahren sofort wieder zurück.«

Hocherfreut schnappte ich nach Luft und umarmte ihn spontan. »Danke. Ich wusste doch, ich kann mich auf dich verlassen.«

Connor schlang die Arme um meine Taille und zog mich fest an sich. »Ich konnt's dir nicht ausschlagen«, nuschelte er dicht an meinem Haar.

Vorsichtig schälte ich mich aus seiner Umarmung und trat einen Schritt zurück. »Das ist echt lieb. Ich werde es nie vergessen.«

Sein Gesichtsausdruck wechselte von erfreut zu ernst. »Wir müssen uns Schutzanzüge besorgen. Man soll nicht ohne sie rausgehen.«

Ich nickte zustimmend. »Ja, von mir aus. Ich hoffe, du weißt, wo welche sind.«

»Klar. Warte kurz ...« Er eilte ins Zimmer und kam nach einer Minute mit Schuhen an den Füßen und einer Taschenlampe zurück. »Wir machen lieber nirgends Licht und benutzen stattdessen *die* hier. Los geht's!«

Als Connor wie selbstverständlich nach meiner Hand griff, wollte ich sie spontan zurückziehen, doch im letzten Moment hielt ich es für schlauer, mich komplett auf ihn und seine Flirtstimmung einzulassen.

»Wir nehmen die Treppen ins Untergeschoss«, sagte er mit einer unüberhörbaren Aufregung in der Stimme. Als freute ihn der Abenteuer-Aspekt unserer Aktion. »Dort sind die Umkleideräume der Patrouille. Die Schutzanzüge lagern in einer Kammer nebenan.«

Bei jedem fliegenden Schritt durch die düsteren, einsamen Korridore dankte ich dem Universum, dass es mir Connor geschickt hatte. Offensichtlich kannte er sich im Gebäudekomplex so gut aus, dass er uns zielsicher in ein Treppenhaus führte, wo wir schweigend ein Stockwerk nach dem anderen hinunterrannten.

»Sind da«, rief er irgendwann aus und stieß eine schwere Eisentür auf. Der modrige Geruch abgestandener Luft empfing uns. Connor knipste die Taschenlampe an. Wir liefen durch einen engen Gang und gelangten direkt in einen kühlen, quadratischen Raum ohne Fenster.

»Hier ziehen wir uns die hässlichen Plastiksäcke, wie ich die Schutzanzüge gern nenne, über«, erklärte er gut gelaunt. Immer noch hielt er meine Hand fest in seiner, als wären wir ein Pärchen auf der Flucht.

»Siehst du die Tür mit dem gelben Warnschild? Warte kurz, ich hole die Sachen her. Ich schätze, du bist knapp 1,70 m, oder?«

Ich nickte etwas irritiert, da ich mir nicht vorstellen konnte, dass sich Klinik-Personal im Ernstfall je hier umgezogen hatte. Der einfache Zutritt in diese Räumlichkeiten erschien mir äußerst seltsam, ebenso die geringe Beschilderung und vor allem der Schmutz. Aber vielleicht waren es direkte Folgen der Pandemie.

Connor kehrte mit einer Kiste im Arm zurück. »Warst du schon mal in so einem Anzug drin?«, fragte er grinsend.

»Nein, woher denn?«

»Willst du die Wahrheit hören?«

Ich zuckte mit den Schultern. »Welche Wahrheit?«

»Wir ziehen die Dinger zwar an, aber kein Schwein kontrolliert, ob die Seuchenschutzregeln eingehalten werden. Schließlich weiß jeder, dass wir alle längst infiziert sind. Wieso also tragen wir die bescheuerten

Schutzanzüge? Was meinst du, hm?« Connor stellte die Kiste ab und zog ein quietschgelbes Bündel an knisterndem Plastikstoff heraus, das er mir in die Hände drückte.

Fragend zog ich die Brauen hoch. »Und? Warum?«

»Wir sollen dramatisch aussehen, wenn wir durch die Gegend patrouillieren, auch wenn uns keine Menschenseele begegnet. Komischerweise fühlen wir uns wirklich etwas sicherer, frieren unter dem Plastik nicht und halten unsere Virenbelastung auf einem stabilen Level. Zumindest bilden wir es uns ein. Um einen superdichten Virenschutz geht es also längst nicht mehr.«

»Verstehe.« Die Schutzanzüge erfüllten demnach eher psychologische Bedürfnisse als alles andere.

»Dann schlüpf mal rein in deinen schicken Overall, Skye! Danach setz die Schutzbrille auf und zieh dir die Haube mit dem Sichtvisier über den Kopf. Und nimm die Atemmaske mit. Sobald wir das Klinik-Gelände verlassen haben, kannst du die Brille meinetwegen wieder abnehmen, vorher würdest du vielleicht auffallen, wenn uns jemand beobachtet. Ach ja, die blauen Handschuhe nicht vergessen. Normalerweise müsste man auch Gummistiefel anziehen, macht aber keiner. Steck die Hosenbeine in deine Schuhe rein, das reicht.«

Nach einigen Minuten, als wir uns fertig angezogen gegenüberstanden, fing Connor an zu lachen, und ich fiel nervös mit ein.

Nachdem wir uns endlich beruhigt hatten, platzte ich mit der Frage heraus, die mir nicht aus dem Kopf ging. »Kommst du denn einfach so an ein Fahrzeug heran?«

Connor nahm die Taschenlampe hoch und ließ den Lichtkegel zum Spaß einige Male an der Wand kreisen. »Das ist das einzig Geile an diesem Weltuntergang«, sagte er überschwänglich, als redete er von einer Party. »Von allem scheint es eine Zeitlang mehr als genug zu geben. Bis die Dinge nach und nach kaputt gehen oder aufgebraucht sind. Weil kein Nachschub produziert werden kann, gelten sie theoretisch als Mangelware. Nicht jedoch praktisch, da ja die Nachfrage ebenfalls sinkt. Im Moment stehen eine Menge Militärfahrzeuge hier auf dem Gelände herum. Das Benzin im Land reicht noch, aber für wie lange? Deswegen patrouillieren wir inzwischen höchstens alle vier bis fünf Tage. Vor einem Jahr sind wir fast täglich rausgefahren.«

Wir gingen zum Treppenhaus zurück und verließen das Untergeschoss durch eine dicke Milchglastür, die direkt nach draußen auf das Parkgelände führte. Das Kreischen der Möwen, das wie aus einer anderen, heileren Welt zu uns drang, erschien mir wie ein Willkommensgruß und Ansporn zugleich.

Nach einigen Metern blieb Connor stehen und deutete mit der Taschenlampe zur Vorderfront des Hauptgebäudes, das rechts von uns in den frühmorgendlichen Himmel hochragte wie ein riesiger Berg aus Beton, Stahl und Glas. »Kann passieren, dass uns jemand von einem der zehntausend Fenster aus sieht. Aber egal, die sehen höchstens zwei gelbe Typen von der Patrouille und denken sich nichts dabei.«

»Jetzt wird mir ein wenig mulmig«, sagte ich. Ich ging davon aus, dass Malcolm sowie Hedlund und Co wie auf Kohlen saßen und es kaum erwarten konnten, bis sie mich um sechs Uhr abholen durften. Vielleicht lief einer von ihnen gerade vor einem der großen

Bürofenster auf und ab und warf einen Blick hinaus in die Dämmerung.

Connor lachte kurz auf. »Keine Sorge, Skye. Wir ziehen das jetzt durch.«

Seine behandschuhte Hand griff nach meiner und zog mich zu den Jeeps, die in Reih und Glied auf der äußersten linken Seite des Parkgeländes standen.

»Wir nehmen einen von denen. Ich weiß, dass die vollgetankt sind, weil sie niemand fährt. Haben zwar nicht viel PS unterm Hintern, sind aber geländetauglich. Und praktischerweise liegt der Zündschlüssel im Handschuhfach – für kleinere Notfälle wie, vergessene Rucksätze zu finden.« Er grinste schelmisch.

Noch nie hatte ich in einem Militär-Jeep gesessen. Die Tür zur Beifahrerseite ließ sich nur mit einem kräftigen Ruck öffnen. Der Schutzanzug hinderte mich allerdings daran, mich schwungvoll ins Wageninnere zu hieven.

Während ich mich anschnallte, startete Connor den Motor und betätigte die Scheibenwischanlage, um Staub und Dreck von der Windschutzscheibe wegzubekommen. Da Wischwasser fehlte, ließ das Ergebnis zu wünschen übrig. »Schade, dass wir keine Schusswaffen dabei haben«, sagte er und schlug mit der Hand einmal aufs Lenkrad, »aber wäre eh nicht möglich gewesen. Die Waffen müssen autorisiert werden und liegen in einem verschlossenen Raum. Genauso wie die Schlüssel zu den größeren Fahrzeugen.«

Ich sah ihm durch unsere Visiere in die Augen. »Wir kommen auch so klar, oder?«

Connor nickte. »Wird schon gut gehen. Setz deine Atemmaske auf, wenn wir durch die City fahren. Dann ist der Gestank erträglicher. Bist du soweit?« Der Jeep röhrte auf, nachdem er beim ersten Startversuch abgesoffen war.

»Kann losgehen.« Ich presste mich in den harten Sitz und spürte eine flaue Aufregung in mir, als zappelten Kaulquappen in meinem Bauch. Keine Minute später lag *Final Hope* aka *Aberdeen Royal Infirmary* hinter uns, und wir fuhren im warmen Licht des Sonnenaufgangs ins Stadtinnere – mit dem Ziel, zur Höhle zu gelangen.

Als süßlich-modriger Gestank in das Fahrzeug drang und den Schutzanzug verhöhnend in meine Nase stieg, befolgte ich Connors Ratschlag und setzte die Atemmaske unter meiner Schutzhaube auf. Wir bretterten durch *Aberdeens* leere, verkommene Innenstadt, als wären wir Avatare in einem Endzeit-Video-Spiel. Kleidungsstücke lagen verdreckt und zerrissen, teilweise nur noch als Stofffetzen in den grauen Straßenecken verstreut. Einst hatten sie lebende Körper verhüllt.

»Was geschieht mit den Toten, verdammt!?«, brach es unvermittelt und viel zu hysterisch aus mir heraus.

Connors Kopf fuhr ruckartig zu mir herum, dabei riss er das Lenkrad zu weit nach links, stieß einen Fluch aus und brachte den Jeep nach einem kurzen Schlenker über den Bordstein wieder unter Kontrolle. »Shit! Sorry! Ich dachte eben, du schreist mich wegen irgendeiner Sache an.«

»Tut mir leid. Ich will nur wissen, was wirklich mit denen geschieht, die sterben. Sie können sich doch nicht bis zur letzten Zelle in Luft auflösen? Wie geht sowas? Ich versuche es mir vorzustellen, aber ich schaffe es nicht.«

»Du hast es nie mit eigenen Augen gesehen?«
»Nein, nie! Und du?«

»Öfter als mir lieb ist. Ich würde ja sagen, der Anblick ist gewöhnungsbedürftig, doch die Wahrheit ist, dass man sich nie daran gewöhnt. Man starrt wie hypnotisiert hin und kann nicht glauben, was man sieht. Geht mir jedenfalls so. Allerdings kenne ich einige Jungs, die juckt es nicht mehr. Die sind schon völlig abgestumpft.«

Ein im Wind schaukelndes Verkehrsschild deutete an, dass wir die Stadt bald verließen, wenn wir auf dieser Route weiterfuhren. Connor gab Gas.

»Es bleiben nur noch Kleidung und Verwesungsgestank übrig?« Die Vorstellung wollte einfach nicht in meinen Kopf.

Connor lachte. »Aye, übler Shit was?«

Ich starrte nach draußen. Eine Hand fest am Sicherheitsgriff, die andere in die Seite meines Sitzes gekrallt.

»Ja, übler Shit«, sagte ich tonlos.

Ich hatte längst gelernt, dass Dinge passieren konnten, die ich früher als kompletten Unsinn und Hirngespinst bezeichnet hätte.

»Willst du die ultimative Geheimtheorie des Connor Jason Leary hören?«, unterbrach Connor meine Gedanken.

»Bin gespannt!«, nuschelte ich seufzend, um meinen Fahrer bei Laune zu halten.

»Ich glaube, dieses Scheißvirus haben wir Aliens zu verdanken!« Connor trommelte aufgeregt mit dem Zeigefinger aufs Lenkrad. »Das glaube ich wirklich. Ich sag dir, Skye, die sind auf unseren Planeten scharf und wollen uns schnell loswerden. Die halten uns für Müll. Ihr Killervirus ist das perfekte Abfallbeseitigungsprogramm. Innerhalb von Stunden zersetzt es einen Toten, sodass kein Krümel von ihm übrigbleibt. Wir überleben höchstens noch ein Jahr, wenn kein Wunder geschieht, ansonsten bleibt kein Homo sapiens mehr übrig, glaub mir. Sauberer geht Entvölkerung nicht, oder?«

»Eine gewagte Theorie ist das«, gab ich schmunzelnd zurück und dachte mir meinen Teil.

»Achtung!« Der Jeep holperte über einen Haufen vertrocknete Zweige, die mitten auf der Landstraße lagen. Connor warf mir hinter seinem Visier einen herausfordernden Blick zu. »Hast du eine bessere zu bieten? Dann raus damit!«

»Vielleicht wurde das Virus von verrückten Wissenschaftlern für einen Geheimbund entwickelt und sollte kontrolliert eingesetzt werden ... was aber gründlich schiefgelaufen ist«, schlug ich als Alternative vor und grinste.

»Das hört sich eher nach einer Verschwörungstheorie an.«

»Könnte doch stimmen, oder?«

»Ich bleib bei den Aliens. Ich stelle mir vor, wie die in ihrem Raumschiff hocken und sich die Tentakel reiben.«

»Vielleicht ist es einfach das Schicksal der Menschheit, dass sie untergehen muss«, sagte ich mit schuldvollem Blick zum Himmel, der sich nun taghell über das Land spannte.

»Ich glaube weder an Schicksal noch an Gott«, ließ mich Connor wissen. »Ist mir alles zu abstrakt.«

Wir schwiegen und starrten auf die einsame Fahrbahn. Mit jeder Meile wuchs die Spannung in mir, da ich mutmaßte, dass wir bald da sein müssten. »Was denkst du, wie lange brauchen wir bis zu der Stelle, wo ihr mich aufgabelt habt?«

»Eine halbe Stunde vielleicht noch ... Ich fahr so schnell, wie ich kann, Skye, aber mehr geht echt nicht. So ein Jeep ist leider kein Ferrari.«

Ich sah über die Schulter nach hinten, ob wir eventuell verfolgt wurden, doch der tiefliegende Dunst des frühen Tags versteckte alles, was sich weiter als eine Meile auf der Fahrbahn befand. Ich sah wieder nach vorn. In einer unwirklichen Ferne ragten die schneebedeckten Spitzen der Bergkämme aus dem Nebel und berührten vorbeiziehende Schäfchenwolken.

Als ich irgendwann völlig unerwartet die Weggabelung und den Hügel, von dem aus man zu Fuß zur Höhle gelangte, auf uns zukommen sah, hüpfte mein Herz vor Freude und Aufregung.

»Ich bin so dankbar, dass du mich fährst, Connor, wirklich«, schwappte es in einem Anfall von Euphorie aus mir heraus.

Er sah mehrmals hektisch zwischen mir und der Fahrbahn hin und her, seine Augen ein einziges grünes Leuchten und selbst hinter dem Visier gut erkennbar. »Also ich hoffe, dass wir Freunde werden, Skye. Oder am besten sogar ein Team? Du und ich ... solange wir leben. Vielleicht sind wir ja unsterblich?«

»In Zeiten wie diesen kann man einen echten Freund gut gebrauchen«, erwiderte ich, etwas unsicher, ob diese Antwort ihn ausreichend zufriedenstellen würde.

Er blickte geradeaus und deutete mit dem Zeigefinger zum Hügel. »Wenn ich mich nicht irre, hast du genau dort vorne gestanden.«

»Ja, richtig«, rief ich aus, offenbar nicht im Stande die Lautstärke meiner Stimme vernünftig zu regulieren. In meinen Gliedern kribbelte die Ungeduld. Ich wollte endlich raus aus dem Jeep, wollte zur Höhle und hoffte auf einen Zeitsprung in die Zukunft, der mich dieser morbiden und todtraurigen Wirklichkeit entriss. Gleichzeitig fürchtete ich, eine Welt vorzufinden, die sich mir als ein schlimmeres Grauen darstellte. Ich erschauerte bei dem Gedanken, dass es Rory nicht geben könnte ... In einem Leben ohne Rory MacRae zu existieren, erschien mir unmöglich, und nichts konnte diese Überzeugung ändern.

In dem verflixten Plastikanzug klebte meine Kleidung schweißnass an meinem Körper. Sobald ich draußen war, musste ich zusehen, dass ich ihn loswurde.

Als Connor den Jeep hart zum Halten brachte und den Motor stoppte, ließ uns ein geisterhaft leises Brummen alarmiert zusammenzucken. Es entwickelte sich rasch zu einem ratternden Geräusch, das sekündlich lauter wurde. Der Blick durch die Heckscheibe bestätigte meine Befürchtung: Ein Militärlaster donnerte auf uns zu.

»Jemand hat uns also doch verfolgt«, bemerkte Connor, während ich noch versuchte, den Schreck von mir abzuschütteln.

»Verdammt!«, schrie ich.

Panisch zog ich die verflixten Handschuhe ab, löste mit den befreiten Fingern flink den Sicherheitsgurt und kickte die Beifahrertür auf.

»Skye, warte, ich komme mit dir!«, brüllte Connor, als ich aus dem Jeep sprang.

Für einige Sekunden stand ich reglos auf der Straße und starrte wie gebannt zum herannahenden Laster. Connor stellte sich neben mich und legte seine Hand auf meine Schulter. »Da hat es jemand aber eilig.«

Wer auch immer da auf uns zuraste, bald würde er uns erreichen.

Ich stieß Connor mit aller Kraft von mir, sodass er einen Ausfallschritt zur Seite machen musste. »Du bleibst hier und verschaffst mir einen Vorsprung!«

»Und wie soll ich das anstellen? Ich bin am Arsch!«, protestierte er wild gestikulierend. »Lass uns aufgeben. Wir holen dein Zeug ein andermal.«

Ich riss Schutzhaube, Brille und Atemmaske in einer Hektik von mir, als müsste ich fette Blutegel loswerden, und sah Connor streng an. »Nein, versteh doch, es geht nicht. Du wartest hier. Bitte, tu einfach, was ich sage!«

Ohne mich noch einmal nach dem Laster umzusehen, lief ich los, gelangte nach wenigen Schritten auf den schmalen Pfad, der am Bach entlang zum Kiefernwäldchen führte. Mein Körper schien von Adrenalin überschwemmt und dem einzigen Wunsch beseelt, die Höhle so schnell wie möglich zu erreichen.

Während ich über den hartgefrorenen Feldboden eilte, riss ich manisch am Reißverschluss des Overalls, bis ich ihn wenigstens bis zur Brust öffnen konnte. Der heftige Wind peitschte mir von hinten in den Nacken, haute mir den Pferdeschwanz vors Gesicht und trug eine brüllende Männerstimme in meine Ohren. Ich durfte jetzt nicht in Panik verfallen. Vor allem musste ich aufpassen, dass ich nicht wieder stolperte, denn dann wäre es mit meiner Chance, zu entkommen vorbei.

»Skye, bleib stehen!«

Jetzt erkannte ich die Stimme.

Malcolm klang bitterernst. »Du tust dir keinen Gefallen.«

Nein, ich würde mich weder umdrehen noch zurückbrüllen und meine Atemluft vergeuden. Keuchend sprang ich über einen verdorrten Busch, fluchte, als ich mit dem Fuß auf einem Stein von der Größe einer Schildkröte landete und an seiner glatten Seite abrutschte. Für den Bruchteil einer Sekunde fuhr mir der Schreck wie ein Blitz durch die Eingeweide. Zum Glück war mein Fußgelenk nicht umgeknickt, sodass mir ein verstauchter Fuß erspart blieb und ich wieder Tempo aufnehmen konnte. Nach weiteren zehn Metern endete der Pfad so abrupt, dass ich anhalten musste, um nicht zwischen den ersten Kiefern des Wäldchens zu landen.

Am Waldrand entlang kämpfte ich mich durch verdorrtes Buschwerk, das sich um meine Füße zu wickeln versuchte, während ich auf den Aussichtshügel zusteuerte.

»Skye, du musst mich anhören, bleib stehen!«, brüllte Malcolm.

Oh Gott, er klang schon viel näher als vorhin. Mein Herz pumpte so schnell, dass ich die einzelnen Schläge kaum noch spürte, stattdessen fühlte sich meine Brust an, als würde sie vor Anstrengung gleich explodieren. Nichtsdestotrotz hetzte ich weiter. Endlich am Hügel angekommen, erklomm ich ihn auf allen vieren und getrieben von der Angst, Malcolm könnte mich jeden Augenblick am Fuß erwischen. Außer Atem richtete ich mich auf der Kuppe auf und wagte einen kurzen Blick zurück, während ich blitzschnell aus dem Schutzanzug stieg. Malcolm erreichte gerade den Hang. Er trug Alltagskleidung, was mich überraschte.

Ich musste mich beeilen. Mir blieben höchstens ein paar Sekunden, um auf der Westseite hinunterzuklettern und zur Höhle zu rennen. Dieser Hang fiel noch steiler ab, sodass ich ihn mehr oder weniger wie Geröll hinunter kugelte, wobei ich mehrmals hart auf dem Hintern landete und aufschrie.

»Skye, du sollst stehenbleiben und mir zuhören, verflucht nochmal!«

Nur noch die letzten Meter, und ich hatte es geschafft. Ich konnte den Eingang der Höhle bereits sehen. Trotzdem blickte ich wie im Zwang über die Schulter zu Malcolm. Er stand jetzt aufrecht auf dem Hügel, statt mich weiterzuverfolgen.

»Bitte bleib hier. Geh nicht!«, rief er verzweifelt. »Die Chance, noch rechtzeitig ein Heilmittel zu finden ... ist nicht besonders groß. Das ist bei aller Hoffnung die traurige Wahrheit. Es könnte also sein, dass es in der Zukunft keinen einzigen Menschen mehr gibt. Du wirst ganz allein sein. Und reist du in die Vergangenheit, löst du wieder eine Pandemie aus. Skye, bleib bitte endlich stehen und hör mich an!«

Ich konnte es nicht verhindern: In meinem Kopf entstand plötzlich eine furchtbare Zukunftsvision von einer menschenleeren Erde. Riesengroße Bären und Wölfe und andere wilde Tiere streiften durch urwüchsige, von der Pflanzenwelt überwucherte Naturlandschaften. Ich sah mich zusammengekauert in einem dunklen Erdloch hocken, als das letzte Geschöpf meiner Art, und an Einsamkeit eingehen, noch bevor irgendeine Bestie mich erbeuten konnte. Diese Bilder brachten mich dazu, wie eingefroren stehenzubleiben. Mein Puls raste so abartig, dass ich eine Hand auf mein Herz legen musste, als könnte ich damit den schmerzhaften Druck in meinem Brustkorb lindern.

Schließlich drehte ich mich zu Malcolm um, der immer noch auf dem Hügel stand. Hatte er recht? Ich versuchte nachzudenken, aber Gefühle von Angst und Panik überlagerten meine Gedanken und machten mich gleichzeitig handlungsunfähig. War ich kurz davor einen fundamentalen Fehler zu begehen, indem ich für eine vage Zukunft die Gegenwart aufgab, auch wenn diese schrecklich war?

»Was willst du?«, schrie ich Malcolm an. Tränen der Wut und Hilflosigkeit schossen mir in die Augen. Ich fühlte mich in die Enge getrieben. Verunsichert bis ins Mark.

»Es gibt niemanden, der ohne ein Heilmittel die Pandemie überleben könnte. Niemanden! Du bist die Einzige, Skye! Du wirst immer die Einzige sein.«

»Ihr habt doch alles, was ihr braucht! Also was willst du wirklich von mir?«, schrie ich zu Malcolm hinüber.

»Was ich will? Ich will, dass du bei mir bleibst. Zusammen sind wir stärker.« Den Blick starr auf mich gerichtet rutschte Malcolm den Hügel herunter. Wie hypnotisiert beobachtete ich ihn dabei, wie er sich mir im Zeitlupentempo näherte. Der Höhleneingang befand sich keine zwei Meter entfernt hinter mir. Von Zweifeln gelähmt, konnte ich mich dennoch kein Stück rühren.

Malcolm blieb wenige Schritte vor mir stehen, als wollte er es nicht riskieren, dass ich im Affekt zurückschreckte und im letzten Moment in die Höhle floh.

»Dr. Lee ist vor einigen Stunden gestorben«, sagte er mit betrübter Miene und senkte kurz den Blick. Dann sah er mich wieder an. »Es gibt weltweit nur noch drei Stützpunkte mit einem Forschungslabor und eine Handvoll Experten, die die Hoffnung nicht aufgegeben haben.«

Ich schüttelte den Kopf, als könnte ich dadurch die neuen Informationen besser verkraften. »Dr. Lee ist tot?«, flüsterte ich fassungslos. »Gestern hatte ich doch mit ihr gesprochen, und sie erschien mir gesund.«

»Es ist nichts mehr übrig von ihr. Sehr bedauerlich. Sie war ein brillanter Kopf. Aber Hedlund und Vaillant sind am Leben. Sie könnten es immer noch schaffen, einen Impfstoff zu entwickeln, bevor es zu spät ist.«

Ich zwang mich, mit dem Kopfschütteln aufzuhören und auf Malcolm einzugehen. Ich wollte ihm eigentlich sagen, er solle verschwinden und mich in Ruhe lassen, aber es drängten andere Worte aus mir heraus: »Wenn dieses Zeitalter mit all seinen Errungenschaften gerettet wird ... kann es die Zukunft, die mir begegnet ist, nicht geben. Dann bin auch ich verloren.« Wieso sagte ich das? Er würde ohnehin nicht verstehen, was ich meinte. Nicht wissen, worum es mir ging.

»Ich bin mir nicht sicher, von welcher Art Zukunft du sprichst, aber unser Zeitalter ist so oder so verloren«, antwortete er nüchtern. »Es ist so gut wie schon tot. Es geht nur noch darum, unsere Spezies zu retten. Mit einer guten Portion Glück könnte sie es schaffen, ihre Geschichte neu zu schreiben.«

»Glaubst du daran?«, fragte ich verwirrt.

»Ich versuche es«, gab er stöhnend zurück. »Es ist lediglich eine kleine Chance. Ich zähle einfach eins und eins zusammen. Im logischen Kombinieren bin ich nicht der Schlechteste, Skye, weißt du nicht mehr?«

Seiner Argumentation zu folgen, erschien mir unter den gegebenen Umständen fast unmöglich, aber ich musste es versuchen. Ich grübelte also krampfhaft, die Arme um meinen fröstelnden Oberkörper geschlungen und versuchte Malcolms Logik auf meine Erfahrungen in *Caledonia* zu übertragen.

»Wie war diese Zukunft, die du gesehen hast?«, fragte er unvermittelt und machte einen Schritt auf mich zu.

Gedankenverloren starrte ich zu ihm hoch. Auf seinem Gesicht lag eine Entschlossenheit, die mir eine Gänsehaut bescherte.

»Sie ist wild, archaisch, primitiv.« Ich schluckte bewegt. »Es gibt keinen Strom, kein fließendes Wasser. Dafür aber dichte, wunderschöne Wälder, reinste Luft und riesengroße Wildtiere: Luchse, Wölfe, Bären. Die Wildnis durchzieht Schottland, das ... das dort *Caledonia* heißt. Und seine Einwohner nennen sich *Cals*. Sie sind Krieger ... stolze, mutige Krieger.« Meine Augen brannten auf einmal. Mein Herz schmerzte wie von einem Spieß durchbohrt.

Malcolm lachte plötzlich hämisch und schüttelte ungläubig den Kopf. »Sicher, dass du nicht von einem Historienfilm sprichst?«

Ich sah ihn zornig an. »Es ist alles wahr.«

Er wurde wieder ernst. »Und dorthin willst du zurück?«

»Ja!«

»In eine Welt ohne Elektrizität und fließendes Wasser? Wo die Wildnis das Land beherrscht?«

»Ja.«

»Warum?« Malcolm zog die Brauen hoch. »Du kannst es mir ruhig sagen. Wir haben uns früher auch alles erzählt, weißt du nicht mehr?«

Ich zögerte. Doch dann nahm ich tief Luft und sah ihn entschlossen an. »Weil ich dorthin gehöre.«

Langsam kam er noch näher. »Ich bitte dich, Skye. Das ist *keine* befriedigende Antwort. Sei ehrlich zu mir. Ich bin es schließlich, *Malcolm* ... Wir waren mal verlobt, Herrgott!«

Seltsamerweise trafen mich seine Worte. Schuldvoll sah ich zu Boden. Ein blauschwarz glänzender Mistkäfer krabbelte vor meinen Füßen vorbei und interessierte sich kein Stück für unser Drama. »Es tut mir leid«, sagte ich leise. »Aber ich bin nicht mehr die Skye, die du -«

Weiter kam ich nicht. Malcolm hatte sich auf mich gestürzt, seine Arme umfingen mich wie ein Schraubstock.

»Lass mich los!«, schrie ich ihm ins Gesicht. »Was soll das werden?«

»Das ist normalerweise nicht meine Art«, keuchte er. »Aber manchmal muss man einen Menschen zu seinem Glück zwingen.« Während er redete, schob er mich vor sich her, bis ich die Felswand der Höhle im Rücken spürte. »Wenn ich dich mit einem Gespräch nicht zur Vernunft bringen kann -«

»Dann wendest du Gewalt an?«, beendete ich verächtlich schnaubend seinen Satz.

Er griff in die Seitentasche seiner Cargo-Hose, während er einen Arm gegen meine Kehle presste, sodass ich zu husten begann.

»Geh weg ... krieg keine ... Luft ...«, krächzte ich halb erstickt.

Plötzlich schwang Malcolms Oberkörper ruckartig nach hinten und machte dabei eine halbseitige Drehung. Taumelnd kam er wieder ins Gleichgewicht und verzog wütend das Gesicht. In seiner Hand hielt er einen Kabelbinder.

»Lass sie in Ruhe!«, hörte ich Connor brüllen. Er trug seine Schutzhaube und die Handschuhe nicht mehr.

Ich rang nach Atem, während Malcolm mit der Faust ausholte. Er traf Connor an der Schläfe. Stöhnend krachte der zu Boden.

»Verflucht! Was sollte das eben?«, schrie Malcolm auf Connor nieder. Noch nie hatte ich Malcolm derart aggressiv erlebt und erschrak. »Was fährst du Vollidiot sie hierher!«, brüllte er weiter. Dann holte er tief Luft und wurde etwas ruhiger. »Wir werden jetzt alle drei wieder nach *Final Hope* zurückkehren.«

Gerade als ich mich in Richtung des Höhleneingangs drehen wollte, erwischte mich Malcolm am Handgelenk und riss mich zu sich zurück. Mit eisernen Fingern griff er in meinen Oberarm und schob mich erneut gegen die kalte Felswand der Höhle.

Malcolm warf dem am Boden liegenden Connor einen Schulterblick zu. »Hilf mir, Mann, hoch mit dir!«

In Connors Gesicht standen Misstrauen und Irritation. Vermutlich fragte er sich, in was für einen schrägen Film er reingeraten war.

Auf einmal fühlte ich mich verloren. Die kleinen spitzen Erhebungen der Felswand drückten in meinen Rücken, als wollten sie mich zu einem letzten Widerstand anstacheln. Vergeblich. Taub und entmutigt wandte ich den Blick von Malcolm ab und richtete ihn auf einen Streifen blauen Himmels, an dem die schwarzgrauen Gewitterwolken aus dem Osten einfach vorbeizogen.

»Wir sind alle traumatisiert, Skye«, sagte Malcolm auf einmal in einem überraschend betrübten Tonfall, sodass ich ihn ansehen musste. »Wir haben Grausames erlebt, haben zu viele Menschen verloren.« Er schluckte hart und zog die Brauen zusammen. »Und jetzt willst du mich ein zweites Mal verlassen?« Noch immer drückte er mich gegen die Felswand, aber sein Griff hatte sich gelockert, und den Kabelbinder hatte er weggeworfen.

Mein Herz hörte plötzlich auf zu schlagen. Zumindest nahm ich sein Klopfen nicht mehr wahr. Ich nickte stumm.

Connors Kopf tauchte neben Malcolms auf. Irritiert starrten mich seine großen grünen Augen an. »Verlassen? Wohin verlassen? Ich check nichts mehr. Wovon redet der Typ?«

»Halt den Mund, Junge!«, entgegnete ihm Malcolm unwirsch. »Geh einfach zurück zu deinem Wagen.«

Doch Connor stemmte die Hände in die Hüften. »Lass sie los! Ich hab eher den Eindruck, dass *du* derjenige bist, der abhauen sollte.« Er sah mich fragend an. »Hab ich recht, Skye?«

Malcolm ließ mich endlich los und trat einen Schritt zurück. Er sah mich mitgenommen an. »Wir könnten von vorn anfangen«, sagte er mit sanfter Stimme. »Ich kann verstehen, dass du von unserer wenig erfreulichen Gegenwart genug hast und dich nach einem Ort sehnst, wo das Gras viel grüner ist, hab ich recht? Trotzdem, ich könnte dich hier wirklich gut gebrauchen. Ich hab fast jeden verloren, den ich mal kannte. Du mit deiner Immunität wirst aber überleben. Für eine Zeitreise kannst du dich später immer noch entscheiden.«

Connor hob verwirrt die Hand. »Moment! Von was für einer Zeitreise redet ihr? Ist das ein Codewort für irgendeinen Geheimscheiß?« Er blickte zwischen Malcolm und mir hin und her. »Kann mir einer mal sagen, was das Gerede bedeutet?«

»Was glaubst du denn, warum sie zu dieser Höhle wollte?«, erwiderte Malcolm mit einem düsteren Blick aus dem Augenwinkel.

»Ich kapier überhaupt nichts mehr.« Connor sah mich misstrauisch an. »Meint er, dass du abhauen wolltest? Ich dachte, wir holen nur deinen Rucksack?«

»Es stimmt, ich wollte von *Final Hope* weg«, gab ich zu.

Connor begann, nachdenklich seinen Nacken zu massieren, als versuchte er, das bisher Gehörte in einen Sinnzusammenhang zu bringen.

»Skye, dann sag mir ins Gesicht, dass ich verschwinden soll, am besten laut und deutlich«, verlangte Malcolm, und ich fuhr wieder zu ihm herum.

Als ich den resignierten Ausdruck in seinen Augen sah, verspürte ich tiefes Mitleid. Doch ich hatte mich längst für einen anderen entschieden.

»Ich kann nicht bei dir bleiben. Es tut mir leid«, sagte ich nach kurzem Zögern.

Malcolm starrte mich eine Weile stumm an. Vielleicht wartete er darauf, dass ich meine Äußerung zurücknahm. Als ich jedoch nichts dergleichen tat, drehte er sich um und lief auf den Hügel zu.

Connor und ich blickten ihm schweigend hinterher.

Nachdem Malcolm verschwunden war, schien Connor ziemlich erleichtert. Er stellte sich vor mich und musterte mich ungläubig. »Und *du* bist resistent gegen das Virus?«

Ich nickte. »Angeblich kann es mir nichts anhaben.«

»Wie ist das möglich?«

»Das weiß niemand«, antwortete ich. »Bei mir fehlen die Antikörper.«

»Seit Tagen wird gemunkelt, dass vielleicht doch noch ein Impfstoff gefunden wird. Haben wir das etwa dir zu verdanken?«

Ich nickte.

»Und ich dachte, das sind nur dumme Gerüchte.« Connor lachte kopfschüttelnd.

»Hedlund und sein Team haben von mir mehr als genug Gen-Material bekommen, um ein Heilmittel zu entwickeln«, erklärte ich und warf einen unauffälligen Seitenblick auf den Eingang der Höhle.

»Aber ich verstehe trotzdem nicht, warum du weg willst? Und wohin überhaupt? Nirgendwo ist es so sicher wie in *Final Hope*.«

»Du hast recht. Ich hab mein Handeln nicht konsequent zu Ende gedacht«, versuchte ich Connor zu beschwichtigen. »Ich schätze, Malcolms Erscheinen hat mich kalt erwischt. Außerdem hatte ich genug von Forschern, dem Gerede über ein Killervirus und diese umherhuschenden Mundtoten. Es war dumm von mir, so zu reagieren. Ich muss mich bei dir entschuldigen. Du hast es nicht verdient, angelogen zu werden.«

»Aye! Da werde ich dir jetzt nicht widersprechen, Skye.«

»Sind wir noch Freunde?«, säuselte ich erleichtert.

Connor grinste breit. »Klar. Ich meine, wenn ich's richtig kapiert hab, hast du diesen Malcolm zum Teufel geschickt. Ich aber stehe noch vor dir, wie du siehst.« Er breitete die Arme seitlich aus und stemmte anschließend die Hände in die Hüften.

»Darüber bin ich sehr froh, wirklich!« Ich lächelte angestrengt.

»Heißt das, du kommst freiwillig mit mir mit, wenn ich nach *Final Hope* zurückfahre?«

Wie? Ich wunderte mich, dass Connor das Wörtchen *freiwillig* benutzt hatte, hielt es jedoch für klüger, diesbezüglich nicht nachzubohren. »So ist es. Aber vorher muss ich noch meinen Rucksack aus der Höhle holen.«

Connors Brauen hoben sich skeptisch. »Deinen … Rucksack?«

»Deswegen sind wir doch gekommen … Ich meine, unter anderem.« Ich sah ihn erwartungsvoll an.

Ein unbehagliches Schweigen entstand.

»Ich will nicht rausfliegen aus *Final Hope*«, sagte er mit ernster Miene. »Das ist mein Zuhause, seit *Aberdeen* zur Geisterstadt wurde. Ich will nicht wie ein elender Penner auf irgendeinem Misthaufen sterben, allein und stinkend.«

»Das wirst du nicht.« Ich strich ihm mit der Hand kurz über die Schulter, um ihn zu besänftigen.

»Außerdem ... vielleicht braucht das Forscher-Team doch mehr Material von dir, als es gesichert hat. Wir beide fahren jetzt zurück, stimmt's, Skye?«

»Ja, äh ... ja, natürlich«, versicherte ich stammelnd. »Ich hole, wie gesagt, bloß noch meinen Rucksack aus der Höhle. Alles wird gut, Connor. Mit dir fühle ich mich so richtig sicher.«

Er fuhr sich kopfschüttelnd durch die Haare. »Bin froh, dass du deine Meinung geändert hast, Skye, weil ... sonst hätte ich dich knebeln und über die Schulter werfen müssen.« Connor lachte unbeholfen.

Ich zog die Mundwinkel zu einem starren Grinsen hoch. »Sehr witzig! Dann warte bitte kurz. Bin gleich wieder bei dir.« Ich ließ die Augen nicht von ihm, während ich mich langsam in Richtung des Höhleneingangs drehte.

»Nein, ich komm besser mit«, rief er und kam mir nachgesprungen. »Wer weiß, was für Gefahren in dem Loch lauern. Du darfst da auf keinen Fall allein reingehen.«

Da Connor hartnäckig an seinem Plan festhielt, blieb ich stehen und sah ihn missmutig an. »Ich kenne diese Höhle«, sagte ich ruhig. »Glaub mir, sie ist winzig. Du musst dir also keine Sorgen machen. Sobald ich wieder draußen bin, fahren wir zurück, und dann bleiben wir zusammen – Connor und Skye!«

Das freudige Blitzen in Connors Augen ließ mich hoffen, dass er mich jetzt gehen lassen würde. Doch plötzlich schüttelte er energisch den Kopf. »Hab trotzdem kein gutes Gefühl, Skye. Ich bleib besser dicht hinter dir, nur für den Fall.«

Verdrossen kniff ich den Mund zusammen. Was sollte ich nur tun?

»Gut, dann sieh *du* in der Höhle nach«, schlug ich notgedrungen vor. »Es ist ... ähm ... ein blauer Wanderrucksack. So ein Teil, das man sich umschnallen kann.« Ich hoffte, dass Connor, wenn er mit leeren Händen wieder herauskam, mich allein nachsehen lassen würde.

Seine Augen weiteten sich erfreut. »Aye, gute Idee. Aber du bleibst hier stehen und rennst nicht weg, oder?«

Ich machte eine entgeisterte Miene. »Natürlich nicht. Wohin sollte ich denn schon rennen?«

»Keine Ahnung. Ich würde dich aber ohnehin einholen. Ich sprinte wie ein Gepard.«

»Ich verspreche dir, dass ich hier wie angewurzelt stehen bleibe und warte, bis du wieder draußen bist«, sagte ich und zwang mir ein Lächeln ins Gesicht.

Connor nickte. »In Ordnung, aber nur unter einer Bedingung ...«

Jetzt war mir wirklich nach Fluchen, doch ich beherrschte mich und runzelte fragend die Stirn. »Und die wäre?«

»Du musst singen«, verlangte er entschlossen. »Und zwar durchgehend. Damit ich weiß, dass du noch da bist.«

»Ich kann nicht singen«, widersprach ich prompt, perplex über seine Forderung.

Connor legte den Kopf schief und seufzte. »Darum geht's doch gar nicht.«

»Ich weiß«, stöhnte ich. Es war zum Haare raufen. »Und *was* soll ich singen?«

»Was du willst. Nein warte!« Er grübelte kurz, dann hob er den Zeigefinger. »Sing *I Love Rock'n Roll*, du weißt schon, von Joan Jett and The Blackhearts. Aber fang von vorne an, nicht gleich mit dem Refrain.«

Es half alles nichts. Ich überlegte krampfhaft, wie dieser vor gefühlt hundert Jahren entstandene Hit noch mal ging, und dann fiel mir der Text wie von selbst ein.

Also begann ich zu singen: »*I saw him Dancing there by the Record machine ...*«

Connor grinste mich einige Sekunden amüsiert an, anschließend stürzte er auf die Höhle zu. Er musste sich tief ducken, um durch den Eingang zu passen. Die Dunkelheit verschluckte ihn im Nu. Während ich mit Anstrengung und einer viel zu dünnen Stimme weitersang, überraschte mich die Tatsache, wie gut ich den Song beherrschte. »*I knew he must have been about seventeen ...*«

Gerade als ich den Refrain zu trällern begann, trat Connor wieder ins Freie und hob die Hände stirnrunzelnd in die Höhe. »Da drin ist nichts außer noch mehr Gestank als hier draußen!« Angeekelt verzog er das Gesicht und streckte kurz die Zunge heraus. »Die verdammte Höhle riecht wie eine Million Jahre Verwesung. Und von deinem Rucksack fehlt jede Spur. Jedenfalls hab ich ihn nirgends finden können.«

»Das kann aber nicht sein«, entgegnete ich scheinbar verwundert und ging auf ihn zu. »Am besten ich schau selbst noch mal nach. Wenn ich auch mit leeren Händen herauskomme, können wir sofort zurückfahren.«

Connor sah mich verständnislos an. »Willst du dir den Gestank echt reinziehen?«

»Es geht ganz schnell.« Hastig und mit pochendem Herzen drängte ich an ihm vorbei.

Oh mein Gott, gleich hatte ich es geschafft.

Connor drehte sich zu mir um. »Also gut. Ich halt hier draußen so lange Wache.«

Ich blieb kurz stehen und nickte ihm ein letztes Mal zu. Er stand in dem quietschgelben Overall da wie ein Oberschüler vor einem wichtigen Chemie-Experiment, die Stirn gekräuselt, die Arme vor der Brust verschränkt. Vertrauensselig, skeptisch und aufgeregt zugleich.

Die Luft anhaltend drehte ich mich um und wagte den ersten Schritt in die Höhle. Sie erschien mir diesmal dunkler als je zuvor. Vielleicht, weil draußen schwarze Gewitterwolken gerade das Tageslicht dimmten. Der penetrante Gestank konnte meiner pochenden Aufregung nichts anhaben. Ich sehnte mich qualvoll nach einem Wiedersehen mit Rory, vermisste ihn über alles und ... wie mir längst klar geworden war ... liebte ihn aus voller Überzeugung. Dieses intensive Gefühl, mit ihm zusammen sein zu wollen, egal wie gefährlich oder einfach unser gemeinsames Leben sein würde, trieb mich an, gab mir unerschöpfliche Energie. Warum sonst ignorierte ich den lärmenden Zwiespalt in mir und hoffte inständig auf einen Zeitsprung, der mich nach *Caledonia* zurückführte? Wohl wissend, dass ich auch in einer völlig menschenleeren Welt ankommen könnte. Aber vielleicht hatte Malcolm recht, und ein Heilmittel, entwickelt aus meiner DNA, würde zumindest eine Handvoll Menschen in die Zukunft retten ...

Langsam, einen vorsichtigen Schritt nach dem anderen machend, drang ich tiefer in die Höhle ein, den Kopf eingezogen, um nicht gegen die niedrige Decke zu stoßen. Mein Blick suchte vergeblich nach jenem grellen Punkt, den ich bei meinem ersten Besuch zu sehen geglaubt hatte. Sekundenlang wartete ich darauf, dass sich meine Augen an die Dunkelheit gewöhnten, aber dies geschah nicht. Eine Hand an der Felswand ging ich vorsichtig in die Hocke und tastete den erdigen Boden nach einem geeigneten Stein ab. Als mir einer zwischen die Finger geriet, hob ich ihn auf und warf ihn in die Finsternis vor mir. Der Klang beim Auftreffen verriet mir, dass die Höhle nach zwei, drei Metern bereits endete. Und dennoch schaffte sie es, so geheimnisvoll und finster zu wirken. Ich wünschte, ich hätte wenigstens das Datum für meine Rückkehr irgendwie angeben können …

Ich richtete mich wieder auf und wagte einen weiteren Schritt vor.

Als Connors Stimme zu mir drang, erstarrte ich in der Bewegung. »Alles in Ordnung da drin?«

»Ja, alles bestens«, antwortete ich unverzüglich. Flach atmend und innerlich zitternd wie ein Kolibri wartete ich voller Spannung, dass etwas passierte. Ein Lichtwirbel vielleicht, der mich flugs aus dieser Zeit herausriss. Oder ein starker Sog ins Dunkel wie unter Wasser. Doch nichts geschah.

Connor würde bestimmt nicht ewig draußen auf mich warten.

Was nun? Natürlich kam mir in den Sinn, dass ich bei den letzten beiden Zeitsprüngen das Bewusstsein verloren hatte, bevor ich mich in einer anderen Zeit wiederfand. Funktionierte es immer auf diese Weise? Wenn ja, wie sollte ich jetzt absichtlich bewusstlos werden? Ich konnte doch unmöglich den Kopf irgendwo anschlagen, in der Hoffnung, mich selbst auszuknocken.

»Skye?« So ungeduldig, wie Connor mittlerweile klang, würde er garantiert bald nach mir sehen. »Hast du dein Zeug gefunden?«, brüllte er so laut, als wäre ich Meilen von ihm entfernt. »Oder was machst du da drin so lang?«

Ich räusperte mich und antwortete mit fester Stimme: »Ich komm gleich. Gib mir noch eine Minute.«

Es war zum Verzweifeln. Es wollte kein Zeitsprung stattfinden. Plötzlich füllten sich meine Augen mit dicken Tränen. *Was, wenn es nicht mehr klappt?* Mein Herz sank bei dem Gedanken, meine Hände begannen zu zittern. Übelkeit stieg in mir auf und schnürte mir die Kehle zu. Die Beklemmung in meiner Brust wurde so schlimm, dass ich erneut in die Hocke ging und den Rücken fest gegen die Felswand drückte. Ich ließ mich auf den Hosenboden plumpsen und versuchte, mit dem Schwindel, der sich überflüssigerweise zu meinen Symptomen gesellt hatte, klarzukommen.

»Ich komm jetzt rein, Skye!«, warnte mich Connor vor, bevor ich hörte, wie die kleinen Kieselsteine, die direkt vor dem Höhleneingang lagen, unter seinen Schuhen knirschten. Gleich würde er darauf bestehen, dass ich mit ihm zurück nach *Aberdeen* fuhr.

»Skye? Wo bist du?« Offenbar tastete er sich langsam vor. »Sitzt du etwa dort hinten im Dunkeln?«

Ich reagierte nicht. Stattdessen zog ich die Knie an, umfasste sie mit beiden Armen und legte den Kopf ab. Mein Körper bebte vor Angst. Die ganze Zeit hatte ich geglaubt, ich bräuchte nur die Höhle betreten, um einen Zeitsprung zu machen. Wie dumm von mir! Wie es aussah, saß ich im Jahr 2018 fest. In einer sterbenden

Welt. Obendrein mutmaßte man, *ich* könnte die Ursache und vielleicht auch die Lösung für die Pandemie sein. Dabei wollte ich einfach nur wie jeder andere Mensch glücklich werden. Und jetzt würde ich im besten Fall mit ein paar Wenigen überleben. Doch was hatte ich davon, wenn Rory die ewige Sehnsucht in meinem Herzen blieb?

»Lass uns endlich von hier abhauen«, hörte ich Connor wieder. Ich drehte den Kopf in seine Richtung und sah seine schemenhaften Konturen.

»Kann meinen Rucksack nicht finden«, antwortete ich, um Zeit zu gewinnen. Ich wischte mir die Tränen aus den Augen und zog die Nase hoch. »Ich würde gerne alle Ecken abtasten, aber der Gestank ist zu heftig.«

»Du musst doch wissen, wo du ihn abgestellt hast«, entgegnete Connor ungeduldig. »Wieso weißt du das nicht mehr?«

Die Frage brachte mich in Erklärungsnot. »Ich bin vergesslich«, brummte ich verdrossen und schlug die Hände vors Gesicht. Immer noch war mir schwindlig und übel.

»Komm jetzt da raus, Skye. Ich will zurückfahren.«

Was blieb mir anderes übrig, als mich langsam zu erheben. Den Rücken fest an die Felswand drückend bewegte ich mich mit kleinen, unsicheren Schritten seitwärts in Richtung Ausgang. In meinem Bauch glomm ein letztes Fünkchen Hoffnung, dass der Zeitsprung wie durch ein Wunder in allerletzter Sekunde glücken möge, auch wenn ich bei vollem Bewusstsein war.

»Ich gebe die Suche auf«, rief ich, konnte allerdings Connors Gestalt nirgends mehr entdecken, als ich nach ihm sehen wollte. Stand er irgendwo in einer dunklen

Ecke und beobachtete mich? Erst jetzt bemerkte ich, dass es tiefschwarz um mich herum geworden war. Vermutlich hing der Himmel inzwischen so voller dunkelgrauer Wolken, dass gar kein Licht mehr in die Höhle drang.

»Connor?«

Da er weiterhin nicht antwortete, nahm ich an, dass er draußen stand. Auch wenn mein Herz protestierte, ich konnte nicht länger warten. Ich musste nachsehen.

Kapitel 8

Als ich geduckt vor dem Ausgang stand, kam er mir kleiner vor als noch vor wenigen Minuten. Ich musste auf die Knie, um über feuchte, krümelige Erde und Kieselsteine ins Freie zu krabbeln ... mitten in ein ausgewachsenes Gewitter hinein. Ein Peitschenhieb aus Sturm und Regen traf mein Gesicht. Mein Arm schoss unwillkürlich in die Höhe, um mich zu schützen.

Langsam erhob ich mich auf die Beine, stützte mich dabei an der Außenwand der Höhle ab, damit die starken Winde, die aus allen Richtungen wüteten, mich nicht umwarfen. Als ich endlich sicheren Stand hatte, sah ich mich heftig blinzelnd um.

Ein Hoffnungsschimmer leuchtete in mir auf. Dieser Ort war derselbe wie noch vor ein paar Minuten. Und dann wiederum doch nicht. Vor mir tat sich eine üppige, von dichten Wäldern umsäumte Naturlandschaft auf, die es im Jahr 2018 nicht gegeben hatte. Ob es sich um *Caledonia* handelte, konnte ich nicht mit Gewissheit sagen. Auch nicht, welche Jahreszeit gerade vorherrsche. Spätherbst oder beginnender Winter war es jedenfalls nicht, dafür leuchtete das Gras zu grün, und die Blätter an den Sträuchern erschienen mir zu klein und frisch. Mein Herz fing an zu rasen, als kündigte sich trotz der ersten Erleichterung der nächste Panikanfall an.

Gab es noch Menschen?
Cals?
Rory?
Bleib ruhig! Atme!
Nach einigen Minuten, in denen der nachlassende Regen meinen Pullover und die Jeans längst durchnässt

hatte, beruhigte sich mein Puls, und endlich konnte ich auch wieder tief ein- und ausatmen.

Gewitter hin oder her, die saubere, nach Tannenzweigen und Kiefern, nach Blüten und jungen Gräsern duftende Luft füllte meine Lungen bis in den letzten Winkel aus und vertrieb Schwindel und Übelkeit. Eigentlich roch es herrlich nach Frühling, und der Regen schien diesen Geruch zu verstärken, als vermischte er die Aromastoffe der Natur zu einem einzigartigen Parfüm.

Wenn ich bloß wüsste, in welchem Jahr ich mich befand. Die Vergangenheit schloss ich dank meiner Geschichtskenntnisse aus. Das Zeitalter der Dinosaurier, das Mesozoikum, war dies gewiss nicht, was ich unschwer an der Vegetation erkennen konnte. Ich brauchte mich also nicht zu sorgen, dass meine Reise unvermittelt im Bauch eines T-Rex' endete.

Als das Gewitter abgezogen und der Regen versiegt war, hallten die Rufe der Vögel aus den Wäldern. Der Himmel riss an mehreren Stellen gleichzeitig auf und erlaubte ein paar wenigen Sonnenstrahlen, aufs Land zu fächern und hellgrüne Streifen in die raue Landschaft zu malen. Der Schattenlänge der Bäume nach musste es auf den frühen Nachmittag zugehen.

Ich sollte mich auf den Weg machen. Vor allem sollte ich zusehen, dass ich mich von der Höhle und dem mächtigen Wald entfernte, der in unmittelbarer Nähe dicht und dunkel in den Himmel ragte. Am besten schien mir, den *Lochindorb* zu suchen und mich an ihm zu orientieren. Vielleicht begegneten mir dort Menschen. Vielleicht sogar *Cals*. Ich hoffte es so sehr, dass die Sorge, es könnte anders kommen, wie eine offene Wunde schmerzte. Ein Stoßgebet huschte über meine Lippen, obwohl ich nicht daran glaubte, dass sich irgendein Gott für mich interessierte. Das hoffnungsvolle Murmeln half mir dennoch, die Angst vor dem Ungewissen unter Kontrolle zu bringen.

Aufmerksam und möglichst leise kämpfte ich mich durch dornige Büsche, lief an kleinen Baumgruppen vorbei, bis ich an eine Stelle gelangte, von wo aus ich auf ein weitläufiges Tal sehen konnte. Ich kniff die Augen zusammen und ließ den Blick zum Horizont gleiten. Der silbern glitzernde dünne Streifen, den ich entdeckte, musste der *Lochindorb* sein. Ein Schwall Glücksgefühle flutete meinen Körper, füllte mich mit Energie und Optimismus auf, sodass ich in schnellerem Tempo meinen Weg fortsetzte. Die Gelegenheit zu rennen, nutzte ich jedes Mal, sobald es die überwiegend hügelige Landschaft zuließ. Wenn ich es bis zum See schaffte, wüsste ich ungefähr, in welcher Richtung *Horizon* lag. Sofern es denn existierte. Ein kalter Wind blies mir ab und zu entgegen und ließ mich unter meiner klammen Kleidung frösteln.

Während ich atemlos vorwärtstrieb, bedauerte ich, keine Tarnfarben zu tragen wie die Militärs des 21. Jahrhunderts. In dieser offenen Talebene gab ich für Wildtiere eine leichte Beute ab. Die vielen kleinen Findlinge, die das Land auf unverwechselbare Art zierten, boten in dieser Gegend höchstens Feldmäusen ein Versteck. Wenigstens hatte ich das Glück, nicht mitten in die erbarmungslose Kälte eines *Highland*-Winters geraten zu sein. Dennoch, die Sonnenstrahlen, die es durch die Lücken in der dicken Wolkendecke schafften, reichten nicht aus, um meine Kleidung zu trocknen und meinen Körper zu wärmen.

Mit diesen Gedanken und der einzigen Hoffnung, Rory bald zu finden, eilte ich weiter, nur um nach ein paar Stunden entkräftet festzustellen, dass ich mich im

Hinblick auf die Entfernungen völlig verschätzt hatte. Der See jedenfalls schien immer noch meilenweit von mir entfernt. Dabei summte mein Körper bereits vor Müdigkeit und verlangte eine Rast. Hunger und Durst ließen sich zwar unterdrücken, der Schmerz in meinen Muskeln jedoch zwang mich, eine alleinstehende Fichte anzupeilen. Ich musste mir dringend eine Pause gönnen und Kraft tanken.

Es fehlten nur noch wenige Schritte bis zu dem prächtig gewachsenen Baum, in dessen Schutz ich mich ausruhen würde. Dankbar, dass ich es gleich geschafft hatte, verlangsamte ich mein Tempo ... und erstarrte in der Bewegung, als ein Pfeil an meinem Kopf vorbeirauschte und sich in den rötlich-braunen, feinschuppigen Stamm der Fichte bohrte.

Ich wagte es kaum zu atmen, geschweige denn mich nach dem Schützen umzusehen, der mich gerade knapp verfehlt hatte. Dabei hatte ich die ganze Zeit versucht, die Umgebung aufmerksam im Auge zu behalten, um nicht zur Zielscheibe oder zur Beute zu werden. Mein Herz überschlug sich panisch, während ich die Hände zu Fäusten ballte. Paradoxerweise jubelte zugleich ein Teil von mir, denn der Schütze konnte ja nur ein Mensch sein. Ich war also nicht allein in einer menschenleeren Welt.

Was sollte ich jetzt tun? Mich ins Gras werfen? Weiterhin bewegungslos dastehen und die Hände hochheben, als Zeichen, dass ich mich ergab? Was, wenn trotzdem gleich ein zweiter Pfeil angerauscht kam und mich zwischen die Schulterblätter traf?

Kurzentschlossen warf ich mich zu Boden und kroch auf den Unterarmen wie ein Soldat in Todesangst hinter den dicken Stamm der Fichte, wo ich mich zusammengekauert versteckte.

Einige hastige Atemzüge später wagte ich einen vorsichtigen Blick ins Tal und sah einen Reiter auf mein Versteck zu galoppieren. Anstelle der Zügel hielt der Kerl eine Armbrust vor seinem Körper und zielte in meine Richtung. Er wusste zweifelsfrei, dass ich mich hinter dem Baum befand. Schnell zog ich den Kopf wieder ein und versuchte, ruhig zu bleiben.

Meine Gedanken überschlugen sich: *Cals* kannten keine Armbrüste! Sonst hätten die Männer von Rorys Patrouille welche mit sich getragen. War dieser Angreifer also Angehöriger eines anderen Volkes? War ich eventuell viel weiter in der Zukunft, als erhofft?

Wie gelähmt blieb ich hinter dem Baum sitzen und wartete ab. Ich hörte, wie das Getrappel des Pferdes näher kam und das Tier schließlich schnaubend und wiehernd stehenblieb. Ich hielt die Luft an, drückte mich gegen den harten Stamm und lauschte. Eine halbe Ewigkeit schien nichts zu passieren.

»Komm hervor, Fremdling!« Die Stimme klang jung und erbarmungslos. »Das war nur ein Warnschuss. Hätte ich dich töten wollen, würde mein Pfeil jetzt in deinem Schädel stecken.«

Sollte ich ihm glauben? Ich nahm allen Mut zusammen. »Versprich mir, dass du mir nichts tust.« Ich hoffte, dass er sich einer Frau gegenüber gnädiger verhielt. »Außerdem bin ich unbewaffnet.«

Nach einer merkwürdigen Stille rief der Angreifer: »Skye Leonard?« Seine Verblüffung schien grenzenlos. »Bist du das etwa?«

Der Kerl kannte mich. Vor Aufregung kroch mir eine Gänsehaut über den Rücken.

»Ja, ja, das bin ich«, erwiderte ich unverzüglich. »Ich komme jetzt raus. Bitte nimm deine Waffe runter.« Ich stellte mich auf meine wackligen Beine, holte tief Luft und verließ mit einem vorsichtigen Seitwärtsschritt mein nutzloses Versteck. Mit erhobenen Händen trat ich schließlich aus dem Schatten des Baums hervor, um mich zu stellen.

Der junge Reiter thronte auf seinem braunroten Hengst wie ein stolzer Krieger. Zum Glück hielt er seine Armbrust inzwischen zu Boden gerichtet und verschonte mein Leben – fürs Erste. Zwei dünn geflochtene Zöpfe auf jeder Seite zierten seine volle blonde Mähne, die wiederum ein überaus attraktives Gesicht umrahmte. Diese draufgängerische, selbstsichere Ausstrahlung kam mir bekannt vor. Ich grübelte hektisch, während ich ihn musterte. Die hellbraune Lederweste ließ seine muskulösen, gebräunten Arme besonders zur Geltung kommen.

Er sah mich mit einem derart fassungslosen Blick an, dass ich mir fast wie ein Weltwunder vorkam.

»Du bist es wirklich. Skye! Die *Brit*! ... Niemand rechnete damit, dass du jemals wieder auftauchen würdest.«

Ich starrte ihn sprachlos an. War das etwa ...?

»Brian?«, brach es erstickt aus meiner Kehle hervor. Hatte ich tatsächlich *Horizons* Stallknecht vor mir, der für Rorys Nichte Christy geschwärmt hatte? Er so sah so viel reifer und männlicher aus, als ich ihn in Erinnerung hatte. »Bist du ... Brian Pears?«

Ein flüchtiges Grinsen huschte über das hübsche Gesicht des jungen Mannes. »Aye, der bin ich. Leibhaftig!« Er nickte ehrfurchtsvoll. »Fühle mich geehrt, dass du meinen Namen noch kennst, Mistress MacRae. Nach so langer Zeit.«

Ich starrte ihn reglos an, meine Hände zitterten. »Wovon sprichst du, Brian? Nach wie viel Zeit denn?«

»Manche hielten dich für tot«, fuhr er aufgeregt fort. »Die meisten dachten, die *Brits* hätten dich damals mitgenommen.«

Mich nicht aus den Augen lassend stieg Brian von seinem Pferd, ließ die Zügel los und kam langsam auf mich zu. Um seine Hüften trug er einen breiten Ledergürtel, an dessen Seite ein Kurzschwert steckte. »Du bist völlig durchnässt«, stellte er mit besorgter Miene fest. »Was ist mit dir passiert? Wo kommst du überhaupt her? Bist du allein? Weißt du, wo -« Er brach den Satz ab, als wäre er unsicher, ob er mir so viele Fragen auf einmal zumuten konnte.

Ich trat einen Schritt vor. »Brian, welches Jahr haben wir?«

Er legte den Kopf schief und sah mich fragend an. »Wieso weißt du das nicht?«

»Nenne mir das vollständige Datum, bitte!«

Brian zögerte kurz, offensichtlich verunsichert, was meinen Geisteszustand anging. »Wir haben den 10. Mai 3020.«

3020? Es traf mich wie ein Hieb in den Unterleib. Oh Gott, das würde ja bedeuten, dass ich für Rory seit fast vier Jahren verschwunden war. Mein Kopf drehte sich bei dem Gedanken.

»Mistress?« Brian zog die Brauen hoch. »Alles in Ordnung?«

Ich sah ihn flehend an. »Kannst du mich nach *Horizon* bringen?«

»Das wollte ich gerade vorschlagen«, sagte er lächelnd. »Du siehst mitgenommen aus. Wir können unterwegs reden. Und dann erzählst du mir, wo du warst.«

Erleichtert ging ich auf ihn zu. »Ich bin so froh, dass du mich gefunden hast.« Am liebsten wäre ich ihm dankbar um den Hals gefallen, aber ich riss mich zusammen.

»Steig auf, Skye, lass uns losreiten, solange es noch hell ist!« Brian half mir auf sein Pferd und reichte mir eine Wolldecke, die ich mir schnell um den Körper wickelte. »Rutsch etwas zurück«, forderte er mich auf und hievte sich geschickt hoch, sodass er vor mir im Sattel Platz nahm. Mit einem Arm zog ich die Decke fester um mich, den anderen schlang ich um Brians Taille. Es fühlte sich keineswegs unangenehm an, ihm so nah zu kommen, obwohl er jetzt längst über zwanzig sein musste, ein erwachsener Mann, und wie ich schon vorausgeahnt hatte, kräftig gewachsen wie ein Bär.

»Das ist Arrow«, sagte er und klopfte liebevoll auf den Hals des Hengstes. »Er heißt nicht umsonst so. Das schnellste und ausdauerndste Pferd, das *Cals* je gezüchtet haben. Du weißt, ich verstehe was von diesen Tieren. Arrow fürchtet weder die Nacht noch das Unbekannte. Ein besseres Reitpferd hätte ich mir nicht wünschen können, jetzt wo ich mich John Alba anschließen werde.«

Wir ritten los.

Meine Aufmerksamkeit hing jedoch an Brians letztem Satz fest. »Du schließt dich John Alba an? Dem Stammesführer von *Seagull*?« Ich spürte plötzliche Beklemmung in mir aufsteigen. »Aber was ist mit Rory? Was ist mit seiner Patrouille?«

Brian lachte kurz auf, doch es klang bitter und keineswegs beruhigend. »Darf ich vorher von dir ein paar Antworten verlangen, Mistress MacRae? Denn ich würde gerne wissen, wie ich es erklären soll, dass ich mit dir in *Horizon* aufkreuze. Den Leuten werden die Augen herausfallen.«

Ich seufzte schwer, auch wenn ich seinen Einwand verstand. »In Ordnung.«

»Wo warst du vier Jahre lang? Und warum finde ich dich hier im offenen Tal, unweit des Sees? Allein!«

Ich dachte keine Sekunde darüber nach, ob ich Brian mit der Wahrheit konfrontieren sollte oder nicht. Ich tat es einfach. »Kann ich dir etwas anvertrauen und damit rechnen, dass du es für dich behaltst?«, begann ich.

»Aye! Ich besitze die Tugend, schweigen zu können wie ein beleidigter Gott. Erzähl mir alles, ich nehme es mit ins Grab, wenn du es so wünschst. Ich bin jetzt ein ehrwürdiger Krieger und kein einfacher Stallbursche, den niemand achtet.« Er streckte das Kinn vor und ließ den Blick von einer Seite zur anderen wandern.

Das bestärkte mich, ihm die Wahrheit anzuvertrauen.

»Ich bin eine Zeitreisende, Brian.« Für einen kurzen Moment musste ich innehalten, um meine eigenen Worte sacken zu lassen. Nervös fuhr ich fort: »An jenem Tag, als die Patrouille mit mir zusammen losritt, um den Gerüchten über Spuren von britischen Spähern nachzugehen, wollte mich Rory bei der *Verbotenen Höhle* absetzen. Denn dieser Ort, die Höhle ... ist ein Portal. Sie bringt mich in der Zeit vor und zurück.«

»Wie?«, fragte er verdutzt. »Du warst die ganzen Jahre in dieser stinkenden Höhle?«

»Nein, du hast mich falsch verstanden«, wandte ich ein. »Ich war immer nur kurz darin. Ich kann in der Zeit reisen, verstehst du? Es ist eine Gabe. Das erste Mal, als es passierte, kam ich aus der Vergangenheit zu euch. Ich konnte es lange selbst nicht glauben, bis mir nichts anderes übrigblieb. Ich hielt es geheim. Nur Rory wusste davon.«

»Das klingt wie die Geschichte über die verrückte alte Frau, die ich in meiner Kindheit mal aufgeschnappt hab«, sagte Brian amüsiert, statt wie erwartet verblüfft auf mein Geständnis zu reagieren. »Das war im Gästehaus. Ich musste dem Wirt ein Paket überbringen, weiß nicht mehr, von wem. Ich stand vor seinem Geschäftszimmer und wartete. Da hörte ich, wie zwei besoffene Kerle sich über eine Sage lustig machten. Ja, jetzt fällt mir alles wieder ein. Es ging um eine Frau, die vor langer Zeit in *Ness* lebte und verdächtigt wurde, eine Abgesandte der Götter zu sein. Niemand traute ihr. Nur ein paar wenige hielten sie für weise. Sie behaupteten, die Alte wüsste Dinge, die nur jemand aus der Götterzeit wissen könne. Sie starb einsam und allein. Man dachte, dass ein Unheil geschieht, wenn man sich mit ihr abgibt.«

Die Geschichte jagte mir einen Schauer unter die Haut. Handelte es sich bei der besagten Frau etwa um Grandma Finlay? Ich atmete tief durch und schob den Gedanken beiseite. »Und heißt das jetzt, dass du mir glaubst?«

»Nein! Natürlich nicht«, rief Brian entschieden und lachte laut. »Tut mir leid, Skye. Ich glaube nur an mein Schwert und an die Liebe.«

Ich verpasste ihm einen Stoß in die Rippen. »Hey!«

Brian blieb gelassen. »Keine Ahnung, warum du mir so eine Geschichte auftischst, aber ich mag dich trotzdem. Wirklich! Und ich weiß, dass Rory dich geliebt hat. Also, wo immer du auch warst, Skye Leonard MacRae. Du bist ganz offensichtlich zurück … und wie man sieht, ist noch alles an dir dran.«

Mir war nicht zum Lachen zumute. »Ich muss erfahren, was in der Zwischenzeit passiert ist«, sagte ich bedrückt. »Erzähl mir, was -« Meine Stimme brach unvermittelt ab. Ich musste mehrfach schlucken, bevor ich weitersprechen konnte. Es fiel mir schwer, die Frage zu stellen, aber es ging kein Weg dran vorbei. »Wo ist mein Mann, Brian?«

Mein junger Begleiter ließ sich mit der Antwort Zeit. Wir ritten am See entlang, auf dem gerade eine Schar Wildgänse laut schnatternd landete.

Schließlich sah er mich kurz über die Schulter an. »Du weißt es nicht?«

»Nein. Was ist mit Rory? Sag es mir endlich!«

»Die Patrouille wurde vor vier Jahren angegriffen.«

»Das weiß ich, ich war dabei.«

»An jenem Tag sind die meisten getötet worden. Nur zwei unserer Krieger kamen zurück. Brandon und Kit. Sie berichteten, dass Rory und ein paar andere gefangen genommen wurden.«

»Was?« Mein Herz riss entzwei. Der ungeheuerliche Schmerz bohrte sich durch mich hindurch wie eine Harpune. *Das kann nicht sein!*

»Mehr wussten die beiden auch nicht«, erzählte Brian weiter. »Die Angreifer flüchteten in die Wälder. Sie kamen seither nicht wieder. Brandon und Kit glauben, dass Rory nur deshalb verschleppt wurde, weil die *Brits* uns in ihr Land locken wollen.«

»Warum sollten sie das tun?«

»Damit sie uns in aller Ruhe töten können? Ich weiß es nicht. Wahrscheinlich haben sie bessere Waffen als wir. Hast du gesehen, womit ich vorhin auf dich gezielt habe?«

»Ja, mit einer Armbrust«, sagte ich und rief mir Details über diese antike Kriegswaffe ins Gedächtnis: deutlich stärkere Schusskraft als ein Bogen. Der Schütze kann viel genauer zielen, braucht aber länger beim Nachladen.

»Einer was?«, wunderte sich Brian. »Nun ja, wir nennen sie *Todesbringer*. Kit hat eine davon bei dem Überfall erbeuten können. Rorys Onkel Will hat sie nachgebaut und alle Krieger *Caledonias* damit ausgestattet. Seit vier Jahren rüsten wir auf. Die neue Patrouille hat sich um John Alba gebildet. John will den *Dunklen Wald* bezwingen und nach *Britannia* reiten. In einer Friedensmission. Er hofft, dass wir Rory aus den Händen der *Brits* befreien können. Falls Rory noch am Leben ist … was wir natürlich hoffen.« Brian räusperte sich beklommen, fuhr dann aber fort: »Logan ist ziemlich gegen Johns Pläne. Er denkt, dass wir noch nicht bereit sind, um uns in Feindesland zu wagen. Wir haben ja nie Späher geschickt, haben uns immer an die Abmachung gehalten. Du musst also verstehen, unsere Stammesführer sind zurzeit keine Freunde und äußerst uneinig. Es geht ihnen um mehr als nur Macht und Einfluss. So haben sich zwei Lager gebildet. Das eine will John Alba folgen, das andere glaubt, Logan MacLachlan habe recht, und es ist zu gefährlich, nach *Britannia* zu reiten.«

»Und du gehörst also zu Albas Gefolgsleuten?«

»Aye! Ich bin einer der Krieger seiner Patrouille. Ich diene ihm und meinem Land. Das schulde ich der Frau, die ich liebe und um die ich kämpfen will, wenn es so weit ist. Doch vorher wage ich mich mit John in Feindesland.« Brian hob stolz den Kopf und schnalzte mit der Zunge.

Bei aller Trauer und Sorge um Rory wurde mir warm ums Herz. »Du sprichst von Christy, richtig?«

»Oh ja, das tue ich«, erwiderte er freudig. »Sie liebt mich genauso wie ich sie, aber sie ist leider störrisch und eigenwillig wie ein Wildpferd. Sie besteht darauf mitzukommen, wenn ich nach *Britannia* reite. Was soll man davon halten, hm?«

»Sie will an deiner Seite sein.« Ich verstand das Mädchen nur zu gut.

»Skye! Ich hoffe, du bestärkst sie nicht auch noch.«

Ich stellte mir meine Ankunft in der Siedlung vor: Nach vier Jahren tauchte die seltsame *Brit* erneut auf. Fast wie beim ersten Mal, scheinbar aus dem Nichts und schon wieder mit eigenartiger Kleidung.

»Brian, wir reiten doch nach *Horizon*?«

»Wohin denn sonst?«

»Sag mir, wer dort auf mich wartet?«

»Ich verstehe nicht ...«

»Kennst du einen einzigen Menschen, der sich nach meiner Rückkehr sehnt?«

»Warum stellst du mir so -«

»Brian!«, stieß ich ungeduldig aus. »Antworte einfach!«

»Rory ist zwar nicht mehr bei uns, aber die übrigen MacRaes werden platzen vor Freude, wenn sie dich wiedersehen. Schließlich denken sie, du bist tot ... oder für immer entführt.«

»Ich komme also in ein *Horizon*, wo kein Mensch auf mich wartet?«, murmelte ich betrübt.

»Mmh.«

»Was soll ich dann da?« Mein Innerstes krampfte bei dem Gedanken, dass Rory nicht da sein würde.

»Na, immerhin sind die MacRaes deine Familie, oder?«

Und bestimmt würden sie erfreut sein, mich zu sehen. Aber ihr Leben funktionierte auch ohne mich.

»Wann möchte John Alba nach *Britannia* losreiten?«, fragte ich nach einer Weile.

»Übermorgen.«

»Schon?«

»Aye! So ist es abgesprochen. Ein großer Teil unserer Krieger muss zum Schutz der Siedlungen hier bleiben, das ist Logans Anordnung, gegen die John nichts ausrichten kann. Der Rest der Männer ist entschlossen, sich unter Johns Führung in das Gebiet des Feindes zu wagen. John meint, wir haben genug gewartet. Außerdem sind wir es Rory schuldig, herauszufinden, was mit ihm geschehen ist.«

»Du darfst mich gerne dazu zählen«, sagte ich aufgeregt, meine Entscheidung stand bereits fest.

Brian ließ Arrow langsamer werden und blickte stirnrunzelnd zur Seite. »Wart mal, Skye ... Du bildest dir hoffentlich nicht ein, dass wir Frauen mitreiten lassen? Durch den *Dunklen Wald*! Nach *Britannia*!«

»Ich komme mit euch, und niemand wird mich davon abhalten«, brummte ich fest entschlossen an seinem Rücken.

»Du hast kein Pferd, kannst nicht kämpfen und bist obendrein eine Engländerin ... Ich glaube kaum, dass John Alba dir erlaubt, mitzukommen.«

»Wir werden sehen.«

»Hab ich es denn nur mit verrückten Weibern zu tun?« Brian lachte kopfschüttelnd. Mir fiel auf, wie er trotz unserer intensiven Unterhaltung die Gegend im Auge behielt und dabei eine beeindruckende Souveränität ausstrahlte. Ich fühlte mich mit ihm als einzigen Begleiter durch die rauen *Highlands* sicherer, als ich es wahrscheinlich sollte. Vielleicht täuschte mir das violette Licht der Abendsonne eine romantisch-wilde, aber friedliche Kulisse vor. Von überall duftete es frisch nach junger Vegetation, regennassem Felsgestein und eisig klarer Luft. Vom See her, der nun auf unserer rechten Seite lag, blies ein kalter, belebender Wind. Ein

Schwarm Vögel flog kreischend in den Sonnenuntergang.

Trotzdem hatte ich nicht allzu viel Muße für die Schönheit der Natur übrig. In meinem Kopf drängelten erneut Fragen über Fragen.

»Von wo reiten eure Krieger denn los? Befindet sich John Alba nicht in *Seagull*? Du wirst nicht erst in den Norden müssen, um zu ihm zu stoßen, oder doch?«

Brian ließ einen leicht genervten Seufzer hören. »Die große Zusammenkunft ist … Nun ja, ich verrate es dir lieber nicht.«

»Es kann nur in *Horizons* Nähe sein, stimmt's?«, hakte ich energisch nach. »Die Siedlung liegt schließlich auf dem Weg in den Süden.« Diesmal konnte ich auf etwas mehr geographisches Wissen zurückgreifen, als bei meinem ersten Besuch in *Caledonia*.

Doch Brian schwieg beharrlich.

»Glaubst du, ich bekomme es nicht heraus?«, knurrte ich enttäuscht.

»Bin mir sogar sicher, dass du es herausbekommst«, antwortete er. »Aber von mir sollst du nichts erfahren. Ich will keinen Ärger, weder mit John noch mit Logan und erst recht nicht mit William MacRae, dessen Tochter irgendwann meine Frau werden wird.«

Auch wenn mich Brians Antwort enttäuschte, so brachte ich Verständnis auf und bedrängte ihn nicht weiter. Ich zog die Decke fester um meinen Oberkörper. Inzwischen hatte meine Körperwärme meine Kleidung fast vollständig getrocknet. Zumindest fror ich nicht mehr. Dafür knurrte mein Magen in einer beachtlichen Lautstärke.

»Wo werden wir unser Nachtlager aufschlagen? Noch am See? Es ist bald dunkel. Ich hab schon Wolfsgeheul vernommen.«

»Wir werden nicht nächtigen«, antwortete Brian ruhig.

»Nicht?« Das verwunderte mich, denn als ich das erste Mal mit Rory von der Höhle aus nach *Horizon* geritten war, hatten wir nachts ein paar Stunden geruht, bevor es in der Morgendämmerung weiterging.

»Wir machen nur kurze Pausen, um zu essen und unsere Glieder zu strecken«, erklärte Brian. »Und dann reiten wir weiter. Hast du Hunger?«

»Ehrlich gesagt, ja.«

»In meiner Proviantasche sind geräucherte Schinkenstreifen und Brot. Wir rasten bald. Schließe so lange deine Augen und versuche zu schlafen.«

War das sein Ernst? »Wenn ich vom Pferd falle, bist du schuld«, drohte ich ihm.

Brian lachte. »Wirst du nicht. Vertrau mir.«

»Warum bist du überhaupt allein unterwegs?«, wollte ich wissen. »Gehört es nicht zu den Prinzipien der *Cals*, dass ihr mindestens zu zweit durchs Land reitet?«

»Hmmm ...«, machte Brian gedehnt. »Das ist richtig. Ist nur so, dass ich nicht immer und nicht alles befolgen muss, wenn ich keine Lust darauf habe.«

»Aha«, gab ich zurück. »Du bist also genauso eigenwillig wie deine zukünftige Braut.«

Brian lachte herzhaft.

Ich schloss die Lider und lauschte Arrows Getrappel und Schnauben sowie den tierischen Lauten aus den Wäldern. Immer wieder heulten Wölfe, schickten Waldvögel schrille Rufe hinaus in den Abend, was mich jedes Mal zusammenzucken ließ. Mein Körper schmerzte vor Müdigkeit. Physisch fühlte ich mich so erschöpft, als stünde ich kurz vor einem Kollaps. Aufgrund der emotionalen Achterbahn, die ich gefühlt schon mein Leben lang fuhr und die heute besonders an Tempo zugelegt hatte, glaubte ich mich bald auch am Ende meiner geistigen Kräfte. Gleichzeitig wusste ich mit unerschütterlicher Sicherheit, dass ich nicht eher ruhen würde, bevor ich wusste, was mit Rory geschehen war.

Kapitel 9

Nachdem wir mit häufigen Pausen und ohne besondere Zwischenfälle durch die Nacht geritten waren, erblickten wir *Horizons* Palisadenzaun, noch bevor die Sonne ihre volle Strahlkraft erreicht hatte. Im Gegensatz zum gestrigen Tag schien sie von einem azurblauen, wolkenlosen Himmel herab und wärmte angenehm unsere Gesichter, Nacken und Hände.

Als wir uns dem Haupttor der Siedlung näherten, zog ich auf Brians Anraten hin die Decke über den Kopf, drückte mich fest an seinen Rücken und machte mich so klein wie möglich. Brian hielt es für besser, wenn der Rat nicht sofort von meiner Rückkehr erfuhr und mich umgehend einer stundenlangen Anhörung unterzog.

Die Wachen ließen uns zum Glück problemlos passieren. Ein Privileg, das inzwischen nur die Krieger der Patrouillen genossen, wie mir Brian stolz erklärte. Mein Herz polterte immer lauter in meiner Brust. Die Aufregung, bald vertraute Personen wiederzusehen, schnürte mir den Magen zu, da ich nicht wusste, wie man auf mein Erscheinen reagieren würde. Ab und zu wagte ich es, mit einem Auge durch eine winzige Lücke in meiner Decke zu spähen und stellte dabei fest, dass sich *Horizon* kaum verändert hatte. Die Gassen waren immer noch eng und schlammverkrustet. Die Menschen gingen geschäftig ihrer Wege. Alles wie gehabt. Allerdings fielen mir die schwarz-roten Doppel-Schleifen an den Häusern auf. Ich fragte Brian flüsternd nach ihrer Bedeutung.

»Aye, die hängen überall«, bestätigte er. »Als Zeichen unserer Trauer, seit dem Angriff der *Brits* auf

Rorys Patrouille. Aber sie sollen uns auch daran erinnern, dass wir immer zusammenhalten müssen.«

»Eine schöne Geste«, erwiderte ich bewegt und wurde still.

Wir trabten weiter, vorbei am Marktplatz und den Stallungen, denen ich nur einen flüchtigen Blick zuwarf. Wenige Minuten später erreichten wir das aus geklopftem Feldstein errichtete, unverkennbare Haus der MacRaes. Wunderschöner, purpurrot blühender Fingerwurz, eine alte Orchideenart, zierte die Rasenfläche rund um die Steinskulptur nahe dem Eingang. Die Jahreszeiten, insbesondere der Frühling mit seinen intensiven Düften und dem regen Vogelgezwitscher aus Büschen und Bäumen, ließen sich von den Handlungen und dem Schicksal der Menschen eben nicht aufhalten. Ganz gleich, wie viel Trauer diese nach sich zogen.

Als wir vom Pferd stiegen und Brian es lose an der Steinskulptur festband und wir zusammen zur Haustür liefen, polterte mein Herz wie verrückt gegen meine Rippen. Brian klopfte mehrmals an und rief laut nach Shona, während ich mich halb hinter ihm verborgen hielt. Nervös zog ich die graue Wolldecke bis tief in die Stirn und hoffte inständig, dass ich willkommen sein würde. Auch wenn Brian diesbezüglich keine Zweifel hegte, so war ich dennoch unsicher. Vielleicht glaubte Shona, dass ich Unglück über die *Cals* und insbesondere über Rory gebracht hatte ... Schicksalsschläge verarbeiteten manche Menschen, indem sie verzweifelt nach einem Schuldigen suchten.

Nach einer Weile öffnete sich die Tür mit einem lauten Knarzen.

»Einen wunderschönen Tag wünsche ich«, grüßte Brian gut gelaunt, während ich meine unter der Decke hervorlugenden Schuhspitzen betrachtete.

»In der Wildnis macht man so manch seltene Beute«, fuhr er im Singsang fort. »Ich dachte, ich liefere diese hier ab. Vielleicht findet ihr Verwendung für sie.« Brian fand seinen Spruch so komisch, dass er laut lachen musste.

»Mein Junge, wovon redest du? Wer ist das hinter dir?«

»Wirst du gleich sehen, Shona, wirst du gleich sehen!«

»Na, dann kommt herein. Christine klopft auf dem Hinterhof die Felle sauber. Sie redet von früh bis spät von dir, ich werde noch wahnsinnig.«

»Sehr schön«, sagte Brian zufrieden. »Ein besseres Thema gibt es für sie nicht.« Dann legte er den Arm um meine Schultern und schob mich in die Wohnstube hinein. Ich hörte, wie die Tür hinter uns zufiel.

Auf einmal herrschte knisternde Stille.

Ich konnte Shonas neugierigen Blick auf mir förmlich spüren, auch wenn ich noch immer nichts anderes als meine Schuhspitzen ansah. Wir standen alle drei reglos im Raum und warteten ab.

Schließlich zog ich die Decke von mir herunter. Tief Luft holend sah ich langsam hoch und direkt in Shonas fassungsloses Gesicht.

Die Augen weit aufgerissen klatschte sie sich die Hände auf die Wangen.

»Das ist unmöglich! Brian?! Ist sie es wirklich?«

Shona trat dicht an mich heran und begutachtete mich mit kritischem Blick. Mir wurde angst und bange, da ich ihre Miene partout nicht deuten konnte.

»Skye, meine Süße, träume ich?«, fragte sie endlich mit belegter Stimme. »Oder stehst du tatsächlich vor mir?«

Meine Anspannung löste sich, doch wie sollte ich mit einem Kloß im Hals reden? Ich schluckte schwer und versuchte, meine Tränen wegzublinzeln. Schließlich nickte ich und lächelte zaghaft.

»Oh je.« Shona schlang ihre kräftigen Arme um mich und zog mich an ihre warme, weiche Brust. »Sie ist es. Sie lebt.«

»Aye! Wusste ich doch, dass ich eine Überraschung für euch habe«, rief Brian viel zu laut, als wollte er, dass man ihn auch auf dem Hinterhof gut hören konnte.

Als kurz darauf Christy zu uns in die Stube gestürmt kam, sah sie zuerst zu Brian und stieß ein freudiges Kreischen aus. Nur eine Sekunde später sah sie mich neben ihrer Mutter stehen und verstummte schlagartig. Ihre Gesichtszüge entgleisten auf recht merkwürdige Art, als hätte sie ihre Brauen und Mundwinkel nicht mehr unter Kontrolle. Sie öffnete den Mund, sagte aber kein Wort. Zumindest kam kein vernehmbarer Laut über ihre Lippen. Stattdessen näherte sie sich mir mit langsamen Schritten, als wäre ich ein scheues Reh, das jederzeit weglaufen könnte, wenn sie zu hastige Bewegungen machte.

»Skye?« Ihr ungläubiger Blick lag prüfend auf mir.

Ich nickte. Meine Güte, wie erwachsen Christy jetzt aussah. Sie schien ein paar ordentliche Pfunde zugelegt zu haben, was ihre Weiblichkeit betonte. Die Haare trug sie zu einem lockeren Dutt hochgesteckt.

»Wo kommst du auf einmal her?«, wollte sie wissen.

Ihre Mutter zog ebenfalls die Brauen hoch und starrte mich gespannt an.

»Ich … ähm …« Ratlos sah ich zu Brian, der sich vor den Kamin gestellt hatte und schulterzuckend auf der Unterlippe zu kauen begann, statt mir aus der Patsche zu helfen. Mein Pflichtgefühl sagte mir, dass ich den MacRaes eine Erklärung schuldete, vielleicht sogar die Wahrheit, auch auf die Gefahr hin, dass man mich für geistesgestört hielt. Ich erinnerte mich schließlich zu gut daran, wie ich bei meiner allererstsen Ankunft in *Horizon* die Möglichkeit einer Zeitreise selbst verbissen ausgeschlossen hatte.

Und doch stand ich nun hier und suchte nach einer Antwort auf Christys Frage. Aber dies war nicht der richtige Augenblick, um von der *Verbotenen Höhle* als Zeitreise-Portal anzufangen.

Ich sah Shona bittend an. »Ich erzähle euch später alles, in Ordnung?«

Die stämmige, kleine Frau wedelte entschuldigend mit der Hand. »Natürlich, Liebes, es eilt ja nicht. Wir sind einfach nur so glücklich, dich wiederzusehen. Lasst uns den Mittagstisch decken und essen.« Sie wandte sich kurz an Brian. »Ihr habt doch Hunger, ihr beiden?«

»Und wie. Mehr als ein Rudel Wölfe!«, bestätigte Brian. »Aber leider kann ich nicht bleiben«, fügte er seufzend hinzu und sah ein wenig schuldvoll zu Christy. »Ich muss einige Vorbereitungen für morgen treffen.«

»Brian, ich will mit dir über etwas sprechen!« Christy fixierte ihn streng, als wollte sie ihm dadurch eine private Botschaft übermitteln.

Doch Brian stand bereits an der Haustür. »Ich komme heute Abend noch mal vorbei, Christine. Ich verspreche es.« Und dann verschwand er und ließ uns zurück.

Für einen Moment schien Christy wie vor den Kopf gestoßen, vielleicht auch ein wenig wütend, aber dieser

Eindruck verflog im Nu. Sie seufzte auf ihre laute, theatralische Art und nahm meine Hände in ihre.

»Ich dachte, ich sehe dich nie wieder, Skye.« Ein warmes Lächeln legte sich auf ihr Gesicht. »Woher hast du nur diese Kleidung?« Jetzt lachte sie, und ich konnte nicht anders, als sie spontan zu umarmen.

Shona wandte sich an ihre Tochter. »Geh schnell deinen Pa holen, Liebes. Heute gibt es für ihn einen guten Grund, die Mittagspause früher einzulegen.«

Daraufhin löste sich Christy von mir. »In Ordnung«, rief sie vergnügt und stürzte im nächsten Moment aus dem Haus.

»Komm, Skye«, sagte Shona auffällig ernst und hakte sich bei mir unter. »Du musst ehrlich zu uns sein.«

»Du hast also vier Jahre in der Götterzeit gelebt und mit angesehen, wie Menschen sterben?« William klang so, als wollte er unterstreichen, wie absurd sich meine Geschichte anhörte. Wir saßen am Küchentisch vor unseren Tellern mit Eintopf und spürten wohl allesamt die Befangenheit in der Luft. Zu viel Schreckliches war seit meinem Verschwinden passiert, um frohgelaunt unser Wiedersehen zu feiern. Meine Rückkehr warf zudem für die MacRaes mehr Fragen auf, als ich erwartet hätte. Shona nickte zu den Worten ihres Mannes, wobei sie mich seltsam mitleidsvoll musterte.

Ich schüttelte den Kopf. »Nein, für mich waren es keine vier Jahre«, versuchte ich zu erklären und auch, dass keine Götter auf der Erde lebten, egal zu welcher Zeit. Allerdings gab ich recht schnell auf, die beiden von meiner Zeitreise überzeugen zu wollen, da es offensichtlich ihre Vorstellungskraft sprengte.

Zudem fühlte ich mich zu erschöpft und zu besorgt um Rorys Schicksal. Der Eindruck jedoch, dass wenigstens Christy mir zu glauben schien, ließ mich hoffen und hatte etwas Beruhigendes. Mit ihren Blicken gab sie mir zu verstehen, dass sie mich im Gegensatz zu ihren Eltern nicht für verrückt hielt und wir beide unter vier Augen noch reden würden.

»Wir halten an der Hoffnung fest, dass Rory am Leben ist«, sagte Shona beim Abräumen des Tisches. »Wir wissen, dass John Alba bald durch den *Dunklen Wald* in Feindesland reiten wird, um Gewissheit zu finden. Wir könnten mit ihm einen weiteren bedeutsamen Mann unseres Volkes verlieren. Aber vielleicht, wenn das Glück auf unserer Seite ist, vielleicht kommt er zurück und bringt Rory mit.«

»Ich muss gehen.« Hektisch erhob sich William vom Tisch. »Die Arbeit ruft. Ich komme mit den vielen Waffenbestellungen kaum hinterher.« Bevor er aus der Küche stampfte, hielt er auf der Schwelle inne und sah mich ernst an. »Was auch immer geschehen ist, ich freue mich, dass du lebst und jetzt bei uns bist, Skye, das tue ich wirklich!«

Ich lächelte freundlich, sagte aber nichts. William verschwand, und wir Verbliebenen schwiegen einige Sekunden lang beklommen. Dann schlug Shona vor, dass ich mich ausruhen sollte, und richtete mir ein Bett in Christys Zimmer her. Christy wiederum verhielt sich auffällig still, was mich noch mehr davon überzeugte, dass Gedanken durch ihren Kopf jagten, die sie in Anwesenheit ihrer Eltern nicht äußern wollte.

Als wir beide in ihrer Schlafkammer endlich unter vier Augen waren, vertraute sie mir aufgeregt an, dass sie mit John Alba und Brian mitreiten wolle. Ich tat überrascht und zeigte mich anschließend verständnisvoll.

»Ich auch«, sagte ich, ohne darüber nachzudenken, ob es richtig war, Christy jetzt schon über meine Absichten einzuweihen. »Ich kann nicht anders.«

»Dachte ich mir«, entgegnete sie aufgeregt. Doch dann zog sie die Brauen zusammen und atmete bekümmert aus. »Sie werden uns nicht mitnehmen wollen, Skye.«

Wir schwiegen einige Minuten und grübelten verbissen über unser verflixtes Problem.

»Wir werden sie überreden«, sagte ich schließlich mit entschlossener Miene. »Vertrau mir.«

»Aye!«, stimmte Christy mit ein. »Das werden wir! Ich besitze inzwischen ein eigenes Pferd. Brian hat es letzten Sommer bei den Mooren gefunden, eingeritten und mir geschenkt.«

»Oh, das ist schon mal sehr gut«, sagte ich begeistert.

»Sein Name ist *Snow*. Ein Schimmel.«

Erneut schwiegen wir eine Weile. Der leicht muffige Geruch der Steinwände drang in meine Nase, während ich versuchte, mich nicht auf meine schmerzenden Glieder zu konzentrieren.

»Du bist also aus einer anderen Zeit?«, fragte Christy plötzlich und sah mich neugierig an.

»Ich wurde 1991 geboren«, sagte ich, erleichtert, dass wir ernsthaft darüber redeten. »In eine Welt, die überquoll vor Menschen, Städten, Ländern. Mit Technologien, die uns ermöglichen, auf dem Mond zu spazieren ...«, ich hielt inne und lächelte, »na ja, natürlich konnte das nicht jeder x-beliebige von uns, sondern nur speziell dafür ausgebildete Experten. Wir nennen sie Astronauten.«

Christy starrte mich fasziniert an. »Auf dem Mond spazieren, ja? Klingt verrückt, Skye. Aber wenn ich mich daran erinnere, dass du uns die Frau ohne Gedächtnis vorgespielt hast, die nicht erklären konnte, woher sie kommt, weshalb sie so eigenartig gekleidet ist und ... warum niemand nach ihr sucht ...«

»Es hat eine Weile gedauert, bis ich begriff, dass ich eine Zeitreisende bin.«

Plötzlich vernahmen wir Shonas Schritte auf dem Flur. »Christine?«, rief sie energisch, während sie an die Zimmertür klopfte. »Brian wartet vor dem Haus. Er will mit dir reden.«

Christy sprang von ihrem Bett auf. »Komm mit«, flüsterte sie mir zu und sprach dann absichtlich lauter, damit ihre Mutter es hörte. »Du musst unbedingt mein Pferd sehen! Es ist toll.« Doch ich wusste, worum es ihr eigentlich ging. Ich schnappte mir meine Decke und legte sie um Kopf und Schultern.

Wir liefen eilig an Shona vorbei, spürten, wie sie uns hinterhersah, und schlüpften nach draußen. Tatsächlich lehnte Brian am einzigen Baum im Vorgarten und hatte die Arme vor der Brust verschränkt. Der Wind zerzauste ihm die blonden Haare, und die Abendsonne ließ seine Wangen rosig leuchten.

»Gehen wir, bevor irgendwer Skye zu Gesicht bekommt.« Christy hob ihre Röcke und marschierte voraus. Brian und ich folgten ihr wortlos in den Stall.

»Das ist sie ... meine *Snow*! Ist sie nicht wunderschön?« Christy deutete auf den Schimmel. Behutsam näherte sie sich der Stute und streichelte über ihren langen Hals. Von der Höhe des Tieres beeindruckt stellte ich mich daneben und fragte mich, ob das eventuell das größte Pferd war, das ich je zu Gesicht bekommen hatte. Es war wahrlich ein

Prachtexemplar. Seltsam, dass es niemand aus dem Großen Rat beansprucht hatte.

»Du kannst nicht mitkommen«, kam es so unvermittelt von Brian, dass Christy und ich überrascht zu ihm herumfuhren. Offenbar wollte er gleich zum Thema kommen. »Und Skye auch nicht.« Er steckte sich einen Strohhalm zwischen die strahlend weißen Zähne und wartete auf unsere Reaktion.

Eine Weile starrten wir ihn entrüstet an.

»Du kannst mich nicht dran hindern, mit euch mitzureiten!«, protestierte Christy schließlich und ging auf den jungen Mann zu. »Ich bin volljährig. Ich darf selbst bestimmen, was ich tun oder lassen will.«

Brian zog die Stirn kraus. »Mag sein. Und dennoch, John wirst du nicht überzeugen können.«

»Das werden wir ja sehen!« Christy stemmte trotzig die Hände in die Hüften. »Hauptsache, du hältst dein Versprechen und erzählst meinen Eltern nichts.«

Brian trat auf Christy zu und packte sie fest an den Schultern. Seine Miene wirkte jedoch weicher, als noch wenige Sekunden zuvor. »Bitte, vergiss diese unsinnige Idee, und ich setze alles daran, dass ich an einem Stück zurückkomme.«

»Wir *alle* werden nach *Britannia* reiten und heil zurückkehren«, entgegnete Christy mit blitzenden Augen.

Ich holte tief Luft und fügte aufgeregt hinzu: »Und wir bringen Rory zurück.« Es tat so gut, diese Worte auszusprechen.

Christy nickte. »Übrigens, wie du gerade gehört hast, Brian, Skye will auch mitkommen. Da hast du's!«

»Weiß ich bereits«, schnaubte Brian. »Ich sag nichts mehr dazu. Seid darauf gefasst, dass John Alba euch nicht mitreiten lässt.«

»Du solltest auf meiner Seite sein, Liebster.« Christy stellte sich auf die Zehenspitzen, gab dem jungen Mann einen Kuss auf die Wange und warf mir anschließend ein verschmitztes Lächeln zu. »Nur dann kann ich dir vertrauen, nicht wahr?«

»Christine ... das ist nicht dein Ernst?«

»Oh doch.«

Brian schüttelte resigniert den Kopf. »Aber Skye hat kein Pferd.«

»Sie kann mit mir auf Snow reiten«, konterte Christy.

Als ich das hörte, lächelte ich ihr sofort zu. Ein Problem weniger!

»Nun ja, dann hoffe ich, dass John euch Vernunft einredet. Ich geh jetzt nach Hause und leg mich schlafen. Wir sehen uns bei Sonnenaufgang am Osttor. Macht euch darauf gefasst, dass eure Reise genau dort endet.« Mit diesen Worten verließ Brian den Stall.

Christy und ich setzten uns auf einen Heuballen und redeten über unser gewagtes Vorhaben und kamen uns dabei wie ein eingeschworenes Team vor. Trotz der langen Zeit, die wir uns aus Christys Sicht nicht gesehen hatten, war die Vertrautheit zwischen uns ungetrübt.

Als die Dämmerung hereinbrach, gingen wir ins Haus und erzählten Shona, dass wir an diesem Abend besonders früh schlafen gehen wollten. Zum Glück stellte sie keine Fragen und ließ uns in Ruhe, aber mir entging nicht, dass sie mich mit skeptischen Blicken musterte.

In dieser Nacht hätte ich von Sorgen geplagt lange wachgelegen und mich verrückt gemacht. Meine Gedanken hätten sich weiterhin pausenlos um Rory gedreht, und dass er am Leben sein *musste*, denn sonst ergab alles, was mir widerfuhr, keinen Sinn. Doch ich war so unsagbar erschöpft, geistig wie körperlich, dass ich sofort einschlief, als ich mich ins Bett legte und die Wolldecke über mich zog.

Das erste Licht des Tages, noch schwach und silberblau, weckte Christy und mich fast gleichzeitig. Christy streckte gähnend die Glieder und setzte sich auf. Ihre Haare standen in alle Richtungen ab, als hätte sie in eine Steckdose gegriffen. Ich musste über diesen Gedanken schmunzeln, wo es doch keinen Strom in *Caledonia* gab.

»Wir müssen leise sein, Skye«, flüsterte Christy mir zu. Dann stieg sie aus dem Bett, begann sich anzukleiden und sich Zöpfe zu flechten, die sie zu einem Dutt hochsteckte. Aus der Kleiderkiste zog sie einen langen Wollrock hervor, den sie mir rüberreichte. »Hier, zieh den an!«

Während ich schnell den Rock über meine Jeans zog, landete eine mit Fell gefütterte Stola auf meinem Kopf. Ich lachte überrascht. Ich band sie mir um die Schultern und spürte die wohltuende Wärme, die mich sofort umhüllte.

»Meine Eltern schlafen meist tief und fest«, flüsterte Christy weiter, »aber, sobald die Sonne aufgegangen ist, springen sie aus ihren Betten und rennen ihren Tagespflichten hinterher. Wir müssen uns also beeilen.«

Mit angehaltenem Atem schlichen wir in die Küche. In einer Tonschüssel wuschen wir uns die Gesichter, packten einen Lederbeutel mit Brot, Käse, etwas Wurst und zwei mit Wasser gefüllte Trinkhörner, die man sich um die Brust hängen konnte. Es gelang uns, das Haus geräuschlos zu verlassen, ohne Shona und William aufzuwecken.

Im fahlen Licht der Morgendämmerung eilten wir in den Stall, wo wir kurz erleichtert durchatmeten. Wir befestigten unseren Proviant und zwei zusammengerollte Schlafdecken an beiden Seiten von Snows Ledersattel, der wunderschön verarbeitet und von bester Qualität war, wie ich sofort bemerkte. »Leider haben wir keine Waffen.« Christy zog eine bedauernde Miene. »Die befinden sich in Pas Werkstatt und zum Teil unter seinem Bett.«

Ich seufzte. Lieber dachte ich nicht darüber nach, wie dilettantisch ich mir bei der Vorbereitung auf die vor uns liegende gefährliche Reise vorkam. Stattdessen machte ich mir bewusst, dass mein Leben kein Ort von vernünftigen Abwägungen und Entscheidungen mehr war, sondern eine Abfolge von notwendigen Handlungen, um mein einziges, dringendes Ziel zu erreichen.

Damit die Pferdehufe nicht zu viel Krach machten, führte Christy Snow am Zügel, bis wir weit genug vom Haus ihrer Eltern entfernt waren. Erst dann kletterten wir auf die hohe Stute und ritten Richtung Osttor.

Ich saß hinter Christy und hielt mich an ihrer strammen Taille fest. *Gut, mit einer Walküre zu reiten*, ging es mir durch den Kopf. Ich fühlte mich atemlos und beseelt von dem einzigen Wunsch, die Suche nach Rory endlich zu beginnen. Vielleicht war ich unfähig oder auch unwillig mir die Größe der Herausforderung vorzustellen, die der Weg nach *Britannia* darstellte. Es spielte keine Rolle für mich. Aus meiner Komfortzone war ich schon lange vertrieben worden und in einem ungeheuerlichen Abenteuer gelandet, das mich stärker und widerstandsfähiger gemacht hatte. Jetzt, da ich mit Christy zusammen bereit war, mich John Alba anzuschließen, spürte ich mein kämpferisches Ich wie loderndes Feuer in meiner Brust, auch wenn mein Wagemut manchmal auf wackligen Beinen stand.

Aus der Entfernung sahen wir die am Osttor versammelten Reiter. Ich zählte genau fünf Männer. Das waren deutlich weniger als bei den Patrouillen üblicherweise mitritten.

»Sieh nur! Brian ist dort.« Christy deutete mit der Hand, und ich murmelte zustimmend. Die langen blonden Haare des jungen Kriegers leuchteten unverwechselbar.

»Und ist das braune Pferd mit dem dicken Schweif nicht Flash?«, fragte ich, war mir aber ziemlich sicher, dass ich richtig lag.

John Alba hatte Flash überraschend von Rory eingefordert, nur um ihm seinen Liebling Coal zurückgeben zu können. Ein Tausch, der von Herzen gekommen war und John Albas Güte demonstriert hatte.

»Ja, ist es. Oh je, jetzt bin ich wirklich aufgeregt, Skye.« Christy klang nicht mehr so selbstsicher wie noch vor Minuten. »Wenn John uns abweist, hilft kein Betteln und kein Flehen.«

»Er wird sich erstmal wundern, mich zu sehen. Überlass mir das Reden«, sagte ich, Selbstbewusstsein vortäuschend. Doch bei dem Gedanken an die Hürde, die vor uns lag, schoss mein Puls höher. Als wir auf die Männer zuritten, sahen wir bereits ernste Verwirrung auf ihren Gesichtern. Wenige Meter vor der Gruppe verlangsamten wir unser Tempo und kamen schließlich genau vor John Alba zum Stehen.

»Ich habe es gerade von Brian gehört, aber nicht glauben können«, sagte er, ohne einen Gruß vorauszuschicken. Er sah noch genauso aus, wie ich ihn in Erinnerung hatte: markante lange Nase, ebene

Gesichtszüge, kurze braune Haare mit ergrauten Schläfen, schlank und drahtig wie ein junger Athlet.

»Du bist also unter den Lebenden«, fügte er in einem weicheren Tonfall hinzu, woraufhin sich meine Schultern ein wenig entspannten.

»Das bin ich, und ich will mit dir reiten und meinen Mann suchen.« Ich reckte das Kinn in die Höhe. Meine Bauchdecke zitterte vor Aufregung. Kritisches Gemurmel stieg hinter John Alba auf und ebbte wieder ab. Alle Blicke lagen bleischwer auf Christy und mir. Jetzt erst realisierte ich, dass Brandon und Kit ebenfalls zur Truppe gehörten. Ich freute mich darüber, obwohl auch sie nicht gerade angetan schienen, uns zu sehen.

»Es tut mir leid, Mrs. MacRae … ich meine, Skye … aber das geht nicht. Ich und meine Gefolgsleute machen uns auf einen Weg, den kein *Cal* je zuvor gegangen ist und von dem unser Oberster Stammesführer zu Recht abrät. Was wir vorhaben, entbehrt jeglicher Vernunft. Wir werden durch den *Dunklen Wald* reiten und wissen nicht, was uns erwartet. Wenn wir es mit Glück auf die andere Seite schaffen, können wir den *Brits* unser Anliegen vortragen: dass wir wissen wollen, was mit Rory passiert ist. Wir fragen sie, wie es mit unseren beiden Völkern in Zukunft weitergehen soll, und fordern ein verbindliches Friedensabkommen.« John Alba seufzte. »Wir wissen sehr wohl, dass wir einem Gegner gegenüberstehen, der uns schon zweimal brutal überfallen hat. Folglich kann auch alles schiefgehen. Der Tod reitet mit uns wie ein Rabe auf unserer Schulter. Auf keinen Fall nehme ich euch Frauen mit und setze euer junges Leben aufs Spiel. Kehrt um. Geht nach Hause und seid froh, gesund und munter zu sein.«

»Das werden wir nicht tun«, gab ich scharf zurück und musste schlucken. John Alba legte die Stirn in Falten, hörte mir aber weiterhin zu. »Ich habe kein Zuhause ohne Rory«, sagte ich hart, »nur kalte, einsame Wände, die mir die Luft nehmen. Ich will ebenfalls wissen, was mit ihm geschehen ist. Ich komme auf jeden Fall mit.«

»Und ich auch«, rief Christy dazwischen.

Brian reagierte unverzüglich. »Das kann ich nicht zulassen, Christine!«

»Hast du deine Eltern über dein Vorhaben unterrichtet? Bestimmt nicht, hab ich recht?«, fragte John Alba mit einem tadelnden Blick wie ein besorgter Onkel. »Willst du, dass man mich für immer dafür verantwortlich macht, wenn dir etwas geschieht?«

»Nein, ich ... ähm, natürlich nicht«, stotterte Christy eingeschüchtert. »Aber, ich bin erwachsen. Ich kann selbst entscheiden, welcher Gefahr ich mich aussetze.«

John Alba zog die Brauen eng zusammen und begann, den Kopf zu schütteln. Er schien nicht mehr damit aufhören zu wollen. »Du wirst nicht mitkommen«, sagte er schließlich in einem Tonfall, der keine Widerrede duldete. »Bevor ich solch eine Dummheit zulasse, breche ich lieber die ganze Mission ab. Also reitet zurück, ihr beiden. Das ist ein Befehl von einem Stammesführer!«

So dicht hinter Christys Rücken spürte ich genau, wie sie zusammensackte und aufgab. Sie würde keinen Widerspruch mehr einlegen. Aber für mich kam das nicht in Frage.

»John Alba, hör mich bitte an«, begann ich. Es gab nur eine Lösung: Ich musste ihn davon überzeugen, dass ich seine Truppe bereicherte. »Ich verstehe deine Bedenken hinsichtlich Christines Wohl. Dein Ruf als ehrenwerter und kluger Anführer verlangt es, dass du Mitglieder deines Volkes, insbesondere Frauen, schützt.« Ich machte eine strategische Pause und holte tief Luft. »Ich jedoch bin eine Ausnahme. Ich bin verheiratet, aber nicht markiert. Es ist wahr. Rory und ich wurden noch vor der Markierung voneinander getrennt. Im Grunde genommen gehöre ich nicht zu euch *Cals*, sondern weiterhin zu den *Brits*. Ich bin eine Engländerin, wie ihr alle wisst, und nun überlege doch mal, was für ein Vorteil es für dich wäre, mich dabeizuhaben, wenn du in *Britannia* auftauchst. Ich könnte eine vermittelnde Rolle einnehmen und beruhigend auf die Gemüter einwirken. Vielleicht wird das Friedensabkommen nur mit mir möglich.«

John Alba legte den Kopf schief und schien intensiv nachzudenken. Er ließ eine geraume Zeit verstreichen, bevor er antwortete. »Ich gebe zu, dass deine Argumentation eine gewisse Logik beinhaltet.«

Zarte Hoffnung machte sich daraufhin in mir breit.

»Ja, dann nimm wenigstens Skye mit«, brach es unvermittelt aus Christy hervor. »Und ich kehre meinetwegen um.«

Aus einem Reflex heraus strich ich ihr tröstend über den Arm.

John nickte kaum merklich. »Sie hat aber kein Pferd und keine Waffe«, gab er zu bedenken.

»Doch hat sie«, entgegnete Christy energisch und blickte mich über die Schulter kurz mit einem verschwörerischen Lächeln an. »Sie kann Snow haben.«

Keiner sagte etwas, während John Alba uns mit einer Miene musterte, die fassungslos und beeindruckt zugleich wirkte. Ich hoffte, dass er endlich nachgab und mich mitnahm.

»Wenn es niemanden stört und ich dich nicht umstimmen kann, sture Skye, so sollst du mitkommen dürfen, um unser aller Frieden wegen.« John Alba ließ den Blick zu seinen Gefolgsleuten wandern, die nacheinander nickend zustimmten, und sah mich wieder an.

»In Ordnung, wir nehmen dich mit. Aber Christine ...«, er hob mahnend den Zeigefinger, »du gehst auf dem schnellsten Weg nach Hause.«

Brian dirigierte Arrow auf uns zu, und als er nahe genug war, beugte er sich zu Christy vor. »Ärgere dich nicht! Wenn ich zurück bin, werde ich dich heiraten«, flüsterte er.

»Wehe, das sind nur leere Versprechen«, erwiderte sie schmunzelnd. Dann stieg sie vorsichtig vom Pferd und sah zu mir hoch. »Ich will euch alle wiedersehen, hört ihr!«

»Du bist eine echte Freundin«, sagte ich gerührt. Wir hielten uns einen Augenblick lang an der Hand und sahen uns bewegt in die Augen. »Ich werde gut auf Snow aufpassen«, versicherte ich.

»Und sie auf dich.« Mit diesen Worten machte Christy ein paar Rückwärtsschritte und flüsterte einen Abschiedsgruß.

»Dann mal los. Höchste Zeit, dass wir losreiten. Ah, einen Moment noch ...« John Alba ließ sich eine Armbrust geben und überreichte sie mir. »Kannst du damit umgehen?«

Ich nahm die Waffe mit beiden Händen entgegen und bekam dabei ihr ordentliches Gewicht zu spüren. »Ähm, ich hoffe doch.«

Während meines Studiums hatte ich zum Glück einige antike Armbrüste untersucht und auch mehrere Pfeile mit ihnen abgeschossen. Diese hier besaß

Lederriemen, mit denen man sie am Rücken befestigen und gut mit sich tragen konnte.

Als ich meine neue Waffe angelegt hatte, gab John mit der hochgestreckten Faust allen das Zeichen, dass es losging, und wir ritten zu sechst durch das Osttor aus *Horizon* hinaus.

Kapitel 10

John Alba führte uns an endlosen Mooren, grünen Tälern, kleinen Seen und Flussläufen vorbei, immer in Richtung Süden auf den *Dunklen Wald* zu, der wie eine natürliche Grenze *Caledonia* und *Britannia* voneinander trennte.

Wolfsland. Das Reich der wilden Tiere ...

Ab und an erwischte uns ein zarter Nieselregen. Da die Temperaturen des Frühlings jedoch weitaus freundlicher waren als die des Herbstes, machten uns die Schauer vom Himmel nicht viel aus, solange es nicht zu lange regnete.

Unsere Truppe, zu der neben Brandon und Kit auch Brians Kumpel und ehemaliger Stallknecht Peter Riley gehörte, kam mir wie ein Haufen tollkühner Haudegen vor. Sie ließen sich ihren Mut und den Galgenhumor durch nichts verderben. Offenbar waren sie allesamt geschickte Jäger, denn bei jeder Rast, die wir an einer geeigneten Wasserstelle, im Schutz einer Baumgruppe und manchmal unter einem Felsvorsprung einlegten, fingen sie Fische, Kaninchen oder Eichhörnchen. Einmal kam Brian mit einem fetten Waschbären, den er mit der Armbrust erlegt hatte. Das arme Tier tat mir leid, aber der Hunger kannte keine Gnade. Wir mussten bei Kräften bleiben. John Alba briet die Beute meist eigenhändig über einer schnell errichteten Feuerstelle. In einem kleinen Beutel, den er in seiner Gürteltasche aufbewahrte, befand sich ein Gewürzgemisch, mit dem er jedes Fleischstückchen verfeinerte, sodass man sich nach dem Essen genüsslich die Finger ablecken musste.

In den Nächten hörten wir die Wölfe heulen und sichteten einige Luchse, jedoch schienen sie nichts von uns zu wollen und behelligten uns nicht. So konnten wir stets in Ruhe unser Nachtlager aufschlagen, und jeder der Männer bekam trotz einer Stunde Wachdienst ausreichend Schlaf, um am nächsten Tag ausgeruht weiterreiten zu können.

»Luchse haben vor einigen Jahren zwei Jugendliche aus *Seagull* getötet«, erzählte John Alba eines Abends. »Ich glaube, es passierte kurz nach dem Überfall der *Brits* auf Rorys Patrouille. Wenig später war es ein Bär, der eine kleine Händlergruppe angriff und im Kampf erlegt werden musste. Dann gab es noch ein Wolfsrudel, das eine Familie von *Horizon* bis nach *Ness* verfolgt hat, sodass diese unterwegs aus Angst kein Nachtlager aufschlagen konnte. Es schien, als würden uns die Waldtiere dafür bestrafen wollen, dass die *Brits* ihr Territorium betreten hatten.«

»Glaubst du das wirklich?«, fragte ich, beunruhigt über den Gedanken.

John Alba zog die Stirn kraus und nickte. »Aye, das tue ich«, sagte er, ohne zu zögern.

Ich machte ein banges Gesicht. »Und jetzt werden *wir* durch den *Dunklen Wald* reiten ...«

»Immerhin haben wir Todesbringer«, sagte John mit einem Lächeln, das mein flaues Gefühl nicht zu verjagen vermochte. »Übrigens, morgen solltest *du* unser Essen erlegen, Skye, nur damit du mal etwas Übung mit deiner Waffe bekommst.«

Der Vorschlag erfreute mich ganz und gar nicht, dennoch tat ich gelassen. »Kein Problem. Mach ich. Bestimmt erwische ich auf Anhieb einen Rothirsch.«

In der darauffolgenden Nacht träumte ich, wie ich schreckerfüllt vor einem riesigen Bären stand, der sich auf die Hinterbeine erhoben hatte und mich wütend anbrüllte. Ich hielt meine Armbrust in den Händen, konnte sie aber nicht einsetzen, da mir mein in Schockstarre verfallener Körper nicht gehorchte. Ich versuchte zu schreien, doch es kam kein Laut über meine Lippen. Gerade als der Bär sich vorbeugte, um mir vermutlich den Kopf abzubeißen, schreckte ich aus dem Schlaf hoch und stellte fest, dass – bis auf Brian, der Wache hielt – alle friedlich schliefen.

Am nächsten Tag schlugen wir in der Nähe eines kleinen Kiefernwäldchens unser Mittagslager auf. Brian begleitete mich auf meiner von John Alba angeordneten Jagdtour, welcher ich mich ohne Widerrede stellte, damit mich bloß keiner als Weichei bezeichnen konnte. Ich ließ mir von Brian zeigen, wie man den *Todesbringer* richtig auf der Schulter positionierte und den Atem anhielt, kurz bevor man den Pfeil abschoss. Wichtig war auch, daran zu denken, dass das Nachladen eine Weile dauerte und man währenddessen achtsam sein musste.

Ich schoss die Armbrust insgesamt zehnmal ab und traf nicht ein einziges Tierchen. Möglich, dass mich meine innere Hemmung zu töten sabotierte, obwohl ich mich zu überwinden versuchte. Schließlich, als meine offensichtlich nicht vorhandenen Jagdkünste zu viel Zeit gekostet hatten und ich kein Ergebnis liefern konnte, übernahm Brian die Rolle des Jägers. Er erlegte tatsächlich einen jungen Rothirsch, der sich zu weit von seiner Herde entfernt an einem Busch aufhielt und genüsslich an Blättern knabberte.

»Das muss mir einer mal nachmachen«, gab Brian grinsend an, als er sich das Tier über die Schulter warf.

Wir aßen uns satt, und als wir weiterritten, verkündete John Alba mit ehrfürchtiger Stimme, dass es bis zum *Dunklen Wald*, dem *Niemandsland*, nicht mehr lange dauern würde.

Diese Information trieb mir den Angstschweiß auf die Stirn, und ich glaubte, auch in den Gesichtern der anderen einen Hauch von Nervosität zu erkennen. Natürlich gab es keiner zu, in irgendeiner Form aufgeregt zu sein. Stattdessen wurden Witze gerissen.

Brandon war in dieser Disziplin offensichtlich unschlagbar. »Eine frisch verheiratete *Cal* verrät ihrer Mutter, dass sie Streit mit ihrem Ehemann hatte ...«, erzählte er und grinste in die Runde. »Die Mutter will sie trösten und sagt, sowas kommt eben vor, sei nicht traurig. Ich weiß, antwortet die junge *Cal*, aber was mach ich jetzt mit der Leiche?«

Als alle lachten, fiel ich kopfschüttelnd mit ein.

Noch vor Sonnenuntergang erreichten wir unser Ziel. Auf unseren Pferden sitzend starrten wir eine Zeitlang auf den imposanten Wall aus hochgewachsenen, dunklen Bäumen, der sich scheinbar endlos von einer Seite zur anderen erstreckte. Die dicht beieinanderstehenden Nadelbäume in der ersten Reihe schienen uns vor dem Urwald zu warnen, der sich hinter ihnen verbarg. Ein Schauer rieselte mir über den Rücken und ließ mich frösteln.

»Wir schlagen das Nachtlager hier auf«, entschied John Alba und zeigte auf ein Stück Wiese, in dessen Nähe sich ein Bach emsig durch das Gras schlängelte.

»Erst morgen in der Früh betreten wir den Wald, damit wir das Tageslicht so lange wie möglich nutzen können, auch wenn es wahrscheinlich nur spärlich durchs Blätterdach dringen wird. Wir werden sehen.«

Schweigsamer als üblich wurde Brennholz eingesammelt und eine Feuerstelle erstellt. Brandon und

Kit suchten die Gegend nach Gefahrenquellen ab und gaben schließlich Entwarnung.

Da es noch früh am Abend war, saßen wir nach dem Essen eine Weile am Feuer und sahen den glühenden Holzscheiten beim Brennen zu. Ein mit Whiskywasser gefülltes Trinkhorn ging herum und löste John Albas Zunge.

Mit sanfter Stimme erzählte er von seiner Freundschaft mit Stuart MacRae, Rorys Vater, den er wie einen Bruder geliebt habe. »Deswegen ist Rory schon immer wie ein Sohn für mich gewesen«, erklärte er bewegt.

»Gibt es eigentlich eine Mrs. Alba?«, fragte ich. Ich erlaubte mir diese persönliche Frage, denn ich wusste im Grunde genommen nicht viel über den Mann, mit dem ich mich auf diese gefährliche Mission begeben hatte. Entschuldigend lächelnd sah ich ihn an und hoffte, dass er mich nicht für zu indiskret hielt.

»Oh, nein, liebe Skye«, antwortete John Alba und winkte zur Bestärkung ab. »Vor dir sitzt jemand, der voll und ganz seinem Amt als Stammesführer von *Seagull* ergeben ist. Mir fehlt die Zeit für Frau und Kinder, und ich mag mein Leben so, wie es ist. Nenne mich einen geselligen Einzelgänger, wenn du willst.«

»Ich kenne dich nicht sehr gut«, entgegnete ich freundlich und wählte meine weiteren Worte sorgfältig, »aber ich vertraue dir. Du bist ein ehrenvoller Mann, John Alba. Ich baue darauf, dass du uns sicher führst, und wir zusammen Rory finden.«

»Ich danke dir für dein Vertrauen«, erwiderte er nickend. »Und, aye, ich setze alles daran, dass wir den Jungen aufspüren.«

Wir saßen minutenlang schweigend da und ließen das Trinkhorn herumgehen. Ich hob einen dünnen Ast vom Boden auf und stocherte damit im Feuer. Ein Holzscheit platzte in den Flammen und rot-gelbe Funken stoben auf.

»Glaubt ihr, Rorys Bruder Sean lebt noch?«, fragte ich nach einer Weile. »Ich denke manchmal darüber nach, was wohl aus ihm geworden ist.«

»Ich hoffe sehr, dass sie beide noch am Leben sind«, sagte John Alba. »Allerdings haben wir zu viel Zeit verstreichen lassen. Leider ist das eine bittere Tatsache. Wir könnten zu spät dran sein. Ich hätte diese Reise gerne früher angetreten. Viel früher. Es dauerte ewig, bis der Große Rat seinen Segen gab. Schließlich hieß es, die Verantwortung liegt bei mir, und ich durfte höchstens fünf Männer mitnehmen. Es ging Logan letzten Endes nur darum, dass ich endlich Ruhe gebe.«

»Ich glaube fest daran, dass Rory lebt«, sagte ich. Ich musste tief Luft holen. »Ich denke, dass hinter seiner Verschleppung mehr steckt als die Absicht, *Cals* anzulocken, oder ein Druckmittel für was auch immer zu haben.«

John Alba sah mich neugierig an. »Und was?«

Ich zog die Schultern hoch. »Das weiß ich nicht. Es ist nur ein Gefühl.«

Brandon, der neben Kit auf einem Granitblock saß, erhob sich von seinem Platz. »Wir legen uns aufs Ohr.« Er stupste Kit am Arm an, und beide trotteten zu ihren Schlafplätzen.

Ich sah mich nach Brian und Peter um. Die zwei standen plaudernd in der Nähe des Baches, dessen Plätschern in der nächtlichen Stille wie eine beruhigende Melodie klang. Unweit von ihnen ruhten die Pferde. Es schien den Tieren gut zu gehen. Sie wirkten entspannt, trotz des gelegentlichen Wolfsgeheuls, das aus dem Wald drang.

Ich wandte mich wieder John Alba zu. »Du hast mich noch nicht gefragt, wo ich die letzten vier Jahre gewesen bin«, sagte ich, jetzt wo wir beide allein am Feuer saßen.

Er lachte kurz auf, was mehr wie ein überraschtes Schnauben klang, aber dann sah er mich ernst an. »Wenn du es mir erzählen möchtest, bitte, ich höre zu. Erwarte nur nicht, dass ich dich aushorche, das ist nicht meine Art. Wir haben wichtigere Probleme zu bewältigen.«

»Ist das der einzige Grund?« Meine Wangen glühten aufgrund der Hitze des Lagerfeuers, also lockerte ich meinen Umhang ein wenig. »Ich meine, dass wir *wichtigere Probleme* haben?«

John Alba streckte die langen Beine von sich und verschränkte die Arme vor der Brust. »Ich bin neunundvierzig Jahre alt, Skye. Ich habe einiges gesehen im Leben und nicht jeden meiner Gedanken mit anderen geteilt. Ein weiterer Grund, warum ich mich Rory gegenüber verpflichtet fühle, ist unser freier Geist und die Angewohnheit, Überlieferungen, Traditionen und Mythologien zu hinterfragen. Seltsame Dinge, deren Existenz niemand erklären kann oder will, genauer zu betrachten und sich nicht von ihnen einschüchtern zu lassen. Ich habe mich beim Großen Rat durchgesetzt und das *Haus der Artefakte* ins Leben gerufen. Du warst selbst dort. Ich weiß es. Du und Rory habt euch die Funde angesehen. Leider tun das nicht viele. Die Leute haben Angst ... Sie fürchten sich vor dem Zorn der alten Götter.« John schüttelte fassungslos den Kopf. »Nun ja ... Ich weiß nicht mehr als andere, aber eins will ich dir sagen: Etwas Seltsames ist unserem Land widerfahren. Seine Geschichte liegt verborgen in den Mooren, in den Wäldern, in den weiten Gewässern, die es säumen, und die darauf warten, erforscht zu werden. Nein, Skye, ich werde dich nicht fragen, wo du vier Jahre lang warst. Wo du auf einmal herkommst. Wenn du es mir jedoch sagen willst, kannst du es gerne tun.«

»Würdest du mir denn glauben?«

»Bist du ehrlich zu mir?«

»Das möchte ich sein.«

»Aye, dann glaube ich dir auch.«

Ich lächelte bewegt. Es tat gut, so vertrauensvoll mit John Alba zu reden. Er gab mir das Gefühl, dass er auf meiner Seite stand, vorbehaltslos, obwohl er mich zuerst hatte nicht mitnehmen wollen. Ich bildete mir ein, dass er mir zwischen den Zeilen eine Botschaft zu vermitteln versuchte. Wenn ich diese richtig interpretierte, so ließ er mich wissen, dass er seine eigene, umstrittene Sichtweise auf Dinge hatte, die andere gerne den böswilligen, alten Göttern in die Schuhe schoben. Und dass er sich so seine Gedanken über das Leben und dessen Geheimnisse machte.

Dennoch kostete es Überwindung, mich zu öffnen. Schließlich war ich bei Brian, Shona und William mit meinem Outing als Zeitreisende auf große Zweifel gestoßen. Verständlicherweise.

»Kennst du die *Verbotene Höhle*?«, fragte ich vorsichtig.

»Aye.« John Alba zog die Knie an und drückte den Rücken durch, als wollte er mir dadurch signalisieren, dass er nun ganz Ohr war.

»Also sie ist ... ein Zeitreise-Portal.« Ich hielt die Luft an und pustete sie mit dicken Backen aus. Das Schwerste war gesagt. »Das soll heißen, manche Menschen werden darin von einer Epoche zur anderen geschickt.« Ich würde mich nie daran gewöhnen, wie irrsinnig sich das anhörte.

John nickte nachdenklich. »Als ich noch ein Kind war, habe ich ein paar Mal seltsame Geschichten über verschollene Frauen gehört. Aber ich kenne bis heute niemanden, dessen Verschwinden mit der Höhle in Verbindung gebracht wurde. Und ich kenne auch niemanden, der jemanden kennt, der jemanden kennt ...«

»Du kennst jetzt *mich*!«, sagte ich mit Nachdruck und wartete ab. Als John Alba nichts erwiderte und mich stattdessen nur schweigend anstarrte, fuhr ich fort: »Als ich vor vier Jahren zuerst auftauchte, hatte ich nicht mein Gedächtnis verloren. Nein. Ich war aus der Vergangenheit gekommen. Aus dem Jahr 2016! Und bei dem Überfall auf Rorys Patrouille wurde ich zu meinem Schutz von Merrill in die Höhle verfrachtet ... und landete prompt im Jahr 2018. Es war furchtbar und nicht mehr die Welt, die ich zurückgelassen hatte ... Aber *das* ist eine lange Geschichte.« Ich machte eine kurze Pause, bevor ich weitersprach. »Jedenfalls wollte ich so schnell wie möglich nach *Caledonia* zurück. Zurück zu Rory, verstehst du? Vier Jahre später tauche ich also schon wieder wie aus dem Nichts auf ... Für mich sind allerdings nur wenige Wochen vergangen, seit ich verschwunden bin.« Ich holte einen tiefen Atemzug. »Und? Glaubst du mir, oder klingt das zu verrückt?«

Brian und Peter traten unvermittelt aus der Dunkelheit hervor und brachten uns abrupt zum Schweigen.

»Wie regeln wir die Nachtwachen?«, wollte Brian von John Alba wissen.

»Ich übernehme die erste Runde«, sagte John. »Dann Peter, Brandon und zuletzt Kit. Diese Nacht darfst du mal durchschlafen.«

Brian nickte zufrieden. »Ich hab nichts dagegen.«

Nachdem sie uns Gute Nacht gewünscht hatten, verzogen sich die beiden wieder.

»Du solltest dich auch hinlegen, Skye.« John warf ein paar trockene Äste ins Feuer und betrachtete die auflodernden Flammen.

»Du hast noch nicht auf meine Frage geantwortet«, erinnerte ich ihn.

John Alba ließ einen tiefen Seufzer aus seiner Brust entweichen. »Nun ja ... Wenn wir diese Mission überstehen und wohlbehalten nach Hause zurückkehren, würde ich gerne diese *lange Geschichte*, die du erwähnt hast, hören.« Er warf mir mit schräg geneigtem Kopf ein Schmunzeln zu.

»Versprochen«, sagte ich erfreut. »Danke, John!«

»Leg dich jetzt schlafen. Wir werden weiterreiten, sobald es hell ist.«

John Alba schien sich seinen Gedanken hingeben zu wollen.

Ich erhob mich. »Gute Nacht.«

»Wünsche ich dir auch«, sagte er. »Ach, und behalte deinen Todesbringer in Griffnähe.«

Etwas Glitschiges kroch über mein Gesicht. Erschrocken fuhr ich aus dem Schlaf hoch und schlug hysterisch um mich. Im selben Moment bäumte sich Snow neben mir auf, doch Brian hielt sie am Zaumzeug fest und achtete darauf, dass mich ihre Hufe nicht trafen.

»Diese Stute weiß, wie sie dich wecken muss, mit ihrer langen nassen Zunge nämlich«, sagte er schmunzelnd und übergab mir die Zügel, nachdem Snow sich beruhigt hatte. »Alle warten auf dich, Skye!«

Ich sah mich um. Tatsächlich saßen die Übrigen auf ihren Pferden und beobachteten mich mehr oder weniger belustigt.

Schnell klopfte ich meine Kleidung sauber, rollte meine Decken zusammen und befestigte sie am Sattel. Ich nahm die Armbrust an mich, kletterte auf Snows Rücken und gab John Alba nickend das Zeichen, dass ich nun ebenfalls bereit war, weiterzureiten.

John trieb sein Pferd zu mir her und überreichte mir ein Trinkhorn mit Wasser. Dann zog er aus einem Leinenbeutel ein paar dünne Streifen Trockenfleisch hervor.

»Erst mal Frühstück. Und schön aufessen!«, sagte er freundlich, aber bestimmt.

Ich begann zu essen, auch wenn es mir nicht gefiel, dabei so intensiv beobachtet zu werden.

»Die Nacht verlief still«, erzählte John. »Ich deute dies als ein gutes Zeichen. Bist du bereit?«

Ich nickte kauend. Als ich aufgegessen hatte, trank ich Wasser hinterher und gab John Alba das Trinkhorn zurück.

»Also gut, meine treuen Gefährten – und Skye, die Tapfere!«, begann er ein wenig pathetisch. »Wir reiten so dicht hintereinander, wie es die Wege zulassen. Ich und Brian werden die Spitze bilden. Peter reitet hinter uns. Dann folgt Skye, und nach ihr kommen Brandon und Kit. Ihr werdet alle eure Todesbringer schussbereit in der Hand behalten. Das gilt auch für dich, Skye. Es wird nicht einfach, aber stärkt die Arme! Da keiner von uns weiß, wie groß dieser verfluchte *Dunkle Wald* ist und wie lange man benötigt, um ihn zu durchqueren, werden wir versuchen, die letzte Rast des Tages so spät es geht einzulegen. Haben das alle verstanden?«

»Aye!«, riefen die Männer unverzüglich.

»Was machen wir, wenn wir Wildtieren begegnen?«, fragte ich hastig. Der Gedanke machte mich extrem nervös. »Schießen wir auf sie? Oder warten wir ab ... oder was?«

»Sowas können wir nur in dem Moment entscheiden«, sagte John ernst. »Es ist wichtig, dass wir so wenig Aufsehen wie möglich erregen. Wir wollen niemanden, auch keine Tiere, provozieren, verstanden? Wir sind in friedlicher Mission unterwegs.«

Bei seinem letzten Satz sah er uns alle eindringlich an, als wollte er in unseren Augen bedingungslose Zustimmung sehen.

Ich nickte ihm zu und hoffte, dass wir unversehrt durch den Wald kommen und auf der anderen Seite auf ein Volk treffen würden, das bereit war zu reden, statt uns anzugreifen. Seltsam, wie ich über diese *Brits* dachte ... Aber sie blieben unberechenbar – auch für mich, die Engländerin aus der Vergangenheit.

»Es geht los!« John Alba deutete schwungvoll in Richtung des Waldes und ließ sein Pferd im Schritttempo loslaufen.

Wie er es angeordnet hatte, folgten wir ihm in einer Kolonne und tauchten wenige Minuten später in eine kühle Schattenwelt ein. Die dicht beieinanderstehenden, gerade gewachsenen Tannen und Fichten, Eichen, Birken und Kiefern wirkten majestätisch und geheimnisvoll, auf eine merkwürdige Weise fast beseelt, sodass ich vor Ehrfurcht angespannt im Sattel saß.

Als könnte der Klang unserer Stimmen die Stille zerreißen und Unheil heraufbeschwören, sprachen wir kein Wort, sondern lauschten den schrillen Vogelrufen, die aus den Baumkronen und anderen Verstecken ertönten. Von Wölfen und Bären, Luchsen und Wildschweinen sahen oder hörten wir zunächst keinen Laut, was mich sehr erfreute. Auf dem von Moos und braunen Farnen bedeckten Waldboden machten die Hufe der Pferde kaum Geräusche. Das Unterholz schien weich und knackte nur selten.

Ich atmete tief durch und konnte nicht umhin, den betörenden Duft der Tannennadeln und der feuchten Erde in mich aufzunehmen. Meine Lungen hatten sich bestimmt noch nie zuvor mit derart reiner Luft gefüllt. Was für ein Unterschied zu der übel riechenden Welt, die ich erst vor kurzem verlassen hatte. In diesem außergewöhnlichen Urwald konnte man sich glatt einbilden, in einem Märchenwald gelandet zu sein. Doch das wäre sicher ein fataler Fehler gewesen.

John Alba lenkte sein Pferd geschickt durch die unwegsamen Räume zwischen den Bäumen, und wir Übrigen folgten ihm stumm.

Immer wieder wechselte ich die Armbrust von einer Seite zur anderen. Am liebsten hätte ich sie auf meinen Rücken verbannt, aber das hatte uns John der Sicherheit wegen untersagt.

Obwohl insgesamt nur wenig Tageslicht in den Wald drang, reichten dünne Sonnenstrahlen hier und da sowie der Moosbewuchs an den Füßen der Bäume, um unserem Anführer die Orientierung zu ermöglichen.

Nach etwa einer Stunde ohne Vorkommnisse begannen leise Gespräche zwischen ihm und Brian. Ab und zu sah Peter über die Schulter nach hinten und vergewisserte sich, dass es mir sowie Brandon und Kit, die brav am Ende ritten, gut ging.

Stunden später fiel es mir immer schwerer, den Rücken gerade zu halten, obwohl wir kurze Pausen von wenigen Minuten eingelegt hatten, um die Pferde zu versorgen oder uns zu erleichtern. Ich musste mich von dem dumpfen Schmerz ablenken, der bis in meine Beine zog, indem ich nach umherhuschenden Eichhörnchen und Kaninchen Ausschau hielt. Manchmal bekam ich mit, dass Brandon und Kit über mich redeten, unterließ es aber, sie darauf anzusprechen. Sicher fragten sie sich, wieso und woher ich auf einmal aufgetaucht war, und ich konnte ihnen die Irritation nicht mal übel nehmen.

Stattdessen beschäftigte mich ein Gedanke mit der Hartnäckigkeit eines Ohrwurms: Wäre ich ein paar Tage später nach *Caledonia* zurückgekehrt, hätte ich diese Mission verpasst. Ich hatte also großes Glück gehabt, dass ich mich John Alba überhaupt anschließen konnte.

Am Spätnachmittag, der Wald wirkte bereits finsterer als am Morgen, hob John unvermittelt die Hand und bedeutete uns, anzuhalten.

»Wir bleiben die Nacht hier«, entschied er, als die Dunkelheit schneller über uns hereinbrach als erwartet. Er zeigte auf eine lichte Stelle zwischen mehreren Kiefern. Den Boden dort bedeckte ein dicker Teppich aus alten Tannennadeln, der uns einen weichen Untergrund versprach. In unmittelbarer Nähe wuchsen Sträucher mit dunklen Beeren, die wir aber sicherheitshalber nicht anrührten.

Wir banden die Pferde an den Bäumen fest und breiteten einige Decken aus. John und Brian holten die Proviantbeutel und Trinkhorne hervor. Peter versorgte derweil die Tiere mit Heu und Obst.

Während wir aßen und tranken und unseren Körpern Ruhe von dem anstrengenden Ritt gönnten, behielten wir die stille Umgebung gut im Auge. Wir lauschten konzentriert auf jedes Geräusch, das zu uns drang, die Armbrüste immer schussbereit und in Reichweite.

Aufgrund der Brandgefahr fiel unser Lagerfeuer diesmal so klein aus, dass es kaum Wärme spendete. Wenigstens sorgte es für etwas Licht in dieser unvorstellbaren Finsternis, die uns jetzt umgab wie eine Kulisse aus einem Gruselfilm. Die Flammen sollten in erster Linie Tiere fernhalten, doch ob das ausreichen würde, wusste keiner. Also schliefen wir nicht, sondern dösten bestenfalls, während mindestens einer konzentriert Wache hielt.

Ich nahm die Gelegenheit wahr, um mit Brandon und Kit über den Angriff auf Rorys Patrouille zu sprechen. Die beiden waren dem Überfall der *Brits* entkommen und schienen ihn gut verarbeitet zu haben. Einstimmig erzählten sie mir, der Feind hätte es wahrscheinlich nur auf die Verschleppung von Rory und ein paar anderen abgesehen. Außerdem beschrieben sie die *Brits* als stämmige, großgewachsene Kerle in dunkler Lederkleidung und roten Umhängen, die bis zur Hüfte reichten. Mit ihren Todesbringern hätten sie damals einen Kampfvorteil genutzt, dem die Krieger der *Cals* mit ihren Pfeil und Bögen und kürzeren Schwertern, die sich nur für den Nahkampf eigneten, nichts entgegenzusetzen wussten.

Ich hätte gerne mehr erfahren, aber plötzlich stieg Wolfsgeheul auf und ließ uns verstummen. Die Schauer, die meinen Rücken auf und ab rieselten, brachten mich in eine ängstliche Stimmung, die ich vor den Männern zu verbergen versuchte. Auch wenn die Wölfe nicht in unmittelbarer Nähe sein konnten, so klangen ihre Rufe, als drohten sie uns mit aller Schärfe. Als forderten sie uns auf, ihr Territorium umgehend zu verlassen.

»Lasst euch nicht einschüchtern. Die unterhalten sich nur«, sagte Brian und setzte eine scheinbar selbstsichere Miene auf, während er mit der Armbrust in der Hand dastand und angespannt in die Nacht starrte.

»Aye, genau«, erwiderte Peter sarkastisch. »Sie tauschen sich darüber aus, dass eine Gruppe Zweibeiner darauf wartet, von ihnen gefressen zu werden.« Er stand von seinem Platz auf und ging ein paar Schritte zu seinem Pferd hinüber, streichelte es und versuchte im Dunkel hinter den Bäumen etwas zu erkennen.

John Alba schüttelte müde den Kopf. »Niemand wird gefressen«, sagte er leise.

»So einen zähen Brocken wie Peter würden die Biester sofort wieder ausspucken«, stichelte Kit daraufhin, und sein Kumpel Brandon packte noch einen drauf: »Setz dich hin, Riley, sonst riechen sie deine Angst und statten uns gleich 'nen Besuch ab.«

»Ich wurde mal von einem Wolf angegriffen«, platzte es aus mir heraus.

Als ich zu John Alba hinübersah, bereute ich meine Bemerkung augenblicklich. Die Flucht aus *Horizon* hatte nicht nur *mein* Leben in Gefahr gebracht, sie war auch seinem früheren Pferd zum Verhängnis geworden – was mir ewiglich leidtun würde.

John legte den Kopf schief und sah mich lange schweigend an. Er hatte ein Bein ausgestreckt und das andere angewinkelt. In seinem Schoß lag die Armbrust.

»Zum Glück wurdest du gerettet«, sagte er schließlich und schenkte mir ein versöhnliches Lächeln.

Ich nickte dankbar, froh darüber, dass er mir nichts nachtrug und dass er ein weitaus gütigerer Mann war als Logan MacLachlan und dessen Stellvertreter.

»Ja, von Rory ...«, fügte ich hinzu. Jedes Mal, wenn ich Rorys Namen aussprach, versetzte mir die Sehnsucht nach ihm einen heftigen Stich. Die anhaltende Sorge um sein Schicksal lag schwer auf meinen Schultern. Ich spürte bleierne Erschöpfung, war jedoch viel zu nervös, um auch nur ein Auge schließen zu können.

»Wir finden ihn«, sagte John und nickte. Ich sah ihn an und wusste, dass er mich trösten und mir Mut machen wollte. »Ich kehre nicht nach *Caledonia* zurück, bevor ich nicht weiß, was mit Rory geschehen ist. Das verspreche ich dir, Skye.«

Ich schluckte und brachte ein heiseres »Danke« hervor.

Obwohl das Wolfsgeheul anhielt, legte ich mich zusammengekauert auf die Seite und schloss die Augen. Vielleicht konnte ich es schaffen, mich für wenige Minuten in eine friedliche Oase zu fantasieren, um etwas Kraft zu tanken. Ich stellte mir eine klischeehafte Trauminsel vor und wie ich mit Rory an einem Lagerfeuer saß und mich glücklich fühlte. Über dem Meer versank gerade die glutrote Sonne und tauchte die Szenerie in goldenes Licht. Im Hintergrund spielte federleichte Musik, während ich mich an Rorys Brust schmiegte.

Doch meine Trauminsel löste sich auf, als John Albas Stimme mich schlagartig aus dem Dämmerzustand riss.

»Hört ihr das Knurren?«, fragte er alarmiert.

John war aufgestanden und stand nun mit den übrigen Männern eng beieinander. Gemeinsam blinzelten sie in die Nacht, während sie die Armbrüste schussbereit hielten.

»Sie müssen in der Nähe sein«, flüsterte Brian. »Verfluchte Biester!«

Ich schnappte meine Waffe und stellte mich zu den Männern.

»Komm hinter uns, Skye!« John schob mich in ihren Kreis hinein, sodass ich von fünf breiten Rücken eingeschlossen wurde, dabei wollte ich auch mitbekommen, was los war.

Die Pferde schnaubten und wieherten. Ihr Fluchtinstinkt ließ sie unruhig auf der Stelle treten. Flash versuchte vergeblich sich aufzubäumen, während Snow den Kopf wild auf- und abwarf.

»Das Knurren wird lauter. Die Mistviecher klingen wie zornige Ungeheuer«, bemerkte Brian. »Wollen die uns umzingeln, oder was?«

Da ihm keiner antwortete, ging ich davon aus, dass auch für John Alba das Ausmaß der Bedrohung schwer einzuschätzen war. In meiner Verzweiflung über unsere Lage wünschte ich plötzlich, wir hätten sowas wie Maschinengewehre, anstelle der altmodischen und umständlichen Armbrüste. Wir würden uns effektiv verteidigen können, egal, ob gegen Tiere oder feindliche *Brits*, und müssten nicht um unser Leben fürchten. Doch dann fiel mir ein, wie Professor Sturgess moderne Massenvernichtungswaffen kritisiert und wie er sie als größte Bedrohung der Menschheit bezeichnet hatte. Ich hatte ihm damals mit Herz und Seele zugestimmt. Und jetzt musste ich mir eingestehen, dass mein Idealismus wohl keinen Pfifferling wert war.

Brian hatte recht: Das bösartige Knurren hörte sich von Minute zu Minute unheimlicher an, als käme es von Werwölfen und nicht vom zu groß geratenen, aber gemeinen kaledonischen Wolf des 31. Jahrhunderts.

Als meine Arme und Beine zu zittern begannen, fing die Armbrust in meinen Händen an zu klappern. Ich versuchte, durchzuatmen und ruhiger zu werden.

»Lasst mich in den Kreis!«, flüsterte ich. Entschlossen drängte ich mich zwischen John Alba und Brian. »Wie soll ich meine Waffe einsetzen, wenn ihr mich hinter euch einzwängt?!«

»Na gut.« John rückte ein Stück zur Seite. »Wir machen es so: Auf meinen Befehl hin schießen wir alle gleichzeitig unsere Pfeile in die Dunkelheit ab. Dann laden wir schnell nach, warten, bis jeder wieder bereit ist, und schießen erneut. Habt ihr das verstanden?«

»Aye«, antworteten alle einvernehmlich. »Aye, so machen wir es.«

Brian sah über mich hinweg zu John Alba: »Was wird mit den Pferden? Vielleicht haben die Wölfe es auf sie abgesehen. Wir sollten sie in den Kreis nehmen, sonst können wir sie nicht beschützen.«

»Das stimmt«, sagte Peter hastig. »Und ohne Pferde sind wir erledigt.«

»In Ordnung.« John Alba holte tief Luft. »Dann bringt einer die Tiere hierher, während der Rest ihm Deckung gibt.«

»Und wer ... wer soll es machen?«, fragte Kit. Er klang nicht so, als würde er sich freiwillig zur Verfügung stellen wollen.

Peter trat einen Schritt vor. »Ich mach's. Bin der mieseste Schütze hier, aber Pferde hören auf mich.«

»Also dann«, sagte John Alba, »sobald Peter eins der Pferde hergebracht hat, schießen wir unsere Pfeile ab. Er holt das nächste Pferd, wir laden in der Zwischenzeit nach, und das Ganze geht es von vorne los, bis alle Tiere bei uns stehen. Verstanden?«

»Das Rudel hört sich schon verdammt nah an«, sagte Brian und keiner widersprach.

John Alba gab Peter einen Stoß mit dem Ellbogen. »Lauf jetzt!« Dann wandte er sich an uns. »Todesbringer anlegen!«

Als ich die Armbrust gegen meine Schulter drückte und damit in Schussposition brachte, kam ich mir eigenartig und fremd vor. Immer noch zitterte mein Körper, doch mein Geist stellte sich auf Kampf ein. Es ging schließlich ums Überleben. Meine Geschichte konnte unmöglich hier enden.

Hochkonzentriert beobachteten wir, wie Peter Flash losband und vorsichtig zu uns herüberführte, während er ihn mit geflüsterten Worten beruhigte.

»Und jetzt schießen!«, befahl John, und ohne zu zögern schossen wir unsere Pfeile ab.

Wie gebannt standen wir anschließend für einige Sekunden da und starrten lauschend in das tiefe Schwarz, das uns außerhalb eines Radius von wenigen Metern wie eine zweite Sphäre umgab.

Es folgte *kein* klägliches Geheul. Offenbar hatten wir nicht getroffen. Was nicht schlimm gewesen wäre, hätten sich die Wölfe trotzdem einfach verzogen. Doch wir mussten feststellen, dass das Knurren weiterging.

»Nachladen!«, rief John hektisch, die Augen weit aufgerissen.

Peter machte sich daran, das nächste Pferd zu holen. Als er es zu uns gebracht hatte, gab John ein weiteres Mal den Befehl, zu schießen, und so zischten noch mehr Pfeile in die Finsternis um uns herum.

Diesmal geschah es: Ein furchtbares Jaulen übertönte das laute Knurren des Rudels, zerstörte dessen gleichmäßigen dunklen Klang und verursachte ein Chaos aus Heulen und Bellen. Peter beeilte sich, die übrigen Pferde in unsere Mitte zu holen, während wir rasch nachluden und mehr aus einem Reflex heraus und ohne Johns Befehl abzuwarten, erneut schossen.

»Sie verziehen sich!«, verkündete Brian aufgeregt.

Dennoch standen wir alle starr und schussbereit da und warteten lieber ab.

Tatsächlich zog sich das Rudel zurück. Offensichtlich traute es sich nicht mehr, uns anzugreifen, nachdem es eines seiner Mitglieder erwischt hatte. Erst bei Tageslicht würden wir eventuell sehen, was mit dem Tier geschehen war.

John Alba beeilte sich, Holz in das schwächelnde Lagerfeuer nachzulegen, während Brandon und Kit sich setzten und Brian und Peter die Pferde mit etwas Obst beruhigten.

Doch ich stand immer noch wie versteinert da. Obwohl die Gefahr überstanden schien, wollte das Zittern meines Körpers nicht aufhören. John hatte es wohl bemerkt, denn er kam langsam auf mich zu, stützte mich am Ellbogen und sah mich eindringlich an.

»Sie sind weg, Skye«, sprach er beruhigend auf mich ein. »Wir haben sie vertrieben. Geht's dir gut?«

Ich nickte aufgelöst. »Ja, bestens. Ich bin froh, dass sie fort sind.« Tief durchatmend nahm ich endlich die Armbrust herunter. »Das war ... gruselig ... schrecklich. Wenn sie uns angefallen hätten ...«

John zeigte auf den Boden zur ausgebreiteten Decke. »Komm jetzt, setz dich zu uns.«

Die restlichen Stunden bis zum Sonnenaufgang verweilten wir am Lagerfeuer, die Pferde dicht hinter uns im Lichtkreis der Flammen. Bei jedem Zischen und Knacken, Kreischen und Fiepen, das aus den Tiefen des Waldes zu uns drang, horchten wir unweigerlich auf und fragten uns, ob es sich um Gefahr für uns handelte.

John Alba behauptete, dass das Wolfsrudel sich von nun an von uns fernhalten würde, da wir ihm bestimmt gehörigen Respekt eingejagt hätten, aber für diese optimistische Annahme bekam er nur halbherzig Zustimmung.

Erst als der Morgen endlich dämmerte, wich die Anspannung aus meinen Schultern. Auch wenn wir uns immer noch im *Dunklen Wald* befanden, so wirkte er tagsüber weitaus weniger gefährlich als bei finsterer Nacht.

Brandon und Kit fanden den toten Wolf und schleiften ihn zu unserem Rastplatz. Der tödliche Pfeil steckte in der Brust des Tieres.

»Das ist er also«, sagte John Alba. »Leider können wir nichts mit ihm anfangen und ihn auch nicht mitnehmen.« Brandon zog das Tier daraufhin in einen Busch und überließ ihn dort den Aasfressern.

John Alba löschte die Reste des Lagerfeuers, indem er vorsichtig etwas Wasser darauf goss. Danach zertrampelte er die verkohlten Holzstücke, nahm sich einen Stock und stocherte damit in der Asche, um sicherzugehen, dass keine Glut übrig geblieben war.

»Ich hab mir immer vorgestellt, ich würde eines Tages mit Rory durch diesen Wald reiten, um mit den *Brits* in eine friedliche Verhandlung zu treten«, sagte er gedankenverloren. »Rory hegte Vergeltungspläne, aber in Wahrheit, tief in seinem Herzen, ging es ihm um die Frage, was mit seinem Bruder geschehen ist.«

Ich rollte gerade die Decken zusammen, als John mich betrübt ansah. »Blutvergießen war nie das, was er wirklich wollte.« Er zog die Stirn in Falten. »Ich bilde mir ein, ihn gut genug zu kennen, um diese Behauptung aufzustellen.«

Ich nickte unsicher. »Du hast bestimmt recht«, sagte ich. Gleichzeitig wunderte ich mich über Johns gedrückte Gemütslage. Vermutlich ging es ihm wie mir: Hoffen und Bangen, Angst und Zuversicht wechselten sich ständig ab.

»Lasst uns aufbrechen«, rief John plötzlich. »Wir müssen so schnell es geht aus diesem verdammten Wald raus.«

Eilig packten wir zusammen, sattelten die Pferde und setzten unseren Weg fort.

Inzwischen hatte das Tageslicht die grauen Schleier der Morgendämmerung vertrieben. In satten Grüntönen präsentierten sich die Bäume und Pflanzen, insbesondere an Stellen, die von dünnen Sonnenstrahlen berührt wurden.

Als aus der Ferne Wolfsgeheul zu uns herüberhallte, kommentierte es keiner. Auch ich schwieg, obwohl mir eine Gänsehaut über den Nacken kroch.

Im langsamen Schritttempo ritten wir weiter. An diesem Tag fiel es mir besonders schwer, die Armbrust zu halten.

Nach circa drei Stunden verkündete John, dass wir eine Rast einlegen würden. Er hatte eine kleine Quelle entdeckt, die sich gluckernd durch den Wald schlängelte. Wir stiegen von den Pferden, führten sie zum Bach und ließen sie in Ruhe trinken. Danach löschten wir unseren eigenen Durst und aßen die restlichen Fleischstreifen, die hart und trocken schmeckten, aber immerhin den Hunger vertrieben.

Brian fand Spuren in der Umgebung, die auf Huftiere deuteten, Rothirsche, wie er vermutete. Von den Tieren selber war jedoch weit und breit nichts zu sehen oder zu hören. Dafür trällerten Singvögel um die Wette, Spechte hämmerten im verbissenen Stakkato gegen die harte Rinde der Bäume, und ab und zu kreischte ein besonders lauter Vogel, dessen Art keiner zu identifizieren vermochte. Je mehr Sonnenstrahlen in den Wald streuten desto größer und dunkler hingen die Schatten zwischen den Baumstämmen. Eichhörnchen in verschiedenen Orangetönen huschten durch die Äste.

Bevor es weiterging, stahl ich mich einige Meter von den Männern fort und erleichterte mich hinter einem Busch. Immer noch trug ich den Rock, den Christy mir gegeben hatte. Ich fand ihn schwer und hinderlich, wusste aber, dass ich auf den wärmenden Stoff um meine Hüften und Beine nicht verzichten wollte. Außerdem gab er mir einen gewissen Sichtschutz, so wie jetzt, was durchaus praktisch war. Also behielt ich ihn an.

»Wir reiten weiter«, hörte ich Johns Aufruf. »Die Trinkhörner sind aufgefüllt. Die Pferde ausreichend versorgt«, fügte er hinzu, und ich beeilte mich.

Nach einigen Stunden bemerkten wir, dass wir immer häufiger an lichten Stellen vorbeikamen, was die Gruppe dazu brachte, redselig zu werden.

»Wir könnten es bald durch den Wald geschafft haben«, sagte Brian.

John sah über die Schulter zu uns und zog die Brauen hoch. »Gut möglich!«

Ich lächelte das erste Mal seit einer gefühlten Ewigkeit, aus purer Erleichterung, dass wir zumindest eine bedeutsame Hürde auf unserer Mission bald hinter uns lassen würden.

»So schön dieser Wald tagsüber auch sein mag, noch eine Nacht will ich hier nicht unbedingt verbringen«, sagte Kit, und Brandon neckte ihn unverzüglich:

»Dabei könnte es so romantisch sein, wenn bloß die Wolfsbiester nicht wären.«

»Es ist *ihr* Gebiet«, meldete sich Peter zu Wort. »Wolfsland!«

»Wer hat das überhaupt bestimmt?«, fragte ich daraufhin. Zunächst wusste keiner eine Antwort darauf.

Schließlich, nach einer Weile nachdenklichen Schweigens, sagte John Alba, diesmal ohne sich umzudrehen: »Das weiß niemand, Skye. Schon immer galt der *Dunkle Wald* als das Territorium der Wildtiere, besonders der Wölfe. Es ist das neutrale Grenzgebiet zwischen *Caledonia* und *Britannia*. So lehrten es uns unsere Vorväter.«

»Also, wenn keiner der beiden Völker Anspruch auf diesen Wald erhebt, ist es doch sehr gut«, sagte ich, erstaunt darüber, dass ein so großes Gebiet Waldfläche einfach den Tieren zugesprochen wurde. In meiner Welt des einundzwanzigsten Jahrhunderts gehörte jeder Quadratzentimeter Land irgendjemandem. Manchmal bekriegten sich Nationen wegen einer lächerlich kleinen Insel, auf der praktisch niemand leben könnte. Dann wiederum gab es hier, im Jahr 3020, Wälder, soweit das Auge reichte und kaum Bevölkerung, zumindest was *Caledonia* betraf.

Nach etwa zwei Stunden rief Brian plötzlich: »Schaut mal, da!« Aufgeregt deutete er mit der freien Hand geradeaus.

John Alba starrte in dieselbe Richtung. »Es sieht aus ... Also entweder ist das eine beachtlich große Lichtung ... oder der Wald endet dort vorne.«

Neugierig geworden überholten mich Brandon und Kit, um besser spähen zu können. Die Aufregung, die plötzlich herrschte, trieb auch meinen Puls in die Höhe.

»Das Tageslicht beginnt sich schon zu verflüchtigen«, sagte Brandon. »Nicht mehr lang, und die nächste finstere Nacht steht uns bevor. Wenn das wirklich das Ende des *Dunklen Waldes* ist, heißt das, dass es zwei Tage und eine Nacht dauert, ihn zu durchqueren.«

John Alba hob den Arm. Gleichzeitig blieb sein Pferd wiehernd stehen und drehte sich zu uns herum, sodass John uns alle ansehen konnte. »Sobald wir den Wald verlassen, sind wir auf britischem Boden. Denkt daran, wir haben den langen Weg nicht gemacht, um gleich getötet zu werden oder in einem schimmeligen Kerker zu landen. Wir führen eine Botschaft und ein Begehren mit uns.«

»Aye, schadet nicht auf der Hut zu sein«, bemerkte Brian nickend.

»Das ist richtig. Behaltet eure Todesbringer in der Hand, aber richtet sie nach unten. Also los, sehen wir nach, was uns erwartet.«

John Alba ritt im Schritttempo voraus, während wir ihm schweigend folgten. Die freie Landfläche vor uns lockte mit dem warmen Glanz der untergehenden Sonne.

Kapitel 11

Wir ließen die letzte Baumreihe hinter uns und brachten unsere Pferde auf einer zertretenen Rasenfläche zum Stehen. Mit großer Erleichterung und Freude stellten wir fest, dass wir nicht etwa auf einer weiteren, großen Lichtung standen, nein, der *Dunkle Wald* endete hier. Wir hatten es geschafft! Nur noch ein paar vereinzelte Gruppen von Kiefern und Birken trennten uns von einem Tal, das sich hügelig und dunkelgrün dahinter erstreckte. Wenn man die Augen zusammenkniff, konnte man durch die Baumstämme hindurch in seiner Mitte eine ovale Silberplatte erkennen – ein spiegelglatter See.

Johns Handzeichen bedeutete uns, im langsamen Tempo weiterzureiten, und dabei möglichst leise zu sein. Der See lag friedlich und einladend in einigen Meilen Entfernung unter einem schiefergrauen, von roten Bändern durchzogenen Abendhimmel. Zwar sorgte der Anblick von Wasser wie immer für ein instinktives Aufatmen, da es bedeutete, dass man die Wasserbehälter auffüllen, die Pferde tränken und sich waschen konnte. Doch für unsere Gruppe hieß es ab jetzt mehr als je zuvor, achtsam zu sein.

»Das Tal bietet nicht allzu viele Möglichkeiten, in Deckung zu gehen«, stellte Peter fest und sprach damit einen Gedanken aus, der uns allen durch den Kopf ging.

»Richtig«, bestätigte John Alba. »Aber wir sind nicht gekommen, um uns zu verstecken, sondern um Frieden anzubieten und uns vorzustellen.«

Wir trabten fast auf gleicher Höhe nebeneinander her, da wir nun keine Kolonne mehr zu bilden brauchten. In meiner Brust hüpften und hämmerten abwechselnd Aufregung, Angst, Freude und Hoffnung. Wir befanden uns in *Britannia*! Wenn Rory noch lebte – und das musste er! – dann war ich ihm jetzt näher als je zuvor, seit es mich in diese Zukunft zurückverschlagen hatte. Ich bildete mir ein, zu spüren, dass er irgendwo in nicht allzu großer Entfernung auf mich wartete.

»Gibt es nicht eine Möglichkeit, unsere friedlichen Absichten sichtbar zu machen?«, fragte ich in die Runde. Dabei stellte ich mir so etwas wie eine weiße Flagge vor, die den potenziellen Feind vom Angriff abhalten sollte.

John Alba sah mich fragend an. »Was genau meinst du damit?«

»Zum Beispiel könnten wir ein Symbol einsetzen«, erklärte ich und fügte hinzu: »Das kann ein helles Tuch sein, das man gut sichtbar mit sich trägt wie eine Fahne. Ist euch etwas in der Art nicht geläufig?«

»Ich fürchte, das ist *keine* gute Idee«, erwiderte John kopfschüttelnd. »Weiße Tücher signalisieren *Cals*, dass in der näheren Umgebung Gefahr lauert.«

»Oh!« Mit einer derartig abweichenden Bedeutung hatte ich nicht gerechnet. »Dann fehlen euch also visuelle Ausdrucksformen für friedvolle Absichten?«, murmelte ich und zog die Stirn kraus.

»Bis vor dreizehn Jahren wussten wir noch nicht einmal, dass wir Feinde haben«, sagte John Alba. »Wir haben von unseren Vorfahren gelernt, dass die Wälder und das große Wasser unüberwindbare Grenzen sind. Dass wir sie zu unserer Sicherheit nicht überschreiten sollten.«

»Weil sonst die alten Götter zürnen?«, hakte ich mit einem innerlichen Seufzen nach.

»Aye! Zumindest gilt das für das Meer. Vor dem Wald warnen uns unsere Familien und Stammesführer seit jeher. Das ist Tradition. Ich nehme mich da nicht raus. Bis vor kurzem habe ich auch dafür gestimmt, dass *Cals* die Wälder nicht betreten sollen. Aber ... die Ereignisse der letzten Jahre erforderten ein Umdenken, selbst wenn es einige Ratsmitglieder stur anders sehen.«

Ich zog die Schultern hoch. »Tja, dann sollten wir wenigstens freundliche Gesichter machen.«

»Aye! So wie Brandon«, warf Kit lachend ein. »Der sieht immer liebreizend aus, nicht wahr?« Für diese Bemerkung erntete er ein Stöhnen und Schulterzucken seines Freundes und ein kurzes Auflachen der Gruppe.

»Freundlich auszusehen schadet sicher nicht«, sagte John Alba schmunzelnd. »Nun ja, bleiben wir vor allem wachsam. Zum Glück kann man in diesem Tal seinen Blick weit umherwandern lassen. Und Büsche und Bäume säumen das Gewässer. Dort schlagen wir unser Nachtlager auf.«

Als wir den See erreichten, ging die Dämmerung bereits in die Finsternis über. Die Wolkendecke musste inzwischen so dicht sein, dass sie weder das Funkeln der Sterne noch etwas Mondlicht hindurchließ. Wie ein dunkles Tuch legte sich die Nacht über das Land. Und dennoch war John Alba der Meinung, ein Lagerfeuer zu errichten sei zu gefährlich, denn sonst könnten feindlich gesinnte Menschen oder Tiere uns von Weitem ausmachen, und wir könnten leichte Beute werden.

Nachdem wir die Pferde versorgt und unseren restlichen Proviant verspeist hatten, saßen wir inmitten der dunklen Baumgruppe und versuchten uns zu erholen, ohne dabei einzuschlafen. Doch die Erschöpfung zehrte an uns. Wir sprachen leise, fast kraftlos, waren dankbar, dass wir es heil bis hierher geschafft hatten.

Trotz meines Widerstands wurden meine Augenlider immer schwerer, während meine Muskeln vor Müdigkeit und Schmerz vibrierten.

Ich nickte keineswegs als Erste ein. Peter hatte sich gegen den Stamm einer Fichte gelehnt und fing prompt an zu schnarchen, nachdem er kurz zuvor noch von der dringenden Notwendigkeit gesprochen hatte, ab morgen nach Nahrung zu jagen. Pfeiftöne entwichen seinen dünnen Lippen, als hätte er einen winzigen Singvogel verschluckt. John bemerkte es auch, sagte aber nichts. Nach einem so langen Ritt und kaum Schlaf zeigte er Verständnis dafür, dass die Männer an ihre Grenzen kamen.

»Ich werde Wache halten«, erklärte er entschlossen und rieb sich mit den Handballen über die Augen. »Ihr solltet jetzt alle ein paar Stunden ruhen. Wer als Erster aufwacht, darf mich gern ablösen.«

Das ließ sich keiner zweimal sagen. Kurzerhand breitete ich meine Decke neben der von Brian aus und legte mich hin. Es tat so gut, die Glieder auszustrecken. Das hohe Gras, das um den See herum und zwischen den Bäumen so üppig wuchs, bot eine wunderbar weiche Unterlage. Der saubere, klare Geruch des Seewassers drang in meine Nase. Und plötzlich fühlte ich mich wie betäubt, als hätte man mir ein Beruhigungsmittel verabreicht. Die Augenlider klappten mir einfach zu, mein Körper wollte sich keinen Millimeter mehr rühren. Mit letzter Kraft zog ich eine Hälfte der Decke über mich, atmete tief durch und ergab mich meiner Erschöpfung. Der herrliche Duft der Nadelbäume und der kühle Nachtwind schafften es noch in mein Bewusstsein, bevor ich in den unvermeidlichen Schlaf eintauchte.

Als ich irgendwann steifgefroren und mit einem lähmenden Gefühl von Todesgefahr aufwachte, dachte ich zuerst, ein Albtraum hätte mich geweckt. Doch dann hörte ich ein Rascheln. Vorsichtig lugte ich unter meiner Decke hervor und versuchte, in der Dunkelheit die anderen auszumachen. Brian, der rechts von mir lag, schlief tief und fest. Ebenso Brandon und Kit auf meiner linken Seite. Ich sah zur Fichte schräg gegenüber. Dort lag Peter tiefenentspannt und schnarchte.

Doch wo steckte John Alba?

Ich konnte ihn nicht ausmachen. Vielleicht hatte *er* ja das Rascheln verursacht, weil er kurz austreten musste. Eigentlich ein plausibler Gedanke, nur leider beruhigte er mich nicht. Auch die Pferde wirkten unruhig, als machte sie etwas nervös. Immer wieder knackte es aus unterschiedlichen Richtungen, was ich eigenartig und zunehmend beängstigend fand. Ich überlegte deshalb, Brian zu wecken. Offensichtlich schlief er wesentlich fester als ich und bekam von den Geräuschen nichts mit. Auch die anderen schienen zu tief versunken im Land der Träume.

Ich schlug die Decke zurück und setzte mich langsam auf. Der vom See her wehende Wind ließ mich frösteln. Egal wie sehr sich meine Augen anstrengten, ich konnte keine drei Meter weit sehen. Nicht mal die Umrisse der Pferde zeichneten sich in der Dunkelheit ab.

Als es erneut laut knackte, zuckte ich erschrocken zusammen, blinzelte in die Finsternis und flüsterte ängstlich: »John? Bist du das?«

Die Antwort kam zu meiner Überraschung unverzüglich. »Aye!«

Doch bevor ich erleichtert aufatmen konnte, glitt John Albas Gestalt in mein eingeschränktes Sichtfeld. Trotz der Dunkelheit erkannte ich, dass ihn eine ziemlich große Person von hinten mit einem Arm fest umklammert hielt.

»Wer sind ... was ... John?« Die unmögliche Situation verschlug mir die Sprache. Mein Puls schoss in die Höhe.

»Bleib bitte ruhig, Skye«, ermahnte mich John mit nervöser Stimme. »Nur keinen Widerstand leisten, hörst du! Etwas Spitzes drückt mir nämlich gegen den Rücken, und ich möchte nicht, dass meine Rippen Bekanntschaft damit machen!«

Und ab da ging alles sehr schnell.

Aus dem Dunkel stampften mehrere düstere Typen hervor und rissen uns von den Schlafplätzen hoch. Weder Brian noch Peter oder Brandon und Kit schafften es, rechtzeitig nach ihren Waffen zu greifen. Und da John Alba auch sie ermahnte, keine Gegenwehr zu leisten, ergaben sie sich kampflos. Nur ein missmutiges Knurren und Schnaufen entwich ihren Kehlen.

Einer der fremden Männer hielt mich an den Schultern so fest, als besäße er Eisenkrallen anstelle von Händen. Dennoch starrte ich wie gebannt auf John Albas Gestalt und vor allem den Hünen hinter ihm, auch wenn ich dessen Gesicht nicht wirklich sehen konnte.

Ich begann zu zittern, weil ich plötzlich den Erfolg unserer Mission in größter Gefahr sah. Die Vorstellung, dass wir hier umgebracht werden könnten, bevor wir Rory gefunden hatten, löste schiere Panik in mir aus.

»Wir wollen niemandem etwas tun!«, rief ich mit bebender Stimme. Die Worte polterten einfach unkontrolliert aus meinem Mund. »Wir sind nur auf der Suche nach jemandem.«

»Skye, sei bitte still!«, zischte John Alba und fuhr in ruhiger Stimmlage fort: »Wir kommen in Frieden und möchten keine Probleme machen.«

Die feindlichen Fremden ließen nicht sofort erkennen, ob sie die Botschaft verstanden hatten.

»Du!«, brüllte der Hüne plötzlich und kam, John Alba vor sich her schiebend, auf mich zu. Nun konnte ich seine Konturen besser ausmachen. Der Kerl trug entweder die Haare kurzgeschoren oder eine Glatze, und seine Schultern waren so breit, dass unser Anführer trotz seiner stattlichen Größe beinah zierlich neben ihm wirkte. »Gehörst du überhaupt zu diesen Männern?«, wollte der Fremde von mir wissen. Vermutlich war ihm mein Akzent aufgefallen.

»Ja, es sind Freunde von mir.« Ich versuchte, möglichst überzeugend zu klingen, was mit bebender Stimme nicht leicht war. »Sie begleiten mich auf meiner Reise.«

»Hm, dieser hier ist jedenfalls kein *Brit*!« Der Hüne rüttelte John Alba einmal kräftig durch. »Sagt mir, woher kommt ihr komischen Leute?«

»Von der anderen Seite des *Dunklen Waldes*«, stieß John Alba hervor.

»Wir sind *Cals*!«, brach es als Nächstes aus Peter heraus wie aus einem rebellischen Jugendlichen.

Doch bevor John ihn ermahnen konnte, lachte der Fremde lauthals los. »*Cals*, ha? Dann seid ihr ein paar mutige Gesellen, wenn ihr euch mit nur fünf Mann und einer Lady nach *Britannia* wagt.«

»Das sind wir gewiss!«, gab Brian diesmal zurück, und John Alba schüttelte nur noch schweigend den Kopf.

»Sammelt ihre Waffen ein«, befahl der Hüne den anderen Männern. Dann ließ er endlich von unserem Anführer ab und steckte das Messer, mit dem er ihn in Schach gehalten hatte, in ein Beinholster. »Macht ein Feuer. Beeilt euch!«, forderte er als nächstes.

John Alba atmete laut aus, drehte sich zu dem Mann um und sagte: »Ich versichere bei meiner Ehre, von uns geht keine Gefahr aus.«

Der große Kerl lachte erneut auf. »Das weiß ich doch«, er spuckte zu Boden, bevor er weitersprach, »Schließlich sind wir fast doppelt so viele und haben euch obendrein entwaffnet. Es wird Zeit, dass wir uns besser kennenlernen!«

Seltsamerweise schien unsere Gruppe, ich eingeschlossen, zu spüren, dass diese Fremden nicht vorhatten, uns an Ort und Stelle zu töten oder zu beklauen. Ihr Interesse an uns musste anderer Natur sein.

Während ein Lagerfeuer errichtet wurde, kommandierte der Anführer drei seiner Gefolgsleute zu Wachposten ab und befahl den übrigen, unsere Gruppenmitglieder aus ihren Klammergriffen freizulassen. Anschließend forderte man uns auf, um die Feuerstelle herum Platz zu nehmen.

Angespannt und still saßen wir da und gaben vor, das Feuer zu beobachten. In Wirklichkeit jedoch warteten wir ab, wie es nun weiterging.

»Mein Name ist Rocco Vince von Wellsland«, stellte sich der Hüne endlich vor. Geräuschvoll legte er sein Schwert ab und setzte sich John Alba gegenüber in den Schneidersitz. »Kämpfer für Gerechtigkeit und gegen

Unterdrücker. Und Anführer furchtloser Rebellen!« Er verzog den Mundwinkel zu einem verschmitzten Grinsen. »Freunde dürfen mich gerne Rocco nennen. Ob wir welche werden, wird sich noch zeigen müssen.« Inzwischen schlugen die Flammen des Lagerfeuers hoch und spendeten Licht und wohlige Wärme in dieser nervenaufreibenden Nacht.

»Wenn ihr Rebellen seid«, begann John Alba vorsichtig. »Wer oder was ist euer Feind?« Er sah diesen Rocco Vince freundlich an und wartete sichtlich gespannt auf Antwort.

»Ihr wisst es nicht?«

»Nein«, antwortete John. »Wir sind das erste Mal in *Britannia*. Alles was wir über *Brits* wissen, ist, dass sie uns zweimal angegriffen und Leute von uns verschleppt haben.«

Rocco Vince seufzte. »Die Schergen Haydens! Ich hörte davon.«

John zog die Brauen hoch und warf uns einen irritierten Blick zu. Dann wandte er sich wieder an den Fremden. »Von wem redest du?«

»Oh, ihr kennt Hayden von Schwarzmoor nicht? Hält sich für göttlich und lässt die Drecksarbeit stets andere erledigen. Wenn wir nichts unternehmen, wird der Tag kommen, an dem die Schwarzmoors über alle Länder zwischen den Meeren herrschen und unbesiegbar sind.« Rocco Vince hielt inne und wechselte die Miene wie auf Knopfdruck von ernst zu heiter. »Aber ich wüsste jetzt gerne *eure* Namen, meine Freunde.«

John Alba nickte bereitwillig. »Normalerweise beginnt man mit der Lady.« Er sah mich entschuldigend an. »Lasst es mich ausnahmsweise anders machen.« Er setzte eine stolze Miene auf und fuhr fort: »Meine treuen Gefolgsleute, Krieger, Freunde, Pferdekenner ... Brian Pears und Peter Riley ... des Weiteren ... Brandon McFinney und Kit Harris.«

»Ich bin hoch erfreut!« Rocco Vince verschränkte die Arme vor der Brust. Im flackernden Licht des Lagerfeuers wirkten seine Gesichtszüge weich und sympathisch. Sein Alter musste so um die Mitte dreißig liegen. »Ihr seid also die ersten *Cals*, die sich in dieses Land getraut haben«, sagte er beeindruckt. Dann warf er mir einen flüchtigen Blick zu. »Und nun bin ich gespannt.«

John Alba räusperte sich. »Aye ... die mutige Lady an unserer Seite ist Skye Leonard MacRae.« Er machte eine kleine Handbewegung in meine Richtung, als würde er etwas Besonderes präsentieren. »Sie ist Engländerin, doch lebt sie bei uns.«

»Das hab ich bereits vermutet«, erwiderte Rocco Vince. »Auch wenn ich nicht verstehe, wie das kommt. Bin sehr erfreut, Ma'am!«

»Und zu guter Letzt ...«, John legte feierlich die Hand auf seine linke Brust, »meine Wenigkeit: John Alba. Stammesführer von *Seagull*, der nördlichsten und mit Verlaub schönsten Siedlung von *Caledonia*.«

»Nun denn. Seid willkommen unter uns«, sagte Rocco Vince freundlich lächelnd und brach so endgültig das Eis. »Meine Männer und ich fragen uns natürlich, was euch *Cals* in dieses Land treibt.« Er zog die Brauen hoch. »Ihr seid auf der Suche, sagt ihr. Nach wem sucht ihr denn?«

»Nach dem einstigen Anführer unserer Krieger-Patrouille. Rory MacRae!«, meldete ich mich zu Wort, woraufhin mich alle stumm ansahen.

»Das ist richtig«, bestätigte John Alba kurz darauf und lenkte die Aufmerksamkeit wieder auf sich. »Er wurde vor vier Jahren bei einem Überfall gefangen genommen und verschleppt. Es waren *Brits*. Seither wissen wir nicht, wie es um ihn steht.«

Rocco Vince kraulte eine Weile nachdenklich seinen schmalen Kinnbart. »Hm, ich muss euch warnen«, sagte er schließlich. »Sollte euer Rory noch leben, könnte es sein, dass er nicht mehr weiß, wer er einmal gewesen ist. So soll es angeblich allen Gefangenen Haydens ergehen. Es heißt, ihre Sinne würden mit *Traumkraut* vernebelt, und dass man sie zu Sklaven macht.«

»Was?« Ich war entsetzt über diese Informationen. »Was soll *Traumkraut* sein?« Ging es etwa um Halluzinogene?

»Wissen wir nicht so genau.« Rocco Vince seufzte und fuhr fort: »Es handelt sich angeblich um eine Pflanze, die das Gedächtnis löscht. Aber das sind nur Gerüchte. Hayden will eine sichere Festung mit einem mächtigen Schutzwall errichten lassen. Einen Schutzwall, den niemand bezwingen kann. Dafür werden eine Menge Arbeitskräfte benötigt.«

»Von Traumkraut und Sklavenhaltung habe ich noch nie etwas gehört«, sagte John Alba stutzig. Brian lachte kopfschüttelnd. »Also ich auch nicht. Hört sich eher wie eine Mär an, die man sich am Lagerfeuer erzählt.«

»Ich wünschte, dem wäre so, mein Freund!«, entgegnete Rocco Vince und sorgte für ein paar Lacher bei seinen Männern, die inzwischen mehrere Trinkhörner herumgehen ließen. »Ich hab meinen jugendlichen Sohn an Hayden verloren«, fuhr er fort. »Und verdammt will ich sein, wenn ich es nicht schaffe, ihn mir zurückzuholen. Meine Frau nahm sich vor Gram das Leben. Alles, was mir blieb, ist mein Junge.«

»Das tut uns leid zu hören«, sagte John Alba betroffen. »Jetzt verstehe ich, warum ihr euch Rebellen nennt.« Er zog fragend die Brauen hoch. »Ich hoffe, ihr seid mehr als nur der Haufen, der uns überfallen hat?«

»Ich wünschte, ich könnte behaupten, dass jede Menge mutiger Rebellen mit mir zusammen Hayden aufhalten wollen«, erklärte Rocco Vince seufzend. »Dummerweise ist es nicht so«, er deutete mit dem Kinn auf seine Gefolgsleute. »Diese treuen Männer hier sind alles, was ich an Unterstützung habe. Die Menschen sind eingeschüchtert, müsst ihr wissen. Sie fürchten, für Auflehnung bestraft zu werden. Obwohl viele uns rechtgeben, wagen sie es nicht, sich uns anzuschließen, aus purer Angst, Hayden könnte Rache an ihren Familien verüben.«

Brian sprang plötzlich auf und stemmte die Hände in die Hüften: »So, wie ich es sehe, ist dieser *Hayden* ein machtgieriger Tyrann mit Blutdurst. Jemand, der Kriege führen möchte und nur deshalb einen Schutzwall bauen lässt. Hab ich recht?«

»Beinahe«, erwiderte Rocco Vince stirnrunzelnd, und seine Männer murmelten amüsiert.

Brian begann, hin- und herzulaufen, blieb stehen und warf theatralisch die Arme hoch. »Dann haben wir einen gemeinsamen Feind, richtig?«

Ich sah schnell zu John Alba, um mir einen Eindruck zu verschaffen, was er von Brians Darbietung hielt. Das Letzte, was unsere Gruppe gebrauchen konnte, war ein Machtkampf. Doch zu meiner Erleichterung nickte John wohlwollend und schien Brians Auftritt nicht zu missbilligen. »So sehe ich es auch«, bekräftigte er.

»Ja, wir haben denselben grausamen Feind!«, rief daraufhin Peter unvermittelt in die Runde und streckte die Faust in die Höhe. »Wir sollten uns zusammentun!«

Plötzlich herrschte Stille. Alle saßen reglos da und starrten einander an. Ein Nachtvogel kreischte dreimal, als würde er ebenfalls seine Meinung beisteuern wollen.

»Mir geht Folgendes durch den Kopf«, begann Rocco Vince geheimnisvoll. »Ihr wollt euren Anführer zurück und ich meinen Sohn. Ihr kennt euch in *Britannia* nicht aus, wir hingegen sind mit jedem Findling vertraut. Und wir könnten Verstärkung mehr als alles andere gebrauchen.« Er holte tief Luft und lächelte breit. »Ich wäre also sehr erfreut, wenn wir uns zusammentun, John Alba, denn du und deine Leute scheint mir vertrauenswürdig zu sein.« Er warf mir einen anerkennenden Blick zu. »Außerdem habt ihr eine englische Lady dabei, die viel von euch hält.«

John nickte schmunzelnd. »Dann fühle auch ich mich geehrt, wenn wir uns eurer Truppe anschließen dürfen, Rocco Vince von … ähm …«

»Wellsland!« Der Hüne stand auf und streckte seinen Arm aus. John Alba erhob sich ebenfalls und machte einen Schritt auf ihn zu. Beide Männer packten sich gegenseitig an den Unterarmen und verharrten so für einige Sekunden, als schlossen sie einen Pakt.

»Wir haben Großes vor«, sagte Rocco Vince mit tiefer Stimme. »Ich gebe dir mein Wort, Alba, ihr steht von jetzt an unter unserem Schutz.«

Und John erwiderte feierlich: »Ich versichere dir, dass wir diesem Hayden furchtlos entgegentreten werden, komme, was wolle.«

Ich sah zu Brian, der gegen einen Baum lehnte, offensichtlich zu aufgewühlt, um zu sitzen. Er nickte zufrieden, und ich wusste, dass er die Entwicklungen ebenso sehr begrüßte wie ich und alle anderen.

»Ich muss nur eine Sache richtigstellen.« Rocco Vince machte eine spannungsgeladene Pause. »Hayden, müsst ihr wissen ... ist eine Frau.«

Diese Information überraschte unsere Truppe so gewaltig, dass wir einen Moment sprachlos waren.

»Der herrschsüchtige Unmensch, von dem du die ganze Zeit geredet hast, ist eine Frau?«, hakte John verblüfft nach.

»So ist es.« Rocco Vince fuhr sich mit der flachen Hand über die kurzgeschorene Stoppelfrisur. »Und manch einer behauptet, sie habe magische Kräfte und könne Menschen in Steine verwandeln. Was natürlich nur dummer Aberglaube ist. Aber wer weiß ...«

»Nun ja, ich gebe zu, damit hab ich nicht gerechnet.« John Alba hörte mit dem Stirnrunzeln gar nicht mehr auf. Auch den anderen stand die Irritation ins Gesicht geschrieben.

»Begeht bloß nicht den Fehler, sie zu unterschätzen, meine Freunde«, sagte Rocco Vince ernst. »Sie soll gefährlicher sein als jeder Mann und jedes Tier.«

Daraufhin kehrte Schweigen ein. Die Trinkhörner machten ihre Runden.

»Morgen früh könnt ihr eure Waffen zurückhaben«, verkündete der Rebellenführer nach einer Weile. Genussvoll schmatzend gönnte er sich ein paar kräftige Schlucke Whisky. »Ich lasse Wachen aufstellen. Alle anderen sollten jetzt schlafen.«

John Alba wischte sich mit dem Handrücken über den Mund und reichte sein Trinkhorn weiter. »Aye! Das halte ich für eine gute Idee.«

Kapitel 12

Der frühmorgendliche Dunstnebel waberte noch über dem See, als einige von Roccos und unseren Leuten die Pferde bepackten. Die übrigen Männer waren am Lagerfeuer zugange.

Ich hatte zwar nur wenige Stunden geschlafen, aber dafür tief und fest, sodass ich mich einigermaßen ausgeruht fühlte. Der intensive Geruch von gebratenem Fisch zog mir in die Nase und entlockte meinem Magen ein lautes Knurren.

Brian, der neben mir Decken zusammenrollte, drehte sich zu mir um. »Wir zählen jetzt fünfzehn Mann!« Zufrieden ließ er den Blick herumwandern und sah mich erneut an. »Ich meine natürlich, vierzehn Mann und eine Lady.«

»Schon gut. Für solche Feinheiten ist später noch Zeit«, entgegnete ich lächelnd. »Ich bin froh, dass wir auf der Suche nach Rory nicht mehr nur auf gut Glück durchs Land streifen müssen.«

»Aye, und als größere Gruppe sind wir viel sicherer.«

Das stimmte natürlich. Diese Rebellen hatte us der Himmel geschickt, und ihr Anführer Rocco Vince von Wellsland schien ein integrer Typ zu sein. John Alba vertraute darauf, dass er uns auf dem schnellsten Weg zu Haydens Festung bringen würde.

Frisch gewaschen und von Bratfisch gesättigt brachen wir schließlich auf.

An der Spitze unserer Dreiecksformation ritten die beiden Anführer. Kerzengerade saßen sie im Sattel, die Armbrüste über der Schulter, die Schwerter an ihrer Seite oder am Rücken. Sie wirkten konzentriert, doch gleichzeitig schienen sie äußerst redselig zu sein. Ein weiteres Zeichen, dass sie sich gut verstanden.

Snow und ich trabten im hinteren Drittel, zwischen Brian und Peter, die wild über Hayden spekulierten.

»Vielleicht ist sie tatsächlich ein Abkömmling der alten Götter. Das würde ihre magischen Kräfte und ihre Boshaftigkeit erklären«, überlegte Peter laut.

»Es soll doch nur ein Gerücht sein, dass sie Magie beherrscht«, gab Brian zurück. »Nicht mal Rocco Vince glaubt daran.« Skeptisch zog er die Brauen zusammen. »Ist er diesem Weib überhaupt je begegnet?«

»Denkst du etwa, er hat sein Wissen nur vom Hörensagen?« Peter richtete den Blick nachdenklich nach vorn.

»Wer weiß ... Auf jeden Fall hat er dafür gesorgt, dass ich mir ein finsteres Weib mit glutroten Augen vorstelle.«

»Hey!«, ging ich unvermittelt dazwischen. »Glaubt mir, sie wird eine ganz normale Frau mit typisch menschlichen Fähigkeiten sein. Nur leider psychotisch, wie ich schwer vermute.«

»Psycho... was?« Brian sah mich stirnrunzelnd an.

»Ich meine, dass in ihrem Gehirn möglicherweise einige Synapsen -« Ich brach den Satz ab. Meine nicht zeitgemäße Wortwahl konnte ja nur verwirrte Mienen nach sich ziehen. Ich versuchte es anders. »Ich denke, dass diese Hayden ein gefühlloses Miststück ist, mit dem kranken Drang, Menschen auszunutzen. Eine Diktator-Mentalität mit ausreichend Helfern, die sie für ihre Zwecke einspannen kann und womöglich mit Privilegien ausstattet, damit sie ihr gegenüber loyal bleiben.«

Brian und Peter starrten mich stumm an, als fragten sie sich, wie ich auf eine derart dezidierte Meinung kommen konnte. Dass ich als Historikerin ausreichend Wissen über repressive Staatsmächte besaß, die aus Machtgier ganze Völker in den Ruin trieben, behielt ich für mich. Stattdessen hob ich fragend die Brauen und wartete auf Kommentare. Doch die beiden wechselten lieber das Thema und redeten über Pferdezucht. Das kam ihnen sicher unkomplizierter vor, als Phänomene wie Hayden von Schwarzmoor zu analysieren.

Wir ritten entlang eines dichten Nadelwalds zu unserer Rechten, ließen den See und das offene Tal hinter uns und überquerten eine blühende, von niedrigen Hügeln umgebene Heidelandschaft. Mit jeder Stunde wurde die Luft klarer und wärmer und erlaubte es uns, weit in die Ferne zu blicken.

Am Ende einer kurzen Rast, die wir an einem Fluss einlegten, verkündete Rocco Vince: »Jenseits des Horizonts liegt unser Ziel.« Imposant durch seine Größe stand er neben John Alba, die Hand freundschaftlich auf dessen Schulter abgelegt.

Die übrigen Männer hatten sich um die beiden geschart und lauschten mit ernsten Gesichtern.

»Und jenseits des Horizonts lauert Gefahr unter jedem Stein!«, fuhr Rocco Vince fort. »Seid also besonders wachsam, wenn wir uns den *Hohlfelsen* nähern. Rückt näher zusammen und verhaltet euch ruhig. Verzichtet auf Galopp und Gelächter.«

Von da an schlug mein Herz schneller, ungeduldiger, doch auch voller Bangen, all mein Hoffen und Sehnen könnte umsonst gewesen sein. Öfter als sonst klopfte ich zärtlich den Hals meines Pferdes, spürte die Wärme seines muskulösen Körpers und hoffte, am Ende möge alles gut werden. Snows sanftes Gemüt und ihre typischen Pferdegeräusche lenkten mich von pessimistischen Gedanken und tiefsitzenden Ängsten ab und beruhigten meinen Puls.

Am heutigen Tag spannte sich ein von vereinzelten Schäfchenwölkchen gespickter, hellblauer Himmel über uns wie ein wunderschöner Schirm. Die wärmenden Strahlen der Frühlingssonne begleiteten uns bis in den späten Nachmittag.

Gegend Abend schlugen wir in der Nähe eines Waldgebiets ein Nachtlager auf. Rocco Vince und John Alba besprachen sich und ordneten schließlich an, dass in drei Schichten mit jeweils fünf Mann Wache gehalten werden sollte.

Weder Brian noch die anderen aus unserer Gruppe, die sich seit der Begegnung mit den Rebellen allesamt wie meine persönlichen Bodyguards aufführten, sprachen es aus, aber die Blicke, die wir untereinander wechselten, sagten alles: Offensichtlich wuchs die Gefahr für Leib und Leben, je näher wir Haydens Festung kamen. Wohl auch deshalb nahmen mich Brian und Peter in ihre Mitte und bewachten abwechselnd meinen Schlaf.

Dennoch quälte mich in dieser Nacht ein Albtraum: Ich saß auf dem vereisten Vorsprung eines hohen Berges, unter mir ein tiefschwarzer Abgrund. Den Rücken fest gegen die Felswand gedrückt überlegte ich verzweifelt, ob ich allen Mut zusammennehmen und weiter hochsteigen oder besser an Ort und Stelle aufgeben und einfach einschlafen sollte. Meine steifgefrorenen Glieder ließen sich kaum noch bewegen. Als plötzlich ein Seil vor meiner Nase baumelte, ergriff ich es mit letzter Kraft und wurde innerhalb weniger Sekunden mit einem gigantischen Ruck auf den schneebedeckten Gipfel des Berges katapultiert. Dort empfing mich eine überlebensgroße Gestalt in einem roten Umhang, deren Kapuze tief ins Gesicht gezogen war. Als das unheimliche Wesen sich zu mir herunterbeugte, sah ich, dass es keine Augen besaß. Schockiert taumelte ich rückwärts und begann zu fallen … endlos … alles um mich herum wurde schwarz, und weil ich fürchtete, bald aufzuschlagen und zu sterben, schreckte ich mit rasendem Puls aus dem Schlaf hoch.

Brian hing über mir wie ein Geist. »Äh, wollte dich eben wecken.« Er lächelte unsicher. Als ich erleichtert darüber, dass ich nur geträumt hatte, aufatmete, streckte er mir die Hand entgegen, und zog mich auf die Beine.

»Danke! Ich hatte einen unheimlichen Traum«, sagte ich und wischte mir mit dem Ärmel den Schweiß von der Stirn.

»Aye, keiner von uns hat letzte Nacht besonders gut geschlafen.« Brian deutete zum Lagerfeuer, wo Brandon und Kit mit zwei Bechern standen, in die sie immer wieder hineinpusteten, bevor sie daraus tranken. »Komm mit, Skye, das wird ein harter Tag. Du solltest unbedingt etwas essen. Es gibt Kaninchen, Brombeeren und einen widerlich schmeckenden Tee.«

Gemeinsam liefen wir zwischen unaufgeräumten Decken hindurch zur Feuerstelle.

»In wenigen Minuten reiten wir weiter«, teilte mir Brian mit. Er nahm einen Holzteller mit Fleisch und Beeren hoch und überreichte ihn mir. »Hier. Lass es dir schmecken!«

Ich bedankte mich für seine Fürsorglichkeit und hoffte, dass mir von der Kombination aus verkohltem Kaninchen und süßen Früchten nicht übel würde. Der Hunger allerdings ließ mich alles brav aufessen. Anschließend befüllte ich einen Becher mit Tee, der in einem Tongefäß auf einem Gesteinsbrocken stand. Ich probierte einen Schluck, musste ihn aber sofort wieder ausspucken, denn er schmeckte, als hätte man Pfefferminztee mit Harissa gewürzt. Meine Zunge und mein Hals brannten wie verrückt. Als sich kurz darauf ein überraschend angenehmer Nachgeschmack bildete, trank ich den Becher doch leer und hob ihn stolz hoch, damit Brian es sehen konnte.

Ich lief zurück zu meinem Schlafplatz, rollte meine Decken zusammen und ging hinüber zu Snow, die bei den anderen Pferden vor dem Waldstück darauf wartete, dass es mit unserer Reise weiterging. Schnaubend stupste sie mich mit der Nase an, als wollte sie mich begrüßen. Ich streichelte ihre weichen Nüstern, murmelte ein »Guten Morgen« und spähte anschließend zu John Alba und Rocco Vince, die bereits auf ihren Pferden saßen.

Als Rocco Vince den Arm hob und das Kommando zum Weiterreiten gab, schwang ich mich auf Snow. Es konnte losgehen!

Während wir südwärts durch *Britannias* Norden ritten, musste ich mir eingestehen, dass dieses Land der epischen Schönheit *Caledonias* in nichts nachstand. Die dichten Wälder, die kleinen Seen und Flüsse und vor allem die von violetten Wildblumen übersäten Heiden boten eine atemberaubende Landschaft. Frei von Spuren der Menschheit des einundzwanzigsten Jahrhunderts, blühend, duftend, wild und ungestüm atmete diese Natur, als wäre sie die Lunge des Universums.

Mehrere Meilen, bevor wir die als *Hohlfelsen* bezeichneten Gesteinsformationen erreichten, ließ Rocco Vince unseren Trupp anhalten. Ein paar seiner Gefolgsleute wurden vorausgeschickt, damit sie nachsahen, ob die Luft rein war und kein Hinterhalt drohte. Als die Männer mit einer Entwarnung zurückkehrten, legten wir gemeinsam die verbliebene Strecke zurück. Fast zeitgleich mit der Abenddämmerung stiegen wir endlich von den Pferden. Ein Etappenziel war hiermit geschafft.

Die kolossalen Felsen, die dicht nebeneinanderliegend die Landschaft begrenzten, waren in der Mitte ausgehöhlt, sodass man durch sie hindurchsehen konnte. Meine geologischen Kenntnisse reichten nicht mal ansatzweise aus, um mir zu erklären, wie es zu einer derartigen Felsformation kommen konnte. Neuartige Wetterphänomene der vergangenen Jahrhunderte mussten die Schöpfer gewesen sein.

Nachdem ich Snow an einem Strauch festgebunden hatte, wollte ich meinem Drang nachgeben, auf der Stelle in einen dieser merkwürdigen Felsen zu klettern. Vor allem wollte ich nachsehen, was dahinter lag.

Doch Rocco Vince stoppte mich. »Lady!«, rief er rau.

Aufgeschreckt fuhr ich herum. »Was ist denn?«

Alle Männer hielten in der Bewegung inne und sahen neugierig zu mir her, während der Rebellenführer auf mich zumarschiert kam. »Skye Leonard MacCoy ... Nicht so eilig!«

»MacRae!«, korrigierte ich ihn, mehr aus der Verlegenheit heraus, dass ich offenbar gerade ermahnt wurde. »Was ist denn?«

Rocco Vince holte tief Luft, warf mir einen strengen Blick zu und wandte sich anschließend an alle. »Zu dieser Abendstunde sind wir in den Felsen relativ sicher, trotzdem möchte ich jedem nahelegen, nicht ins Tal zu sehen, solange die Dunkelheit nicht vollständig hereingebrochen ist.«

»Aye!«, kam es von Brian, Peter, Brandon, Kit und schließlich auch von John Alba, der anschließend zu mir herübersah und mich stumm aufforderte, der Anweisung des Rebellenführers Folge zu leisten.

»Ich hoffe, mit diesem komischen *Aye* hab ich die Zusicherung, dass ihr darauf achtet, was ihr tut«, sagte Rocco Vince, jetzt wieder freundlicher, aber immer noch sehr bestimmt. »Wie gesagt, wartet die Nacht ab. Dann könnt ihr in die Felsen klettern. Der Himmel ist wolkenlos, und wir haben Vollmond. Haydens Festung dürfte also gut sichtbar sein. Bis morgen früh sollten wir uns allerdings genau überlegen, wie wir vorgehen wollen.«

Diesmal gab es kein Lagerfeuer. Gegessen wurde Trockenfleisch vom Rothirsch, wovon unsere neuen Freunde reichlich dabei hatten. Das in dünne Streifen geschnittene Fleisch war jedoch mit einem bitteren Kraut gewürzt und schmeckte äußerst gewöhnungsbedürftig. Die Blicke, die Brian und Peter beim Essen miteinander wechselten, verrieten mir, dass ihre Geschmacksnerven ebenfalls herausgefordert wurden. Doch sie beklagten sich nicht. Stattdessen bedienten sie sich an den whiskygefüllten Hörnern, von denen es reichlich gab. Ich ließ mir einen Becher von dem eigenwilligen Tee einschenken, der jetzt erkaltet war, trank ihn in einem Zug leer und spürte unmittelbar im Anschluss, wie meine Muskeln entspannten. Einen Moment lang fragte ich mich, ob es an den Inhaltsstoffen des Tees liegen könnte, verfolgte diesen Gedanken jedoch nicht weiter, da ich mich meinem angenehmen Zustand hingab.

Als das Blauschwarz der Nacht uns vollständig umschloss, gab ich John Alba Bescheid, dass ich mich zurückziehen würde. Während die Männer weiterhin zusammensaßen und über den morgigen Tag redeten, nahm ich meine Decken und richtete mir in einem der

Felsen einen Schlafplatz her. Vorsichtig krabbelte ich auf mein Lager, legte mich auf den Bauch und robbte neugierig bis an den äußersten Rand des Felsens. Mein Herz klopfte mir bis zum Hals vor Aufregung, als ich den ersten Blick ins Tal wagte. Inmitten der vom silbernen Mondlicht gefluteten Landschaft lag die Festung, zu der wir gelangen mussten.

Selbst von unserem etwa eine Meile entfernten Versteck aus erkannte ich, dass sich der Bau erst in den Anfängen seiner Entstehung befand: Ein großes Steingebäude mit einem kurzen Turm bildete das Kernstück zwischen zwei kleineren Gebäuden und etlichen Hütten unterschiedlichster Form, die vermutlich einfache Unterkünfte für Gefolgsleute sowie Getreidespeicher und Stallungen waren, lagen verstreut davor. Von der Schutzmauer existierte bisher, soweit ich erkennen konnte, nur ein unbedeutender Abschnitt. Um die Festung mit einem rundum verlaufenden Wall abzusichern, musste zweifellos noch jede Menge Plackerei und Zeit investiert werden.

Plötzlich fiel mir das Atmen schwer. Nach Luft japsend sah ich zum Nachthimmel hinauf, als könnte ich dadurch mehr Sauerstoff abbekommen. Da es nichts half, richtete ich den Blick wieder ins Tal, das wie in einem magischen Licht leuchtete. Ich fürchtete auf einmal, meine Wahrnehmung spiele mir einen Streich ... als wäre nichts von all dem Leid und all dem Glück, das mir widerfahren war, seit mich Malcolm in die Höhle geschickt hatte, wirklich geschehen. Als wären meine Zeitreisen nur ein Hirngespinst epischen Ausmaßes und Rory eine Sehnsuchtsfigur meiner Fantasie. Mehrmals schloss ich die Augen, konzentrierte mich auf meinen Herzschlag und biss mir schließlich so kräftig auf die Unterlippe, dass ich vor Schmerz zusammenzuckte. Ich schmeckte Blut auf meiner Zunge, spürte den harten Untergrund, auf dem ich lag, die Nachtluft, die meine Nasenspitze eiskalt werden ließ, und beruhigte mich allmählich. Dumpf drangen die Stimmen der Männer, die noch immer beisammensaßen, zu mir durch und halfen mir, das beklemmende Gefühl der Irrealität abzuschütteln.

Dort unten lag die Wirklichkeit vor mir und zog mich wieder in ihren Bann.

Erneut sah ich zur Festung. Kleckse aus fahlem Gelb klebten hier und da, wo man Fenster vermuten konnte. Befand sich Rory gerade in einem dieser Gebäude? Wie ging es ihm? Hatte man ihm etwas angetan? Was, wenn wir zu spät gekommen waren? Was, wenn er längst nicht mehr am Leben war? Die Vorstellung jagte mir eine Heidenangst ein. Nein, solche Gedanken durfte ich nicht zulassen ... Ich musste meinem Schicksal vertrauen. Schließlich hegte auch Rocco Vince die Hoffnung, dass sein Sohn noch lebte.

Ich hörte den Jagdruf einer Eule und bemerkte zugleich, dass die Stimmen der Männer verstummt waren. Während ich mich auf den Rücken drehte, wickelte ich mich in meine Decke wie in einen Kokon. Bleierne Müdigkeit drückte auf meine Lider, bis sie zufielen, und zog mich in eine geistige Zwischenwelt rapide wechselnder Bilder. Ich vergaß, dass mein Körper vor Erschöpfung schmerzte, verdrängte die Panik, die ständig nach einer Gelegenheit suchte, sich in mir einzunisten. Stattdessen stellte ich mir Rorys meeresblauen Augen vor und spürte ein Lächeln in meinen Mundwinkeln. Alles würde gut werden ... Ich musste nur fest daran glauben.

Kapitel 13

Im ersten Augenblick glaubte ich, ein heftiges Donnergrollen hätte mich aus dem Schlaf gerissen. Doch ich erkannte schnell, dass es sich bei dem Krach um ein Gemisch aus markerschütterndem Gebrüll und dem Klirren aufeinandertreffender Schwerter handelte. Schreie hallten durch die Nacht, und ich wagte es nicht, mich zu rühren. Stattdessen hielt ich den Atem an und lauschte.

Noch bevor ich einen klaren Gedanken fassen konnte, wurde ich an den Waden gepackt und mit einem kräftigen Ruck aus meiner Schlafstätte herausgezogen, sodass ich rücklings zu Boden krachte. Totholz und spitze Steine drückten mir schmerzhaft ins Kreuz und den Hinterkopf. Irritiert blinzelte ich zu dem Halbkreis aus dunklen Gestalten über mir, die auf mich herunterstarrten. Ihre Armbrüste zielten direkt auf meinen Kopf. Im hellen Schein des Mondes sah ich sofort, dass es Fremde waren.

Während die Kampfschreie um uns herum andauerten, beugte sich einer der Männer herunter und schlug mir mit der Faust so hart ins Gesicht, dass sich mein Körper vom einschießenden Schmerz völlig verkrampfte. Mir blieb die Luft weg, und ich japste wie ein Fisch auf dem Trockenen. Unvermittelt riss man mich auf die Füße, und mehrere Hände hielten meinen schwankenden Körper in aufrechter Position. Ich wollte mich wehren, doch urplötzlich wurde alles um mich herum tiefschwarz. Ich spürte rauen, muffig riechenden Stoff an meinen Wangen und realisierte, dass man mir einen Sack über den Kopf gestülpt hatte. Und im nächsten Moment flog ich hoch und landete kopfüber auf einer harten Schulter. Um meine herunterbaumelnden Beine schloss sich ein kräftiger Arm. Gelächter und hektische Zurufe begleiteten das Ganze und verstärkten das Grauen, das ich verspürte.

Gerade als ich zu einem Schrei ansetzen wollte, traf ein zweiter Schlag meinen Hinterkopf und alles wurde schwarz und still.

Als ich aus der Bewusstlosigkeit erwachte, hing ich wie erbeutetes Wild bäuchlings auf einem Pferd. In meinen nach hinten verdrehten Schultergelenken pochten dumpfe Schmerzen. Man hatte mir die Arme auf dem Rücken zusammengebunden. Immer noch steckte mein Kopf in dem widerlichen Sack und knallte durch den holprigen Galopp auf und nieder, sodass ich meine Nackenmuskeln anspannen musste, um die Tortur zu ertragen.

Ein Teil meines Verstandes fürchtete, dass ich bald ersticken würde, doch der Rest versuchte zu begreifen, was gerade geschah.

Offensichtlich war unser Lager überfallen worden, und nun entfernte man mich von John Alba und den anderen, die in dieser fremden Welt mein einziger Schutz gewesen waren. Etwas Furchtbares musste ihnen zugestoßen sein, denn sonst hätten sie mich vor der Verschleppung bewahrt.

Ich spürte unweigerlich, dass meine Entführer mit mir einen Hang hinunterritten. Bemühte mich, das wilde Gebrüll um mich herum zu verstehen, doch der dröhnende Krach der Pferdehufe sowie die Tatsache, dass ich elendig kopfüber hing, machten es mir unmöglich, auch nur einen einzigen sinnvollen Satz herauszuhören.

Irgendwann musste ich erneut das Bewusstsein verloren haben, denn als ich wieder zu mir kam, spürte ich harten Boden unter den Füßen. Auf jeder Seite stützte mich ein Kerl, damit ich nicht zusammensackte wie eine knochenlose Fleischmasse. Die festen Griffe unter meinen Achseln verursachten mir so starke Schmerzen, dass mir die Tränen in die Augen schossen. Ich biss die Zähne zusammen und gab keinen Laut von mir.

Am Aufstampfen von Stiefeln merkte ich, dass sich eine Person vor mir aufstellte. Kurz darauf zerrte sie den Beutel von meinem Kopf, und ich erwartete schon den nächsten Fausthieb, der mich erneut ausknocken würde. Voller Angst öffnete ich die Augen.

Vor mir stand ein großer Kerl mit kurzgeschorener Frisur wie bei Rocco Vince. Einen schrecklichen Augenblick lang glaubte ich, der Rebellenführer hätte uns alle verraten. Doch dieser Mann sah viel jünger aus. Im hellen Schein des Vollmondes wirkte sein Gesicht auf seltsame Weise fremd und vertraut zugleich, sodass ich ihn verwirrt anstarrte. Meine Knie drohten einzuknicken, was ich auf keinen Fall zulassen durfte, wollte ich unerträgliche Schmerzen in den Armen vermeiden. Leider dachte niemand daran, mir die Fesseln abzunehmen. Weshalb ging man so grob mit mir um? Was erwartete mich noch? Könnte ich eventuelle Folter aushalten? Würde mein Kampfgeist kapitulieren? Niemals! Vielleicht würde mich dieser jung aussehende Krieger vor weiterer Brutalität verschonen, wenn ich es schaffte, vernünftig mit ihm zu kommunizieren? Irgendwie musste ich herausfinden, was mit den anderen im Lager geschehen war.

»Mein Name ist Skye«, sagte ich mit zittriger Stimme. Mein Kehlkopf schmerzte beim Schlucken.

»Ich bin Engländerin.« Von dieser Tatsache erhoffte ich mir einen kleinen Bonus.

»Engländerin, ha? Was du nicht sagst!«, gab der Mann hämisch zurück. »Wir haben Roccos Leute zusammen mit einem Haufen *Cals* erwischt, und *du* warst unter ihnen. Entweder bist du auch eine *Cal* oder die erste Rebellin, die mir begegnet.«

»Weder noch«, antwortete ich.

»Sieht trotzdem nicht gut für dich aus. Also sprich besser die Wahrheit!«, entgegnete der Kerl scharf.

Beinah wie von selbst polterten die Worte nach jedem Atemzug aus mir heraus: »Ich bin Engländerin. Eine *Brit*. So wie ihr. Auch wenn ich bei den *Cals* lebe. Ich bin in euer Land gekommen, um ... um eure Anführerin zu sprechen.«

Nach einem Moment des Schweigens lachte der Mann schallend los. Kurz darauf fielen die im Nachtschatten stehenden drei Kerle mit ein.

Wütend senkte ich den Kopf und bemerkte, dass wir uns auf einem Schotterweg befanden, der zum großen Festungsgebäude führte, dessen Umrisse ich von den hohlen Felsen aus gesehen hatte.

»Sieh mich an!« Das unheilvolle Gebrüll meines Entführers ließ mich zusammenzucken. Doch statt ängstlich und unterwürfig zu ihm hochzusehen, zog ich diesmal die Brauen zusammen und presste die Lippen aufeinander.

»Wie ist dein voller Name?«, wollte der Mann wissen, sein Tonfall hart und autoritär.

Ich zögerte mit der Antwort. Aus einem inneren Trotz heraus widerstrebte mir jede weitere Kooperation, aber vermutlich würde mich ein derartiges Verhalten in noch größere Schwierigkeiten bringen.

Außerdem brannte die Frage nach meinen Begleitern in mir und bereitete mir quälende Sorgen.

»Syke Leonard MacRae«, murmelte ich widerwillig.

Der Typ legte den Kopf schief. Ich glaubte, ein Grinsen in seinem Gesicht zu erkennen. »Nun gut. Skye Leonard MacRae«, wiederholte er gehässig. »Vor dir steht Sean von Dunkelwald, die Rechte Hand Haydens!« Er musterte mich eine Weile. »Sagt dir nichts, was? Das wird sich ab jetzt ändern. Manche nennen mich auch den *Gnadenlosen* ...«

Sean? Stand da etwa Rorys Bruder vor mir? Ungläubig starrte ich in das junge Gesicht des Kriegers und wusste auf einmal ohne jegliche Zweifel, dass er es war. Deshalb also war er mir fremd und vertraut zugleich vorgekommen. Die Ähnlichkeit betraf nicht nur die Statur, sondern ebenso die Gesichtszüge, die wohlgeformten dunklen Augenbrauen und die aufgeworfene Oberlippe.

»Hör gut zu«, mahnte er, während er mit einer knappen Geste einen seiner Gefolgsleute heranwinkte. »Wenn du den Mund hältst, braucht dich keiner mehr bewusstlos zu schlagen, und wir belassen dich in diesem unversehrten Zustand, kapiert?«

Ich nickte hastig, obwohl ich mich selbst kaum als *unversehrt* bezeichnet hätte.

»Du hast mein Versprechen!«, versicherte ich scheinbar gefasst. Dabei pochte mein Puls wie verrückt, als wollte es meine Halsschlagader zerreißen. Ich fror und schwitzte zugleich, hatte immer noch Todesangst und sorgte mich um John Albas Wohl und das der anderen. Die Frage nach ihrem Verbleib ließ sich vorerst nicht beantworten.

Sean trat zur Seite. »Dann ist ja gut«, brummte er und wandte sich ab.

Erneut wurde mir der verhasste Stoffbeutel über den Kopf gestülpt. Aber wenigstens schlug man mich nicht mehr. Stattdessen packte mich einer der Männer am Oberarm und zerrte mich mit sich den Weg entlang.

Ich sah zwar nichts, hörte jedoch die ausgelassenen Männerstimmen, die knirschenden Kieselsteine unter unseren Füßen und das leise Schnauben der Pferde, die jetzt neben ihren Reitern im Schritttempo gingen.

Nach geschätzten hundert Metern fand ein Begleiterwechsel statt, und Sean schleifte mich eigenhändig in ein Gebäude, während die anderen Männer draußen blieben.

»Willkommen in *Castlerock*, Ma'am«, flötete er in sarkastischem Tonfall und fügte gleich darauf warnend hinzu: »Niemand betritt diese Gemäuer, wenn Hayden oder ich es nicht gestatten. Und niemand verlässt sie ohne unsere Erlaubnis.«

Verzweifelt stolperte ich neben Sean her, die Schmerzen in meinen Schultern eine Qual, die sich stetig steigerte. Ab und zu knickten meine Fußgelenke ein, was mich schreiend zusammenzucken ließ.

Selbst im Inneren des Gebäudes bedeckten Kieselsteine und grober Sand den Boden. Wir liefen einen Gang entlang, den vermutlich Wandfackeln erleuchteten, denn das tänzelnde Licht drang durch den Stoffbeutel bis hinter meine Lider.

»Könnten wir bitte etwas langsamer gehen?«, bettelte ich, obwohl ich ermahnt worden war, nicht zu sprechen. »Meine Arme schmerzen, und ich bekomme kaum Luft.« Ich fürchtete ernsthaft, bald zusammenzubrechen.

Zu meinem Erstaunen blieben wir tatsächlich stehen. Sean ließ meinen Arm los, und so taumelte ich auf einmal blind und verloren um die eigene Achse und keuchte panisch

»Bleib still!«, blaffte er und packte mich am Nacken, bis ich mit einem Aufschrei Folge leistete und verharrte. Dann zog er endlich den Stoffbeutel von meinem Kopf und betrachtete mich ausgiebig, als wollte er sichergehen, dass ich noch einigermaßen beisammen war. »Und? So besser?«

Ich nickte mitgenommen.

»Wann wirst du mir die Fesseln abnehmen?«, fragte ich, ermutigt durch seinen etwas milderen Tonfall. Die gereizte Haut an meinem Hals und meinen Wangen juckte, und das Bedürfnis mich zu kratzen, machte mich fast wahnsinnig.

Eine Weile sah er mich undurchdringlich an, und ich glaubte schon, dass er mich gleich ruppig zurechtweisen würde. Stattdessen trat er hinter mich und löste den Strick von meinen Händen. Anschließend warf er ihn mit einem unverständlichen Grummeln zu Boden. Sofort begann ich die juckenden Stellen zu kratzen, bis sie endlich Ruhe gaben.

»So, geh jetzt weiter!«, befahl er, und wir setzten unseren Weg fort.

Der schmale Gang machte ein paar Biegungen, wie in einem Labyrinth, und es stank nach feuchter Erde und beißendem Rauch.

Irgendwann gelangten wir an eine Holztür. Sean hielt inne und starrte stumm vor sich hin, als wollte er sich kurz sammeln. Dann ergriff er den runden Eisenknauf und öffnete die Tür langsam.

Als ich in den großen Raum vor uns blickte und auf der rechten Seite einen thronartigen, riesigen Herrscherstuhl sah, ahnte ich, dass hier bedeutsame

Dinge passierten. Wie eingefroren verharrte ich auf der Türschwelle.

Sean lief ein paar Schritte vor. Als er merkte, dass ich nicht folgte, blieb er stehen und drehte sich zu mir um. »Komm ruhig rein.« Sein Mundwinkel hob sich zu einem spöttischen Grinsen. »Die Folterkeller sind woanders.«

Bisher hatte ich ihn nur im fahlen Mondschein gesehen, doch jetzt, im Licht mehrerer Kerzenkronleuchter, konnte ich mich davon überzeugen, dass seine Ähnlichkeit mit Rory keine Einbildung gewesen war. Einzig die militärisch kurzgeschnittenen Haare und die dunklen Augen ließen Sean härter, aggressiver aussehen als seinen Bruder.

Zögerlich betrat ich den Saal und sah mich dabei in alle Richtungen um. Ich hatte das verrückte Gefühl, jeden Moment von einer gigantischen Alienkreatur, einer Art überdimensionalem, unbarmherzigem Wesen, angefallen zu werden. Doch zu meiner Überraschung befanden sich nur Sean und ich im Raum. Unsicher sah ich zu ihm hinüber, um mich an seinem Verhalten zu orientieren. Er stützte sich mit einer Hand an der Wand ab und stocherte mit einer Metallstange im Kaminfeuer. Etwa zehn mit Leder überzogene Sitzkissen lagen im Saal verstreut. Den Boden zierten zusammengenähte Felle, die durch ihre unterschiedlichen Muster eine Art Patchwork-Teppich ergaben. Auf der linken Wandseite befanden sich hohe, schmale Fenster, deren Holzklappen, bis auf eine verschlossen waren. Eine rechteckige Tafel mit zwei Obstschalen, einem dunkelgrün und einem hellgrün glänzenden Krug sowie silbernen Metallbechern deutete darauf hin, dass hier auch gespeist und getrunken wurde.

Vorsichtig ließ ich mich auf eines der Kissen sinken, rieb mir meine schmerzenden Handgelenke und fragte mich, ob ich unter dem Berg an Nöten, die mich erdrückten, jemals herauskommen würde. Ich fühlte mich so erschöpft und durch die Ereignisse der letzten Tage so aufgewühlt wie noch nie zuvor in meinem Leben.

Seltsamerweise spürte ich keine Todesangst mehr, seit Sean mich von dem Stoffbeutel befreit und mir die Fesseln abgenommen hatte. Das nervöse Flattern in meiner Herzgegend jedoch warnte mich vor einem Nervenzusammenbruch.

Glaubte ich denn wirklich, dass Rory noch lebte? Dass er von diesen *Brits* seit Jahren gefangen gehalten wurde? War es nicht realistischer, dass er längst tot war? Sowie auch inzwischen John Alba, Rocco Vince und all ihre Männer wahrscheinlich getötet worden waren.

Den Kopf gesenkt haltend starrte ich auf meine Hände, die zitternd auf meinem Schoß lagen. Hinter mir schritt Sean zur Tafel und goss sich zu Trinken ein.

Plötzlich vernahm ich ein metallisches Quietschen, als würde man eine Klappe oder etwas Ähnliches aufschieben. Kurz darauf füllte ein tiefes Brummen den Raum. Alarmiert blickte ich um mich und suchte nach dem Grund für die beängstigenden Geräusche. Als ich sah, dass hinter dem Herrscherstuhl ein Braunbär hervorlugte und dann grummelnd in beachtlichem Tempo auf mich zu gestapft kam, schrie ich los. In Sekundenbruchteilen zog mein ganzes Leben an mir vorbei und verkündete mir, dass ich als Bärenfutter enden würde.

Kaum zwei Meter von mir entfernt stellte sich der Bär auch noch auf die Hinterbeine. Mit seinem riesigen Kopf berührte er beinah die Decke. Ich würde gleich sterben und mit mir zusammen all meine Erinnerungen, Hoffnungen, Wünsche. Und die einzigartige Liebe, die mich bis hierher gebracht hatte und für die ich ewig dankbar war.

Mit den Armen umschloss ich meinen Kopf und blieb schlotternd vor Angst einfach sitzen. Mein Fluchtinstinkt hatte offensichtlich schon vor mir aufgegeben. Ich hätte ohnehin keine Chance gehabt. So wartete ich endlose Momente lang auf den tödlichen Prankenhieb ... der nicht kam.

Stattdessen schallte herzhaftes Männerlachen und donnerten aufgeregte Brummlaute zu mir herüber. Vorsichtig nahm ich die Arme herunter und wagte es, die Augen zu öffnen. Ich drehte mich zur Tafel, und was ich sah, ähnelte nicht etwa dem Kampf eines wilden Raubtiers mit einem Mann, sondern der emotionsgeladenen Begrüßung zweier dicker Freunde.

»Keine Angst!«, rief Sean mir zu. »Max ist so friedlich wie ein neugeborenes Lämmchen, solange er keinen Befehl zum Angreifen bekommt.« Bei dieser Bemerkung klang er beinah sympathisch. Doch ich war zu erschrocken, um zu reden und starrte nur auf die unwirkliche Szene vor mir.

»Es reicht jetzt! Lass mich los!« Lachend versuchte Sean, sich aus der euphorischen Bärenumarmung zu lösen, stieß und boxte das Tier liebevoll von sich. »Geh zurück in deinen Garten, du pelziges Biest«, forderte er es auf. »Dort wirst du gebraucht, nicht hier!« Als könnte der Bär ihn verstehen. Endlich ließ sich *Max* auf alle viere fallen und trottete brummend zu der Ecke, aus der er so überraschend hervorgekommen war. Wie es schien, gab es hinter dem breiten Herrscherstuhl einen Eingang, den er als eigene Pforte benutzte.

Sean legte seine Waffen ab und setzte sich auf eines der Kissen neben mir. »Der Morgen dämmert bald«, sagte er mit Blick zu den Fenstern. »Sicher ist sie längst wach und erscheint in Kürze. Sie brennt darauf zu erfahren, ob wir Rocco Vince geschnappt haben.«

Ein Schauer jagte mir über den Rücken. Ich sah die Gelegenheit gekommen, um Fragen zu stellen. Und ich musste es tun, bevor Seans Gebieterin, oder was auch immer Hayden für ihn darstellte, auftauchte.

»Ich möchte nur wissen, habt ihr meine Leute umgebracht?«, fragte ich geradeheraus.

»Du willst eine echte *Brit* sein und sorgst dich um Rebellen und *Cals*?« Sean ließ einen abschätzigen Seufzer hören und schüttelte den Kopf. »Warum nur?«

»Habt ihr all diese Männer brutal getötet und mich am Leben gelassen?«, wiederholte ich meine Frage. Das Zittern meiner Hände war kaum zu übersehen. Ich ballte sie fest zusammen und schob sie zwischen eine Rockfalte in meinem Schoß.

»Meine Späher hatten die *Cals* längst entdeckt, noch bevor ihr den *Dunklen Wald* verlassen habt«, erzählte Sean in aller Ruhe. »Rocco Vince und seine Männer sind euch ebenfalls gefolgt, ohne dass ihr es bemerkt habt. Als wir beobachteten, dass eure beiden Truppen sich zusammenschlossen, brauchten wir nur abzuwarten. Ich wusste, dass Rocco Vince sich in den Hohlfelsen verstecken und einen Angriff vorbereiten würde, sobald er Verstärkung hat.«

Während ich zuhörte, wollte die Ungeduld meine Brust zersprengen. Ich ertrug es nicht mehr, dass Sean so viel redete, mir jedoch die wichtigste Information vorenthielt. »Bin ich die einzige Überlebende? Habt ihr ein Gemetzel angerichtet?« Die Kampfschreie der Krieger hallten in meiner Erinnerung nach. Und dann, völlig unvermittelt, schrie ich los. »Sag es mir! Sofort! Sag es!«

Seans Miene verdüsterte sich. In seinen Augen blitzte Empörung auf. »Woher nimmst du dir das Recht, mich anzubrüllen?«, fuhr er mich an.

Statt darauf einzugehen, warf ich aus den Augenwinkeln einen flüchtigen Blick auf die abgelegten Waffen. Die Armbrust lag etwa einen Meter von mir entfernt zwischen unseren beiden Sitzplätzen. Wenn ich sie doch an mich reißen könnte ...

»Die Wahrheit ist, dass ich dir nichts Genaues sagen kann«, erklärte Sean auf einmal erstaunlich friedvoll. »Bei meiner Ehre. Mit vier meiner Männer habe ich einige Todesbögen eingesammelt und die wichtigste Beute überhaupt in Sicherheit gebracht – nämlich dich. Meine übrigen Krieger haben sich der Rebellen und *Cals* angenommen, so wie ich es ihnen befohlen habe. Da wir in der Überzahl waren, hege ich keine große Hoffnung für deine Freunde. Unser Angriff kam überraschend und wurde von Richard von Schwarzmoor geleitet. Er ist Haydens Cousin und Henker, der gnadenloseste aller Krieger, musst du wissen. Tut mir leid, Ma'am.« Er grinste. »Es ist allerdings möglich, dass ein paar Männer als Gefangene nach *Castlerock* gebracht werden, um sie beim Bau der Mauer und am Mühlrad einzusetzen.«

»Ihr haltet tatsächlich Sklaven?!« Angewidert verzog ich das Gesicht, aber immerhin konnte ich mich nun an einen Strohhalm klammern.

»Anders lässt sich eine Festung von eindrucksvoller Größe nicht bauen. Es braucht viele starke Arme und noch mehr Geduld.«

»Der Plan deiner Anführerin?« Ich verzog verächtlich das Gesicht.

»Nur die Schwarzmoors vermögen in *Britannia* zu herrschen«, behauptete Sean wie einstudiert. »Und irgendwann wird Hayden es über alle natürlichen und unnatürlichen Grenzen hinaus tun. Meine Loyalität zu ihr ist unumstößlich und sollte niemanden verwundern.«

Diese Bemerkung hätte ich am liebsten mit Hohn kommentiert. Ich hätte Sean nur zu gerne über seine wahre Herkunft aufgeklärt. Aber das erschien mir nicht klug in diesem Moment, und es gab Dringenderes zu klären.

»Sind unter diesen *Sklaven* weitere *Cals*?«

Sean zog die Stirn in Falten. »Darüber kann dir nur Richard Auskunft geben. Er brachte Gefangene aus dem Süden und Westen des Landes hierher, aber auch aus dem verbotenen Norden. Starke Männer, oh ja!« Er machte eine nachdenkliche Pause. »Trotzdem halten die meisten von ihnen nicht lange durch und fallen mitten in der Arbeit tot um. Ist ein echtes Problem. Es gibt zu wenig Menschen in unserem Land.«

Das Chaos in meinem Kopf, der Zorn in meinem Herzen ließen meine Kehle austrocknen. »Kann ich etwas zu trinken haben?«, bat ich mit kratziger Stimme.

Sean stand unverzüglich auf. Für eine kurze Zeit würde er mit dem Rücken zu mir stehen, um mir ein Getränk einzugießen, und ich könnte meine Chance nutzen und die Armbrust aufheben ... Aber was, wenn ich nicht schnell genug war? Was, wenn ich abdrückte und nicht traf? Und würde ich überhaupt auf Rorys Bruder schießen können, wenn es darauf ankam?

»Mach keine Dummheiten, Skye. Lass es sein«, sagte er monoton, als hätte er meine Gedanken gelesen. Resigniert sank ich in mich zusammen. Wie hatte ich nur glauben können, die *Rechte Hand* einer Herrscherin ließe sich von mir überlisten?

Sean reichte mir einen Becher mit Wasser. Dann zog er sein Sitzkissen näher heran und nahm neben mir Platz. Aus den Augenwinkeln bemerkte ich, wie er sich vornüber beugte und die Ellbogen auf den Oberschenkeln abstützte. Sein musternder Blick lag schwer auf mir.

Ich trank meinen Becher leer und wischte mit dem Hemdsärmel über meinen Mund. »Wie kommst du zu dem Namen *Sean von Dunkelwald*?«

»Gefällt er dir nicht?«

»Er ist nur ungewöhnlich«, gab ich rasch zurück. Ich glaubte, dass unsere Unterhaltung hiermit beendet wäre, da ich Seans innerlichen Widerstand gespürt hatte.

Doch dann begann er zu erzählen: »Nun, da du so neugierig bist und ich noch einiges mit dir vorhabe: Meine richtigen Eltern haben mich im *Dunklen Wald* ausgesetzt. Vielleicht hatten sie zu viele Kinder, die sie durchfüttern mussten, wer weiß. Richards Patrouille fand mich und brachte mich zu Hayden. Wochenlang soll ich nicht ansprechbar gewesen sein. Angeblich erinnerte ich mich nur an meinen Vornamen … Und da niemand etwas über mich wusste, nannte mich Hayden –«

»*Von Dunkelwald*«, beendete eine weibliche Stimme Seans Satz.

Erschrocken fuhr ich herum.

»Hast du ein Mädchen geraubt, mein Lieber?« Neben dem Herrscherstuhl stand eine zierliche Frau mit langen, weißblonden Zöpfen. Wie war sie dahingekommen, ohne dass wir es bemerkt hatten? Sie trug ein blaues Gewand aus glänzendem Stoff mit eingenähten schwarzen Lederstreifen, die ihre schmale Taille betonten, und sie bewegte sich langsam auf uns zu. Es sah aus, als würde sie über den Boden schweben.

Mein Mund blieb offen stehen. Ich hatte eine mindestens zwei Meter große, kurzhaarige Walküre mit dunkler Stimme und dickem Brustpanzer erwartet.

Sean erhob sich von seinem Platz und verbeugte sich tief. Dann sah er die Frau lächelnd an und sagte: »Sie ist ein besonderer Fang, nicht wahr, Hay?«

Die Antwort kam mit einem skeptischen Seufzer. »Ja, ist sie womöglich. Aber erzähl mir zuerst, ob ihr erfolgreich gewesen seid.«

»Ich denke schon.«

»Was genau soll das heißen?«, wollte die Frau wissen.

Sean deutete mit der Hand auf mich. »Ich hab sie hierher gebracht, während die anderen noch mitten im Kampf waren.«

Hayden kniff die Augen zusammen. Ein Kranz aus tausend Fältchen bildete sich um sie. »Du lässt deine Truppe allein? Was ist aus deinem Ehrenkodex geworden?«

»Ich halte mich immer an den Kodex, das weißt du«, entgegnete Sean lächelnd. »Meine Männer haben sich keine Sekunde in echter Gefahr befunden. Die Wachen der Feinde ließen sich leicht ausschalten. Schläfrige, taumelige Bastarde. Rocco Vince selbst und die wenigen *Cals* erwischten wir mitten im Schlaf. Ich brauchte mich nicht weiter um ihr Schicksal zu kümmern. Unsere Krieger erledigen ihre Aufgabe stets nach deinem Willen.«

»Ich weiß.« Die Frau lächelte milde. »Es macht mich stolz zu sehen, wie du dich entwickelt hast, mein Guter. Du bist ein Anführer wie man ihn sich nur wünschen kann. Es liegt dir wahrlich im Blut.« Plötzlich richtete sie den Blick auf mich. »Jetzt aber zu dir, meine Liebe. Wie ist dein Name?«

Mein Herz überschlug sich vor Nervosität. Ich drückte den Rücken durch und hob das Kinn. »Skye Leonard MacRae«, antwortete ich so würdevoll, wie es ging. Aus einem Impuls heraus stand ich auf und machte eine ähnliche Verbeugung wie Sean vorhin.

»MacRae?«, murmelte Hayden. »Hm ...«

Ich nickte. »Ja, Ma'am. MacRae.«

Sean trat einen Schritt auf mich zu und sah mich an, während er mit Hayden redete. »Sie sagt, sie lebt bei den *Cals* und sei hergekommen, um dich zu sehen.«

Hayden zog überrascht die Brauen hoch. »Dass ihr es durch den *Dunklen Wald* geschafft habt, ist beeindruckend. Dass du zu mir wolltest, ist allerdings geradezu unglaublich.«

Trotz meiner immensen Anspannung zögerte ich nur einen Moment, dann brach es unaufhaltsam aus mir heraus: »Ich suche jemanden. Sein Name ist Rory MacRae! Er wurde aus *Caledonia* verschleppt. Vor Jahren schon. Er und einige seiner Männer. Euer Henker, *Richard*, hat sie in ihrem eigenen Land überfallen. Sean sagte es mir.« Ich spürte ohnmächtige Wut bei diesen Worten. Dennoch musste es mir gelingen, meine Gefühle in Schach zu halten. Sonst verlor ich nicht nur die Beherrschung, sondern auch kostbare Zeit und am Ende noch meinen Kopf.

Hayden verzog den Mund und wandte sich an Sean. »Deine Beute ist vorlaut, findest du nicht?«

»Sie ist nur durcheinander und hat Angst«, beschwichtigte er.

Die weißblonde Frau gab sich ungerührt. »Sie zollt keinen Respekt.«

Jetzt konnte ich mich wirklich nicht mehr zurückhalten. »Ihr kritisiert mein Verhalten, obwohl *ihr* gewissenlos Menschen verschleppt und tötet!«, rief ich voller Abscheu.

Sean und Hayden starrten mich reglos an. Ich fragte mich, was in ihren Köpfen vor sich ging, da mir ihre undurchdringlichen Mienen nichts erzählten.

Hayden schwebte leichtfüßig auf mich zu und blieb dicht vor mir stehen. Diese kleine Frau, die mindestens doppelt so alt wie ich sein musste, jagte mir einen Schauer über den Rücken, als sie mich aus grauen Augen kalt und durchdringend fixierte. »Du hättest niemals in unser Land kommen sollen«, fauchte sie. »Du suchst einen Rory MacRae? Liebes Kind, eine Person mit diesem Namen ist mir nicht bekannt. Doch selbst, wenn sie sich unter meinen Gefangenen befände, warum solltest du sie sehen dürfen? Du hast keine Ansprüche zu stellen. Du solltest meinen Zorn nicht heraufbeschwören!«

Ich verstummte eingeschüchtert. Hatte ich bei Hayden einen empfindlichen Punkt getroffen? Sogar Sean schien von ihrer Reaktion beeindruckt.

Ich nahm trotzdem allen Mut zusammen und fragte nach: »Bin ich jetzt auch eine eurer Gefangenen? Eine Sklavin?«

Ein künstliches Lächeln huschte über Haydens Gesicht hinweg. »Nein, nicht doch«, winkte sie ab. »Aber sagen wir, du bist unser unfreiwilliger Gast.«

Wie sollte es für mich nun weitergehen? Von nun an war ich in dieser gefährlichen Welt völlig auf mich allein gestellt.

Ein Klirren ließ mich aufschauen. Sean legte seinen Schwertgurt um und nahm die Armbrust an sich.

»Ich will nachsehen, ob Richard und die Männer zurück sind«, erklärte er.

Hayden nickte. »Tu das und berichte. Skye und ich werden inzwischen etwas frühstücken.«

Sean warf mir einen letzten Blick zu, bevor er davonschritt und mich mit Hayden allein ließ.

»Setzen wir uns an die Tafel«, forderte die Frau mich auf, doch ich rührte mich nicht von der Stelle. Stattdessen beobachtete ich misstrauisch, wie sie einen Krug nahm und ihn an die Metallstange über dem Kaminfeuer einhängte. »Wir lassen das Wasser heiß werden, damit ich uns einen wohltuenden Tee zubereiten kann.«

»Ich will nichts trinken«, sagte ich. »Auch nichts essen.« Schließlich wollte ich nicht das Risiko eingehen, sediert oder gar vergiftet zu werden.

»Es zwingt dich niemand dazu«, sagte Hayden ruhig. »Du kannst gern verhungern und verdursten, wenn du es möchtest, aber dann bist du selber schuld an deinem Tod.«

»Vielleicht kommt es ja nicht so weit«, gab ich zurück.

»Hoffen wir es. Du scheinst Sean wichtig zu sein. Möchtest du dich wenigstens mit an den Tisch setzen? Wir sollten unsere Unterhaltung fortführen.«

»Sie meinen, Sie stellen Fragen, und ich soll antworten?«

Hayden lachte kurz auf, nahm den Krug von der Feuerstelle und setzte sich an das Kopfende der Tafel. Ich sah, wie sie aus ihrer Rocktasche trockene Blätter von braungrüner Farbe hervorholte, sie zwischen den Fingern zerbröselte und in das Gefäß gab. Dann lehnte sie sich zurück und sah erwartungsvoll zu mir herüber.

Ich atmete tief durch. *Ruhig bleiben!*

Schließlich besann ich mich und setzte mich doch zu ihr an den Tisch. Mein Blick fiel auf die beiden Obstschalen mit roten Äpfeln und grünschimmernden Beeren. Zwischen ihnen stand der dunkle Krug mit Wasser und der etwas hellere mit Haydens Tee, von dem ich garantiert keinen Tropfen trinken würde.

Hayden jedoch befüllte ihren Becher und zog die blonden Brauen hoch. »Du kannst dich jederzeit bedienen, wenn du magst«, bot sie schmunzelnd an.

Ich schüttelte den Kopf. »Danke, ich verzichte.«

»Nun gut.« Sie trank ein paar Schlucke, stellte den Tee ab und sah mich ernst an. »Du musst verstehen, dass es mir schwerfällt zu glauben, dass du in *Caledonia* lebst. Eine *Brit* wie du ist mich noch nie untergekommen. Außerdem finde ich deine Sprechweise eigenartig. Ich kann nicht genau sagen, was es ist ... Dass du eine *Engländerin* bist, daran zweifle ich nicht, aber irgendetwas an dir ist ungewöhnlich.«

»Das ist wahrscheinlich der schottische -«, ich stockte und korrigierte mich schnell, »Ich meine, der kaledonische Einfluss.«

»Mmh ...« Hayden legte den Kopf schief und schien zu grübeln. »Wenn wir schon dabei sind – möchtest du mir erzählen, welcher Herrscher in diesem sagenumwobenen Land hinter dem *Dunklen Wald* regiert?«

»Möchte ich nicht«, antwortete ich und fragte mich, ob es klug war, mit Hayden in so einem schroffen Ton zu reden.

»Hm, ich wüsste zu gerne, wie viele Menschen in *Caledonia* leben. Eine ungefähre Zahl genügt mir.«

»Sie werden diese Informationen von mir nicht bekommen.«

»Ach, und weshalb nicht?«

Ich schluckte nervös. »Nichts ist umsonst.«

»Richtig. Meine Gastfreundschaft ebenfalls nicht, meine Liebe«, erwiderte sie barsch. »Du hältst dich also für schlau?« Hayden taxierte mich streng. »Dann sag mir doch, was willst du als Gegenleistung für deine Informationen?«

Ich überlegte krampfhaft, wie ich meine Forderung formulieren sollte.

»Ich will Ihre Sklaven sehen«, sagte ich und hob demonstrativ das Kinn, obwohl ich mich keineswegs selbstbewusst fühlte. »Alle Menschen, die von ihrem Zuhause fortgerissen und hierher verschleppt wurden.«

Hayden lachte spöttisch. »Beim besten Willen kann ich dir diesen Wunsch nicht erfüllen!« Sie sah mich mit einem eiskalten Blick an, den ich trotz meiner zitternden Knie ebenso frostig erwiderte.

»Dann werden Sie von mir nichts über das Volk hinter dem *Dunklen Wald* erfahren. Sie werden weiterhin im Ungewissen bleiben und auf Ihre Späher angewiesen sein, die Sie offensichtlich nicht mit den Informationen beliefern, die Sie brauchen. *Ich* jedoch weiß jede Menge über *Caledonia*.«

Hayden lachte erneut. »Es gefällt mir, wie hartnäckig du bist«, sagte sie, als spielten wir zum Zeitvertreib irgendein Spiel. »Willst du nicht doch von dem Tee probieren? Du siehst ja, mein Becher ist fast leer, und ich lebe noch.«

»Danke, aber nein«, erwiderte ich missmutig. Offenbar hatte sie mich durchschaut. Aus einem dummen Reflex heraus fügte ich hinzu: »Außerdem bevorzuge ich Kaffee.«

»Du bevorzugst *was*?« Sie starrte mich an.

Schnell wandte ich mich ab. »Es ist ein ... ähm ... ein Getränk, das ich selbst erfunden habe«, versuchte ich mich aus der Affäre zu ziehen. »Niemand kennt es. Es ist unwichtig.«

Haydens Zeigefinger klopfte in einem langsamen Takt auf den Tisch.

Während ich vergeblich hoffte, wenigstens einen Etappensieg zu erzielen, türmten sich die Sekunden scheinbar endlos übereinander. Kalter Schweiß trat auf meine Stirn. Ich spürte die Bedrohung, die von dieser Frau ausging. Eine Forderung zu stellen und sie zu überzeugen, dass ich von Nutzen sein könnte, schien mir nicht zu gelingen. Stattdessen redete ich mich um Kopf und Kragen.

»Wir sind keine Ungeheuer«, sagte Hayden schließlich. »Und ich bin nicht halb so schrecklich, wie die Rebellen des Westens jedem weismachen wollen.«

»Das kann ich nicht beurteilen«, erwiderte ich kraftlos. »Ich kenne Sie nicht genug.«

»Hör zu!« Hayden lehnte sich vor und sah mich von unten herauf eindringlich an. »Glaube mir, ich genieße es gerade, mit einer klugen Person meines Geschlechts am Tisch zu sitzen und mich zu unterhalten. Dies ist eine außergewöhnliche Situation, die ich Sean zu verdanken habe. Er ist im Übrigen der einzige Verbündete, nach Richard, dem ich wirklich vertraue. Er ist beinah wie ein Sohn für mich. Irgendwann, wenn er sich ausreichend bewährt hat, werde ich ihn zum *Schwarzmoor* ernennen. Er weiß das. Mit ihm zusammen lasse ich die Göttergrenzen hinter mir. Ich will das große Wasser überqueren. Ich fürchte die Rache der alten Götter nicht.« Hayden legte eine kurze Pause zum Durchatmen ein.

»Aber wir sind noch lange nicht so weit.« Seufzend fuhr sie fort: »Wir brauchen mehr Krieger, Waffen, Transportwege. Und zuallererst einen Schutzwall. Und dafür benötigen wir viele Hände ... Siehst du nun ein, dass ich keine andere Wahl habe? Dass ich Männer aus allen Himmelsrichtungen verschleppen lassen *muss*? Mein eigenes Volk ist dem Schwarzmoor-Clan nicht wohlgesonnen. Ich will seinen Argwohn nicht weiter schüren. Über mehrere Generationen sorgte meine Familie für die Sicherheit *Britannias,* baute Siedlungen und beschützte seine Bewohner vor der Wildnis. Doch ich weiß, ich habe den Westen des Landes in Angst und Schrecken versetzt, als ich die ersten *Wells* verschleppen und versklaven ließ. Die Folgen waren Aufstände, die wir im Keim ersticken mussten. Und schließlich dieser unsägliche Rocco Vince und seine Anhänger. Nun ja, ich kann ihn ein wenig verstehen. Er will seinen Sohn zurück.«

Die Flut an Informationen riss mich in ein Gedankenchaos. Sprach Hayden von Walisern, wenn sie *Wells* sagte? Sie wollte ihre kriegerische Strategie rechtfertigen, obwohl sie auf mein Verständnis nicht angewiesen war. Ich hegte den Verdacht, dass sie sich nur deshalb so frei äußerte, weil sie mich für ungefährlich hielt, und das konnte kein gutes Zeichen sein.

Hayden bezeichnete Sean als einen ihrer engsten Vertrauten. Kein Wunder, denn er war offensichtlich mit ihrer Gehirnwäsche aufgewachsen, sodass er nichts über seine wahre Herkunft wusste und an seine erfundene Biografie glaubte. Doch wie hatte Hayden das so gründlich geschafft? Und wurde jeder ihrer Gefangenen psychisch manipuliert und dann hingerichtet, wenn er für die Arbeit nicht mehr taugte?

»Siehst du, deshalb brauchst du dir auch keine Hoffnungen zu machen, dass ich irgendeinen meiner Sklaven freiwillig herausgebe«, stellte sie noch mal klar.

Frustriert lehnte ich mich zurück. »Das hab ich verstanden. Darf ich sie denn wenigstens sehen?«

Hayden setzte wieder dieses künstliche Lächeln auf. »Hm, ich weiß nicht. Erzähl mir doch erstmal von den Männern, mit denen du nach *Britannia* gekommen bist.«

Ich spürte einen Stich bei dem Gedanken an John Alba und die anderen. »Ihr Schicksal liegt mir sehr am Herzen«, sagte ich bedrückt.

»Schön, schön, jetzt lass hören!«

»Sie gehören der Krieger-Patrouille an.«

Hayden schlug mit der flachen Hand auf den Tisch. »Mit welcher Absicht betreten diese Leute mein Land?«

»Sie kommen in Frieden, und sie sind meine Begleiter«, antwortete ich hastig, wohl wissend, dass Hayden sich mit dieser Auskunft nicht zufriedengeben würde.

»Du willst mir weismachen, ihr habt euch in Gefahr begeben nur wegen eines einzigen Mannes?«

Ich zögerte kurz, dann rückte ich unverhohlen mit der Wahrheit heraus: »Die Person, von der wir sprechen, ist mein Ehegatte. Ich muss wissen, was mit ihm geschehen ist.«

»Ach, wirklich?«, erwiderte sie ungerührt. »Sowas in der Art dachte ich mir schon bei dem Namen.«

»Ich bin bereit, alles dafür zu tun«, flehte ich.

»Und ich sage dir, ich weiß von keinem Rory.«

In diesem Moment öffnete sich die Tür mit einem Quietschen, und Sean betrat in Begleitung eines älteren Kriegers den Saal.

»Oh, Richard, mein blutrünstiger Cousin«, rief Hayden erfreut, als hätte jemand bei ihr einen Schalter umgelegt. »Ich hoffe, du kannst mir mehr über letzte Nacht berichten als Sean.« Sie erhob sich schwungvoll von ihrem Stuhl, zupfte ihr Gewand zurecht und lief den beiden entgegen, während ich mit aufgerissenen Augen sitzenblieb. Der furchteinflößende Anblick Richard von Schwarzmoors lähmte mich geradezu. Er sah tatsächlich aus wie ein brutaler Henker. Die Wangen blut- und dreckverschmiert, die langen Haare zu dicken Strähnen gezwirbelt und im Nacken zusammengebunden. Hinter seinem breiten Rücken ragten die überkreuzten Handgriffe zweier Langschwerter auf. Über seiner linken Schulter hing eine Armbrust, als wiege sie kaum mehr als eine Feder. Und in der rechten Hand hielt er eine riesige Labrys fest umklammert, eine Art Doppelaxt mit gerundeten, gegenüberliegenden Schneiden. Diese bestialische Waffe hatte man früher zuerst im Orient und später in Nordeuropa benutzt.

Wie Sean trug auch Richard dunkle, auffällig gut geschnittene Lederbekleidung und dazu schlammverkrustete Stiefel, die knapp unter den Knien endeten.

»Wir haben Gefangene«, verkündete er mit Stolz in der Stimme. »Es sind diesmal ziemlich kräftige Kerle dabei, Hay! Sie könnten bei täglichem Einsatz mindestens zwei Jahre durchhalten. Ihre Todesbögen und Schwerter befinden sich in gutem Zustand. Wir haben auch ihre Pferde.«

»Oh, sehr schön«, rief Hayden begeistert.

Sean warf mir einen dunklen Blick zu, bevor er sich an sie wandte. »Wir haben Rocco Vince. Und ein paar seiner Männer.« Er holte tief Luft und berichtete weiter: »Sie wurden zu den übrigen Sklaven gebracht.«

Hayden ließ sich auf eines der vielen Sitzkissen nieder. In aller Ruhe drapierte sie ihren ausladenden Rock wie einen Fächer um sich herum. »Das sind gute Nachrichten. Sehr gute sogar«, resümierte sie zufrieden.

Dann sah sie zu Richard. »Was ist mit den *Cals*?« Sie warf mir einen knappen Schulterblick zu, als wollte sie meine Reaktion auf ihre Frage sehen, bevor sie mir erneut den Rücken zudrehte.

Richard spähte unter seinen buschigen Augenbrauen zu Sean und anschließend wieder zu Hayden. »Ähm, zwei von ihnen ... haben wir hergebracht«, stammelte er.

»Ja, zwei junge, kräftige Männer«, bestätigte Sean hastig.

»Hattet ihr mir nicht etwas von fünf *Cals* erzählt, die Frau nicht mitgezählt?«, fragte Hayden.

Richard räusperte sich. »Das ist richtig, Hay. Leider sind -«

»Drei konnten fliehen«, unterbrach ihn Sean. »Sie werden aber nicht weit kommen. Sie kennen sich in *Britannia* nicht aus und sind vermutlich verletzt. Außerdem habe ich einige Männer auf ihre Fährte angesetzt.«

Hayden nickte. »Nun, ich sollte mich nicht beklagen. Ihr habt gute Arbeit geleistet. Allerdings wird Skye unsere Freude sicherlich nicht teilen. Habe ich recht, meine Liebe?« Wieder drehte sie sich zu mir um und sah mich herausfordernd an.

Mein Blut geriet in Wallung.

Endlich schüttelte ich die Starre aus meinen Gliedern, stand auf und begab mich mitten in die Runde der drei, die über das Schicksal von Menschen sprachen, als ginge es um den Einsatz von Nutzvieh.

»Da haben Sie ausnahmsweise absolut recht.« Meine Stimme hallte durch den Raum. Voller Abscheu sah ich zu Hayden, dann zu Sean und flüchtig zu dem finsteren Richard, der frisch vom Kampf zurückgekehrt steif dastand und abwartete. Wie vielen Männern und Frauen hatte er wohl mit seiner Axt den Schädel gespalten? Tränen der Wut drängten in meine Augenwinkel. Wieder begannen meine Hände zu zittern und meine Lippen zu beben. »Ich möchte diese Gefangenen sehen.« Ich klang leider weinerlich und verzweifelt, statt stark und bestimmt. »Ihr müsst mich zu ihnen bringen.«

»Wir müssen gar nichts.« Haydens Bemerkung zertrümmerte den letzten Rest meines Selbstbewusstseins. »Aber da du Seans Beute bist und eine *Brit* dazu, soll *er* über dich bestimmen. Nur eins lass dir gesagt sein, Skye MacRae: Vergiss diese Männer, von denen du redest.«

Kapitel 14

»Wo bringst du mich hin?«

Keuchend versuchte ich, mit Sean Schritt zu halten. Wir liefen erneut durch modrig riechende, von Fackeln erleuchtete Gänge, die scheinbar nicht enden wollten.

»In mein Zimmer«, brummte er. Sein Griff hielt meinen Oberarm so fest, dass er mir das Blut abklemmte. »Du hast Hayden gehört. Sie übergibt dein Schicksal in meine Hände. Manchmal ist sie wirklich großzügig. Dabei gäbe es in der Festung genug Dienste, für die sie eine junge Frau wie dich gebrauchen könnte.«

»Ich bin keine Sklavin und werde niemals eine sein!«, protestierte ich. »Lass meinen Arm los!«

»Gleich«, gab er zurück. »Ich hab's eilig, musst du verstehen. Nach den letzten Tagen und Nächten hab ich mir ein paar Stunden Muße redlich verdient. Mein Bett ruft mich lauter als ein Leitwolf sein abtrünniges Rudel.«

»Bitte! ... Sean!«

Er warf mir einen überraschten Blick zu, als wunderte ihn die sanfte Art, wie ich seinen Namen ausgesprochen hatte.

»Was auch immer du vorhast«, flehte ich weiter. »Können wir nicht vorher zu den Gefangenen? Bitte?« Ich hustete übertrieben laut. »Ich werde nämlich sterben, wenn ich nicht erfahre, ob der Mann, den ich suche, unter ihnen ist.«

Sean blieb abrupt stehen. »Du stirbst sonst?«, stieß er mit betroffener Miene aus. »Aber warum denn?«

Verwundert über diese Reaktion starrte ich in sein Gesicht, das dem von Rory immer ähnlicher zu werden schien. Was sollte ich jetzt erwidern? Ich überlegte rasch und ging auf seine offenbar ernstgemeinte Frage ein. »Ja ... ähm ... so ist es wirklich. Ich bin bereits in einem kränklichen Zustand. Siehst du es denn nicht?«

Daraufhin beugte er sich zu mir herunter und musterte kritisch mein Gesicht. Dann begann er zu nicken. »Ja, sehe ich: Deine Augen sind gerötet und von dunklen Halbmonden umsäumt. Deine Lippen blutleer, deine Wangen fahl und dein Haar ... wirrer als ein Jungfernbusch.«

Ich nickte roboterhaft, während ich meine Verwirrung über seine Bestandsaufnahme eisern verbarg.

»Du wirst nicht sterben, dafür sorge ich schon«, sagte er entschieden. Unvermittelt strich er mit dem Finger über meine Unterlippe. »Du bist schließlich die erste Frau, die ich erbeutet habe und behalten darf.«

Ich schüttelte mich innerlich und seufzte. »Dann erfülle mir meinen Wunsch.« Mit Mühe rang ich mir ein vielversprechendes Lächeln ab. »Bitte, Sean! Das kann doch nicht so schwer sein, oder?«

»Willst du dich nicht lieber um dein eigenes Wohl kümmern?«, fragte er. »Dich ausruhen. Ein wenig schlafen? Ich besitze viele warme Felle. Alle selbst erledigt.«

Ich überging die Anspielung, dass ich womöglich den Schlafplatz mit ihm teilen musste, was eine ungeheuerliche Entwicklung der Ereignisse darstellen würde. War es purer Zufall? Schicksal? Oder beeinflusste ich die Dinge unbewusst so, dass ich von einem Schlamassel in den nächsten geriet?

»Sean, bitte lass mich eure Gefangenen sehen«, begann ich erneut. »Ich gebe dir mein Wort, dass ich keine weiteren Wünsche äußern werde.«

Er musterte mich skeptisch. »Ach, wirklich? Bist du dir da sicher?«

»Ich verspreche es!«

»Als könnte ich dir vertrauen.« Er taxierte mich stirnrunzelnd.

»Das kannst du ... und, ja, du hast recht: Ich bin müde und brauche Schlaf. Aber ich kann nicht ruhen, bevor ich nicht erfahren hab, was mit den Männern geschehen ist, die mich begleiteten. Und vor allem mit dem einen, der -«

»Skye«, fiel er mir gereizt ins Wort. »Von den Gefangenen, die vor Jahren aus *Caledonia* verschleppt wurden, ist, soweit ich weiß, keiner mehr am Leben. Aber nur um dir zu zeigen, dass ich verständnisvoll sein kann, wenn ich will, sollst du es von Richard selbst hören.«

Ich atmete auf. »Danke! Ich bin dir zutiefst verbunden.«

Er lächelte gezwungen. »Nun, dann muss das Bett eben noch eine Weile warten.«

Wir drehten um und liefen durch so viele schmale Gänge zurück, dass ich irgendwann die Orientierung verlor. Meine Gedanken überschlugen sich. Außerdem brannten meine Muskeln vor Erschöpfung, sodass jeder Schritt inzwischen einen hohen Kraftaufwand erforderte. Ein Wunder, dass ich noch nicht zusammengebrochen war. Nur die Liebe zu Rory, die ich mir zu spät eingestanden hatte, und mein vermutlich exorbitanter Adrenalinspiegel hielten mich aufrecht und trieben mich weiter.

Durch eine dunkle Holztür traten wir endlich nach draußen. Sofort kniff ich die Augen zusammen. Obwohl das Licht der Morgendämmerung noch zu schwach war, um die letzten Schatten der Nacht zu vertreiben, blendete es mich einige Sekunden lang. Dafür sog ich dankbar die frische Luft ein, auch wenn ab und an leichter Güllegestank vorbeiwehte.

Wieder ergriff Sean meinen Oberarm und zerrte mich grob mit sich. »Tut mir leid, aber wir können nicht nebeneinander herlaufen, als gingen wir gemeinsam spazieren«, murmelte er von der Seite. »Du darfst gern ein mürrisches Gesicht machen, wenn dir danach ist.«

Ich warf ihm einen ärgerlichen Blick zu. »Wird mir nicht schwerfallen, so wie deine Finger sich in mein Fleisch bohren.«

Wir liefen über einen schlammigen, menschenleeren Hof auf ein unscheinbares Holzhaus zu, von dessen Kamin dunkler Rauch emporstieg.

Dort angekommen ließ Sean meinen Arm endlich los. »Hier rein«, erklärte er und drückte eine einseitig schwingende Tür auf. Er trat als Erster ein. Sicherheitshalber blieb ich einen Schritt hinter ihm.

Richard von Schwarzmoor saß zusammen mit einem schmächtigen Glatzkopf mit Segelohren an einem kleinen, runden Tisch am Kaminfeuer. Er hob gerade einen Becher, während sein Kumpel sich mit der flachen Hand aufs Knie schlug und dabei grölte, als amüsierte ihn etwas furchtbar Witziges.

Sean machte sich räuspernd bemerkbar. Er stellte sich breitbeinig auf und verschränkte die Arme vor der Brust. »Gut, dass du noch nicht schläfst, Richard!«

Die beiden Männer fuhren herum und starrten uns überrascht an.

»Gibt es etwas zu erledigen?«, brummte Richard verwundert.

Sean nickte. »Nur eine kleine Sache, für die ich dich brauche. Komm mit. Aber beeil dich!«

Sean deutete mir, ihm nach draußen zu folgen. Und so verließen wir die Hütte wieder und warteten vor der Tür. Keine Minute später stand der finstere Krieger vor uns und zog fragend die Brauen hoch.

Sean setzte einen Befehlston auf. »Führe uns zu den Sklaven.«

Doch Richard zögerte. Er warf mir einen abschätzigen Blick zu und legte den Kopf schief. »Ist es klug, ihr das Verlies zu zeigen?«

»Tu es einfach«, erwiderte Sean streng. »Wir haben nicht viel Zeit, bis die Männer an die Arbeit müssen.«

Richard nickte stumm. Schließlich lief er los und wir hinterher. Inzwischen schafften es ein paar dünne Sonnenstrahlen durch die Wolkendecke und warfen blassgelbe Streifen in die Landschaft. Ich sah mich flüchtig um. Die drei Steingebäude, die ich von den Hohlfelsen aus beobachtet hatte, waren in Wirklichkeit ein großes Haupthaus, in dem sich Haydens Saal befand, wie ich jetzt wusste. Zu seinen Seiten standen zwei deutlich kleinere Bauten. Wir liefen auf das rechte Gebäude zu und betraten es durch eine niedrige Gittertür, die Richard mit einem Messingschlüssel aufschloss. Beißender Gestank wehte uns entgegen und löste einen Würgereiz in mir aus. Es roch abscheulich nach Blut, Schweiß, Dreck und Exkrementen, sodass ich mehrfach aufstoßen musste. Offensichtlich ließ Hayden ihre Gefangenen unter völlig desolaten Bedingungen hausen und scherte sich kein bisschen um ihre Würde.

Plötzlich wünschte ich mir, Rory möge überall sein, nur nicht hier. Doch was, wenn er seit vier Jahren genau in diesen Zuständen lebte?

Von Übelkeit und Sorge benommen stapfte ich hinter Sean und Richard durch einen tunnelähnlichen, dunklen Gang, der eindeutig abwärts verlief. Mit jedem Meter, den wir zurücklegten, schienen die Temperaturen zu sinken. Schließlich gelangten wir an eine Tür, die nur wenig größer war als ich. Im oberen Drittel befand sich eine etwa zwanzig Zentimeter breite, einem Briefschlitz ähnelnde Klappe.

»Bitte sehr, wer möchte zuerst?« Richard trat zur Seite und deutete auf den Schlitz.

Sean drehte sich zu mir um. »Na, dann wirf mal einen Blick rein, aber denk dran, dass keiner da drin jemals wieder freikommt. So lauten Haydens Regeln. Wenn du hier einen Aufruhr versuchst, muss ich dich zügeln!«

Die Lippen aufeinandergepresst trat ich vor. Mit einer Hand stützte ich mich an der Tür ab, die andere hob zitternd die Sichtklappe, während ich mit dem Gesicht nur zögerlich heranging. Unerträgliche Nervosität flatterte in meiner Brust. Mein Kreislauf hing am seidenen Faden. Aber um Gewissheit zu erlangen, musste ich jetzt durchhalten. Ich nahm allen Mut zusammen und sah durch den Schlitz in die Gefangenenkammer.

Der kleine Bildausschnitt erschien mir zuerst verschwommen und unscharf. Ich blinzelte ein paarmal und riss die Augen weit auf. Nach und nach offenbarte sich mir ein kerkerähnliches Gefängnis, in das durch ein rundes Loch in der Decke ein wenig Tageslicht fiel. Rasch erfasste mein Blick eine ausgemergelte Gestalt nach der anderen. Angesichts des Haufens verwahrlost aussehender Männer zog sich mein Magen schmerzhaft zusammen. Einige saßen auf dem dreckigen, mit Stroh ausgelegten Boden. Andere liefen mit ausdrucksloser Miene umher, als wären sie nicht ganz bei Sinnen. Es musste sich um etwa dreißig bis vierzig Personen handeln, deren verfilzte Bärte und Haare auf die lange Dauer ihrer Gefangenschaft deuteten. Fieberhaft scannte ich den Raum nach Rory, doch egal wie sehr ich mich anstrengte, in keinem der Gefangenen erkannte ich seine Züge … Und auch nicht die von John Alba. Oder Brandon und Kit. In einer Ecke jedoch leuchtete ein Blondschopf auf. Als mir klar wurde, dass es Brian war, schossen mir Tränen in die Augen. Und da, dicht neben ihm stand zweifellos Peter. Ihre Mienen zeigten eine deutliche Mischung aus Wut und Verzweiflung. Man hatte ihnen alle Waffen abgenommen und nur die Kleidung gelassen, aber abgesehen davon schienen sie wenigstens nicht verletzt zu sein. Ein weiteres mir bekanntes Gesicht fand ich leider nicht.

Ich ließ die Sichtklappe los und sah aufgewühlt zu Richard hoch. »Das sind doch nicht alle Gefangenen, oder?«

»Nicht ganz«, antwortete er grinsend und deutete Sean und mir, ihm zu folgen.

Wir liefen einige Meter weiter, bis zum Ende des Gangs, und blieben vor einer noch kleineren Tür stehen. Zitternd, aber mit neuer Hoffnung näherte ich mich ihr und sah durch das klappenlose Gitterfenster: In einer Ecke hockte Rocco Vince, ebenfalls entwaffnet, und trank hastige Schlucke aus einem Becher, den er mit beiden Händen umklammert hielt. Er war der Einzige in dieser winzigen Zelle. Diese Tatsache war ein derber Schlag für mich. Von Enttäuschung und Wut überwältigt fuhr ich herum und starrte Sean und Richard hasserfüllt an. »Und weitere Gefangene habt ihr nicht?«

Die beiden Männer wechselten undurchschaubare Blicke, die mich noch mehr aus der Haut fahren ließen.

Ich ballte die Hände und schlug die Fäuste gegeneinander. »Antwortet!«

»Zügle dein Temperament, Weib!«, herrschte Richard mich an. Sein verzerrter Gesichtsausdruck tangierte mich jedoch nicht. Ich fühlte mich wie kurz vor dem Durchdrehen.

»Skye!«, wandte sich diesmal Sean an mich. »Ich sagte dir doch bereits, dass die *Cals*, die vor Jahren verschleppt wurden, nicht mehr leben.«

»Das ist gelogen«, presste ich erstickt hervor. »Ich glaube euch kein Wort!«

»Jetzt reicht es aber, verflucht noch mal!« Richard drehte sich demonstrativ von mir weg und flüsterte Sean zu. »Der Kleinen sollten wir besser die Zunge herausschneiden, und zwar bald, sag ich.«

Auf diese Bemerkung hin hob ich meine Röcke an, stürzte einen Schritt vor und trat Richard mit aller Wucht in die Kniekehle.

»Sind das alle Gefangenen? Sag die Wahrheit, du Scheißkerl!«, brüllte ich ihn an, wohl wissend, dass der Tritt sowie die Beleidigung fatale Folgen für mich haben könnten.

Beide Männer drehten sich zu mir um und starrten mich verblüfft an, bis Richard anfing, mich auszulachen. Am liebsten hätte ich ihn dafür angespuckt, wagte diese Provokation dann allerdings doch nicht.

Plötzlich flog Seans Hand vor und packte mich am Ellbogen. »Komm jetzt! Mehr gibt's hier nicht zu sehen.« Gewaltsam begann er mich in Richtung Ausgang zu zerren, während Richard uns lachend folgte.

»Lass mich los! Ihr seid mir die Wahrheit schuldig!«, schrie ich. Meine Augen füllten sich mit heißen Tränen.

»Sean, warte ...«, erklang Richards Stimme hinter uns, woraufhin Sean stehenblieb und sich zu seinem Gefolgsmann umdrehte, ohne mich loszulassen.

»Was gibt's?«

»Beim Mühlrad ist noch dieser eine Kerl«, sagte Richard und fügte hinzu: »Wir nennen ihn den *Ewigen* ...«

Ein genervter Seufzer entwich Seans Brust. »Hat er keinen richtigen Namen?«

Gebannt wartete ich auf Richards Antwort. *Bitte sag MacRae!*

Doch Richard zuckte mit den Schultern. »Er hat nie einen genannt, und du weißt ja, was Haydens *Gesöff* mit den Gefangenen macht. Sie vergessen alles und folgen jedem Befehl wie ein abgerichteter Köter. Also wenn du mich fragst, weiß der schon seit dem ersten Tag nicht mehr, wer er ist und wie er zu uns kam. Ist trotzdem ein zäher Kerl. Der Letzte der *Cals*, die ich vor vier Jahren gepflückt hab. Die anderen sind längst krepiert.« Richard verzog schnalzend den Mundwinkel.

»Bring uns zu ihm.« Sean sah mich düster an. »Das willst du doch, oder nicht?«

So aufgewühlt, wie ich war, bekam ich kein Wort heraus, obwohl ich antworten wollte. Immer noch starrte ich in Richards Gesicht.

»Hey?«, versuchte es Sean erneut. Jetzt fasste er mich mit beiden Händen an den Schultern und beugte sich zu mir herunter, um meine Aufmerksamkeit zu erzwingen. »Bist du noch da? Was ist los?«

Ich begann zu nicken, und endlich konnte ich den Blick von Richard losreißen und Sean ansehen. »Können wir ... können wir zu diesem *Ewigen*? Bitte!?«

Kapitel 15

Von den Hohlfelsen aus hatte ich das Mühlrad nicht sehen können, da es hinter dem großen Hauptgebäude lag.

Während wir uns dem archaischen Bauwerk näherten, konnte man zwar erkennen, dass es sich bewegte, nicht jedoch, wer oder was es antrieb. Im Zentrum der primitiven Konstruktion befanden sich zwei aufeinanderliegende, flache Mühlsteine von mindestens drei Metern Durchmesser. Der obere Stein wurde von zwei überkreuzten, in der Mitte mit dicken Seilen zusammengebundenen Baumstämmen bewegt. Erst als wir unweit davon stehenblieben, kam mit der langsamen Rotation der Stämme eine Gestalt in unser Sichtfeld.

»Er hält das verfluchte Mühlrad ganz alleine in Gang, wie ihr seht«, sagte Richard mit einer unüberhörbaren Bewunderung in der Stimme. »Von Sonnenaufgang bis Sonnenuntergang. Allerdings ist er nicht mehr so schnell wie früher ... kraucht nur noch wie ein Greis.«

Als ich den Mann sah, verengte sich meine Kehle, mein Körper fing an zu zittern. Wie gebannt starrte ich ihn an. Diese wilde, dunkle Mähne ... Seine Hose bestand aus grau-braunen Fetzen. Das einzig warme und intakte Kleidungsstück, das er trug, war eine schmutzige Fellweste, die einmal weiß gewesen sein musste. Das Blut sackte mir in die Beine. In meinen Ohren begann ein dumpfes Rauschen.

Ob angebracht oder nicht, um nicht umzufallen, krallte ich mich mit einer Hand in Seans Unterarm und hielt mich an ihm fest. Ich wusste, ich war am Ziel. Doch es fühlte sich an wie ein Abgrund. Ein Ende.

Niemand hätte in dem muskulösen Sklaven mit dem dunklen Bart Rory wiedererkannt, aber ich zweifelte nicht eine Sekunde daran, dass ich ihn gefunden hatte. Obwohl ich sein Gesicht nicht sehen konnte, spürte ich den verbissenen Willen, mit dem er sich am Leben hielt, indem er ein Drehkreuz aus Baumstämmen vor sich herschob. Mein Herz zersprang in tausend Teile – aus Freude und Entsetzen zugleich.

»Reicht dir der Anblick?« Sean sah ungeduldig auf mich herunter. »Also, ich hab jetzt genug. Wir kehren um.«

»Ich kenne diesen Mann«, brach es heiser aus mir heraus. »Ich will näher herangehen.«

Sean stöhnte auf. »Nicht mal seine Mutter würde ihn wiedererkennen, und du behauptest, du kennst ihn?!«

Statt zu antworten, machte ich einen Schritt, ließ den nächsten folgen und hoffte, meine weichen Knie würden mich bis zum Mühlrad tragen. Ich musste mich umgehend davon überzeugen, dass ich mich nicht irrte und dass wirklich Rory vor mir stand.

»Hey!« Mit einem Satz ergriff Sean mein Handgelenk. »Ich sagte, ich hab genug!«

»Warum lässt du sie nicht spüren, dass sie zu gehorchen hat?«, wetterte Richard dazwischen. »Wie auch immer. Meine Hütte ruft mich. Hayden hat für Morgen Roccos Hinrichtung angeordnet. Ich muss mich noch besaufen und anschließend meinen Rausch ausschlafen, bevor Köpfe rollen können.«

»Dann geh«, entgegnete Sean kühl, ohne sich zu Richard umzudrehen. »Es hält dich keiner auf.«

»W-was hat er eben gesagt?«, fragte ich erschrocken. »Rocco Vince soll hingerichtet werden?«

»Ist nicht seine und auch nicht meine Entscheidung, Skye. Und jetzt komm mit!«

Doch ich zog angewidert meine Hand aus Seans Umklammerung und lief erneut los.

»Ich will diesen Mann aus der Nähe sehen«, brüllte ich. Tränen benetzten meine Wangen, während das Mühlrad sich weiterdrehte.

»Nun gut, aber beeil dich!« Sean hob die Stimme: »Und vergiss nicht, dass keiner der Gefangenen je freikommt! Wer bei Hayden landet, der bleibt bis zum Tod.«

Ich warf ihm einen hasserfüllten Schulterblick zu. Er war stehengeblieben, hatte die Arme vor der Brust verschränkt und beobachtete mich mit einem spöttischen Gesichtsausdruck.

Ohne mich davon aufhalten zu lassen, schwankte ich auf das Mühlrad zu. Mein Herz klopfte panisch, als ich wenige Meter davor stehenblieb. Der Sklave kam gerade hinter den Mühlsteinen hervor und näherte sich langsam meiner Position. Obwohl er mich bemerkt haben musste, reagierte er nicht auf meine Anwesenheit, sondern schob stoisch das Drehkreuz weiter. Als er auf selber Höhe mit mir war, sah ich zwei himmelblaue Augen, die leblos ins Leere starrten. Seine Gesichtshaut und die Lippen waren an manchen Stellen aufgeplatzt. Seine fast hüftlangen Haare hingen stumpf und dreckig herab. An seinem Hals baumelte ein Trinkhorn mit vermutlich fragwürdigem Inhalt. Eisenketten verbanden seine Hand- und Fußgelenke miteinander.

»Ro... Rory!?«, stotterte ich erstickt. »Ich bin es! Skye!«

Doch ich bekam weder eine Antwort noch deutete irgendein anderes Zeichen darauf hin, dass er mich wahrnahm. Ihn in diesem Zustand zu erleben, zerriss mich innerlich.

Ich begann neben ihm herzulaufen.

Mein Gott, Rorys Körper hatte sich verändert. Seine Arme und Beine hatten beträchtlich an Muskelmasse zugelegt, während die Wangen eingefallen wirkten. Einige verfilzte Haarsträhnen hingen ihm ins Gesicht, doch er schien sich nicht an ihnen zu stören.

»Rory … Alistair. … Boyd … MacRae «, zählte ich jeden seiner Namen tränenerstickt auf. »Ich bin es, Skye, deine Frau. Ich bin zurückgekommen. Schau her, ich bin hier!«

Mein Flehen brachte nichts. Er zeigte einfach keine Reaktion.

Nach einer kompletten Runde, die ich mit ihm gelaufen war, blieb ich stehen, während er wie eine seelenlose Maschine weitermachte. Schmerzerfüllt sah ich ihm hinterher, weinte lautlos und versuchte mir einzureden, dass sein Herz mich sicher gehört hatte.

Ich bemerkte, dass Sean mit schnellen Schritten auf mich zukam, und wandte mich zu ihm um. Seine Miene verriet, dass seine Geduld aufgebraucht war.

Als er vor mir stand, deutete er mit dem Kinn zu Rory: »Ist so gar nicht mehr in unserer Welt, der arme Kerl«, erklärte er grinsend. »Aber so funktionieren sie eben am besten.«

Ich schwieg, ob der unfassbaren Situation, dass Sean über seinen eigenen Bruder redete, ohne es zu wissen. Das Rauschen in meinen Ohren verstärkte sich auf einmal. Und plötzlich raste eine dunkle Wand auf mich zu.

Und dann verschluckte mich die Finsternis.

Ich kam unter warmen Bären- und Schafsfellen langsam wieder zu mir. Was war geschehen? Wie lange war ich weg gewesen? Bestimmt mehr als nur ein paar Sekunden. Einen winzigen Moment fühlte ich mich in diesem weichen Bettlager und den Steinwänden um mich herum sicher und geborgen und spürte, bis auf großen Durst, kaum Unwohlsein. Mit erwachendem Bewusstsein jedoch kehrten all meine Erinnerungen, all mein Schmerz und all der Schrecken zurück.

Ich hörte das Knistern und Knacken von Feuerholz, dann ein Räuspern aus männlicher Kehle und schoss erschrocken hoch. Schlagartig merkte ich, dass ich nackt war, und zog sofort eines der Felle über meine Brüste. Schließlich sah ich zur gegenüberliegenden Wand, wo Sean an einem kleinen Holztisch saß. Mein Blick erfasste außerdem einen großen Blechteller mit Käse und Eiern, übereinandergestapelte Fladenbrote und eine gläserne Karaffe. Während er kaute, sah er mit schiefgelegtem Kopf zu mir herüber und begann zu grinsen.

»Wie bin ich hierhergekommen?«, fragte ich aufgebracht. Offensichtlich befand ich mich in Seans Privatbereich. »Wieso bin ich nackt? Wie lange liege ich hier schon?« Ich starrte ihn wütend an.

Sean kaute in aller Ruhe zu Ende und trank aus seinem Becher, bevor er mich wieder ansah. »Du musst diese Feindseligkeit bald ablegen. Sie nutzt dir nichts. Du musst -«

»Wo sind meine Sachen?«, fiel ich ihm brüllend ins Wort.

Er deutete mit einer kurzen Handbewegung in eine Ecke. »Auf dem Boden.«

Suchend blickte ich um mich und atmete erleichtert auf, als ich meine Kleidung und Schuhe auf einem Haufen liegen sah.

»Du bist plötzlich ohnmächtig geworden. Ich hab dich hierher getragen und ins Bett gelegt.«

»Und wieso musstest du mich ausziehen?« Ich biss die Zähne aufeinander vor lauter Wut.

»Legt ihr euch mit Kleidern schlafen, da, wo du herkommst?«, fragte er spöttisch.

»Was? Nein, ich meinte ... du hast kein Recht, so mit mir umzugehen.«

Sean lachte amüsiert auf. »Und ob. Du gehörst jetzt schließlich mir ganz allein. Ich kann mit dir machen, was ich will.« Er hielt kurz inne. »Du hast beim Mühlrad die Besinnung verloren, ich hab dich hierher gebracht, entkleidet und ins Bett gelegt, weil du geschlafen hast wie ein neugeborenes Kätzchen. Doch kaum setze ich mich hin und will was essen, wachst du wieder auf.« Er seufzte und fügte sarkastisch hinzu. »Aber wie erfreulich, dass du deinen Biss nicht verloren hast. Das gefällt mir.«

Falls er nicht log, war ich also nur kurz bewusstlos gewesen. Eine unmenschliche Übermüdung, ein Schlafdefizit von gehörigem Ausmaß, und vor allem der Schock wegen Rorys apathischem Zustand hatten wohl dazu geführt.

Ich unterließ es, Sean zu fragen, ob er mich unsittlich berührt hatte, und hoffte, dass dem nicht so war. Anzeichen dafür fand ich auf Anhieb zumindest keine.

»Ich möchte mich anziehen«, sagte ich, obwohl ich mich kaum kräftig genug fühlte, um aufrecht im Bett zu sitzen.

»Bleib lieber, wo du bist«, riet er mir.

Mit welcher Strategie, um Himmels willen, sollte ich jetzt am besten vorgehen? Zuerst einmal wäre es gut, die Stimmung zwischen uns nicht weiter anzuheizen. Sean wollte sich die nächsten Stunden offensichtlich ausruhen und war sicherlich nicht auf Stress aus. Ich tat gut daran, diese Gelegenheit klug zu nutzen, um irgendwie zu seiner hoffentlich vorhandenen Vernunft durchzudringen. Wenn ich nur nicht so unendlich erschöpft gewesen wäre. Die Lider drückten schwer auf meine Augäpfel.

»Willst du was essen oder trinken?« Er sah mich jetzt freundlich lächelnd an.

»Ich hab ziemlichen Durst«, antwortete ich heiser, »aber ich verzichte auf Whisky und auch auf euren Tee Marke *Hayden*.« Ich blickte unsicher zu ihm hinüber und fügte hinzu: »Ich möchte nichts, das aus mir eine willenlose Puppe macht.«

»Keine Sorge«, erwiderte er gelassen. »Diese Art Tee – oder das *Gesöff*, wie alle es nennen – bekommen nur die Gefangenen.«

Die ehrliche Antwort überraschte mich. Hoffnungsvoll hakte ich nach: »Heißt das, ich bin keine Gefangene?«

»Oh doch, das bist du!« Er schnalzte mit der Zunge, bevor er fortfuhr. »Zumindest, bis du begreifst, dass ich dich gerettet habe.« Sein Ton wurde eindringlicher. »Du hättest geschändet und getötet werden können, ist dir das eigentlich klar? Es war *meine* Entscheidung, dich zu schonen. Mein Befehl. Niemand durfte dich anrühren.« Mit einem grimmigen Stöhnen erhob er sich von seinem Platz und schritt langsam auf das Bett zu. Mitten im Raum blieb er stehen. Sein dunkler Blick schien mich durchbohren zu wollen. Obwohl er keine Waffen am Körper trug und trotz seines jugendlichen

Alters – nach meiner Rechnung musste er um die zweiundzwanzig sein – wirkte er so bedrohlich, dass ich zusammenzuckte.

»Ich möchte dich zu nichts zwingen oder dich beeinflussen«, sagte er ernst. »Ich hoffe, dass du klug genug bist, um die Vorteile zu erkennen, die ich dir biete.«

Ich zog das Fell, das meine Blöße bedeckte, bis zum Kinn hoch. »Ich bin ... also ich bin dir wirklich dankbar, Sean von Dunkelwald«, entgegnete ich eingeschüchtert. »Vielleicht bist du ja eher ein Retter als ein Mörd -« Erschrocken brach ich den Satz ab. Was redete ich da? Ja, er war vermutlich Rorys Bruder, doch das bedeutete noch lange nicht, dass er ebenso viel Güte besaß.

»Wolltest du gerade *Mörder* sagen?« Er kniff die Augen zusammen, sodass sie einen bedrohlichen Zug annahmen. Ich hoffte inständig, dass er sich nicht in etwas verbiss.

»Ich wollte nur zum Ausdruck bringen, ähm ... dass ich dich eben *nicht* für einen Mörder halte«, erwiderte ich mit klopfendem Herzen.

Sean kam näher und setzte sich langsam auf den Bettrand, den Blick starr auf mich gerichtet. »Nun, ich bin aber einer«, sagte er mit einem düsteren Unterton. »Jederzeit und an jedem Ort. Du brauchst es niemals in Frage zu stellen, verstanden?«

Verunsichert über die prekäre Wendung unseres Gesprächs nickte ich hastig.

»Ich jage dir Angst ein, ich weiß«, fuhr er fort. »Das wird sich hoffentlich bald ändern.« Dann stand er auf und ging zum Tisch. Mit der Karaffe und einem Metallbecher kam er zurück. Diesmal lief er um das Bettlager herum, das etwa so breit war wie ein

Doppelbett des einundzwanzigsten Jahrhunderts, und setzte sich dicht neben mich.

Er hob die dunklen Brauen und sprach ruhig auf mich ein. »Möchtest du von diesem wohlschmeckenden, reinen Wasser trinken, Skye?«

Ich starrte sehnsuchtsvoll auf die Karaffe. Die Frage löschte alle anderen Gedanken in meinem Kopf. Mein Durst war kaum noch auszuhalten. Ich nickte demütig. »Ja, ich ... Kannst du mir bitte was davon eingießen?«

Er betrachtete mich eine Weile stumm, und ich fragte mich schon, ob er ein perfides Spiel abzog, an dessen Ende ich ohnehin nichts zu trinken bekommen würde. Doch dann ließ er den Becher volllaufen und hielt ihn mir hin. In seinem Gesicht las ich das Vergnügen darüber, dass ich das Fell vor meiner Brust zumindest mit einer Hand loslassen musste.

Als ich den Becher an die Lippen hob und das klare Wasser darin roch, zögerte ich keinen weiteren Moment, davon zu trinken. Durst, so stellte ich nicht zum ersten Mal fest, konnte mit einer Intensität quälen, die einer Folter in nichts nachstand. Ihn stillen zu dürfen, kam einer Erlösung gleich, für die man auf ewig dankbar sein wollte. Und wie Sean es gesagt hatte, schmeckte das Wasser einfach köstlich. Kühl und weich umspülte es meine Zunge und meinen trockenen Gaumen, gluckerte durch meinen Mund und löschte den unerträglichen Brand in meiner Kehle.

Als ich den Becher geleert hatte, goss Sean unaufgefordert nach. Das tat er dreimal, bis ich ihm signalisierte, genug getrunken zu haben.

Sofort spürte ich eine Belebung meiner Sinne. Wie Grashalme nach einem Regen sprossen Hoffnung und neuer Mut in mir. Und ich erkannte eine Chance in der Tatsache, dass Sean zwar meine Unterwerfung wünschte, diese aber von mir freiwillig zu bekommen hoffte.

»Möchtest du jetzt etwas essen?«, fragte er scheinbar fürsorglich.

Ich setzte ein freundliches Lächeln auf und rutschte ein klein wenig von ihm weg, da mir seine Nähe Unbehagen bereitete.

»Ich würde lieber mit dir reden«, sagte ich und sah ihn hoffnungsvoll an.

Er stöhnte abweisend. »Hat das nicht Zeit?«

»Es geht um den Ewigen.«

»Den Langweiler? Als hätte ich es geahnt ...« Sean stellte die Karaffe und den Becher auf dem Fußboden ab und sah mich wieder an. »Nun, er ist stark, keine Frage, aber er ist ein *Cal* und ein Sklave. Und ich wüsste nicht, was ihn so interessant für dich macht.«

Das Bedürfnis, die Wahrheit zu sagen, überkam mich, ohne mir Zeit zu lassen, über die Konsequenzen nachzudenken. Ich wollte Sean klarmachen, was für eine Bedeutung dieser *Ewige* für mich hatte. Dass wir zwei Hälften eines Ganzen waren. Dass er der Mann war, für den ich Jahrhunderte überwunden hatte. Der Mann, der einst die stolze Krieger-Patrouille seines Volkes angeführt hatte. Seans leiblicher Bruder, verdammt nochmal!

Ich holte tief Luft und sah in die dunklen Augen vor mir, die gespannt auf Antwort warteten. »Sein Name ist Rory MacRae«, sagte ich. Und als hätte sich eine Schleuse geöffnet, fuhr ich fort: »Er ist mein Ehemann. Wir sind in *Caledonia* vermählt worden. Ich bin seine Frau, verstehst du?« Ich schluckte schwer. Die plötzliche innere Aufruhr drückte mich tiefer ins Bett.
Sean zog einen Mundwinkel hoch und begann, den Kopf zu schütteln. »Du lügst. Ich weiß nicht, weshalb,

aber du lügst«, sagte er überzeugt. »Ich hab deinen Körper gesehen. Jeden Quadratzentimeter deiner zarten Haut. Du hast keine Markierung. Du müsstest aber eine haben, denn *Cals* nehmen diese Markierungsrituale sehr ernst, wie wir längst wissen. In welchem Verhältnis du zum Ewigen auch stehen magst, dein Ehemann ist er gewiss nicht.« Er grinste selbstgefällig und fügte seufzend hinzu. »Im Übrigen, selbst wenn es so wäre, wie du behauptest. Es würde nichts daran ändern, dass du nun mit Haut und Haaren mir gehörst. Und ich bin nicht besonders anspruchsvoll. Ich nehme auch Gebrauchtes ...«

Das war deutlich.

»Sean, bitte!«, stieß ich leise hervor. Mir war, als hätte er gerade den Rest an Lebensenergie aus mir herausgesogen.

»Lass das!«, schimpfte er. »Mit säuselnder Stimme kannst du meine Gunst nicht erbetteln.« In einem wesentlich härteren Tonfall ließ er mich wissen: »Du wirst den Ewigen nie wieder sehen. Genauso wenig wie die anderen Gefangenen. Du wirst sie alle vergessen und dankbar sein, dass du noch lebst. An meiner Seite!«

Unvermittelt erhob er sich und stampfte zurück zum Tisch, wo er sich hinsetzte und ein Stück Käse in den Mund schob. Er schwieg eine Weile, warf mir ab und zu einen ärgerlichen Blick zu und wandte sich wieder ab.

Schläfrigkeit, verstärkt durch die Wärme des Feuers und der Felle, kroch mir mit aller Macht unter die Lider. Egal, wie sehr ich der Erschöpfung trotzte, ich spürte, dass ich den Kampf verlor. Ich musste ein paar Stunden schlafen, auch wenn ich mich im Löwenkäfig befand. Eine schwankende, halluzinierende Skye wäre für niemanden eine Hilfe gewesen, und ich hätte nur einen

Fehler nach dem anderen gemacht. Also rutschte ich tiefer unter die Felle. Nur mein zerzaustes Haar und meine Stirn schauten heraus. Ich drehte mich auf die Seite, und während ich die Embryonalstellung einnahm, konnte ich meine Gedanken nicht mal zu Ende denken.

Rorys Stimme flüsterte in mein Ohr. Ich schmunzelte überglücklich, auch wenn ich seine Worte nicht verstand. Als ich einen hauchzarten Kuss auf meiner Stirn spürte, seufzte ich gedehnt, ein weiterer landete auf meiner Nasenspitze. Und schließlich streifte sein warmer Atem meine Wangen, berührten seine Lippen meinen Mund, kaum merklich und doch fest genug, um eine Woge des Glücks in mir auszulösen.

»Rory ...«, hauchte ich leise, noch bewegungsunfähig von süßer Schlaftrunkenheit.

Mach die Augen auf, Skye!

Hatte ich das eben gedacht oder gehört? Ganz langsam hob ich die Lider, erwartete Rorys wunderschönes Gesicht zu sehen und in einen tiefblauen See einzutauchen ...

Doch es war Sean, der neben mir lag, den Kopf auf den Ellbogen gestützt und mich musterte. »Der Abend dämmert. Die Kerzen brennen schon«, sagte er sanft. »Wenn du jetzt weiter schläfst, wachst du irgendwann mitten in der Nacht auf und kommst womöglich auf dumme Gedanken.« Er deutete zum Tisch hinüber. »Außerdem hab ich uns warmes Essen bringen lassen. Kartoffelsuppe mit Fleisch, einen Krug Rotwein, Brot und würzigen Käse.«

Hektisch zog ich die Felle an mich und rollte mich in sie ein. Sean trug immer noch seine vollständige Kleidung, was mich nach dem ersten Schreck über meine Lage etwas beruhigte.

»Hast du mich die ganze Zeit beobachtet?« Ich zwang mich, nicht zu empört zu klingen.

»Nein, nicht die ganze Zeit«, antwortete er schmunzelnd. »Hab auch ein wenig geschlafen, vielleicht zwei Stunden.«

»Hier im Bett?«

»Na, auf dem Steinboden sicher nicht!«

»Ich hab dich nicht bemerkt.«

»Schläfst du immer wie eine Tote?« Er lächelte amüsiert.

Ich sah ihn misstrauisch an. Gerade machte er den Eindruck, als könnte er ein netter Mensch sein, wenn er wollte. Ich durfte aber auf keinen Fall vergessen, dass er sich selbst als Mörder bezeichnet hatte. Ich zog die Mundwinkel hoch. »Hm. Und du? ... Schläfst du immer so kurz?«

»Meistens. Ich brauche nur wenig Schlaf«, behauptete er. Doch dann ergänzte er etwas zögerlich: »Außerdem, nun ja ... sobald ich länger als ein paar Stunden schlafe, träume ich immer denselben Traum.«

»Du hast einen wiederkehrenden Traum?«

Meine Intuition sagte mir, dass diese Aussage eine tiefergehende Bedeutung haben könnte.

Sean nickte. »Ich sehe Feuer, blutige Schwerter und Kinder. Sie schreien. Manchmal beobachte ich alles von oben, als wäre ich ein Adler. Und manchmal bin ich selbst eines dieser schreienden Kinder.«

»Das klingt nach einem Albtraum«, entfuhr es mir. Ich erinnere mich, dass Rory ebenfalls unter Albträumen gelitten hatte, die mit dem Überfall der *Brits* auf seine Familie zusammenhingen.

»Deswegen schlafe ich so selten«, verriet Sean weiter.

Er schien in Stimmung für eine lockere Unterhaltung zu sein. Ich begriff, dass ich diese Chance für mich nutzen musste.

»Wenn ich mich anziehen darf, könnten wir gemeinsam etwas essen«, sagte ich und lächelte zaghaft.

Prompt erwiderte er mein Lächeln. »Natürlich darfst du.« Daraufhin schwang er die langen Beine aus dem Bett und ging zum Tisch, wo er sich auf einen der zwei Stühle setzte.

Als ich mich mit Jeans und Pullover ihm direkt gegenüber platzierte, musterte er mich ausgiebig. »Tragen alle Frauen in *Caledonia* solche Kleidung?«

Ich nickte. »Manche, ja. Aber die meisten bevorzugen Röcke.«

»Steht dir«, befand er. »Diese blaue Hose, meine ich. Von mir aus darfst du so herumlaufen, wenn du magst.« Er griff nach der Schöpfkelle im Tontopf und füllte unsere Teller mit Suppe.

»Freut mich, dass ich sogar deine Erlaubnis habe«, gab ich sarkastisch zurück.

Doch Sean lächelte zufrieden. »Schön, dann lass es dir schmecken.« Er riss einen Fladen entzwei, reichte mir eine Hälfte und begann seine Suppe zu löffeln.

Ich achtete sehr genau auf seine Gesten und seine Mimik, während ich aß. Unser Gespräch durfte nicht ins Stocken geraten, also nahm ich es wieder auf: »Kann ich dir ein paar Fragen stellen?«

»Kommt drauf an.« Mahnend hob er die Brauen. »Frag mich nur nichts über Hayden!«

»Nein, ich ... ich wüsste gerne, was aus meinem Pferd geworden ist. Ein Schimmel. Sie heißt Snow. Werde ich sie wiederbekommen?«

Sean sah mich überrascht an. »Richard kümmert sich um die Beute und die Gefangenen, nicht ich.«

Ich hatte zwar damit gerechnet, dass er meiner Frage ausweichen würde, dennoch erwischte es mich kalt. »Heißt das also *Nein*?«

»Du brauchst kein Pferd«, erklärte er. »Wenn du möchtest, besorge ich dir einen Hund.«

»Ich hätte aber lieber mein Pferd zurück.«

»Tut mir leid ...« Er zuckte mit den Schultern.

Unvermittelt ließ ich den Löffel in den Teller fallen, sodass einige Spritzer Suppe auf Seans Hemd und Gesicht landeten. Sekundenlang hielt er den Kopf still, als würde er abwarten, ob noch mehr Unvorhergesehenes geschah. Schließlich wischte er sich mit dem Handrücken über die Wangen und richtete langsam den Blick auf mich.

»Schmeckt es dir nicht?«, fragte er kühl.

Ich holte tief Luft. Meine Hände zitterten so sehr, dass ich sie unter meine Achseln klemmen musste. Ich dachte an Rory, der da draußen ein dämliches Mühlrad in Bewegung hielt und nichts um sich herum mitbekam. An Brian und Peter, die mit einem Haufen Pechvögel zur Zwangsarbeit verdammt worden waren, und an Rocco Vince, der morgen hingerichtet werden sollte. Und was mit John Alba und Brandon und Kit passiert war, stand in den Sternen. Vielleicht lebten sie nicht mehr.

»Ich bin für die Rolle einer ergebenen Sklavin nicht geschaffen, Sean von Dunkelwald!«, stieß ich mit bebender Stimme aus. Mit erhobenem Kinn sah ich mein Gegenüber herausfordernd an. Sicher war es unklug, solche provozierenden Dinge zu sagen. Und dennoch flutschten die Worte wie von selbst über meine Lippen. Von meiner Frustrationstoleranz war anscheinend nicht mehr viel übriggeblieben, seit ich durch die Zeit reiste.

Sean aß seelenruhig weiter, als wäre nichts passiert. »Du wirst dich schon eingewöhnen«, sagte er tonlos. »Wirst lernen, wie du hier zurechtkommst. Irgendwann betrachtest du dich als *mein* Weib. Wer weiß, vielleicht gründe ich mit dir an meiner Seite einen eigenen Clan, nehme dich zur Frau und hab Nachkommen und all sowas.«

»Eher lass ich mir den Kopf abhacken«, murmelte ich, mehr zu mir selbst, doch er hatte es bestimmt auch gehört.

Mit zwei Fingern fischte ich den Löffel aus meiner Suppe. Meinen leeren Magen interessierte der Inhalt unseres Gesprächs nämlich nicht im Geringsten, immer noch knurrte er wie ein Bluthund. Ich begann also wieder zu essen, würdigte Sean jedoch keines direkten Blickes.

Hektik schien ihn plötzlich zu befallen. Er stopfte sich ein großes Stück Käse in den Mund, schmatzte laut, wischte seinen leeren Teller mit Brot blitzblank sauber, rülpste zweimal hintereinander und stand vom Tisch auf.

Während ich still weiter aß, beobachtete ich ihn aus dem Augenwinkel. Schweigend legte er seinen Brustgurt um, hob das Langschwert sowie Pfeil und Bogen aus der Befestigung an der Wand und bewaffnete sich, als würde er gleich in den Kampf ziehen. Dann stampfte er zu der Holzkiste neben dem Bett, öffnete den schweren Deckel und nahm zwei Messer heraus, die er blitzschnell in seinen Beinholstern versenkte. Zum Schluss zog er einen roten Umhang hervor, warf ihn sich über die Schultern und band ihn am Hals fest.

»Ich bin für einige Stunden weg«, ließ er mich wissen. »Du bleibst hier. Du kannst machen, was du willst, aber ich rate dir, verlasse nicht dieses Zimmer.

Max streift gern durch die Gänge. Er macht das am liebsten nachts, wenn alle schlafen.«

»Wo gehst du hin?«, fragte ich beunruhigt. Ich dachte an spontane Gräueltaten, die er und Richard vielleicht begingen, weil sie gerade Lust darauf hatten.

Sean blieb an der Zimmertür stehen, die Hand auf dem Knauf, und drehte den Kopf zu mir. »Bald geht das übliche Tagesgeschäft los. Ich muss mich mit Hayden besprechen, Entscheidungen fällen, Anweisungen geben ... Im Übrigen, deine Notdurft kannst du in den Eimer dort neben dem Kamin verrichten. Morgen zeige ich dir die Festung und wo du dich waschen kannst. Ach ja ... stell den Eimer anschließend vor die Tür. Vergiss aber den Deckel nicht. Die Diener kümmern sich um alles andere.« Mit einem halben Lächeln fügte er hinzu: »Iss dich satt und geh wieder schlafen, Skye. Ist das Beste für dich. Zumindest, solange ich weg bin.« Nach diesen Worten verschwand er durch die Tür, die mit Krach hinter ihm zufiel.

Die plötzliche Stille machte mir bewusst, dass ich allein und hilflos in einem fremden Zimmer festsaß. Inzwischen musste es auf Mitternacht zugehen. Von draußen drangen kaum Tierlaute oder sonstige Geräusche herein. Ich befand mich in einer aus massiven Steinen erbauten, jedoch unfertigen Festung irgendwo in *Britannia*. So nah an Rory, und doch war er unerreichbar.

Was sollte ich nur tun? Während ich mir den Kopf zermarterte, aß ich einen zweiten Teller Suppe und ein ganzes Fladenbrot, trank von dem Wein, auch wenn es leichtsinnig war, und spürte endlich ein Gefühl der Sättigung. Eine erneute Schwere erfasste meine Glieder.

Da ich mich nicht nur müde fühlte, sondern Seans Anordnung durchaus ernst nahm, legte ich mich wieder ins Bett, natürlich angekleidet, und schlief so schnell ein, dass mir keine Zeit zum Grübeln blieb.

Irgendwann schreckte ich aus dem Schlaf hoch, ohne zu wissen, warum. Die Kerzen waren heruntergebrannt, und im Kamin glühten nur noch wenige Holzscheite. Ich spürte einen heftigen Druck auf der Blase. Gut, dass ich allein war, so konnte ich wenigstens unbeobachtet in den Eimer pinkeln. Anschließend schlich ich zur Tür, öffnete sie so leise, wie es ging, und stellte den Eimer in den Gang. Auf der rechten Seite brannte eine Wandfackel und spendete ein wenig Licht. Von einem Wächter war weit und breit nichts zu sehen. An eine Flucht brauchte ich dennoch nicht zu denken. Ich kannte mich in diesen Gemäuern nicht aus, hatte keinen einzigen Verbündeten, kein Pferd und wollte ohne Rory sowieso nirgends hin. Und dann war da angeblich noch dieser Bär, der nachts in der Festung herumgeisterte.

Plötzlich wurde mir unheimlich zumute. Also schloss ich die Tür wieder zu, sprang ins Bett und kroch schnell unter die Felle.

Diesmal schlief ich nicht sofort ein. Stattdessen grübelte ich verzweifelt und kam zu dem Schluss, dass ich unbedingt Seans Vertrauen und Unterstützung brauchte, um Rory und hoffentlich noch ein paar andere aus ihrer Misere befreien zu können.

Zwar fehlte mir ein ausgetüftelter Plan, doch ich glaubte fest daran, eine reelle Chance zu haben. Woher diese Zuversicht kam, wusste ich nicht, denn rein faktisch schien ich in einer ausweglosen Situation zu stecken. Vielleicht klammerte ich mich an eine Illusion, aber das war eindeutig besser, als aufzugeben und eine Sklavin zu werden. Mit diesem einigermaßen hoffnungsvollen Gefühl driftete ich erneut in den Schlaf.

Als ich nach einer traumlosen Schlafphase die Augen öffnete, sah ich sofort, dass Sean neben mir lag. Er hatte mir den Rücken zugedreht und ein Bärenfell über Beine und Hüften gezogen. Der sichtbare Rest seines Körpers war nackt. Seine Haut schimmerte weiß und strömte Hitze aus wie ein Hochofen.

Ich horchte angestrengt, doch er gab keinen Laut von sich. Schlief er überhaupt, oder tat er nur so? Unsicher starrte ich auf seinen kurzgeschorenen Hinterkopf, das kräftige Kreuz, folgte dem Verlauf seines Bizeps' bis zum Ellbogen. Er rührte sich kein bisschen.

Durch das Fenster sickerte Tageslicht ins Zimmer, gerade genug, um den Raum zu erhellen und tanzende Staubpartikel sichtbar zu machen. Vorsichtig lugte ich unter meine Felle, überzeugte mich davon, dass ich meine Kleidung noch anhatte, und atmete erleichtert auf.

»Ausgeschlafen?«, erklang plötzlich eine sonore Stimme.

Erschrocken zuckte ich zusammen. Sean hatte hellwach geklungen.

»Ja«, antwortete ich heiser.

Mit Schwung drehte er sich zu mir um, sodass er mir nun ins Gesicht sehen konnte. Seine dunklen Augen funkelten wie tiefschwarzer Onyx. »Freut mich«, raunte er lächelnd. »Gestern war kein guter Tag für dich.« Er zog die Stirn in Falten. »Ich verstehe natürlich, dass du einiges zu bewältigen hattest. Heute aber erwarte ich, dass du dich einlebst. Ich helfe dir dabei.«

Was genau stellte er sich vor? Ich versuchte, seinem durchdringenden Blick standzuhalten, obwohl er mir tiefes Unbehagen bereitete. »Niemand lebt sich von einem Tag auf den anderen ein, auch nicht mit Hilfe«, widersprach ich mit klopfendem Herzen. »Und erst recht nicht, wenn man verschleppt und versklavt worden ist.«

Seans Miene verdüsterte sich mit einem Mal. Er hob den Kopf an und stützte ihn auf dem Ellbogen ab. Seine Stimme wurde lauter. »Letzte Nacht bin ich mit Hayden übereingekommen, dass der Ewige von seinen Qualen erlöst werden sollte«, sagte er. Er wartete kurz ab, dann setzte er sich auf und lehnte sich mit dem Rücken gegen die Wand.

Eine plötzliche Aufregung kroch mir in den Magen und ließ meine Bauchdecke erzittern. Um mit Sean auf einer Höhe zu sein, richtete ich mich ebenfalls auf und lehnte mich gegen die Wand. Die Kälte der Steine jagte mir im ersten Moment eine Gänsehaut über den Nacken.

»Heißt das, dass ihr Rory ... ich meine, dass ihr den Ewigen gehen lasst?«, fragte ich hoffnungsvoll.

»Was?« Sean verschränkte die Arme vor der Brust. »Natürlich nicht! Das widerspräche doch dem, was ich dir gestern gesagt habe: Niemand wird je freigelassen.«

Ich war irritiert und alarmiert zugleich. »Dann gebt ihr ihm also eine andere Aufgabe?«, fragte ich vorsichtig.

Sean schüttelte wie in Zeitlupe den Kopf. »Wie unbedarft du bist«, sagte er grinsend. »Nein, hör zu, heute veranstalten wir ein kleines Spektakel für alle Sklaven, vor allem die neuen. Eine Art

Willkommensritual, das die Machtverhältnisse, sagen wir ... *bekräftigt*.«

Ich starrte ihn argwöhnisch an.

»Wenn die Sonne senkrecht steht, wirst du Richard von Schwarzmoor in seinem Amt als Henker bewundern dürfen, Skye«, erklärte er eifrig. »Na wie gefällt dir das? Ich finde doch, du musst das sehen. Es werden zwei Köpfe rollen: Rocco Vince' Dickschädel und ... Kannst du dir denken, welcher noch?«

»Das werdet ihr nicht tun!« Ich fuhr zu Sean herum, damit ihn meine Verachtung in aller Härte traf. »Warum solltet ihr den Ewigen hinrichten wollen? Ihr sagt doch, ihr braucht Männer, Arbeiter für eure -«

»Er ist am Ende«, unterbrach er mich harsch. »Sein Verstand ist jenseits von Gut und Böse.« Er tippte mit dem Zeigefinger demonstrativ gegen seine Stirn. »Außerdem ... seine Existenz verwirrt dich zu sehr. Ich will dich von dieser Ablenkung befreien.«

»Was?«, stieß ich erschüttert aus. Mit Sean über Rory zu reden, hatte alles schlimmer gemacht. »Das ist dein einzig wahrer Grund, stimmt's? Es geht dir nicht um ihn. Du weißt genau, wie stark er ist! Du willst mir nur deine Macht demonstrieren. Ich könnte mich übergeben, wenn ich dich so reden höre.«

Wütend schleuderte ich die Felle von mir und sprang aus dem Bett. Sean beobachtete aufmerksam, wie ich unruhig von einem Fuß auf den anderen trat und nicht wusste, was ich jetzt tun sollte.

»Ihr geht also doch mit Kleidern schlafen«, bemerkte er mit einem albernen Grinsen, das meinen Adrenalinpegel noch mehr in die Höhe jagte.

Schließlich blieb ich stehen, umfasste meinen Oberkörper und richtete einen verzweifelten Blick auf ihn.

»Du weißt nicht -«, begann ich und kam ins Stocken, weil dicke Tränen meine Sicht verschleierten. Mit dem Ärmel wischte ich mir über die Augen, holte tief Luft und versuchte es erneut. »Du weißt nicht, was ich weiß. Du hast keine Ahnung.«

Was bezweckte ich mit dieser Bemerkung? Wo sollte ich überhaupt anfangen. Wie sollte ich es formulieren. Wie meine Behauptungen beweisen?

Sean seufzte gelangweilt. »Was könnte *das* denn bloß sein? Hmmm, mal überlegen ...?« Doch plötzlich wechselte sein Gesichtsausdruck von gelassen zu ernst. »Soll ich dir mal was sagen?« Er zog ein Knie an und legte den Arm darauf ab. Zum Glück verrutschte das Bärenfell nur geringfügig, ohne seinen Intimbereich freizulegen.

»Dein Wissen und deine Wünsche interessieren mich nicht«, stellte er klar. »Zumindest im Moment nicht.« Und dann fügte er mit kehliger Stimme hinzu: »Jetzt zieh dich aus und komm ins Bett!«

»Was?« Ungläubig starrte ich ihn an und hoffte, dass er mich nur schockieren und vom Thema abbringen wollte. Ich musste wirklich bedachter, klüger vorgehen. Also räusperte ich mich und sprach in einem freundlichen Ton: »Hör mich an, Sean. Bitte! Ich muss dir etwas über den Ewigen erzählen, etwas, das dich ... das völlig verrückt für dich klingen wird, aber es ist die Wahrheit und ... und niemand sonst würde sie dir verraten.«

Er musterte mich eine Weile von oben bis unten. »Interessant. In Ordnung, ich werde dir zuhören«, sagte er unerwartet, und ich wollte schon ein wenig aufatmen. Doch dann legte er den Kopf schief und fügte hinzu: »Allerdings solltest du dich vorher mir hingeben.«

Die Schlinge um meinen Hals wurde zweifellos enger. »Das ist eine hinterhältige Erpressung«, blaffte ich. »Ich hab dich für schlauer gehalten.«

»So? Immerhin erlaube ich dir, selbst zu entscheiden, was du tun willst«, verteidigte er sich. »Das ist mehr als du in deiner Lage erwarten kannst. Und jetzt lass mich dich darauf hinweisen, dass die Sonne immer höher steigt. Richard schärft bereits seine Axt. Wenn du noch länger da herumstehst und einen Feind in mir siehst, wirst du auch den heutigen Tag im Zimmer verbringen und das Spektakel verpassen.«

Meine Gedanken kreisten wild unter dem quälenden Zeitdruck. Jede Überlegung in die eine oder andere Richtung hatte ihre Berechtigung. Ich könnte Sean beim Wort nehmen, ohne die Garantie zu haben, dass er hielt, was er versprochen hatte. Er würde meinen Körper bekommen im Austausch für die Chance, ihm das Geheimnis über sich und seinen Bruder zu erzählen. Doch was, wenn ich es nicht schaffte, ihn zu überzeugen? Dann wäre mein hoher Einsatz umsonst gewesen. Und verweigerte ich mich, gab ich Rorys Leben preis und endete selbst im tiefen Abgrund der Einsamkeit.

Meine Gedanken verhedderten sich wie die bunten Zündkabel einer Bombe. Welches sollte ich kappen, um eine Explosion zu verhindern? Wenn ich das falsche erwischte, blieb dann noch genug Zeit für einen zweiten Versuch?

»Gibst du mir dein Wort?«, fragte ich resigniert.

»Was?« Er hob verwundert die Brauen. »Was verlangst du da?«

Ich wurde deutlicher. »Wirst du mir zuhören und mich ernst nehmen, wenn ich tue, was du von mir wünschst?«

»Du sollst es vor allem freiwillig tun«, antwortete er scheinheilig.

»Aber du lässt mir doch keine Wahl«, gab ich zurück.

Sean lachte auf. »Ich finde schon. Sag, dass du dich aus freien Stücken zu mir legst, Skye, und ich werde mir anhören, was du auf dem Herzen hast, versprochen! Sag einfach nur *Ja, ich will es*.«

Nie hätte ich geglaubt, dass es so schwer sein würde, vier Worte auszusprechen. Jedes fühlte sich wie Verrat an und doch sah ich keine andere Möglichkeit.

»Gut, ich ... *ja, ich will es*«, flüsterte ich widerwillig.

»Wie? Ich hab dich nicht gehört.« Er grinste selbstgefällig.

Ich begann, mich langsam auszuziehen. »Ich will es«, wiederholte ich laut, während ich mit zittrigen Fingern an den Saum meines Pullovers fasste.

Als auch meine Unterwäsche zu Boden gefallen war, schlüpfte ich schnell ins Bett unter die Felle und klammerte mich an den Gedanken, dass ich aus Not handelte. Hauptsache, mein Einsatz führte mich zum Ziel. Zu Rory. Und am Schluss hoffentlich nach *Caledonia*.

Ich lag steif da wie eine ängstliche Jungfrau, die Lider flatternd, die Glieder verkrampft vor lauter Gewissensbissen. Mit jeder Faser spürte ich Seans begehrlichen Blick auf meinem Gesicht.

»Ich hab im Fluss gebadet und mich mit Lavendelblüten abgerieben«, sagte er mit weicher Stimme. »Es hätte dich wirklich schlimmer treffen können.«

Ich schwieg beharrlich. Auch wenn ich ihm in gewisser Hinsicht Recht geben musste, so hütete ich mich davor, das auszusprechen und ihm dadurch den missverständlichen Eindruck zu vermitteln, ich könnte mich von ihm angezogen fühlen.

Nach einigen Momenten, die er mir vermutlich zum Durchatmen gegönnt hatte, rutschte er vom Sitzen in die Horizontale und glitt unter den vielen Fellen an meine Seite, bis wir uns ein einziges großes Bärenfell teilten.

Als Seans Haut meinen Körper berührte, schloss ich die Augen. Ich beschwor meine Sehnsucht nach Rory, dachte an jene Nacht in seinem Haus, als wir uns das erste Mal geliebt hatten. Mein Gedächtnis öffnete mir die Tür zu einer Welt sinnlicher Erinnerungen, mit deren Hilfe ich mir, so gut es ging, vormachte, Sean sei Rory. Auch wenn mein Verstand es besser wusste.

Ich spürte kräftige Hände, die sich unter meine Hüften schoben, behutsam streichelnde Finger auf meinen Brüsten und warme, duftende Haut, die über meinen Körper strich. Ich spürte männliche Härte, die zwischen meine Schenkel drängte und Lippen, die meinen Mund suchten. Doch während ich meine Beine um die schmale Taille und die Arme um den muskulösen Rücken schlang, hielt ich meinen Kopf stets so, dass es zu keinem Kuss kommen konnte.

Als er mich auf den Bauch drehte, seine Knie meine Oberschenkel auseinanderdrückten und seine feuchtwarme Wange sich an meine schmiegte, rutschten die Worte unkontrolliert aus mir heraus: »Er ist dein Bruder.«

Sean hielt abrupt inne. Die harte Spitze seiner Erektion drückte sich in meinen Schritt, ohne weiter vorzudringen. »Was hast du gerade gesagt?«, flüsterte er atemlos in mein Ohr. »Sag es nochmal!«

Ich war wie in Trance, betäubt und gleichzeitig wie besessen. »Dein Bruder ... Der Ewige ist dein Bruder.«

Die Sätze flossen klar und deutlich aus mir heraus. »Rory Alistair Boyd MacRae ist sein voller Name, und er ist dein Bruder.«

»Sei still!«, brüllte Sean in mein Ohr. »Versuchst du mich mit unsinnigen Behauptungen zu verwirren, wo ich dich gerade nehmen will?«

Sein Atem ging schwer. Immer noch begrub er mich unter sich, sein Gewicht nur zum Teil auf die Unterarme gestützt. Doch ich bemerkte sehr wohl, dass er seine Härte verlor. Eingeklemmt zwischen Seans Körper und dem Bett verharrte ich und stellte erstaunt fest, dass ich weder Angst noch Scham verspürte.

Mein Herz hämmerte laut und trieb mich an. »Du musst dir meine Geschichte anhören«, sagte ich unbeirrt.

Doch Sean blaffte mich erneut an. »Sei still, hab ich gesagt!« Unvermittelt packte er mich am Zopf und riss meinen Kopf hoch. »Sag das nie wieder!« Er schnaubte wie ein wildgewordener Eber. »Der Ewige ist ein verdammter *Cal*! Wie sollte er jemals mein Bruder sein, hm?«

Plötzlich hantierte er hektisch zwischen meinen Beinen. Ich merkte, dass er versuchte, erneut in Stimmung zu kommen. Doch es gelang ihm nicht. Zu schlaff blieb seine Männlichkeit, um noch in mich eindringen zu können.

Schließlich ließ er meine Haare wieder los und rollte von mir herunter.

Ich drehte mich auf die Seite, richtete mich auf und starrte ihn aufgewühlt an. Er lag auf dem Rücken, beide Augen mit der flachen Hand abgedeckt, als wollte er sich verstecken. Sein Brustkorb hob und senkte sich auffällig.

»Sowas passiert mir zum ersten Mal«, grummelte er. »Du hast mir übel mitgespielt.«

»Ich hab dir nur die Wahrheit gesagt«, erwiderte ich. »Du hast versprochen, dass du mir zuhören würdest.« Ich beugte mich etwas weiter zu ihm vor. »Hast du genug Ehre, um dein Wort zu halten, Sean von Dunkelwald?«

Endlich nahm er die Hand herunter und sah mich an. »Möchtest du heute die dritte Person sein, die ihren Kopf verliert?« Missmutig kniff er die Augen zusammen.

»Ich hab keine Angst mehr. Du brauchst mir nicht zu drohen«, behauptete ich kühn, obwohl mir ein Schauer über den Nacken rieselte. »Alles was ich will, ist, dass du mir zuhörst.« Ich rutschte zur Wand auf, wo ich den Rücken anlehnen und die Beine austrecken konnte. Schnell griff ich nach einem Schaffell und hielt es mir zusammengerollt vor die Brust.

»Hörst du mir jetzt zu, oder nicht?«, fragte ich energisch.

»Du bist mir den Freudengipfel schuldig geblieben«, erwiderte er mit trotziger Miene und setzte sich ebenfalls auf. »Abgemacht war, dass wir hinterher reden, nicht mittendrin.«

Ich nickte beschwichtigend. Seine ganze Art war zwar verwirrend und unbeständig, doch ich spürte stärker denn je, dass er eine zugängliche Seite besaß. »Du hast recht, entschuldige«, ging ich bemüht freundlich auf ihn ein. »Aber ich konnte nicht warten, verstehst du? Bitte, Sean, wirst du mir jetzt zuhören?«

Er verzog den Mundwinkel. »Ich hör dir zu, ja. Und anschließend überlasse ich dich Richards blutigen Händen.«

»Was?« Ich zuckte zusammen.

Sean stöhnte halb schmunzelnd. »Schon gut. Wollte dich bloß aufziehen.«

Für einige Sekunden starrte ich ihn fassungslos an. »Hast du gerade versucht, einen Witz zu machen?«

Er schüttelte den Kopf. »Ich mache nie Witze! Und jetzt erzähl dein Märchen vom Ewigen. Ich verspüre Hunger und Durst. Außerdem bleibt nicht mehr viel Zeit, bis die Hinrichtungen beginnen.«

»Sean von Dunkelwald ...«, begann ich nervös. Ich spähte kurz hinüber zum Fenster. Die Sonne schien immer noch. »Du kannst dich an deine Kindheit nicht erinnern, richtig?« Ich sah ihn eindringlich an.

Zuerst reagierte er nicht, doch nach einer Weile begann er zu nicken.

»Das liegt daran, dass du ein Trauma ... ich meine, dass du so viel Schreckliches erlebt hast, dass es verdrängt und vergessen werden musste«, erklärte ich und wagte mich weiter vor. »Diesem natürlichen Schutzmechanismus hat Hayden allerdings ziemlich sicher mit ihrem *Gesöff* nachgeholfen, wenn du -«

»Halt!«, fiel er mir ins Wort. »Du sagst ungeheuerliche Dinge, ist dir das klar? Das *Gesöff* ist nur für Sklaven bestimmt. Niemals würde Hayden ihre eigenen Leute -«

»Doch!«, unterbrach ich ihn ebenfalls mit aller Entschlossenheit. »Sie würde und sie hat. Ganz sicher. Hör zu, Sean, und versprich mir, dass du wie ein reifer Mann reagieren wirst und nicht wie ein aufbrausender Grünschnabel!«

Er lachte überrascht. »Soll *Grünschnabel* eine Beleidigung sein? Nun, ich erlaube dir trotzdem, weiterzureden!«

Seufzend legte ich los: »Mit den Einzelheiten bin ich nicht vertraut«, gab ich zu, »aber die groben Tatsachen sind wie folgt: Einst, vor etwa zwölf Jahren überfielen *Brits* Siedlungen in *Caledonia*. Eine davon hieß *Horizon*. Sie raubten vor allem Kinder und Jugendliche. Unter anderem dich und deinen Bruder Rory. Rory konnte fliehen, aber du wurdest nach *Britannia* verschleppt.«

Sean stöhnte scheinbar unbeeindruckt. »Und weiter?«

»Es wurde alles dafür getan, um dein Gedächtnis zu löschen und dich zu einem *Brit* heranzuziehen, der loyal an Haydens Seite dienen würde. Du weißt, dass das funktioniert. Du siehst es an den Gefangenen, wie sie ihre Vergangenheit und ihren Willen verlieren, nicht wahr?«

Sean schwieg mit düsterer Miene. Was ich erzählte, gefiel ihm ganz und gar nicht, und inzwischen konnte er seinen Unmut nicht mehr verbergen und presste die Lippen aufeinander.

Ich fuhr dennoch fort: »Euer Vater hieß Stuart MacRae und war ein angesehener Stammesführer. Er starb bei dem Überfall, wie auch eure Mutter. Rory wurde zum Krieger ausgebildet. Am Ende führte er trotz seines jungen Alters die Krieger-Patrouille an. Bis zu jenem Tag vor vier Jahren, als Richard und seine Männer sie überfielen. Sie töteten die meisten Krieger. Doch einige konnten sie verschleppen und versklaven. Alles für Hayden. Inzwischen hab ich verstanden, dass dies eure gängige Praxis ist. Hayden strebt die Herrschaft *Britannias* an, hast du gesagt. Und sie tut es auf eine Weise, die du wirklich hinterfragen solltest!«

»Ein spannendes Märchen«, kommentierte Sean mürrisch, hörte aber weiterhin zu.

»Du hast mir von deinen Albträumen erzählt«, fuhr ich fort. »Sie kommen aus deinem Unterbewusstsein.«

»Aus dem was? ... Es sind nur dumme Träume. Ich hätte sie nie erwähnen sollen.«

Ich ließ nicht locker. »Du träumst das, weil man manche schlimmen Erlebnisse trotz allem nicht loswird, Sean. Sie sind ganz tief im Herzen und der Seele vergraben. Sie sind wie Narben.« Aus einem Impuls heraus wollte ich meine Hand tröstend auf seine Schulter legen, zog sie aber auf der Hälfte des Weges zurück.

»Rory hatte auch solche Albträume«, erzählte ich weiter. »Seit dem Tag, an dem eure Eltern getötet und ihr beiden entführt wurdet. Sean, wenn du dir den Ewigen genauer ansehen würdest ...« Ich seufzte bewegt. »Ich meine, hinter all dem Gestrüpp aus Haaren und Bart steckt ein Gesicht, das deinem sehr ähnelt.«

»Bist du endlich fertig?« Er sah mich entnervt an.

Mein letzter Satz hatte mir unerwartet einen Stich versetzt. Da ich nichts weiter sagte, klappte er plötzlich die Felle auf, stieg aus dem Bett und lief splitternackt zum Tisch. Dort griff er sich den Weinkrug und hob ihn an den Mund.

Während er trank, lag mein Blick wie gefesselt auf ihm. Seans physische Ähnlichkeit mit Rory bestürzte mich in diesem Moment so sehr, dass mir die Luft wegblieb und ich den Kopf senkte. Doch ich sah umgehend wieder auf, denn ich musste Sean im Auge behalten. Wenn ich eins verstanden hatte, dann, dass seine Stimmung die Stabilität eines Kartenhauses besaß, und ich wollte bestimmt nichts übersehen, kein Vorzeichen für ein *Donnerwetter* verpassen, keinen fatalen Fehler begehen und damit meinen Kopf riskieren.

Er begann, sich anzukleiden. »Wenn ich dich mitnehmen soll, solltest du dich jetzt anziehen.«

Ich kroch hastig aus dem Bett und hob meine Kleidung vom Boden auf. Angst schnürte mir die Kehle zu, sodass ich nichts mehr zu sagen wusste. Ich hatte Sean alles erzählt. Das Resultat jedoch war niederschmetternd.

Polternd stieg er in seine Stiefel. »Wenn die Hinrichtungen vorbei sind, zeige ich dir den Fluss, in dem ich oft bade«, sagte er mit einem schiefen Lächeln.

Ich stand reglos da, die Jeans in den Händen und starrte entsetzt zu ihm hinüber. In meinen Ohren hallte das Wort *Hinrichtungen* nach. Nein, das konnte einfach nicht wahr sein!

»Hey!«, keifte er plötzlich, »schläfst du im Stehen ein? Beeil dich, hab ich gesagt!«

Kapitel 16

Wieder liefen wir durch düstere Korridore und enge Gänge, in die nur wenig Tageslicht drang. Als ich ein paar Schritte zurückfiel, sah ich, dass Sean weder ein Schwert noch eine Armbrust bei sich trug. Lediglich zwei Messer steckten in seinen Beinholstern. Sein roter, hüftlanger Umhang leuchtete inmitten des tristen Dunkelgraus der Festungsgemäuer.

Er sah über die Schulter nach mir. »Wo bleibst du? Oder hast du es dir anders überlegt und willst doch nicht zusehen?«

Ich beschleunigte meine Schritte, bis ich ihn eingeholt hatte. »Nein, ich komme mit.«

»Das dachte ich mir.« Er lachte schallend, als erwartete uns ein Fest. »Wie vielen Hinrichtungen hast du bisher beigewohnt, Skye?«, fragte er anschließend im Plauderton. »Verrate mir doch mal ...Was machen *Cals* mit ihren Verbrechern, ihren morschen Sklaven und aufsässigen Bürgern?«

»Sie halten keine Sklaven, und sie köpfen auch niemanden«, nuschelte ich bedrückt.

»Wirklich nicht? Benutzen sie lieber den Strick?«

Ich warf ihm einen verächtlichen Blick zu. »Ich war noch nie bei einer Hinrichtung dabei und hab auch von keiner gehört.«

»Ist das wahr? Dann sollte es ja besonders aufregend für dich werden.«

Endlich stieß Sean eine Tür auf, durch die wir auf den weitläufigen Innenhof traten. Ich blieb verwundert stehen, als ich betriebsam umherlaufende Menschen sah. Gestern Morgen hatte die Festung wie ausgestorben gewirkt. Jetzt wurde ersichtlich, dass

Hayden eine bunt gemischte Gefolgschaft besaß, die den Betrieb der am Entstehen befindlichen Burganlage am Laufen hielt. Ein paar Männer und Frauen hatten offensichtlich dasselbe Ziel wie Sean und ich an. Eine Gänsehaut überzog meinen Rücken und würde so schnell nicht wieder verschwinden.

»Die Henkertribüne wird meist vor den Gefangenunterkünften aufgebaut«, erklärte Sean in sachlichem Ton, während wir nebeneinander über den staubigen Boden liefen. »Ein paar dicke Bretter, ein Baumstumpf, der als Richtblock dient, ein Korb davor, damit der abgetrennte Kopf niemandem vor die Füße rollt. Fertig! Es muss alles schnell gehen. Das Ganze soll wenig Aufwand und Ablenkung verursachen, verstehst du? Ist wie Hühner schlachten.«

Als ich aus der Entfernung sah, dass Richard auf die kniehohe Tribüne trat und seine Axt mit beiden Händen angeberisch über den Kopf stemmte, begriff ich endgültig, dass Sean ihn nicht aufhalten würde. Mein Puls begann zu rasen. Ich wollte nicht wahrhaben, dass die Exekution von Rory und Rocco Vince auf dem Plan stand.

»Wo ist Hayden?«, krächzte ich. Mein Hals war trocken, meine Zunge wie aus Sandpapier. Alle paar Sekunden durchfuhr mich ein wellenartiges Zittern, als wäre ich gerade einer eisigen See entstiegen.

Sean deutete mit dem Kinn. »Wahrscheinlich steht sie am Fenster der Turmstube.«

Ich versuchte, an dem unscheinbaren kleinen Turm auf der Westseite des Hauptgebäudes eine menschliche Gestalt auszumachen. »Wird sie von dort aus zuschauen?«

»Schon möglich.«

»Ich sehe sie aber nicht.«

»Schau du lieber zu Richard! Da ist gleich mehr los.« Sean packte mich am Arm, schob einige Leute grob aus dem Weg und zog mich mit einem Ruck direkt vor die Henkertribüne, wo ich stolpernd zum Stehen kam und dann erstarrte. Niemand von den Zuschauern um uns herum redete. Kein Geschrei oder aufgeregtes Geplapper, stattdessen ernste, angespannte Gesichter und erwartungsvolle Blicke auf Richard von Schwarzmoor, der zu meiner Irritation anstelle einer Henkerskapuze eine Dornenkrone trug. Wie Jesus Christus auf religiösen Abbildungen. An einer Schläfe lief ihm sogar ein dünner Blutstreifen hinunter. Sein Anblick verstörte mich für einen Moment dermaßen, dass ich zu atmen vergaß. Offenbar hatten die *Brits* ein symbolträchtiges Fragment aus der biblischen Erzählung mit veränderter Bedeutung übernommen. Sowas kam in der Menschheitsgeschichte öfter vor.

»Heute ist ein guter Tag, Männer und Frauen von *Castlerock*«, rief Richard seinem stillen Publikum zu. »Seht, wie die Frühlingssonne auf uns niederscheint.« Er deutete mit der Axt zum Himmel und anschließend zum Boden. Dann richtete er den Blick auf Sean und zollte ihm mit einem Kopfnicken Anerkennung.

Schließlich drehte er sich zu zwei abseitsstehenden, grobschlächtigen Männern um und rief ihnen zu: »Bringt den Gefangenen namens *Rocco Vince von Wellsland* und den namenlosen Sklaven, der nun endlich seine Erlösung vom Mühlrad bekommen soll.«

Als ich das hörte, packte ich Seans Unterarm mit beiden Händen und stellte mich vor ihn. Mein Herz hämmerte wild. »Alles, was ich dir über den *Ewigen* gesagt habe, ist wahr!«, sagte ich und krallte mich im Leinenstoff seines Hemdes fest. Ich trat ihm fast auf die Füße und sah zu ihm hoch. »Wenn du es zulässt, dass er hingerichtet wird, verlierst du deinen einzigen Bruder, deinen Blutsverwandten!«

Sean blickte steif auf mich herab, ohne die Miene zu verziehen, ungerührt von meinen Einwänden.

Daraufhin geriet ich in Rage. »Ich werde dich hassen, bis an mein Lebensende und darüber hinaus!«, presste ich zwischen zusammengebissenen Zähnen hervor. »Und bekomme ich jemals die Chance, dich eigenhändig zu töten, werde ich nicht zögern!« Ich erschrak vor mir selbst, denn ich meinte das absolut ernst.

»Halt jetzt den Mund, Skye!«, befahl Sean hart. »Wie du siehst, wird bei unseren Hinrichtungen weder geredet noch gelacht oder geweint. Und das Urteil ist längst gefällt. Es gibt keine Begnadigung.« Er deutete mit steinerner Miene zur Tribüne und schnaufte ungehalten.

»Sean, bitte, sei nicht dumm«, versuchte ich es erneut, diesmal behutsamer. »Lass nicht zu, dass die beiden hingerichtet werden. Außerdem, wenn du Rocco Vince hinrichten lässt, werden die Rebellen einen neuen Anführer finden. Ihr werdet euch die *Wells* über viele Generationen zu Feinden machen. Und niemals könnt ihr euch in Sicherheit wähnen, denn sie werden sich mit anderen Stämmen zusammentun und aufbegehren.« Ich holte Luft und redete hastig weiter. »Ein nicht enden wollender Krieg wird beginnen. Und eure Urenkel werden ihn noch austragen müssen, ohne zu wissen, warum. Jede Menge Blut wird fließen. Gewalt führt niemals zu etwas Gutem, nicht mal dann, wenn man zu den Siegern gehört.«

»Kannst du denn in die Zukunft sehen, dass du diese Vorhersagen wagst?«, raunte Sean, den Kopf demonstrativ von mir weggedreht.

»Ich ... nein. Aber so könnte es kommen, nicht wahr?« Am liebsten hätte ich geantwortet: *Ich kenne die Zukunft zwar nicht, die Vergangenheit jedoch umso besser ...* Ich war nicht nur dort gewesen. In den Pausen zwischen den Seminaren und Lesungen hatte ich mit Kommilitonen oft über totalitäre Regimes diskutiert und wie sie am Ende zu unermesslichem Leid für Land und Leute führten und immer wieder zum Scheitern verurteilt waren.

»Wir sind Krieger. Wir müssen kämpfen. Und jetzt genug davon.« Sean schob mich mit ausgestrecktem Arm gewaltsam zur Seite, sodass ich wieder neben ihm stand und zur Tribüne aufsah.

Genau in diesem Augenblick wurden die Verurteilten von den Henkershelfern auf die Bretter geführt. Mein Herz blieb beinahe stehen, als ich das sah. Beiden Gefangenen hatte man einen Leinenbeutel über den Kopf gestülpt und am Hals zusammengezurrt. Dennoch erkannte ich Rory und Rocco Vince an ihrer Statur und Kleidung. Ihre Hände waren mit einem Strick hinter dem Körper gefesselt. Aufgrund der kurzen Kette an ihren Füßen mussten sie unwürdige Trippelschritte machen, um nicht hinzufallen. Trotzdem zeigten sie keine Regung oder Angst vor dem, was sie erwartete.

Richard trat vor ihnen, spuckte sie an und drehte sich anschließend zum Publikum um.

Er wollte gerade etwas sagen, da brüllte einer der Zuschauer: »Warum soll der Sklave denn sterben? Er ist noch in gutem Alter und sieht kräftig und gesund aus!«

Sean registrierte den Mann, der protestiert hatte. Er stand ein paar Meter entfernt gegen einen Holzpfahl gelehnt. Ohne ihn zu ermahnen, atmete Sean tief durch und nickte Richard entschlossen zu.

»Weil sein Urteil es verlangt und du nichts davon verstehst!«, brüllte Richard zurück.

»Es ist aber sinnlos, den Sklaven hinzurichten«, rief diesmal eine Frau mit einem roten Stirnband von weiter hinten. Sie hielt einen Korb vor dem Körper und trug unter der weißen Schürze schmal geschnittene Hosen, die eine Handbreit über ihren Lederschuhen endeten.

Richard verzog grimmig das Gesicht, öffnete den Mund, doch bevor er auch den zweiten Einspruch energisch niederreden konnte, sprang Sean auf die Tribüne und stellte sich neben ihn. Er ließ einen erbosten Blick umherwandern und streckte die Brust heraus. »Ihr geht auf der Stelle zurück an die Arbeit, denn es wird für euch heute keine Vorstellung geben!« Sean deutete mit dem Finger auf mich. »Wenn ich außer dieser Frau da noch jemanden hier herumstehen sehe, lasse ich ihn so hart bestrafen, dass er sich eine Woche nicht auf den Hintern setzen kann. Also verschwindet!«

Ein Raunen schwoll an und verklang. Gehorsam löste sich die Menge auf, alle stapften leise murmelnd in verschiedene Richtungen, sodass ich plötzlich als Einzige vor der Henkertribüne stand.

Sean wechselte bedeutungsvolle Blicke mit Richard, dann wandte er sich von ihm ab und trat auf die in der Mitte wartenden Verurteilten zu. Er stellte sich breitbeinig vor Rory auf und starrte seinen von dem Leinenbeutel verdeckten Kopf an.

Mein Drang, die Tribüne zu stürmen, war übermächtig, doch dadurch würde ich riskieren, abgeführt und weggesperrt zu werden. Verzweifelt versuchte ich, die Gesamtlage auf dem Platz einzuschätzen. Zwei mit Armbrüsten bewaffnete, zu Wachtposten abkommandierte Schergen standen außerhalb des Innenhofs vor dem Schotterweg, der ins

Tal führte. Die beiden blickten zwar in unsere Richtung, schienen jedoch in eine hitzige Debatte verwickelt zu sein. Noch weiter entfernt grasten Pferde auf einer umzäunten Weide. Einfache Bedienstete, die mit Heu oder Feuerholz gefüllte Karren über den Platz zogen, warfen höchstens einen flüchtigen Blick zur Henkertribüne und widmeten sich wieder ihrer Beschäftigung. Zweifellos hatte jeder das von Sean erteilte Verbot mitbekommen und vermied es, an den anstehenden Hinrichtungen offenkundiges Interesse zu zeigen.

Aus den Gefangenenunterkünften drang kein Laut nach draußen, als befänden sich die Männer woanders. Vielleicht bei der Arbeit? Da der im Bau befindliche Mauerabschnitt, wie auch das Mühlrad, hinter dem großen Hauptgebäude lagen, konnte ich meine Vermutung nicht überprüfen.

Als ich den Blick wieder auf Sean richtete, stockte mir der Atem. Er zog den Leinenbeutel von Rorys Kopf und starrte ihm stumm ins Gesicht. Wie paralysiert beobachtete ich beide Männer.

Rory wirkte immer noch völlig entrückt, als hätte er eine erfolgreiche Lobotomie hinter sich, und Sean sah aus, als verstöre ihn der Anblick des Sklaven. In diesem Moment hoffte ich inständig, dass er nur deshalb so sprachlos dastand, weil ihn meine Worte bezüglich seiner Herkunft nicht kalt gelassen hatten.

Doch dann stülpte Sean den Leinenbeutel wieder über Rorys Kopf, drehte sich zu Richard um und deutete mit einer knappen Geste auf Rocco Vince. Im nächsten Moment sprang er von der Tribüne und stand erneut neben mir, die Arme energisch vor der Brust verschränkt. »Ich frage dich jetzt im Ernst, Skye. Willst du zusehen?«

»I-ich glaube nicht, dass ihr diese beiden unschuldigen Männer köpfen werdet«, entgegnete ich hastig. »So barbarisch könnt ihr nicht sein ...«

»Na, dann schau gut zu und überzeug dich selbst, zu was wir fähig sind«, gab Sean eiskalt zurück.

Richard zerrte nun Rocco Vince am Oberarm bis zu dem Baumstumpf. Mit dem Stiel seiner Axt schlug er ihm brutal auf die Unterschenkel und zwang ihn auf die Knie. Als Nächstes packte er ihn am Nacken und zog seinen Oberkörper mit einem kräftigen Ruck auf den Richtblock.

Ein Schwall bitterer Gallensaft kam mir hoch, und ich erbrach meinen spärlichen Mageninhalt vor Seans Füße. Ich schluckte schwer, hustete und wischte mir mit dem Ärmel über den Mund. Schnell richtete ich den Blick zurück auf Richard. Oh Gott, was passierte da?

Richard schwang die Axt in die Luft.

Rocco Vince rührte sich nicht vom Fleck. Wie ein Schlachtlamm, das den Tod nicht kennt.

»Stopp! Aufhören!« Mein panischer Aufschrei lenkte die Aufmerksamkeit des Henkers auf mich. Sofort packte mich Sean am Nacken und zog mich dicht vor sich, während ich brüllte wie am Spieß. Seine Hand umschloss meinen Mund, und meinen Oberkörper hielt er so fest umklammert, dass ich nur nutzlos mit den Beinen ausschlagen konnte.

Richard setzte die Axt mit einem missmutigen Grunzen kurz auf dem Boden ab, ohne sie loszulassen. Dann nahm er einen zweiten Anlauf und schwang sie erneut über den Kopf, bereit, Rocco Vince das Haupt abzuschlagen.

Die Augen weit aufgerissen sah ich zu, wie zwei Dinge gleichzeitig geschahen:

Ein Pfeil durchbohrte Richards Hals von einer Seite und kam auf der anderen mit der Spitze heraus. Richard stieß einen animalischen Schrei aus und ließ die erhobene Axt mit Wucht herunterkrachen. Gerade rechtzeitig senkte ich den Blick und versteifte.

Sean schrie: »Richard!«, und geriet völlig außer sich. »Verdammte Rebellen! Alle Wachen sofort hier her!«

Er schubste mich aus dem Weg, woraufhin ich aufsah und mit Entsetzen und Erleichterung feststellte, dass die Axt haarscharf neben Rocco Vince Kopf im Baumstumpf steckte. Dem Rebellenführer war nichts geschehen. Der blutende Richard hingegen strauchelte und drehte sich sinnlos im Kreis, während die beiden Gehilfen aufgescheucht um ihn herum sprangen und nicht wussten, was sie tun sollten.

Rory stand immer noch dort, wo man ihn abgestellt hatte, und auch Rocco Vince rührte sich nicht vom Richtblock weg. Ich schnappte nach Luft. Mein Puls pochte laut an meiner Halsschlagader.

Sean stürzte jetzt auf Richard zu, packte ihn von hinten an den Schultern und versuchte ihn von der Tribüne herunterzuziehen, als ein zweiter Pfeil Richard direkt auf der Höhe seines Herzens traf. Sofort sank der Hüne zu Boden.

Menschen rannten kreischend kreuz und quer über den Platz, um sich in einem der drei Steingebäude oder in den Hütten zu verstecken.

Ich blickte in die Ferne, wo die Wachtposten gestanden hatten, entdeckte sie jedoch nirgends. Woher war der Angriff gekommen? Und vor allem, wer steckte dahinter? Waren es etwa *Cals*? Hoffnung keimte in mir auf.

Von meinem Standpunkt aus sah ich, dass Sean zusammen mit den Henkershelfern den verletzten und schwer blutenden Richard zu der nächstgelegenen Hütte schleifte.

Ich fühlte mich bis obenhin mit Adrenalin vollgepumpt. Schnell erkannte ich, dass das Chaos eine günstige Gelegenheit bot, die Flucht zu ergreifen. Doch so sehr mein Körper auch fortstrebte, ohne Rory konnte ich nicht gehen.

Wieder flogen Pfeile über unsere Köpfe hinweg. Ich sprang dennoch auf die Tribüne und riss Rory und Rocco die Leinenbeutel herunter. Rocco musste ich außerdem mit Gewalt vom Richtblock wegziehen und ihn anschreien, damit er sich überhaupt hinstellte. Beide Männer starrten mich aus glasigen Augen an. Ich hegte keinen Zweifel daran, dass sie unter hochwirksamen Drogen standen, die sie entscheidungsunfähig machten. Wie sollten sie mir in so einem Zustand folgen? Hinzu kamen ihre gefesselten Hände und die Ketten zwischen ihren Füßen. Als mein Blick auf die Axt fiel, die im Richtblock steckte, hatte ich eine Idee. Hektisch rüttelte ich an ihr, bis sie nachgab. Ich taumelte unter ihrem Gewicht, fing mich aber zum Glück wieder.

Zuerst nahm ich mir Rory vor, bückte mich vor ihm und begann die Kette mit der Axt zu bearbeiten, während er einfach nur reglos dastand. Ich keuchte und bebte vor Aufregung. Erst beim fünften Schlag sprangen die eisernen Ringe klirrend auseinander. Bei Rocco Vince tat ich dasselbe. Die am Rücken gefesselten Hände der Männer stellten mich allerdings vor eine größere Aufgabe. Ich musste die Stricke mit der Axtklinge durchschneiden, was Geduld und Nerven erforderte. Währenddessen sah ich mich immer wieder um, ob Sean oder sonst wer im Anmarsch war. Jeden Moment rechnete ich damit, von einem Pfeil durchbohrt zu werden, doch seltsamerweise flogen sie alle zischend an der Tribüne vorbei. Allmählich gewann ich den Eindruck, dass sie uns absichtlich verfehlten.

In der Hoffnung, Rory und Rocco Vince dazu zu bewegen, mit mir mitzukommen, schrie ich sie an: »Wir müssen hier weg. Ihr folgt mir, verstanden? Ihr kommt mit!«

Doch sie rührten sich nicht vom Fleck.

Plötzlich rief jemand meinen Namen. Ich drehte mich nach der Stimme um und sah Sean vor einer Hütte stehen. Offenbar zögerte er, sich den feindlichen Pfeilen zu stellen. Er hatte sich mit einem Schwert bewaffnet und sah immer wieder zum Turm des Hauptgebäudes.

Was sollte ich nur tun? Was? Was? Was?

Mein Gehirn streikte, während mein Herz raste. Schließlich wandte ich mich Rory zu und bemerkte überrascht, dass sein Blick auf mir lag, wenn auch völlig emotionslos. Dennoch gab es keinen Zweifel, dass er *mich* betrachtete, statt wie bisher durch alles hindurchzusehen. Spontan fiel ich ihm um den Hals, zog ihn an mich, presste meinen Mund auf seine rauen Lippen und hielt ihn sekundenlang fest.

»Ich bin's, Skye!«, versuchte ich erneut zu ihm durchzudringen. »Rory, hörst du mich? Sieh mich an!« Ich gab ihm einen harten Kuss. »Du hast die Brautkämpfe für mich gewonnen!« Doch er starrte nur stumm auf mich herunter. Mir war zum Heulen zumute. »Was haben sie mit dir gemacht?«, wimmerte ich. »Wir müssen hier weg, hörst du? Komm jetzt! Bitte!«

Ich stieß ihn von mir. Als er weiterhin nur reglos dastand, holte ich schweren Herzens aus und verpasste ihm eine kräftige Ohrfeige, sodass sein Kopf zur Seite flog.

»Du kommst jetzt mit!«, brüllte ich ihn an. Und endlich legte sich der Hauch einer Emotion auf sein Gesicht. Er schien irritiert. Schnell wandte ich mich Rocco Vince zu. »Und *du* auch! Wenn du hier nicht sterben willst, hörst du auf *mich*!«

Probeweise machte ich ein paar Schritte rückwärts, mein Blick weiterhin auf die beiden geheftet. Zu meiner großen Freude folgten sie mir tatsächlich.

Mein kleiner Erfolg gab mir zwar Hoffnung, doch wohin sollten wir entkommen? Ich blickte zu den Hütten, wo ich Sean zuletzt gesehen hatte. Dort stand niemand mehr. Plötzlich vernahm ich Pferdegetrappel und fuhr reflexartig herum. Vom anderen Ende des Innenhofs ritten zwei mit Pfeil und Bogen bewaffnete Krieger auf uns zu. Ich erschrak so heftig, dass ich durch mein entsetztes Starren kostbare Sekunden verlor. Dabei durfte ich auf keinen Fall im letzten Moment die Fassung verlieren.

»Los, los, los, mitkommen!«, schrie ich und sprang von der Tribüne. Rory und Rocco Vince folgten mir, als wären sie auf mich gepolt.

Wir rannten los, hinter uns die Reiter, vor uns ein paar weitere Hütten, deren Türen und Fenster gerade in aller Eile von innen verriegelt wurden. Wir mussten es unbedingt durch die schmale Gasse zwischen ihnen hindurch schaffen, dann hätten wir eine winzige Chance, uns in den kleinen Nadelwald abseits der Festung zu retten. Die donnernden Hufe der Pferde kamen immer näher. Ich wagte einen Schulterblick und erkannte voller Schreck, dass aus den beiden Bogenschützen mittlerweile vier Krieger geworden waren. Der vorderste, ein Blonder, schoss seine Pfeile nach rechts und links ab, nur nicht direkt auf uns. Plötzlich durchfuhr mich ein seltsames Gefühl.

Verwirrt drosselte ich mein Tempo, blieb stehen und drehte mich zu den Reitern um. Rory und Rocco taten es mir gleich. Ich schirmte meine Augen vor der Sonne ab und riskierte einen weiteren Blick auf den herannahenden Blonden.

Und dann stieß ich einen Jubelschrei aus und wedelte hektisch mit den Armen, denn bei dem Vordersten handelte es sich eindeutig um Brian, der allerdings auf einem fremden Pferd saß. Dennoch hätte mir schon beim ersten Hinsehen auffallen müssen, dass er und der Kerl hinter ihm, der nur Peter sein konnte, keine roten Umhänge trugen wie die Krieger der *Brits*. Jetzt erkannte ich auch die beiden anderen und wollte mein Glück kaum glauben – John Alba auf Flash und Brandon auf einem braunweißen Schecken. Nur Kit fehlte.

Mit einem lauten Wiehern bremsten die Pferde ihren Galopp ab, umkreisten uns schnaubend und wirbelten dabei eine Menge Staub auf.

»Steig auf!«, rief mir Brian zu und streckte mir den Arm entgegen.

Peter und Brandon wollten Rory und Rocco Vince zu sich aufs Pferd hochziehen, sie wussten ja nicht um deren besonderen Geisteszustand.

»Sie sind nicht bei Sinnen«, rief ich atemlos. »*Ich muss das übernehmen. Lasst mich machen!*«

Eilig schob ich Rory zu Brandons Pferd und wies ihn mit aller Strenge in der Stimme an, aufzusitzen. Das Gleiche tat ich mit Rocco Vince, der sich widerstandslos von Peter auf dessen braune Stute hochhieven ließ.

Schließlich griff ich aufgeregt nach Brians Hand, und in dem Moment, als er mich hinter sich in den Sattel hochzog, zischte ein Pfeil über meinen Kopf hinweg. Ein paar Zentimeter tiefer, und er hätte mich erwischt.

»Jetzt schnell weg hier«, brüllte John Alba. »Beeilt euch!«

»Die Pfeile kommen aus dem großen Gebäude da.« Brian deutete kurz mit der Hand, die die Zügel hielt, bevor er seinem Pferd das Kommando zum Losgaloppieren gab.

Wir ritten hintereinander zwischen den Hütten hindurch und bogen zum Tal ab, hinter dem die Hohlfelsen lagen.

»Nein, Brian, stopp!«, rief ich. »Wir müssen zurück. Ich muss mit Hayden reden.«

»Hast du den Verstand verloren? Wir sind gerade dabei, diesem finsteren Ort zu entkommen!«, widersprach er. »Willst du, dass sie uns wieder zu Sklaven machen? John und Brandon haben ihr Leben für uns riskiert.«

»Du verstehst das nicht«, entgegnete ich und rüttelte manisch an seiner Taille, an der ich mich gleichzeitig festhielt. »Bitte Brian, wir müssen unbedingt umkehren. Es geht um Rory und Rocco Vince. Sie sind wie Robot... Ich meine, sie ... sie verhalten sich wie seelenlose Menschen. Und nur Hayden kennt den wahren Grund.«

Brian brachte seinen Braunen zum Halten, woraufhin auch die anderen stoppten und wendeten.

John Alba trieb sein Pferd zu uns. »Was ist los? Warum reitet ihr nicht weiter?«

Ich deutete auf Rory und Rocco. »Sie können so nicht bleiben. Diese Hayden hat das zu verantworten, und nur sie könnte es rückgängig machen ... zumindest hoffe ich es.«

»Und wie stellst du dir das vor?« John Alba sah mich verständnislos an. »Willst du an ihre Tür klopfen und sagen, *bevor ich mich auf die Flucht vor dir und deinen Schergen begebe, hätte ich noch eine kleine Bitte*? Skye, immerhin sind Rory und Rocco am Leben. Wenn wir nicht sofort verschwinden, bringen wir uns alle in Gefahr. Wir müssen es ausnutzen, dass wir die Wachen überwältigen konnten. Im Moment scheinen sie zu wenige zu sein. Aber wer weiß, wie lange es dauert, bis sie ihre Reserve bewaffnen und uns nachschicken.«

»Nein, nein, nein!«, rief ich und schüttelte energisch den Kopf. »Wenn ihr mich nicht begleiten wollt, gehe ich alleine. Ich muss es tun, sonst habe ich Rory längst verloren.«

Ich blickte zu den Hütten zurück. Noch sah es auch nicht so aus, als würde uns ein schnell zusammengestellter Trupp hinterhergeschickt. Die Festungsgebäude dahinter lagen ruhig da, als wäre nichts passiert. Aber der Schein trog.

John Alba stieß einen Seufzer aus. »Kit wartet bei den Hohlfelsen auf uns«, sagte er mit tiefen Sorgenfalten auf der Stirn. »Wenn wir nicht bald zurückkehren, wird er meinem Befehl folgen und sich allein auf den Weg nach Hause machen. Und sollte er es überhaupt nach *Caledonia* zurückschaffen, wird er allen erzählen, dass wir gefangen oder tot sind.«

Natürlich freute ich mich darüber, zu hören, dass Kit am Leben war, es änderte jedoch nichts an meinem Plan.

»Dein Einwand ist berechtigt, und trotzdem werdet ihr mich nicht umstimmen«, sagte ich und sah jeden der Männer entschlossen an. »Rory hätte dasselbe für mich getan.« Ich seufzte und fügte bei der Gelegenheit hinzu:

»Außerdem gibt es noch etwas, dass ihr wissen müsst ...«

Alle sahen mich fragend an.

»Es war Sean, Rorys Bruder, der mich entführt hat«, erzählte ich. »Ich bin mir absolut sicher. Er gehört zu den Anführern und nennt sich Haydens *Rechte Hand*. Er ist völlig assimiliert und weiß nichts über seine Verschleppung als Kind und dass er eigentlich ein *Cal* ist. Er glaubt mir nicht, dass er Rorys Bruder ist.«

Als mich alle nur sprachlos anstarrten, redete ich verbissen weiter: »Hayden ist vermutlich noch im Turm. Oder in einem der übrigen Räume des Hauptgebäudes. Wenn wir es schaffen könnten, unbemerkt einzudringen ... Es muss einen hinteren Eingang geben. Es gibt immer irgendwo eine Hintertür.«

Nach kurzem, ratlosem Schweigen sagte John: »Also gut, wir werden es versuchen. Sollten wir jedoch innerhalb von ein paar Minuten keinen Eingang finden, machen wir, dass wir wegkommen. Wir können unmöglich die ganze Festung nach dieser Frau absuchen, Skye. Das würde nicht gut enden. Überhaupt begeben wir uns in tödliche Gefahr.«

»Ich weiß«, seufzte ich.

»Wir sollten uns im Wald verstecken, bis es dunkel wird, und uns erst dann in die Festung schleichen«, schlug Brian vor.

Doch John Alba schüttelte den Kopf. »Nein, bis dahin werden sie sich neu aufgestellt haben.«

»Und Hayden tüftelt bestimmt einen Racheplan aus. Wir müssen sofort los«, fügte ich ungeduldig hinzu.

»Ihr habt wahrscheinlich recht«, gab Brian schließlich nach.

John Alba trieb sein Pferd zu Brandon, beäugte Rory eine Weile mit fassungsloser Miene, dann Rocco Vince, der ebenso stumm und abwesend dasaß, und kam zurück zu Brian und mir.

»Aye, nun gut ...«, begann er. »Hier mein Vorschlag: Brandon und Peter reiten mit Rory und Rocco Vince zu Kit. Wir drei kehren um. Skye, du weißt, was wir aufs Spiel setzen? Ich muss verrückt sein, aber ich kann dich schlecht allein gehen lassen und ebenso wenig mit Gewalt von deinem Vorhaben abbringen.« Er wandte sich an Brandon und Peter. »Sollten wir bis morgen früh nicht zurück sein, reitet ihr ohne uns nach Hause. Ihr könnt es schaffen! Ihr habt genug Waffen. Folgt dem Nordstern.«

Ich atmete erleichtert auf, auch wenn als Nächstes eine schier unüberwindliche Hürde vor uns lag, und ich nicht wusste, ob ich John, Brian und mich mit meiner fixen Idee endgültig ins Verderben stürzte.

»Wartet ...«, rief ich, »ich muss den beiden Anordnungen erteilen.«

Als ich Rory in die eisblauen Augen sah, verging ich innerlich vor Sehnsucht nach dem Leben, dem Stolz und der Leidenschaft, die dieses Blau einst zum Strahlen gebracht hatten.

»Ab jetzt tust du alles, was Brandon von dir verlangt. Du befolgst jeden seiner Befehle!«, brüllte ich Rory an und drehte anschließend den Kopf zu Rocco Vince, der mich anstarrte, als erwartete er, von mir gefüttert zu werden. »Und du auch! Folge Brandons und Peters Anweisungen!«

Mein derber Umgang mit Rory und Rocco sorgte für befremdete Gesichter, aber inzwischen verstanden alle, dass es nicht anders ging und verkniffen sich jeglichen Kommentar.

»In Ordnung. Dann sehen wir uns hoffentlich an den Hohlfelsen wieder«, sagte John Alba an Brandon und Peter gewandt. Die beiden nickten stumm und ritten mit ihren willenlosen Begleitern davon.

Kurz blickte ich ihnen sorgenvoll hinterher. Schließlich atmete tief durch und sah zu John Alba.

Wir legten den Weg, den wir gekommen waren, nur halb so schnell zurück, da wir im Schritttempo ritten, um leise zu sein.

Bevor wir in die Nähe der Hütten kamen, hielten wir unter einer dickstämmigen Eiche und besprachen kurz das weitere Vorgehen, ohne von den Pferden abzusteigen.

Der aufkommende Wind schob dicke Wolken vor die Nachmittagssonne und ließ das Blätterdach über unseren Köpfen rascheln. Es sah nach einem Wetterumschwung aus. Vielleicht würde bald ein Sturm aufziehen, vielleicht aber auch nicht.

»Hinter dem Hauptgebäude befindet sich so etwas wie ein riesiges Mühlrad«, erklärte John.

»Ich weiß, ich habe es gesehen«, sagte ich. »Rory hat seine Jahre als Sklave an diesem verdammten Rad verbracht!«

»Nun, unweit davon beginnt die Baustelle.« John Alba räusperte sich, als hätte er plötzlich einen Kloß im Hals. »Du musst etwas wissen, Skye ...« Er sah mich mit einem unheilvollen Blick an. »Brandon und ich haben die Wachen aus dem Hinterhalt ausgeschaltet. Wir töteten sie mit den Todesbringern ihrer eigenen Leute. So konnten wir Brian und Peter befreien. Sie schnappten sich die Pferde und Waffen der Wachtposten, und ab da brauchten wir nur noch zwei weitere Schergen aus dem Weg zu räumen, um auf den

Innenhof zu gelangen. Ich gebe zu, ich hatte nicht damit gerechnet, dass es so einfach sein würde.«

Ich wandte mich verwundert an Brian. »Aber wart ihr denn nicht benebelt von diesem Getränk, dem *Gesöff,* wie die anderen Sklaven?«

Ein stolzes Schmunzeln schlich sich in Brians Mundwinkel. »Aye, wir sind fast verdurstet, haben dennoch keinen Tropfen getrunken. Haben nur so getan als ob, wenn man uns beobachtet hat. Rocco Vince hatte uns doch bereits davon erzählt. Was mit ihm geschehen ist, verstehe ich nicht.«

»Mit Sicherheit hat er dasselbe bekommen wie Rory«, mutmaßte ich. »Ihr Verhalten ist identisch. Es ist gruselig.«

»Skye, worum es mir gerade ging ...«, brachte sich John wieder ins Spiel: »Mach dich auf Tote auf unserem Weg gefasst. Ihr Anblick ist nicht erfreulich. Die Pfeile stecken dem ein oder anderen im Kopf.«

»Das macht mir nichts«, gab ich mich hartgesotten. »Ich hab schon Schlimmeres gesehen. Und wir sollten jetzt keine weitere Minute mehr verstreichen lassen.«

Die Männer wechselten erstaunte Blicke, sagten aber nichts.

John Alba setzte sich als Erster in Bewegung. »Würde mich nicht wundern, wenn die übrigen Gefangenen immer noch weiterarbeiten«, rief er uns über die Schulter zu.

Wir machten einen großen Bogen um die Hütten, ritten am Nadelwäldchen vorbei und passierten das Mühlrad, das still und verlassen dalag. Bald sahen wir auch schon den im Bau befindlichen Schutzwall.

John Alba hob die Hand und deutete geradeaus. »Was habe ich gesagt? Ich sehe ... vier, sechs ... acht ...

ja, acht Gefangene. Die Kerle lungern um die Feldsteine herum, statt sie zu bearbeiten.«

»Sie trinken«, bemerkte Brian. »Seht doch. Sie kriegen nicht genug von dem Zeug.« Die Sklaven tauchten immer wieder ihre Feldflaschen in ein Fass ein und tranken anschließend, als hätten sie unlöschbaren Durst.

Bis zum Hauptgebäude, in das wir eindringen wollten, war es nicht mehr weit.

Wir stoppten erneut.

John klopfte den Hals seines Pferdes. Schließlich sah er Brian und mich mit ernster Miene an. »Ab hier sollten wir möglichst schnell zum Gebäude reiten. Finden wir einen Eingang, versuchen wir unser Glück. Ansonsten ... geben wir auf und reiten direkt zu den Hohlfelsen weiter.«

Die Vorstellung, wir könnten versagen, war schrecklich. Ich wollte nicht mal daran denken.

»Aye, an die Arbeit, und hoffentlich behalten wir am Ende unsere Köpfe«, rief Brian und gab seinem Pferd einen Klaps auf die Flanke.

Wir galoppierten an den berauschten Sklaven vorbei, die uns dümmlich hinterherglotzten, und passierten die toten Wachtposten.

Als ich eine der Leichen sah – einen blutjungen Kerl mit einem von Pickeln übersäten Gesicht – wurde mir augenblicklich schlecht. Ein Pfeil hatte sein rechtes Auge durchbohrt und einer steckte in seinem Hals. Man konnte hunderte blutrünstiger Filme gesehen haben, auf echte Tote, die gewaltsam umgekommen waren, bereitete einen nichts vor. Die Realität bot stets eine viel intensivere Erfahrung als bewegte Bilder auf Monitoren.

»Schau sie nicht an, Skye«, riet John Alba. »Versuch lieber einen Eingang zu finden.«

Ich nickte stumm und riss meinen Blick endlich von den Toten los.

»Dort drüben könnte doch einer sein.« Brian deutete mit dem Kinn auf eine mit Efeu zugewachsene Wand. Eine Stelle jedoch war ausgespart. »Seht ihr die Gitter da?«

»Oh ja, sieht nach einer kleinen, verrosteten Tür aus«, sagte ich aufgeregt. »Steht sie offen?«

»Könnte sein. Los kommt!« John Alba trieb Flash weiter, und wir folgten ihm.

Nach wenigen Metern sprangen wir alle ab. Ich hielt die beiden Pferde am Zaumzeug und wartete, während meine Begleiter zur Gittertür schlichen, um sie zu inspizieren.

Brian drehte sich um und winkte mir zu, ich solle auch kommen.

Ich beeilte mich.

»Und?«, fragte ich flüsternd.

»Sie ist nicht abgeschlossen«, sagte John. »Dahinter scheint es einen Gang zu geben.« Er versuchte angestrengt, etwas zu erkennen. »Ist stockdunkel da drin.« Dann legte er eine Hand um einen der Gitterstäbe und konnte die Tür mühelos aufziehen. Die rostigen Scharniere quietschten wie in einem Gruselfilm.

John hob unsicher die Brauen. »Sollen wir es wirklich wagen?«

»Ich weiß nicht recht.« Brian verzog widerwillig das Gesicht. »Wenn wir wenigstens eine Fackel hätten. Aber so?«

»Lasst uns reingehen«, drängte ich. »Wir müssen nachsehen. Ich hoffe, dass dieser Eingang zu den anderen Gängen führt, durch die ich bereits gegangen bin.« Ich verschwieg dabei, dass ich nicht damit rechnete, mich auszukennen. Es waren einfach zu viele verwinkelte Gänge. Die Gefahr, sich zu verlaufen, war groß.

»In Ordnung«, sagte John Alba. »Wir gehen rein. Bindet die Pferde fest.«

Da ich nichts von Seans Bären erwähnen wollte, konnte ich meine diesbezüglichen Sorgen nicht offenbaren. Also versuchte ich mir einzureden, dass wir das Tier nicht fürchten müssten. Schließlich waren wir mit äußerst effektiven britischen Armbrüsten bewaffnet und würden uns im Falle des Falles verteidigen können.

Warum nur glaubten mir meine Knie nicht und zitterten bei dem Gedanken an Max wie Espenlaub?

Kapitel 17

John nahm einen konzentrierten Atemzug, bevor er den ersten Schritt wagte. »Ich gehe voraus. Skye folgt als letzte«, bestimmte er.

Ich widersprach seiner Anweisung nicht, obwohl sie jeder Logik entbehrte. Schließlich war ich die Einzige von uns dreien, die diese Gemäuer wenigstens einmal betreten hatte. Aber vermutlich würde ich mich trotzdem nicht zurechtfinden.

Die Dunkelheit und die Enge des Ganges machten uns zwar zu schaffen, dennoch ließen wir uns nicht aufhalten und folgten mit vorsichtigen Schritten seinem relativ geraden Verlauf. Gezwungenermaßen liefen wir hintereinander. Die Männer mussten sogar die Köpfe einziehen. Nach etwa zwanzig Metern gab es einen Knick nach rechts, und ab da schien es wieder heller zu werden.

»Irgendwo ist eine Lichtquelle«, flüsterte Brian.

»Aye«, sagte John ebenfalls flüsternd. Beide hielten ihre Armbrust schussbereit, während sie sich vorantasteten. Ich trug meine auf der Schulter, da meine Arme die schwere Waffe nicht lange in Schussstellung halten konnten. Ab und zu tastete ich nach Brian, um sicherzugehen, dass er in der Nähe blieb. Mein Herz klopfte so heftig, als wollte es gleich meinen Brustkorb sprengen.

»Da ... an der rechten Wand ist was«, sagte John leise und fügte hinzu: »Ein Schlitz vielleicht. Ich denke, das Licht kommt von dort.«

Mir war plötzlich so mulmig, dass mir die Worte fehlten. Ich hoffte inständig, dass wir diesen unheimlichen Gang bald verlassen konnten. Die Idee, hier hineinzugehen, war möglicherweise nicht die beste gewesen. Und was, wenn den Pferden etwas passierte, bevor wir zu ihnen zurückkehrten? Ich holte tief Luft und schüttelte mich.

»Was siehst du?«, fragte ich nach vorne, als John stehenblieb.

»Kommt und schaut selbst«, sagte er, und Brian und ich drängten uns neben ihn.

Nachdem Brian einen Blick erhascht und sich schweigend zurückgezogen hatte, schob ich mich vor. Ich legte die Handflächen an die kalte Wand und sah durch ein schmales Schlitzfenster. Fassungslos registrierte ich einen Außenbereich. Und mit noch größerer Verblüffung blickte ich auf mehrere Reihen lilafarbener Pflanzen von etwa zwei Meter Höhe, die intensiv leuchteten.

»Wie kann denn da ein Garten sein?«, flüsterte Brian. »Wir sind doch im Hauptgebäude. Von den Hohlfelsen sah es wie ein riesiger Kasten aus. Wieso sieht man den Himmel?«

»Ich frage mich vielmehr, was das für seltsame Pflanzen sind«, gab John irritiert zurück. »Solche Farben hab ich noch nie in meinem Leben gesehen.«

Und in diesem Augenblick erinnerte ich mich, dass Sean zu dem Bären gesagt hatte, er solle in den *Garten* gehen, weil er dort *gebraucht* werden würde. Als Wache etwa? Mir kam der üble Gedanke, dass wir den besagten Garten eben gefunden hatten. Ein Schauer rieselte meinen Rücken herab. Ich ging in die Knie, um die unter dem Schlitz befindliche Klappe zu untersuchen. Bei leichtem Druck ließ sie sich nach innen öffnen. Entsetzt begriff ich, dass Max – sollte er sich irgendwo zwischen diesen merkwürdigen Pflanzen aufhalten – durch diese Klappe in den Gang gelangen konnte.

Hektisch richtete ich mich wieder auf und sah zu John, dessen Gesicht halb im fahlen Licht und halb im Dunkeln lag, und antwortete auf seine letzte Bemerkung. »Sie ähneln irgendwie ... ähm ... Hanfpflanzen.«

Doch um Marihuana, wie ich es kannte, handelte es sich bei diesem Gewächs gewiss nicht. Eher wirkten die Pflanzen wie eine futuristische Züchtung. Die lilafarbenen Blätter leuchteten grell und waren an den Rändern gezackt. Ich konnte mir sehr gut vorstellen, dass sie psychogene Eigenschaften besaßen und auf verschiedene Weise zubereitet hochpotent waren. Das würde zumindest das Verhalten der Sklaven und das von Rory und Rocco Vince erklären.

»Hanf... was?«, fragte John verwirrt.

»Ich hab mich geirrt«, winkte ich ab. »Ich weiß auch nicht, was das sein könnte. Lasst uns weitergehen.«

»Aye, gehen wir weiter«, stimmte Brian mir zu, und John lief wieder voraus.

Wir entfernten uns von der Lichtquelle. Es war unmöglich zu erkennen, was uns am Ende des Ganges erwarten würde. Schließlich ging es nicht mehr weiter, und ich hörte, dass John seine Armbrust über die Schulter hängte und auf etwas Metallischem kratzte.

»Hier ist noch so eine ähnliche Klappe ...«, sagte er leise. Seine Anspannung vibrierte unüberhörbar in jedem Wort mit. »Aber kein Schlitzfenster oder sonst eine Öffnung, durch das man hindurchsehen könnte.«

Brian und ich schoben uns neben ihn und überzeugten uns, dass der Gang an dieser Stelle endete. Auch diese Klappe war so groß, dass sowohl ein ausgewachsener Mensch, der sich etwas vornüberbeugte, als auch ein Bär auf allen vieren durchpassen würde.

Ich schluckte bange und flüsterte: »Wenn dahinter nur Dunkelheit auf uns wartet …«

»Wir können jetzt nicht mehr umkehren«, sagte John entschlossen. »Wir müssen versuchen, diese *Hayden* ausfindig machen.«

»Aye, bin derselben Meinung«, stimmte Brian ihm zu. »Wir stecken hier zwar in einem seltsamen Bauwerk, das mir nicht geheuer ist, aber kapitulieren lässt meine Kriegerehre nicht zu.«

Sie hatten vollkommen recht. Auch mir widerstrebte es, aufzugeben, wo wir es schon so weit geschafft hatten. Mein Instinkt wusste längst, dass eine Konfrontation mit Hayden unabdingbar war und bald erfolgen musste, wenn diese Geschichte für Rory und mich und alle anderen, die wegen uns da hineingeraten waren, glimpflich enden sollte.

»Versuchen wir es«, flüsterte ich also und fuhr die kalte Oberfläche dicht vor mir mit gespreizten Fingern vorsichtig auf und ab. Ich spürte kleine raue Erhebungen des Metalls und stellte fest, dass die Klappe bei Druck langsam nachgab und sich mit einem Quietschen nach innen aufschieben ließ. Sofort drang etwas Licht in den Gang, sodass wir unsere Gesichter erkennen konnten.

Unsicher sahen wir uns eine Weile an.

Schließlich nickte John uns zu.

Mit äußerster Vorsicht schob ich die Klappe auf und lugte in den dahinterliegenden Bereich. Ich erkannte die hohe Rückenlehne des Herrscherstuhls, der höchstens drei Meter von mir entfernt stand. Er versperrte mir die Sicht auf den Großteil des Raumes, den das Tageslicht erhellte. Bis auf das Knistern des Kaminfeuers war nichts zu hören. Mein Puls rauschte in die Höhe, als ich begriff, dass wir durch den Bären-Ein-

und Ausgang in Haydens Saal gelangt waren. Wie es aussah, hielt sich im Moment niemand darin auf.

John tippte mir auf die Schulter. »Was siehst du?« Er sprach so leise, dass ich seine Worte kaum verstand.

Ich zog mich wieder heraus, hielt die Klappe mit dem rechten Arm halb geöffnet und sah meine beiden Begleiter an. »Ich kenne diesen Raum«, flüsterte ich. »Es scheint niemand anwesend zu sein. Der Turm kann sich nur rechts davon befinden. Vielleicht finden wir eine Tür.«

Brian legte skeptisch die Stirn in Falten.

»Ich weiß, es ist riskant, aber das war uns von Anfang an klar«, sagte ich daraufhin. »Nur bei völliger Aussichtslosigkeit wollten wir aufgeben.«

John Alba schnalzte mit der Zunge. »Nun ja ... Wer will denn schon ewig leben?!«, sagte er sarkastisch. »Auf dass wir diese verfluchte Anführerin zur Rechenschaft ziehen. Und nur den Todesmutigen zollen die alten Götter Respekt.«

Brian stieß kopfschüttelnd einen Seufzer aus.

»Ich danke euch«, sagte ich erleichtert.

Rory und Rocco Vince brauchten Hilfe, um in unsere Welt zurückzufinden. Und vielleicht änderte Sean sein Verhalten, wenn wir Hayden dazu brachten, ihm die Wahrheit zu sagen. Tief in mir drin, glaubte ich, dass Sean mehr Mitgefühl hätte, wenn er in Frieden und in der Geborgenheit einer liebevollen Familie aufgewachsen wäre.

Ich drehte mich um, nahm meine Armbrust in beide Hände und trat geduckt in den Saal. Die ersten Sekunden traute ich mich nicht, mich aufzurichten. John folgte dicht hinter mir. Dann Brian, der die Klappe im Zeitlupentempo schloss, damit uns kein Geräusch verriet.

Wir waren drin!

Zwei *Cals,* die nichts lieber wollten, als so schnell wie möglich in ihre Heimat zurückzukehren, und eine zeitreisende Engländerin, die sich in manchen Momenten immer noch fragte, ob sie nicht doch alles träumte ... Aber nein, wir hatten zweifellos Haydens Saal betreten. Und Hayden befand sich offensichtlich woanders.

Leise schlichen wir hinter dem Herrscherstuhl hervor und bis zur Mitte des Raumes, hielten die Armbrüste vor uns und drehten uns im Kreis, um jeden Winkel abzusuchen.

Die massive Holztür auf der linken Seite des Saals kannte ich bereits. Durch sie käme man in verwinkelte Gänge, die zum Ausgang in der Nähe des Schotterwegs führten. Also suchte ich die gegenüberliegende Wand ab. Dort gab es einen schweren Samtvorhang, den ich ein Stück beiseiteschob.

Eine ziemlich schmale, holzvertäfelte Tür kam zum Vorschein. Ich schob den Vorhang mit der Schulter weiter auf und drehte am Eisenknauf. John Alba stellte sich hinter mich und wartete gespannt. Ich konnte seine unruhigen Atemzüge hören, dabei versuchte ich mit aller Willenskraft, meine eigene Nervosität unter Kontrolle zu behalten.

Plötzlich sprang die Tür mit einem Klack auf. Ein unangenehmer, kalter Geruch nach klammen Steinen schwappte uns entgegen. Ich steckte den Kopf durch den Spalt und sah eine hölzerne Wendeltreppe mit hohen Stufen, die nach oben führte. Der Aufstieg zum Turm!

»*Hayden*?«, flüsterte ich zu John Alba gewandt und deutete mit einem senkrecht erhobenen Daumen an, dass wir eventuell den Weg zu ihrem Versteck gefunden hatten.

John nickte, wandte sich zu Brian, der die gegenüberliegende Tür bewachte, und winkte ihn zu uns herüber.

Als wir dicht beieinanderstanden, bereit die Treppe hochzuschleichen, hörten wir auf einmal Stimmen. Ohne Zweifel gehörten sie einer weiblichen und einer männlichen Person. Kurz darauf erzitterte die Wendeltreppe.

Wir wechselten hektische Blicke und beschlossen in stummem Einvernehmen, uns zu verstecken. Schnell schloss ich die Tür wieder, ließ den Vorhang vorfallen und gab John und Brian gestikulierend zu verstehen, dass wir uns beeilen mussten. Wir krochen in den Schatten hinter dem Herrscherstuhl zurück, wo wir uns mit Mühe in eine kauernde Position begaben. Da der Sichtschutz für uns drei äußerst begrenzt war, konnten wir die Armbrüste nicht mehr schussbereit vor dem Körper halten. Also presste jeder seine Waffe fest an die Brust und versuchte, möglichst geräuscharm zu atmen. Ich starrte im Wechsel auf den von Sand und Dreck verschmutzten Steinboden und auf die Klappe des Bäreneingangs, die sich zum Glück nicht bewegte. Mein Herz klopfte so hart gegen meine Rippen, dass es beinah wehtat. Angst, Wut und Hoffnung vermengten sich zu einem Gefühls-Cocktail, der meine Entschlossenheit, Hayden gegenüberzutreten, nur verstärkte.

Als wir ein Quietschen vernahmen, erstarrten wir und horchten auf. Kurz darauf hörten wir, wie am schweren Samtvorhang gezogen wurde.

»Es interessiert mich nicht, wie du es anstellst, aber du wirst ihn zurückholen! Wir dürfen ihn nicht entkommen lassen. Ich will seinen Kopf.«

Das war eindeutig Hayden.

»Wir müssen auf die Rückkehr der Jäger warten, verstehst du nicht?«, antwortete eine höchst erregt klingende männliche Stimme, die nur Sean gehören konnte. »Sonst sind wir zu wenig Mann.«

Ich suchte Augenkontakt mit meinen Komplizen. Beide runzelten ratlos die Stirn, sodass wir dem Gespräch im Hintergrund angespannt weiterlauschten.

»Du solltest im Turm bleiben«, sagte Sean.

»Nun mach dir um mich keine Sorgen«, erwiderte Hayden missgestimmt.

»Sie haben Richard und sämtliche Wachen getötet, und ich soll mir keine Sorgen um dich machen?«

Ein Seufzer erklang. »Armer Richard! Nimm von mir aus ein paar der Handwerker, oder wer sonst noch reiten und eine Waffe halten kann, und mach dich auf die Fährte dieser Scheusale.«

»Ich warte besser, bis es dunkel ist«, schlug Sean vor.

»Warum scheren sich *Cals* um Rocco Vince, kannst du mir das erklären?«

»Weil sie uns als gemeinsamen Feind sehen.«

Plötzlich vernahm ich einen merkwürdig dumpfen Laut aus der Wand hinter uns. Als aus dem Geräusch ein zaghaftes Gebrumm wurde, läuteten meine Alarmglocken.

Oh nein! Welche finstere Macht schickte den verfluchten Bären gerade jetzt, wo wir es ohnehin schon schwer genug hatten?

John und Brian sahen mich irritiert an. Meine Gesichtszüge mussten völlig entgleist sein. Innerhalb weniger Sekunden würde ein riesiger Braunbär seine Schnauze in den Saal stecken und drei ihm unbekannte Menschen an einer Stelle vorfinden, wo er mit Sicherheit niemanden erwartete.

Was jetzt?

Unruhig sah ich zwischen meinen Begleitern und der Klappe hin und her und wusste nicht, wie ich erklären sollte, dass wir in der Falle saßen.

John riss die Augen auf und hob die flache Hand als Zeichen, dass er wissen wollte, was mit mir los war.

Schuldvoll starrte ich ihn an.

Hayden stritt mit Sean indes über die geringe Zahl ihrer Krieger.

Plötzlich zog Brian die Brauen zusammen und richtete den Blick auf die Klappe, als hätte auch er etwas vernommen. Es war höchste Zeit, ihn und John vor Max zu warnen und dieses unsichere Versteck notgedrungen zu verlassen. Ich nutzte die Gelegenheit, dass Hayden und Sean lautstark über ihr Problem diskutierten.

»Wir greifen jetzt zu«, flüsterte ich kaum hörbar. »Wir richten unsere Waffen gleichzeitig auf die beiden und nutzen den Überraschungsmoment.«

John fasste kopfschüttelnd nach meinem Arm. »Nein, noch nicht.«

»Doch! Wir müssen«, widersprach ich hastig. »Bitte, vertrau mir!«

Brian legte in dem Moment den Finger auf die Lippen. »Hört ihr das auch?« Er horchte verwirrt. »Klingt wie ein Brummen, oder?«

»John … Brian!« Ich sah die beiden flehend an. »Ihr müsst mir jetzt glauben. Bitte! Gleich kriecht ein verdammter Bär durch die Klappe da.« Ich deutete mit dem Kinn. »Wir müssen sofort hier weg!«

Und da bemerkten wir die Stille. Hayden und Sean waren verstummt. Hatten sie uns etwa gehört?

Wir mussten handeln, ohne eine weitere Sekunde zu verlieren. Wir nickten einander zu, hielten die Armbrüste fest und sprangen hinter dem Herrscherstuhl hervor.

»Keiner rührt sich vom Fleck, wenn er heute nicht sterben möchte!«, rief John Alba, seine Waffe auf Sean gerichtet, während Brian und ich auf Hayden zielten.

Hayden steckte die Hände in die Taschen ihrer schwarzen Hose, über der sie ein blutrotes Männerhemd trug. Ein helles Stirnband bändigte ein wenig die weißblonden langen Haare und vervollständigte das außergewöhnliche Bild, das sie mit dieser Aufmachung abgab.

Sie starrte uns ungläubig an.

Ich versuchte, meine Arme stillzuhalten und hoffte, dass sie nicht schlappmachten oder ich aus purem Versehen einen Pfeil abschoss.

Haydens Miene wechselte rasch von überrascht zu höhnisch, was verwirrend genug gewesen wäre, hätte uns das metallische Quietschen der Klappe nicht abgelenkt.

Ich fuhr herum und sah Max auf zwei Beinen hinter dem Herrscherstuhl hochragen. Er stieß ein lautes Gebrüll aus, was mich entsetzt zusammenfahren ließ.

»Sagt diesem Biest, es soll verschwinden«, kreischte ich. Meine Hände fingen an zu zittern, was dazu führte, dass die Armbrust zu klappern begann.

»Dann legt die Waffen nieder«, sagte Sean, die Arme vor der Brust verschränkt, als wollte er seine Überlegenheit demonstrieren. »Max greift sofort an, wenn ich es ihm befehle.«

Brian schnaubte. »Soll ich diesem Mistvieh in den Kopf schießen? Wollt ihr das?«, drohte er aufgebracht.

»Ihr glaubt doch nicht im Ernst, ihr wäret der Lage gewachsen«, wandte Hayden ein. »Selbst im verwundeten Zustand wird Max mindestens einen von euch töten.«

Wie aufs Stichwort brummte der Bär so laut, dass ich den Kopf einzog.

»Bitte! Pfeift euren Bären zurück!«, schrie ich panisch.

»Erst legt ihr eure Waffen nieder«, beharrte Sean.

»Damit ihr uns erschießt?« Brian ließ seine Armbrust bedrohlich laut klappern. »Für wie dumm haltet ihr uns?«

Ich wechselte ratlose Blicke mit John.

Wir wollten keinen unschuldigen Bären umbringen müssen und auch nicht Sean oder Hayden, die wir beide noch brauchten, um Rory und Rocco zu helfen.

Doch die Situation drohte uns zu entgleiten.

Plötzlich sagte Hayden: »Wir werden euch nicht erschießen, keine Bange. Legt also eure Waffen nieder, und wir können in Ruhe reden. Ich nehme an, das ist auch euer Anliegen, sonst hättet ihr uns längst getötet, nicht wahr?«

»Warum sollten wir Ihnen trauen?«, fragte ich.

»Ihr habt Rocco Vince«, sagte Hayden und seufzte. »Und ich muss ihn wieder haben.«

Daraufhin sah John mich fragend an, und ich nickte ihm zu. Es blieb uns nichts anderes übrig, als Hayden zu glauben. Unter Gewaltandrohung würde sie uns jedenfalls nicht helfen. Zwar blieb Sean ein potenzielles Risiko, aber immerhin hörte er auf Hayden.

John und ich nahmen unsere Armbrüste runter und drehten uns zu Brian um.

Brian stieß ein missmutiges Grummeln aus, dann legte auch er seine Waffe auf dem Boden ab und schob sie mit der Stiefelspitze zur Seite.

»Sehr schön«, sagte Hayden schmunzelnd.

Als Nächstes lief Sean mit ausgebreiteten Armen auf Max zu und redete dabei beruhigend auf das Tier ein. Ihr Begrüßungsritual war gleichermaßen beeindruckend wie beängstigend. Es sah aus, als wollte der Bär seinen Freund am liebsten auf der Stelle auffressen.

Schließlich flüsterte Sean etwas in Max' Ohr, gab ihm ein paar Boxhiebe auf die Schultern und drängte ihn zur Klappe zurück.

Als der Bär mit einigem Protest, wie mir schien, endlich fort war, fiel mir ein Fels vom Herzen. Ich musste aufpassen, dass meine Beine nicht nachgaben und ich aufgrund der nervlichen Belastung zu Boden sackte.

Hayden räusperte sich mit strenger Miene. »Nun, kommen wir zur Sache. Wegen euch habe ich einen meiner besten Krieger und noch dazu meinen Cousin verloren.«

»Sie meinen Ihren Henker?«, platzte es aus mir heraus. Der Einwurf kam zugegeben unüberlegt. Aber ich stand vollkommen unter Strom.

»Ja, auch diese Dienste leistete er zu meiner vollsten Zufriedenheit«, erwiderte Hayden kühl. »Sein Tod lässt mich trauern. Was ich aber besonders bedauerlich finde, ist, dass ihr mir Rocco Vince gestohlen habt.« Haydens grüne Augen blitzten auf. »Dieser Mann, der sich Rebellenführer der *Wells* nennt, ist ein hinterhältiger Kerl und hetzt gegen mich, ohne meine Ziele zu verstehen.«

»Vielleicht nahm er es Ihnen übel, dass Sie seinen Sohn versklavt haben«, warf John ein.

Daraufhin lachte Sean, der sich wieder zu Hayden gestellt hatte. »*Das* hat er euch erzählt? Woher wollt ihr denn wissen, dass es stimmt?«

»Gib dir keine Mühe«, winkte Hayden ab. »Sie glauben ihm, und sie haben recht.«

Seufzend wandte sie sich John Alba zu. »Warum seid ihr drei zurückgekommen?« Ohne seine Antwort abzuwarten, heftete sie einen stechenden Blick auf mich. »Skye, meine Liebe, du hättest jetzt in Freiheit sein können, zusammen mit dem Ewigen. Warum also steht ihr vor mir und riskiert euer Leben?«

»Sie haben die perverse Neigung, Ihre Gefangenen mit Drogen vollzupumpen, um ihre Erinnerungen zu löschen und sie willenlos zu machen«, antwortete ich vor Wut zitternd.

Hayden lächelte. Langsam ließ sie sich auf ein Sitzkissen nieder und streckte die Beine von sich. »Ich schätze, du sprichst von meinem beliebten Traumtrunk.«

»Stellen Sie ihn aus den Blättern der Pflanzen in Ihrem versteckten Garten her?«, fragte ich verächtlich.

»In der Tat! Ach, du bist so klug, wie du hübsch bist, Skye. Und dennoch ist es falsch, meinen Traumtrunk mit gewöhnlichen Drogen zu vergleichen. Er wirkt äußerst nachhaltig …«

»Das ahnte ich bereits«, sagte ich erstickt. »Lässt die Wirkung denn überhaupt irgendwann mal nach?« Ich sah kurz aus dem Augenwinkel zu Sean. Dieser Traumtrunk oder irgendeine Abwandlung davon hatte bei ihm einst ganze Arbeit geleistet und ihm alle Kindheitserinnerungen geraubt.

Und dennoch hatte mich die Hoffnung, Hayden könnte ein Gegenmittel kennen, zu ihr zurückgeführt.

Auch wenn es nicht ratsam war, schrie ich sie an: »Was ist dieses fiese, leuchtende Kraut für ein Zeug? Warum wirkt der Trunk noch nach dem Absetzen?« Ich sah Hayden mit dem finstersten Blick an, den ich zustande brachte. »Ich will, dass der Ewige ... dass er ...« Ich musste kurz innehalten und den Kloß in meiner Kehle hinunterschlucken. »Ich will, dass Rory MacRae wieder der Alte wird«, fuhr ich mit derselben Entrüstung fort. »*Deswegen* sind wir hier.«

»Aha, ihr wollt also meine Hilfe«, stellte Hayden lakonisch fest.

John, Brian und ich nickten.

»Wie erstaunlich! Nun, die Frage ist: Gebt ihr mir Rocco Vince zurück?«

»Das werden wir nicht tun«, antwortete John unverzüglich.

Ich nickte zustimmend.

»Dann kann ich euch nicht helfen«, erwiderte Hayden und zuckte mit den Schultern.

Ihr Gebaren brachte mich an meine Grenzen. »Gibt es denn überhaupt ein Gegenmittel, das die Wirkung aufhebt?«, fragte ich verzweifelt.

Hayden lachte. »Nein, tut mir leid, gibt es nicht«, behauptete sie. »Das ist die Wahrheit.« Doch nach kurzem Zögern verriet sie: »Nun, allerdings besitze ich ein Mittel, das bei rechtzeitiger Verabreichung immerhin den Tod verhindert. Der Entzug ist nach einer so langen Zeit der Abhängigkeit tödlich, müsst ihr wissen.«

Ich war zu entsetzt, um etwas zu erwidern.

»Dein Rory, meine Liebe, dürfte sich inzwischen sehr unwohl in seiner Haut fühlen«, erklärte Hayden mit sichtlicher Genugtuung. »Er bräuchte dringend etwas Traumtrunk. Da er ihn nicht mehr bekommt, beginnt sein Körper zu rebellieren. Es sind einige Stunden vergangen, seit ihr ihn befreit habt, richtig? Nun, bis zum nächsten Morgen wird er es nicht schaffen. Er wird elendig sterben. Es sei denn ...«

»Was?«, brach es angewidert aus mir heraus. »Es sei denn, was? Sagen Sie es uns!«

»Es sei denn, er erhält eine bestimmte Dosis von dem bereits erwähnten Mittel. Es würde seine Körperfunktionen verlangsamen und ihn mit etwas Glück vom Tod verschonen.«

»Und was ist mit seinem Verstand?« Ich musste es wissen, auch wenn ich die Antwort fürchtete.

»Oh, da verlangst du zu viel von mir, Skye. Nach vier Jahren Traumtrunk ist es recht unwahrscheinlich, dass seine Erinnerungen zurückkehren und seine Gedanken wieder frei sind. Bei Rocco Vince könnte es funktionieren. Aber bei dem Ewigen ...? Nein, sicher nicht.« An dieser Stelle lachte sie so gehässig, dass ich mir wünschte, ich könnte sie einfach hier und jetzt umbringen.

»Gib uns dieses Mittel«, verlangte ich. Ich nahm meine zitternden Hände hinter den Rücken und starrte Hayden mit einem Blick an, der hoffentlich resolut und furchtlos wirkte.

Sie schmunzelte. »Dann frage ich noch einmal: Bekomme ich Rocco Vince zurück?«

»Sie sind ein widerwärtiger Mensch«, entfuhr es mir. Jemanden zu beleidigen, von dem ich etwas brauchte, war sicher nicht diplomatisch, aber äußerst wohltuend.

Ich bemerkte, wie Sean meine Auseinandersetzung mit Hayden aufmerksam verfolgte. Plötzlich kam mir die Idee, dass ich den Spieß umdrehen konnte. Ich musste es zumindest versuchen. Ich deutete mit dem Finger auf Sean und sah Hayden unnachgiebig an. »Er weiß nicht, dass *Sie* ihm seine Erinnerungen nahmen, als er ein Kind von zehn Jahren war, stimmt's?«

Hayden fixierte mich plötzlich mit einem tödlichen Blick. »Unfug!«, blaffte sie. »Sein Gedächtnis hat die schlimmen Ereignisse, die ihm widerfahren sind, von selbst gelöscht. Nicht ich war es.«

Kopfschüttelnd drehte ich mich zu Sean um. »Sie hat mit dir das Gleiche getan wie mit deinem Bruder. Frag sie doch.«

Sean ließ ein verächtliches Schnauben hören. »Du willst uns gegeneinander aufbringen? Ist das dein Ernst?«, spottete er.

»Frag sie!«, wiederholte ich energisch. »Richard von Schwarzmoor hätte dir auch erzählen können, wie er vor zwölf Jahren Kinder und Jugendliche der *Cals* verschleppt hat. Nun ist er tot, aber Hayden ist hier. Also frag sie.«

Aus dem Augenwinkel fiel mir auf, wie John und Brian nervös auf der Stelle traten, doch sie unterbrachen mich nicht. Offenbar war es mir gelungen, sie mit gelegentlichen Blicken davon zu überzeugen, dass ich eine Strategie verfolgte.

Seans Miene nahm jetzt düstere Züge an. Er schien widerwillig zu grübeln. Schließlich machte er ein paar langsame Schritte in die Mitte des Saals, drehte sich um und sah Hayden fragend an. »Diese Geschichte ist doch frei erfunden, nicht wahr?«

Es überraschte mich, dass Sean meiner Aufforderung tatsächlich nachgekommen war, und ich klammerte mich an die winzige Hoffnung, die seine Verunsicherung mir gab.

Doch Hayden wehrte mit einer wedelnden Geste ab. »Du kennst die wahre Geschichte, wie du zu uns kamst. Ich habe dich großgezogen, als wärst du mein eigenes Kind. Nie würde ich dir Schaden zufügen, Sean, das weißt du!« Sie lächelte liebevoll und sah dabei irritierend schön aus.

Sean nickte eine Weile mit einem misstrauischen Gesichtsausdruck. »Ich weiß«, murmelte er schließlich. »Ich weiß ...«

Ich sah, wie John und Brian besorgte Blicke wechselten. Auch ich hielt meinen Strohhalm für verloren.

»Damit wir hier nicht weiter auf der Stelle treten, schlage ich euch ein faires Geschäft vor«, fing Hayden schwungvoll an. »Ihr bringt mir heute Nacht noch Rocco Vince, und im Gegenzug gebe ich euch die Mixtur für den Ewigen. Ihr dürft den Kerl gern behalten ... oder das, was von ihm übrig ist.«

»Nein!«, widersprach ich mit bebenden Lippen. »Ich hab einen besseren Vorschlag. Wir bekommen die Mixtur, und im Gegenzug dürfen *Sie* am Leben bleiben. Wir verschwinden aus diesem Land und kommen nie mehr zurück.«

»Ich habe keine Angst vor dem Tod, was denkst du von mir?«, entgegnete Hayden scharf. »Und im Moment sieht es nicht so aus, als könntet ihr irgendwem drohen. Also nochmal: Nehmt ihr mein Angebot an, oder nicht?«

Ich schüttelte den Kopf. »Ihr Angebot ist keine Option.«

»Ähm, erlauben Sie uns ein paar Sekunden?«, warf John ein und sah mich eindringlich an. Er nickte kaum merklich, und ich begriff, dass ihm wahrscheinlich derselbe Gedanke durch den Kopf ging wie mir.

Ich wandte mich wieder Hayden zu. »Wir bekommen die Mixtur. Und sobald Rory außer Gefahr ist, händigen wir Rocco Vince aus.«

Hayden und ich starrten uns eine halbe Ewigkeit schweigend an. Die Luft knisterte vor Anspannung. Ich hoffte inständig, dass sie auf unser Scheinangebot eingehen würde. Auf Johns und Brians Gesichtern erkannte ich dasselbe Bangen, das auch ich verspürte.

»Nun, warum nicht«, sagte Hayden überraschend und erhob sich von ihrem Platz. »Aber wir machen es folgendermaßen: Zuerst übergebt ihr Rocco Vince. Sobald Sean sich sicher sein kann, dass von eurer Seite keine Gefahr mehr droht, verrät er euch die Dosis und übergibt die Mixtur. Das ist mein letztes Angebot. Wenn ihr einverstanden seid, dann lasst es mich jetzt wissen. Ansonsten haben wir alle verloren.«

Ich gab vor, über Haydens Vorschlag nachzudenken. Es blieb uns nichts anderes übrig, als zuzustimmen. Schließlich nickte ich.

»Wir sind einverstanden«, sagte John Alba an meiner Stelle.

Von nun an mussten wir beten, dass es uns gelang, Rory zu retten, ohne Rocco Vince zu verlieren.

Und sollte Hayden die Wahrheit gesagt haben, wovon ich ausging, standen wir zu allem Übel auch noch unter Zeitdruck.

Kapitel 18

»Es ist ein Öl. Rein und mit magischer Kraft, könnte man meinen.« Hayden hielt ein winziges Glasfläschchen mit roter Flüssigkeit in die Höhe und betrachtete den Inhalt mit einer Art stolzer Faszination. »Aus den Blättern des Traumkrauts gewonnen. Selbstverständlich enthält es noch weitere Geheimzutaten.« Schließlich nickte sie Sean zu. Der stellte sich neben sie und beugte sich zu ihr herunter. Hayden übergab ihm das Fläschchen und flüsterte ihm etwas ins Ohr, das wir Übrigen unmöglich verstehen konnten.

Sean ließ das Fläschchen in seiner Brusttasche verschwinden und nahm anschließend eine Armbrust aus der Halterung an der Wand.

Unbehaglich trat ich von einem Bein aufs andere und hoffte, dass alles glattging und wir endlich losreiten würden.

»Ihr habt nun die Möglichkeit, euren Mann vor dem Tod zu retten«, sagte Hayden ernst. »Ich finde, dafür einen nichtsnutzigen *Wells* opfern zu müssen, ist kein allzu hoher Preis.«

Ihr zufriedener Gesichtsausdruck schürte meine Abscheu vor ihr, doch ich ermahnte mich, ruhig zu bleiben.

Erhobenen Hauptes schritt Hayden zwischen John, Brian und mir hindurch und setzte sich anmutig wie eine Königin in den Herrscherstuhl.

»Geht jetzt!«, verlangte sie barsch. »Ich wünsche, euch nicht wiederzusehen. Des Weiteren hoffe ich in eurem und meinem Interesse, dass meine Krieger noch vor dem Morgengrauen mit Rocco Vince' Kopf zurückkehren und ich den Rebellen und allen, die aufbegehren, eine Lektion erteilen kann.«

Sean, der jetzt an der Tür zum Gang stand, legte die Hand auf den Knauf. »Wir kehren nicht ohne Roccos verfluchten Schädel zurück, Hay! Du hast mein Wort!« Seine tiefe Stimme klang gepresst, als fühlte er sich für die gescheiterten Hinrichtungen schuldig und müsse etwas gutmachen.

Dass Sean Gefolgsleute mitnehmen würde, verwunderte mich nicht. Nur so wären die Kräfteverhältnisse einigermaßen ausgeglichen. Für uns hieß das, dass wir noch mehr auf der Hut sein mussten.

John Alba wandte sich räuspernd an Hayden. »Was ist mit unseren Waffen? Wir werden sie auf dem Weg durch den *Dunklen Wald* brauchen.«

Die Frage war zweifellos gewagt. Umso gespannter warteten wir auf die Antwort.

»Hm. Ihr bekommt sie von Sean erst dann zurück, wenn ihr euch an das Abkommen gehalten und Rocco Vince ausgeliefert habt«, erwiderte Hayden.

»Das werden wir«, versicherte ich hastig.

Und obwohl ich nicht mit einem Zugeständnis rechnete und im besten Fall vermutlich ausgelacht werden würde, fragte ich: »Kann ich wenigstens mein Pferd wieder haben? Es ist ein Schimmel. Vielleicht befindet es sich unter dem Beutegut Ihrer Gefolgsleute.«

»Dein Pferd?« Hayden klang auf einmal überraschend milde und wandte sich Sean zu. »Weißt du etwas darüber?«

»Die neuen sind entweder auf der Koppel oder in den Stallungen«, antwortete der wenig begeistert.

»Falls das besagte Tier darunter ist, soll sie es meinetwegen bekommen. Das ist für deine Tapferkeit und deine Klugheit, Skye. Eine Schande, dass du dich auf die falsche Seite geschlagen hast.« Hayden erhob mit einer royalen Geste die Hand. »Und jetzt geht!«

»Danke«, kam es leise über meine Lippen, obwohl meine Verachtung für sie nach unserem Deal keinen Deut geringer geworden war.

Sean öffnete die Tür zum Gang. »Folgt mir«, verlangte er.

Wir eilten stumm hinter Sean her, der vorausschritt und sich nicht einmal nach uns umdrehte. John und Brian ließen mich mit staunenden Blicken wissen, wie ungeheuerlich sie es fanden, Rorys Bruder vor sich zu haben.

Als wir über den Innenhof liefen, bedeutete Sean den Wenigen, die sich aus ihrem Versteck heraus getraut hatten, dass von den zwei fremden Männern und der Frau in seinem Schlepptau keine Gefahr ausging. Dennoch sahen uns argwöhnische Gesichter hinterher.

»Ihr habt eine Menge Schaden angerichtet«, knurrte Sean, als wir um das Hauptgebäude bogen, um unsere beiden in der Nähe des Bäreneingangs festgebunden Pferde zu holen.

Sean zeigte auf die toten Wachen. »Waren gute Männer«, sagte er kühl.

Wir sahen zu den Sklaven hinüber, von denen einige im Gras lagen und in den Himmel starrten, andere untätig herumsaßen und an den Stofffetzen ihrer Kleidung zupften.

»Wieso fliehen die nicht?«, wunderte sich Brian.

»Sie wissen nicht, was sie tun sollen, wenn niemand sie antreibt«, erklärte Sean. »Sie warten auf Befehle, und bestimmt haben sie Hunger. Sie haben immer Hunger.«

Der Anblick der Männer, die sich wie eine Herde Schafe verhielten, war weiterhin äußerst befremdlich. Sie blieben einfach an Ort und Stelle, schön in der Nähe des Fasses mit dem *Gesöff*. Sie redeten nicht mal. Ihre Mienen wirkten gleichgültig, müde und vor allem entrückt.

Mit den Pferden, die John und Brian am Zügel führten, folgten wir Sean zu den Stallungen. Es handelte sich um ein längliches Gebäude, erbaut aus geradegewachsenen Eichenstämmen, unweit vom nördlich der Festung gelegenen Schotterweg.

Zwei Jünglinge kamen uns entgegen und verbeugten sich ehrfürchtig.

Sean deutete mit dem Finger auf den hageren Rothaarigen. »Bepack eins der älteren Proviantpferde für mindestens zwei Tage und zwei Nächte«, befahl er. »Dann hol Leland, Morrissey und Billy her. Sie sollen sich bewaffnen und drei zusätzliche Armbrüste mitnehmen. Sie reiten mit mir.« Sean wandte sich an den anderen Jungen, der ein Untersetzter mit Silberblick und lockigem, braunem Haar war und bestimmt keine fünfzehn Jahre alt. »Wo sind die neuen?«

»Sie stehen hinten, zur Koppel raus«, antwortete der Junge nervös.

Sean schob ihn aus dem Weg. »Kommt mit«, sagte er zu uns, und wir folgten ihm bis zum Ende des Stalls.

Dort standen sechs Pferde beieinander. Mit ihrem schneeweißen Fell stach Snow sofort heraus. Mein Herz hüpfte freudig. Vorsichtig näherte ich mich der Stute und umarmte auf Zehenspitzen stehend ihren Hals.

»Hey, das da, der rotbraune Hengst, das ist meiner!«, rief Brian aufgeregt.

Sean zögerte kurz und schien zu überlegen, ob der Tausch von Vorteil für ihn wäre. »Dann nimm ihn dir und binde das andere Pferd fest«, sagte er schließlich und fügte hinzu: »Und jetzt beeilt euch!«

Mit unseren Pferden verließen wir die Stallungen und traten auf eine leere Koppel.

Als der rothaarige Stalljunge nach ein paar Minuten einen vollbepackten, tiefschwarzen Rappen mit langer Mähne und wachen Augen am Zügel zu uns führte, starrte ich das Tier perplex an.

»John«, stieß ich aufgewühlt aus. »John, schau doch mal!«

John Alba trat neben mich und musterte das Pferd ebenfalls.

Sean bemerkte unser Interesse an dem Schwarzen und rief zu uns herüber, während er sich auf seinen Hengst schwang: »Seine besten Tage sind Geschichte, aber er ist ein erstaunlich kräftiges Biest und will noch nicht geschlachtet werden.«

»Dieses Pferd ...«, begann ich stockend, und John Alba nickte stumm. Es gab also keinen Zweifel. Ich schluckte hart. »Es gehörte Rory. Es heißt *Coal*.«

»Wie auch immer«, gab Sean unbeeindruckt zurück. »Da kommen meine Männer. Wir sollten losreiten!«

Der Ritt zu den Hohlfelsen dauerte trotz des steilen Anstiegs nicht mal eine Stunde. Wir trabten auf schmalen Pfaden, folgten Sean und seinen düster dreinblickenden Männern – drei ältere Typen mit kahlen Köpfen und geflochtenen Ziegenbärtchen – durch das tiefe Tal und kleinere Waldstücke und ließen Haydens Festung hinter uns.

Da ich diesmal glücklicherweise keinen Sack über dem Kopf trug, sah ich, wie die links an uns vorbeiziehende Landschaft in sattem Grün leuchtete, hier und da unterbrochen von Feldern aus gelben und lilafarbenen Wildblumen.

Als wir das östliche Ende der Hohlfelsen erreichten, lag die Sonne über dem Horizont wie ein blutender Ball. Wir brachten unsere Pferde dicht beieinander zum Stehen und sahen uns ratlos um. Niemand wusste, wo Rory und Rocco Vince versteckt sein könnten. Nach Westen erstreckten sich die bizarren Felsformationen in einer Länge von mehreren Meilen.

»Wartet.« John Alba führte die Hände an die Lippen, verschränkte sie ineinander zu einer Hohlform und blies dreimal hintereinander hinein. Nach einer kurzen Pause wiederholte er das Ganze.

Zuerst schien das geheime Signal nichts zu bewirken, doch gerade als Sean etwas sagen wollte, bekamen wir eine Antwort, die sich wie der Ruf eines Waldkauzes anhörte.

»Das sind sie!«, rief John erfreut. »Das ist entweder Brandon oder Kit.«

Wir warteten in alle Richtungen spähend ab. Endlich tauchte in einiger Entfernung hinter einem Hügel ein Reiter auf und kam auf uns zu getrabt. Es war Brandon, der seine Armbrust schussbereit hielt und höchst skeptisch dreinblickte.

»Alles in Ordnung. Wir haben ein Abkommen«, klärte ihn John Alba über die Tatsache auf, dass wir in Begleitung von *Brits* gekommen waren.

Für weitere Details gab ihm Brandon jedoch keine Gelegenheit. »Ich muss euch warnen«, begann er düster. »Rory und Rocco ... Sie sind ... sie ... ähm ...« Sein Stammeln ließ nichts Gutes erahnen. »Also ihr solltet es selbst sehen. Kommt!« Er wendete sein Pferd und ritt los.

Unser Trupp folgte schweigend, während der Abend dämmerte, das Summen und Zirpen aus den Gräsern lauter wurde und die ersten Nachtvögel sich meldeten.

Meine Kehle war vollkommen trocken.

Mein Herz pochte voller Angst um Rorys Leben.

Ich krallte meine Finger um den Sattelknauf und starrte bang geradeaus. Alles verschwamm vor meinen Augen. Ich musste mich auf das Schlimmste vorbereiten, auch wenn ich es nicht wollte.

Wir fanden Rory und Rocco mehr tot als lebendig. Als befänden sie sich in einem tiefen Schlaf in einer Zwischenwelt. Sie lagen gebettet in die Hohlfelsen, die einigermaßen Schutz vor Wind und Wetter boten.

»Sie reagieren auf nichts, weder auf Ansprache noch auf Berührung«, erklärte Peter betroffen. »Geht es mit den beiden zu Ende?«

»Nein!«, stieß ich aus und drängte an ihm vorbei. Vorsichtig kroch ich zu Rory in den Hohlfelsen und kniete mich neben ihn.

Er lag auf dem Rücken, die Arme dicht am Körper. Seine langen, verfilzten Haare umsäumten den Kopf wie ein Kranz. Er atmete abgehackt und viel zu flach.

Hektisch krabbelte ich wieder hinaus und eilte zu Sean, der gerade von seinem Pferd stieg. Hinter ihm warteten seine drei Männer. Der Ausdruck auf ihren zerfurchten, wettergegerbten Gesichtern war unmissverständlich.

»Gib das Mittel her, schnell!«, verlangte ich von Sean.

Ich hätte bedachter vorgehen sollen, strategischer – aber meine Nerven wollten nicht mitspielen.

»Skye«, drang John Albas mahnende Stimme zu mir durch.

Ich hielt inne und holte tief Luft.

John und Brian waren inzwischen von ihren Pferden gestiegen und versuchten sich ein Bild von der Situation zu machen. Angesichts Rorys und Roccos kritischem Zustand schienen sie alle Hoffnung auf meinen Einsatz gesetzt zu haben, denn sämtliche Augen lagen erwartungsvoll auf mir.

Sean neigte den Kopf zur Seite. »*Ich* bestimme den Ablauf!«, knurrte er. »Gebt Rocco Vince heraus, dann gebe ich euch die Mixtur und verrate die Dosierung. So war es abgemacht!« Er taxierte mich mit hochgezogenen Brauen, die Lippen zu einem Strich zusammengepresst.

Ich ballte die Hände zu Fäusten.

Schließlich gab ich widerwillig nach und drehte mich zu den anderen um. »Holt sie aus den Felsen heraus. Beeilt euch!«

Falls Hayden die Wahrheit gesagt hatte, musste das Mittel bald verabreicht werden. Wir hatten keine Zeit mehr zu verlieren.

Brandon und Kit legten Rory auf den sandigen Boden vor dem Felsen, anschließend taten sie dasselbe mit Rocco Vince.

In dem Moment ging ein Gebrüll los.

Seans Männer waren von ihren Pferden gestiegen und zielten mit ihren Armbrüsten auf Brandon und Kit.

Sean hatte sich den viel kleineren Peter gegriffen und drückte ihm von hinten ein Messer an die Kehle. Unmissverständlich deutete er mit dem Kinn zu Rocco Vince, der nur wenige Meter von ihm entfernt auf dem Boden lag.

Langsam näherten sich zwei von Seans Männern Rocco Vince, während der Dritte weiterhin mit der Armbrust auf Brandon und Kit zielte. Rocco wurde hochgehoben, und wir mussten zusehen, wie er fortgetragen und bäuchlings quer über ein Pferd gelegt wurde.

Peter steckte noch steif und verängstigt in Seans eisernem Griff.

Mit schweren Beinen ging ich auf die beiden zu. Ich blieb stehen und sah verächtlich in Seans dunkle Augen, die unbarmherzig zurückstarrten.

»Dein Karma wird dich zur Rechenschaft ziehen, wenn es vorher niemand tut«, blaffte ich. Diese Karma-Prophezeiungen gehörten für mich eigentlich in die unwissenschaftliche, esoterische Ecke, aber in diesem Moment wollte ich an sie glauben.

Natürlich verstand Sean die Bedeutung meiner Worte nicht und runzelte die Stirn.

»Hole ein Horn mit reinem Wasser. Es sollte möglichst bis zum Rand voll sein«, sagte er kühl.

Als ich begriff, dass er jetzt bereit war, das Mittel herauszugeben, brachte ich ihm in Windeseile ein volles Trinkhorn.

Sean ließ Peter los, der sich stolpernd zu Brandon und Kit stellte.

Hastig nahm Sean mir das Trinkhorn ab, fischte das Fläschchen mit der roten Flüssigkeit aus seiner Brusttasche heraus und drehte mir den Rücken zu. Sekunden später gab er mir das Horn zurück.

»Er sollte *alles* trinken«, sagte er mit Nachdruck.

Ich stand einen Moment wie gelähmt da, starrte auf das Gefäß in meinen Händen, hörte, wie John Alba ein zweites Mal meinen Namen rief ... und war dennoch wie weggetreten.

Endlich spürte ich einen Ruck, schüttelte mich und lief schnell los.

Ich ließ mich unverzüglich neben Rory auf die Knie nieder, hob mit einer Hand seinen Kopf an und begann ihm vorsichtig das Mittel, das dem tödlichen Entzug entgegenwirken sollte, einzuflößen. Die ersten Tropfen liefen ihm den Mundwinkel hinab. Ich fluchte und hielt den Atem an. *Nicht so hektisch!* Ich musste behutsamer vorgehen. Also schob ich ein Bein unter Rorys Nacken und versuchte erneut, ihn zum Trinken zu bewegen. Als er endlich schluckte, wollte ich mich freuen, doch keine Sekunde später hustete er so heftig los, dass ihm alles wieder hochkam. Beim dritten Ansetzen klappte es schließlich. Von da an trank er seine Schlückchen, während die anderen uns mit bangen Gesichtern beobachteten. Rory hielt die Augen weiterhin geschlossen, und es machte immer noch nicht den Anschein, als bekäme er irgendetwas bewusst mit. Es war beängstigend.

Als das Horn keinen einzigen Tropfen mehr hergab, legte ich Rorys Kopf langsam ab und hoffte auf eine Wirkung.

Plötzlich begannen seine Gliedmaßen zu zucken. Erschrocken starrte ich auf seinen Körper, der jetzt in kurzen Abständen von Krämpfen durchgeschüttelt wurde.

»Was ist mit ihm?«, rief ich zu Sean hinüber, der inzwischen auf sein Pferd gestiegen war. »Was passiert gerade?«

»Keine Ahnung«, entgegnete Sean mit befremdeter Miene. »Ich sehe so etwas zum ersten Mal.«

Verzweifelt klappte ich Rorys Weste auf und drückte die Hände flach auf seine Brust, um das Aufbäumen abzufangen. Der Stoff seines zerfetzten, dunklen Hemdes fühlte sich unter meinen Fingern rau und feucht an. Tränen schossen mir in die Augen.

»Er stirbt«, murmelte ich erstickt. Rorys Atmung war stockend und von einem lauten Röcheln begleitet, als steckte ihm etwas in der Luftröhre. Er begann, den Kopf hin und herzuwerfen.

John und Brian eilten herbei. Zusammen hielten wir Rory fest, doch die Krämpfe wollten einfach nicht aufhören.

»Wie es aussieht, müht ihr euch vergeblich ab«, rief Sean zu uns herüber.

Daraufhin schoss John Alba schnaubend vom Boden hoch und wollte sein Kurzschwert ziehen, ließ es aber im letzten Moment sein. Er wusste, dass wir uns jetzt keinen Kampf leisten konnten.

»Haltet Rory fest«, flüsterte ich John und Brian zu, erhob mich und machte ein paar Schritte auf Sean zu.

»Wenn Rory das nicht überlebt …«, begann ich mit bebender Stimme, »komme ich irgendwann zurück und sprenge euer *Castlerock* in die Luft!« Zweifellos redete eine dunkle Seite in mir, ohne nachzudenken, getrieben von Zorn und maßloser Überforderung.

Zum Glück reagierte Sean lediglich mit einem abfälligen Schmunzeln. Ich blickte über die Schulter zu John und Brian, die Rory weiterhin zu Boden drückten. Rorys Zuckungen schienen nachzulassen. Und während ich noch hinsah, hörten sie auf. Jetzt bewegte er sich gar nicht mehr.

Ich eilte zurück. John und Brian machten mir unverzüglich Platz und sahen dabei aus, als hätten sie alle Hoffnung aufgegeben.

Ich ließ mich auf die Knie fallen und beugte mich so weit zu Rory herunter, dass mein Ohr beinahe seine Lippen berührte. Ich hoffte, einen Atemhauch gespürt zu haben, war mir aber nicht sicher. Vorsichtig strich ich mit der Handinnenfläche über seine Wange und löste die Haarsträhnen, die auf seiner Stirn klebten. Und genau in diesem Augenblick öffnete er die Augen. Fassungslos zog ich die Hand zurück. Ich wollte ihn anlächeln, doch stattdessen starrte ich unsicher auf ihn herunter. War er bei Bewusstsein?

»Hey ...«, flüsterte ich mit klopfendem Herzen.

Als er unerwartet mit einem »Hmmrgh« antwortete, schossen mir die Tränen in die Augenwinkel. Ich sah mich nach John und Brian um, die unruhig nebeneinanderstanden und meinen Blick vorsichtig lächelnd erwiderten.

Aufgeregt wandte ich mich erneut Rory zu. »Durstig kannst du nicht sein. Du hast fast einen Liter Wasser getrunken ... oder zumindest etwas Ähnliches«, sagte ich mit belegter Stimme und wischte mir die Nässe aus den Augen.

»Das Mühlrad«, hauchte er schwach verständlich.

»Damit hast du nichts mehr zu schaffen«, entgegnete ich schniefend. »Du bist frei.«

»Ich muss«, begann er wieder, »das Mühlrad -«

»Nein, Rory«, unterbrach ich ihn. »Sieh mich an!« Ich fasste an sein Kinn und drehte seinen Kopf zu mir. »Du musst nicht mehr für die *Brits* arbeiten. Wir gehen nach Hause. Nach *Caledonia*. Du, ich und alle, die gekommen sind, um dich zu retten: John Alba, Brian, Peter, Brandon und Kit. Hörst du mich? *Wir* sind deine Leute! Und gemeinsam reiten wir zurück, und dann will ich meine Markierung, denn ich bin schließlich deine Frau.«

Alle verfolgten ungläubig mit, wie Rory sich nach meiner Ansprache langsam aufrichtete. Ich stützte ihn, während das Leben für uns alle sichtbar in ihn zurückkehrte.

Als er aufrecht saß, zog er ein paar Mal die Schultern hoch und runter, rieb sich den Nacken, atmete tief durch und sah mich schließlich mit einem klaren Blick an.

»Das Mühlrad muss in Bewegung bleiben«, sagte er ernst, »für immer und ewig.«

Ich schüttelte energisch den Kopf. »Nein, nein, du bist dafür nicht mehr zuständig. Du bist frei, verstehst du das nicht?«

John Alba trat heran. »Rory MacRae, du bist Sohn des Stuart MacRae, dem ehrenvollsten Stammesführer, den ich je kannte«, sagte er sichtlich ergriffen.

Doch Rory betrachtete John Alba, als würde er ihn zum ersten Mal in seinem Leben sehen.

John streckte die Hand aus. »Kannst du aufstehen, mein Junge?«

Rory ließ sich wortlos auf die Beine ziehen. Schnell griff ich ihm unter den Arm und stützte ihn. Verwundert sah er zu mir herunter. »Wie ist dein Name?«

Ich wollte glauben, dass er scherzte, doch seiner Miene nach zu urteilen schien er die Frage ernst zu meinen.

Auch Sean und seine Männer verfolgten von ihren Pferden aus wie gebannt das Geschehen, statt endlich davonzureiten. Rocco Vince gab leider kein Lebenszeichen von sich.

Inzwischen brach die Nacht herein. Die Farben des Himmels wechselten im Osten bereits in ein tiefes Blauschwarz, und der Nordstern zeigte sich funkelnd am Firmament. Die dicken Wolken und der Wind, die am Nachmittag mit Gewitter gedroht hatten, waren einfach vorbeigezogen.

Rory schob mich sanft von sich, machte einen Schritt vor und begann, jeden Einzelnen von uns nachdenklich zu betrachten. Er hatte einen festen Stand und wirkte vollkommen wach. Verzweifelt hoffte ich, dass er sich an die Zeit vor seiner Versklavung erinnern möge.

Doch er runzelte weiterhin fragend die Stirn. »Wer seid ihr alle?«

Trotz meiner Erschütterung über seine Orientierungslosigkeit griff ich nach seiner Hand und hob sie an meine Wange.

»Ich bin Skye Leonard MacRae, und *dein* Name ist Rory MacRae«, sagte ich eindringlich. Dann wiederholte ich, was John Alba zuvor zu ihm gesagt hatte: »Du bist Sohn des Stuart MacRae! Du wurdest zum Krieger ausgebildet. Du hast *Caledonias* Krieger-Patrouille angeführt.« Atemlos fuhr ich fort: »Du bist ein *Cal*, und der Mann, der mich in das Haus der Artefakte brachte ... Du bist Rory MacRae, der Sieger meiner Brautkämpfe, und dein Pferd heißt *Coal*.«

Ich sah mich suchend um. Rorys altes Pferd stand noch bei Seans Trupp. Ich hastete zu dem Tier hin, packte es am Zaumzeug und führte es zu Rory, ohne dass Sean mich davon abzuhalten versuchte.

Als Rory den Rappen vor sich ratlos musterte, griff ich ungeduldig nach seinem Ellbogen. »Das ist *dein* Pferd! Und ich bin *deine* Frau, verdammt noch mal! Gib deinem Gedächtnis einen Ruck!« Meine Nerven gingen mit mir durch. Das Gefühl von Hilflosigkeit wollte mich sprengen.

Ein lautes Aufstöhnen kam von Sean herüber. »Er erinnert sich nicht. Wie ich es gesagt habe!«, brüllte er.

Ich fuhr herum und zeigte mit zitterndem Finger auf ihn. »Und der hochmütige Typ da«, rief ich außer mir. »Sieh hin, Rory! Dieser eiskalte, gehirngewaschene Scherge einer gewissenlosen Anführerin ist dein Bruder *Sean*! Er war zehn Jahre alt, als er geraubt und nach *Britannia* verschleppt wurde.«

»Du riskierst dein -«, begann Sean drohend, doch ich ließ ihn nicht mal aussprechen.

»Halt den Mund!«, schleuderte ich ihm entgegen. »Worauf wartet ihr eigentlich? Warum reitet ihr nicht fort?«

Plötzlich fing Rory an, wie in Trance mit monotoner Stimme zu sinnieren: »Ich träume von Feuer und schreienden Kindern. Von Ketten und Blut an meinen Händen. Ich flüchte und lasse meinen Bruder zurück, seine Handgelenke sind wund. Er weint.«

Wir starrten ihn alle entgeistert an.

»Aye!«, rief John Alba unvermittelt. »So war es, mein Junge! Du *musstest* fliehen. Du konntest deinen Bruder nicht mitnehmen. Du musstest ihn zurücklassen. Dein Onkel William und deine Tanta Shona haben dich bei sich aufgenommen.«

Rory blickte zu Boden. Dann hob er den Kopf und streckte den Arm nach Coal aus. Aufgeregt trat ich zur Seite, damit er das Tier ungehindert streicheln konnte.

»Ein schönes Pferd«, sagte er. »Es heißt Coal, sagst du?«

»Aye!«, rief Brian ungestüm aus und schlug die Fäuste gegeneinander. »Verfluchte Götter! So ist es. Du hast ihn großgezogen und eingeritten! Du bist Rory MacRae, zu dem ich immer aufgesehen habe! Und wir sollten hier verschwinden, so schnell es geht!«

Ich gewann den Eindruck, dass irgendetwas in Rorys Kopf vorging, und glaubte es am Funkeln seiner himmelblauen Augen zu erkennen. Doch es konnte genauso gut bloße Einbildung sein.

»Nun denn«, brüllte Sean, sodass wir ihn alle ansahen. Er ließ seinen Hengst wiehernd aufbäumen und streckte den Arm in die Höhe. »Erzählt euren Landsleuten, dass sie sich von *Britannia* fernhalten sollen. Und jetzt bin ich so gnädig und überlasse euch den Händen des Schicksals.« Er grinste düster. »Ein letztes Wort an dich, *Rory MacRae*, falls das wirklich dein Name ist: Schade, dass du dich nicht erinnerst, denn Skye, die behauptet, deine Frau zu sein, besitzt die schönste Haut, die ich je unter meinen Fingern hatte.«

Ich stand wie versteinert da, umgeben von betretenem Schweigen, wie mir schien. Vorsichtig spähte ich zu Rory. Er zeigte keine Reaktion auf Seans provokante Worte.

Ich atmete erleichtert auf und verspürte zugleich tiefe Betrübnis.

Sean und seine Krieger ließen ihre Pferde mehrere Meter rückwärts schreiten, was ein beeindruckender Anblick war. Bevor sie wendeten und mit Gebrüll davonritten, warfen sie drei Armbrüste ins Gras.

Wir sahen ihnen verwirrt hinterher. Auf unsere Gesichter legte sich der Schatten der Schuld und unermesslichen Bedauerns, dass wir es nicht geschafft hatten, Rocco Vince zu retten.

»Ich musste meinen Bruder zurücklassen«, murmelte Rory wie beiläufig und durchbrach die Stille.

Wir fuhren herum und starrten ihn sprachlos an.

Zarte Hoffnung keimte plötzlich in mir auf, doch meine Angst, dass er lediglich eben Gehörtes wiederholte, dämpfte die Freude über seine Bemerkung unverzüglich. Er wirkte weiterhin nicht bei Verstand. Was er vier Jahre lang in Gefangenschaft durchgemacht hatte, konnte keiner wissen. Haydens *Traumtrunk* musste Folgeschäden verursacht haben.

Doch nach einem heruntergekommenen Junkie sah Rory wiederum nicht aus. Zwar konnte er einen Haarschnitt und ein Bad gebrauchen, aber sonst wirkte er trotz seiner eingefallenen Wangen physisch gesund.

Auf einmal musste ich an Hayden denken, und dass sie aus der Zukunft stammen könnte. Die ganze Zeit hatte ich diesen ungeheuerlichen Gedanken nicht weiter verfolgt, Rory zu retten, war meine oberste Priorität gewesen. Doch jetzt, wenn ich an diese seltsamen Pflanzen dachte, aus denen Hayden ihren schrecklichen Traumtrunk herstellte, dann erschien mir der Verdacht nicht abwegig. Vielleicht gab es noch mehr Zeitreise-Portale als nur die *Verbotene Höhle* in den Highlands? Vielleicht hatte Hayden die Samen des Traumkrauts aus einer fernen Epoche mitgebracht und versuchte mit dieser Psychowaffe eine Herrschaft in *Britannia* zu errichten?

»Weißt du wirklich nicht, wer ich bin?«, fragte ich Rory, während er Coal streichelte und klopfte, wie er es früher immer getan hatte.

Er sah mich freundlich an. »Ich weiß, wer du bist«, behauptete er. »Du bist Skye. Meine Frau.«

Er sagte es völlig nüchtern, und es klang ebenfalls wie auswendig gelernt.

Ich nickte verhalten und glaubte, ersticken zu müssen. Ich spürte, dass ich weinte. Wann hatte ich damit angefangen? Strauchelnd rückte ich von Rory ab und setzte mich mit letzter Kraft auf einen kleinen Feldstein. Ich hatte mir unser Wiedersehen anders vorgestellt. In meiner Fantasie waren Rory und ich uns sehnsüchtig in die Arme gefallen und hatten uns eine Ewigkeit lang geküsst. Wir hatten uns gegenseitig versichert, dass wir uns nie wieder trennen würden, wir …

»Skye«, rief John, und ich hob schwerfällig den Kopf. »Wir müssen hier schleunigst weg. Komm jetzt! Wir wollen doch alle nach Hause.«

»In Ordnung«, hörte ich mich mit dumpfer Stimme rufen, während um mich herum der Aufbruch vorbereitet wurde.

Wo ist mein Zuhause, wenn Rory sich nicht mehr an mich erinnert?, dachte ich verzweifelt.

Kapitel 19

Nachts durch eine fremde Wildnis zu reiten, bedeutete stets, sich einer größeren Gefahr als tagsüber auszusetzen. Trotzdem blieb unserer Gruppe keine andere Wahl, wenn wir so schnell wie möglich *Britannia* verlassen wollten. Die Begegnung mit den *Brits* war zweifellos dramatisch verlaufen, aber immerhin hatten wir es trotz aller Widrigkeiten geschafft, Rory zu befreien. Eigentlich konnten wir uns glücklich schätzen. Doch sein verändertes Wesen sorgte für dunkle Wolken über unseren Köpfen und für Trauer und Schmerz in meinem Herzen. Jedes Mal, wenn ich ihn ansah und merkte, dass er sich nicht erinnerte, weder an mich noch an die anderen und auch nicht an Coal, starb ich ein Stück.

Bis zum Morgengrauen legten wir mehrere kurze Pausen ein und scheuten uns nicht davor, ein kleines Feuer zu machen. Wir aßen das Trockenfleisch und das Obst, das wir in den Proviantaschen fanden, und tranken Ale aus den Feldflaschen, die an Coals Sattel hingen. Die Männer blieben die meiste Zeit schweigsam, behielten die Umgebung im Auge und versuchten, sparsam mit ihren Kräften zu sein. Nur Brandon und Kit lockerten am Lagerfeuer ab und an die angespannte Stimmung mit kleinen Anekdoten ihrer Freundschaft auf. Rory schmunzelte dann, als hätte er einen Bezug zu ihren Geschichten. Doch wenn jemand nachfragte, stellte sich heraus, dass in seinem Kopf die Erinnerung an das Mühlrad vorherrschte, und er ansonsten nur Sätze nachplapperte, die er seit seinem Erwachen von uns gehört hatte.

Brian und Peter nutzten die Pausen oft für ein kleines Nickerchen, wohingegen ich trotz Müdigkeit kein Auge zutat. Bei jeder Rast lag ich zusammengekauert auf meiner Decke und beobachtete Rory beim Essen, Trinken oder Schlafen. Er verhielt sich so eigenartig friedlich und angepasst, als wüsste er zwar rein instinktiv, dass er zu uns gehörte, aber nicht warum. Ich grübelte verbissen, wie ich mich ihm gegenüber verhalten sollte. Er erschien mir physisch einschüchternd, zottelig und fremd wie einst die Wikinger den Normannen vorgekommen waren. Doch sobald ich meine Verunsicherung überwand und ihm länger als einen Augenblick ins Gesicht sah, erkannte ich den stolzen, warmherzigen Krieger, dessen Schönheit und Anmut mich oft in Staunen versetzt hatte. Dann verspürte ich die schlimmste Sehnsucht und wandte mich schnell von ihm ab.

John Alba führte uns dank seiner guten Orientierung souverän durch die Nacht und den nächsten Tag, bis wir in der Ferne jenen See erblickten, an dem wir Bekanntschaft mit Rocco Vince und seinen Rebellen gemacht hatten. Die Sonne schien an diesem Tag erstaunlich kräftig für die Jahreszeit, und die Aussicht auf eine Rast am Wasser, frischen Fisch und die Möglichkeit zu baden, hob die Stimmung unserer Gruppe ungemein.

Rory ritt auf Coal, der trotz seines hohen Alters mindestens so viel Ausdauer wie Snow oder Flash oder Arrow zeigte. Ich versuchte, so oft es ging neben Rory zu reiten und ihm Gesellschaft zu leisten. Dabei hoffte ich, durch meine Nähe positiv auf sein Gedächtnis einzuwirken. Manchmal sagte ich Dinge wie: »Coal mag dich. Er kann sich gut an dich erinnern«, und lächelte hoffnungsvoll. Und Rory nickte dann und antwortete: »Ich mag ihn auch. Ist ein schönes Pferd.«

John Alba hatte Rory keine Waffe anvertraut, was ich verstehen konnte. Er wollte lieber nichts riskieren. Überhaupt kam mir John verhärtet und in sich gekehrt vor. Sein Ton duldete oftmals keinen Widerspruch. Doch wir wussten, dass es ihm im Grunde nur darum ging, uns möglichst schnell nach *Caledonia* zurückzubringen, bevor weiteres Unheil geschah.

Als wir am See unser Lager aufschlugen, half mir Rory beim Sammeln von Feuerholz. Ohne Aufforderung kümmerte er sich um Coal, rieb ihn mit trockenen Grasbüscheln ab und ließ ihn am Wasser trinken. Brandon und Kit fingen mit dünnen Seilen mit Haken und Köder Fische. Und John und Brian besprachen sich etwas abseits mit ernsten Gesichtern. Schließlich aßen wir gemeinsam und redeten über Sean.

»Sie hätten uns auch töten können, nachdem sie Rocco Vince hatten«, sagte Peter.

Brandon und Kit nickten zustimmend.

»Habt ihr denn nicht seine Miene gesehen?«, wandte Brian ein. »In seinem Kopf ging etwas vor, das ihn davon abhielt. Fragt mich nicht, was.«

Peter meldete sich erneut. »Mir kam es so vor, als würde er uns *Cals* nicht mehr ernst nehmen.«

»Wir hatten Glück und sollten es nicht verspielen«, sagte John.

Und während es auf diese Weise hin und her ging und der Bratfisch weniger wurde, erhob sich Rory still von seinem Platz und lief zum Seeufer. Ich beobachtete, wie er dastand und auf das glitzernde Wasser sah. Seine langen Haare hingen wild über den Rücken, die zerfetzten Hosen waren so kurz, dass die sonnengebräunten Unterschenkel gut zu sehen waren.

Es zog mich mit aller Macht zu ihm.

Ich fühlte mich nicht mehr wie erschlagen und mutlos, sodass ich mich erhob und zu ihm ging. Ich merkte, wie John und die anderen für einen Moment innehielten und mir nachschauten, ihre Unterhaltung jedoch schnell wieder aufnahmen.

Langsam näherte ich mich Rory durch das hohe Gras und räusperte mich zur Sicherheit mehrmals. Noch bevor ich ihn erreicht hatte, drehte er sich zu mir um und lächelte.

»Würdest du etwas für mich tun?«, fragte er sanft.

Ich war so perplex über seine Frage, dass ich ihn einfach nur stumm ansah.

»Kannst du sie abschneiden?«

Ich zog die Brauen hoch. »Was denn?«

»Meine Haare. Und wenn es geht, auch den Bart.«

»Ich, äh, weiß nicht. Ich meine, ich bin ... ich kann ... ich weiß nicht, ob ich ... Ich hab noch nie jemandem die Haare geschnitten«, stammelte ich und spürte eine seltsame Aufregung in mir aufsteigen. Ein Gefühl, das sich neu anfühlte und mich verwirrte.

»Es kann nicht so schwer sein«, sagte er. »Du brauchst nur ein scharfes Messer.«

Ich nickte hastig. »Davon müssten wir genug haben. Ich hole eins.«

John händigte mir ein Fleischmesser aus und wies mich bei der Gelegenheit darauf hin, dass wir in einer Stunde weiterreiten würden. Der Tag gab noch viel her, und der *Dunkle Wald* war nicht mehr weit.

»Genug Zeit, um Rorys Zotteln loszuwerden«, sagte ich und lachte. Als ich merkte, dass ich zum ersten Mal nach Langem gelacht hatte, fühlte es sich wie ein magischer Moment an, in dem man eine Wendung bemerkt, auch wenn man nicht weiß, was genau sie bedeutet.

Rory hatte sich auf den Sandboden gesetzt und mit den Armen die Knie umschlungen. Seine Zehen berührten fast das klare, durchsichtige Seewasser vor ihm, drückten winzige Kieselsteine hoch und spielten mit ihnen, als hätten sie ein Eigenleben. Er hatte seine Fellweste und das Hemd ausgezogen, und ich kam nicht umhin, seinen von der kraftfordernden Arbeit am Mühlrad gestählten Rücken zu bemerken.

Nachdem ich ihn lang genug staunend betrachtet hatte, trat ich neben ihn.

»Es kann losgehen«, sagte ich heiter. »Bist du sicher, dass du das willst?«

»Aye«, kam es völlig unerwartet über seine Lippen. Er schien darüber selbst so überrascht, dass er stirnrunzelnd in die Luft starrte.

»*Aye*? ... Siehst du, du bist ein *Cal*!« Ich schluckte. Mein Herz klopfte aufgeregt und voller Freude.

Rory sah zu mir hoch, die blauesten Augen der Welt weit aufgerissen und wiederholte nickend: »Ein *Cal*.«

»Ja«, bestätigte ich. »Und jetzt runter mit dem Gestrüpp!«

Er musste lachen. »Aye, runter damit!«

Das Fleischmesser war so scharf, dass ich jede Strähne, die ich zwischen die Finger nahm, recht akkurat abzuschneiden vermochte. Ich kürzte ihm die Haare auf die Länge, die sie bei unserer ersten Begegnung gehabt hatten. Am Hinterkopf berührten die Spitzen seinen Nacken. Die Seiten blieben lang genug, um sie bei Bedarf hinter die Ohren klemmen zu können.

Den verfilzten Bart stutzte ich so gut ich konnte, sodass am Ende eine Fünf-Tage-Version übrigblieb.

Als ich fertig war, erhob Rory sich und sah mich fragend an. »Wie ist es geworden?« Er fuhr sich mit den Fingern mehrmals durch die Haare.

»Also du ... du siehst aus wie Rory MacRae«, sagte ich. Tränen drängten sich unvermittelt in meine Augenwinkel, ich drückte sie weg, bevor sie mir über die Wangen liefen.

»Dann bin ich wohl dieser *Rory MacRae*«, gab er zurück und versetzte mir erneut einen schmerzvollen Hieb der Freude. »Auf jeden Fall fühle ich mich, als wäre ich mit einem Mal zehn Pfund leichter.«

Ich atmete tief ein und aus. In meinem Magen prickelte es eigenartig.

»Jetzt fehlt noch ein Bad, und ich stinke nicht mehr wie ein Haufen toter Biber«, sagte er schmunzelnd.

»So schlimm ist es nicht ...«, log ich.

»Möchtest du mit mir baden?«, fragte er unvermittelt.

Ich sah ihn irritiert an. »Ich? Ich weiß nicht.«

»Das verstehe ich.« Er deutete mit dem Kinn. »Der See ist sicher noch eiskalt.« Dann fing er an, seine Hosen auszuziehen. Als er sich komplett entkleidet hatte, lächelte er mich von der Seite an und watete ins Wasser, während ich ihm mit offenem Mund hinterhersah.

Mit einem Schulterblick vergewisserte ich mich, dass die anderen am Lagerfeuer saßen und sich unterhielten, statt Rory und mich zu beobachten.

Also entschied ich, dass ich mit ihm baden würde, egal wie kalt es war.

Ich zog mich bis auf meine Unterwäsche aus und fror sofort so sehr, dass eine Gänsehaut meinen Körper überzog.

Rory tauchte gerade aus dem See auf, als meine Zehen zaghaft die erste Berührung mit dem Wasser wagten. Er sah zu mir herüber und lächelte. Dann winkte er mit dem Arm. »Komm rein, trau dich. Es tut gut.«

Ich nickte, und tat wohl das Mutigste, was ich je getan hatte: Ich watete in einen eiskalten See ... nur weil Rory MacRae darin auf mich wartete.

Als ich dicht vor ihm stand und sein erwartungsvoller Blick auf mir lag, spürte ich die Kälte des Wassers nicht mehr. Die herrliche Landschaft um uns herum erschien mir wie eine Traumwelt.

»Erinnerst du dich an mich? Ein bisschen vielleicht?«, fragte ich aufgewühlt. Mein Herz trommelte in meinem Brustkorb.

»Skye Leonard MacRae«, begann er und sah mich eindringlich an. »*Du* erinnerst dich doch. Und die anderen dort drüben.«

Ich verstand nicht, was er damit sagen wollte.

»Ja, das tue ich«, erwiderte ich. »Ich erinnere mich an jeden einzelnen Moment, in dem du und ich zusammen waren.«

»Dann sollen das auch meine Erinnerungen sein«, sagte er und fügte hinzu: »Ich weiß zwar nicht, wie ich es geschafft habe, dass eine so schöne Frau wie du mich geehelicht hat, aber ... wenn du mich lässt, werde ich dir ein guter Mann sein.«

Da begriff ich es! In dem Moment, wo ich die Wendung gespürt hatte, war mir unterbewusst klar geworden, dass ich den neuen, den veränderten Rory auch lieben könnte. Er war mir zugetan und öffnete mir eine Tür. Sein Gedächtnis mochte nicht funktionieren, wie es sollte. Doch sein Herz erinnerte sich.

Langsam streckte ich die Hand aus und fuhr mit den Fingern über seine Brust. Daraufhin zog er mich in seine Arme und unsere kalten Körper pressten sich aneinander.

»Darf ich meine Frau küssen?«, fragte er und sah mich erwartungsvoll an.

Ich nickte erregt.

Wir küssten uns, tauchten immer wieder unter Wasser und stapften erst aus dem See, als meine Lippen vor Kälte blau anliefen und meine Zähne klapperten.

Am Nachmittag erreichten wir den *Dunklen Wald,* atmeten tief durch und trieben unsere Pferde hinein.

Wir waren im Niemandsland.

Wolfsgebiet.

Britannia lag hinter uns, und *Caledonia* war nicht mehr weit.

Ende Band 2

DANKSAGUNG

Lieben Dank an meine Familie und Freunde sowie meine engsten Autoren-Kolleginnen.

Insbesondere danke ich Karla und Daphne!

Ich danke allen Lesern für die Geduld, die sie aufbringen mussten, bis sie erfahren durften, wie es mit Skye und Rory weitergeht.

Bitte lasst mich wissen, wie euch die Fortsetzung gefallen hat. Ich freue mich über jedes Feedback und vor allem über Rezensionen.

Bei Fragen und für weitere Infos besucht bitte meine FB-Seite.

Liebe Grüße
Eileen

WEITERE WERKE

*CRAZY LOVE - Trilogie
(Young Adult, Jugendbuch)

»Ich wusste, dass ich mit Sergio sogar durch ein Minenfeld laufen würde, wenn es sein musste. Hauptsache, wir blieben zusammen.«

Als Lexi mit ihrer rastlosen Mutter nach Berlin ziehen muss und dort die zehnte Klasse antritt, weiß sie genau, was sie nicht gebrauchen kann: dumme Ablenkung durch den arroganten, aber leider auch unverschämt gutaussehenden Bad Boy der Schule, Sergio „Killerpunch" Lovic.

Lexis anfänglicher Widerwille gegen den tätowierten Mädchenschwarm löst sich allerdings schnell in Luft auf, als sie sich traut, hinter seine Fassade zu blicken.
Plötzlich ist die Faszination stärker als die Vernunft und öffnet Lexis Herz. Sie verliebt sich Hals über Kopf in Sergio und gerät in einen Strudel emotionaler Höhen und Tiefen, bis ein bitterer Schicksalsschlag alles zu zerstören droht.

Nichts ist mehr, wie es war ... Und dabei ist es nur der Beginn einer großen Liebe, wie sie nur selten vorkommt.

*Whisper a Wish
(Young Adult, Jugendbuch)

Die lebensfrohe Matilda bittet den Außenseiter Marvin bei einem ausgefallenen Video-Projekt um kreative Hilfe. Als der scheue Mitschüler endlich zusagt und die beiden Freunde werden, lernt Matilda Marvins älteren Bruder Scott kennen und ist sofort von dessen kühlem Charme und gutem Aussehen fasziniert. Doch leider scheint Scott so unerreichbar zu sein wie die Sterne über Georgias schöner Hauptstadt Atlanta ...

Als Matilda nach und nach herausfindet, welche tragische familiäre Bürde Scott auf seinen Schultern trägt, ist sie bereits unwiderruflich in ihn verliebt. Entschlossen ihm zur Seite zu stehen und um seine Liebe zu kämpfen, ahnt sie nicht, in welche tödliche Gefahr sie nicht nur sich, sondern auch Scott und seinen Bruder Marvin bringt.

Gewährt das Schicksal ihrer Liebe eine Chance?

*Blue Cocoon
(Young Adult, Jugendbuch)

Er liebt es, in der Natur zu sein.
Sie hat ihr Zimmer seit zwei Jahren nicht verlassen.
Seine Familie lebt in Armut.
Sie ist die Tochter reicher Immobilienmakler.

Jake hat genug von seinem Heimatdorf an der rauen Pazifikküste Oregons und will sein Leben radikal ändern: weg von dem Müll, der sich sein Zuhause nennt. Warum also nicht die Highschool schmeißen und nach Seattle abhauen, um Musiker zu werden? Für White Trash wie ihn werden sich die Türen zum College ohnehin nie öffnen.

Doch bevor Jake seinen Plan umsetzen kann, trifft er auf Annika, ein stilles, äußerst merkwürdiges Mädchen – und offenbar tickt sie nicht ganz richtig. Wieso, zum Beispiel, weigert sie sich standhaft, ihren Poncho abzulegen? Und welches Geheimnis verbirgt sich hinter ihren scheuen dunklen Augen?

Was Jake noch nicht ahnt: Zusammen werden sie eine Reise antreten, die ihre Zukunft verändern und ihre Herzen heilen könnte … wenn sie es zulassen!

Als Jade McQueen:

*Matt – The Diamond Guys
(Romance/Humor/Drama)

*Troy – The Diamond Guys
(Romance/Humor/Drama)

Printed in Germany
by Amazon Distribution
GmbH, Leipzig